PROLOG:

Das Lehm lag dunkel und still. Rallie Hoekker erkannte kaum den Weg vor sich. Es war kurz nach Neumond. Das einzige Licht kam von der dünnen, bogenförmigen Sichel des Mondes, der gerade erst wieder anfing, zum Vorschein zu kommen. Es war so dunkel, dass sie kaum die Hand vor Augen sah. Bei Vollmond hätte sie nicht gehen können. Bei Vollmond war das Lehm wach - hellwach. Nur bei Neumond war das Lehm schläfrig. Nur in den Tagen um Neumond konnte man wagen, was sie gerade tat.

Kurz nach elf Uhr abends war sie aufgestanden. Sie hatte sich in aller Stille angezogen, die Zwillinge in die Tragetücher gelegt und sie sich umgehängt. Die Kleinen schliefen tief und fest. Der Pflanzentee, den sie ihren beiden Lieblingen in den abendlichen Brei gemischt hatte, tat seine Wirkung. Sie schliefen. Sie mussten schlafen. Wenn sie aufwachten und anfingen zu schreien, war alles aus. Das würde das Lehm wecken.

Rallie hatte ihrem schlafenden Mann einen letzten Kuss auf die Wange gehaucht und das Haus verlassen, bittere Tränen weinend. Sie musste Elbert zurücklassen. Er wäre nie im Leben mitgekommen. Sie hatte einige Wochen zuvor versucht, mit ihm darüber zu reden.

„Frau, du bist irre!", hatte er gekeucht und sich ängstlich umgesehen, als befürchte er, jemand könne hören, was Rallie sagte. Sie hatten beim Abendbrot gesessen. Jeder von ihnen hatte einen der Zwillinge auf dem Schoß gehalten und mit Brei gefüttert. Die beiden würden demnächst abgestillt werden, was der Grund für Rallies verzweifelten Vorstoß war.

„Du darfst nicht einmal daran denken!“, hatte Elbert geflüstert, die Augen weit aufgerissen. „Vergiss, was du gesagt hast, sonst bist du des Lehms! Das Lehm sieht alles! Das Lehm hört alles! Das Lehm ist überall!“

Rallie bog in den Dammweg ein, der sie von Lehmkaul fortführte. Sie wischte sich die Tränen aus den Augen. Draußen im Lehm drehte sie sich um und schaute noch einmal zurück auf das Dorf, in dem sie aufgewachsen war. Lehmkaul lag still und dunkel auf der flachen Insel inmitten des Lehms. Die niedrigen Backsteinhäuser duckten sich auf die rote Erde. Nur das Bürgermeisterhaus ragte zwischen den einstöckigen Bauten auf. Droben am Dachgiebel brannte eine einsame Laterne. In allen Orten im Lehm brannten in den Bürgermeisterhäusern des Nachts diese Lichter. Für den Fall, dass jemand sich verlief und den Weg zurück suchte.

Sich verlaufen! Rallie musste ein Schnauben unterdrücken. Niemand im Lehm verlief sich in der Nacht. Nie. Nachts lag man im Bett und schlief. Nur die Schäfer übernachteten manchmal draußen bei ihren Herden und die Karawaner mit ihren Kamelen. Das Lehm war groß, die Wege weit. Nicht überall gab es Ortschaften, in denen man übernachten konnte.

Neben dem Damm gluckste es in einem Wasserloch. Das Geräusch klang unterdrückt und irgendwie schmierig. Als ob sich der lehmige Schlamm träge bewegen würde. Im fahlen Licht der Mondsichel sah Rallie das Lehm rechts und links des schmalen Damms. Der Damm ragte kaum aus dem Lehm heraus; höchstens eine Handspanne weit. Das Lehm erstreckte sich nach allen Seiten. Trotz der Dunkelheit erkannte sie die rötliche Färbung der weiten Sand- und Lehmfelder. Hier und da wuchsen Büsche und vereinzelte Bäume auf kleinen inselartigen Erhebungen, die aus der flache Sandebene aufragten. Das Lehm bestand aus Sand und Lehm. Manchmal sah man den Lehm nicht unter dem Sand. Für einen Fremden mochte eine flache Senke auf den ersten Blick aus festem Sand bestehen, doch darunter konnte sich trügerischer Lehm verbergen, in dem der Unvorsichtige einsinken würde.

Rallie kam an der Kreuzung an. Sie erkannte die alte Eiche. Ohne Zögern bog sie nach Osten ab. Der Ostweg war länger, viel länger als der Weg nach Süden. Aber um diese Jahreszeit war der Südweg zu unsicher. Hier stieg das Lehm gelegentlich an und manchmal überflutete es den Damm an einigen Stellen. Dann müsste sie durch den weichen, matschigen Lehm gehen und das Lehm würde womöglich spüren, was sie vorhatte, auch wenn es in den Neumondnächten schlief. Was schlief, konnte aufwachen.

Rallie Hoekker bewegte sich langsam. Gemessenen Schrittes ging sie über den kaum sichtbaren Weg, der sie durch die lehmig-sumpfige Landschaft trug. Binsenbüschel hockten in der Düsternis. Ihre dicken, fleischigen Halme wirkten wie hochragende Finger, die nach ihr greifen wollten. Sie wollte das Lehm nicht auf sich aufmerksam machen. Es hieß, das Lehm schliefe in den Neumondnächten, aber wer wollte das so genau wissen?

Das Lehm lebte. Das Lehm fühlte. Das Lehm ließ niemanden gehen.

Rallie war froh, in Lehmkaul zu wohnen. Der kleine Ort lag nahe am Rand des Lehms. Hätte sie sich von Lehmingen aus auf den Weg machen müssen, wäre das ein aussichtsloses Unterfangen gewesen. Lehmingen lag in der Mitte des Lehms. Der Rand der roten Einöde aus Sand und Lehm war von dort aus einen halben Tagesmarsch entfernt. Bei Tag hätte das Lehm gespürt, was Rallie Hoekker vorhatte. Es hätte kein Entkommen gegeben. Auch so war es riskant, was Rallie tat. Sie tat es für ihre beiden kleinen Lieblinge. Ich gebe euch nicht her, dachte sie. Nie im Leben! Keins von euch! Still setzte sie ihren Weg fort.

Nach einer Stunde sah sie linker Hand das einsame Nachtlicht von Lehmborn in der Dunkelheit funkeln. Es war kaum wahrnehmbar und wirkte verschwommen. Dort drüben war Nebel aufgestiegen.

Rallie seufzte unhörbar. Das bedeutete, dass ihr Weg sie genau in den Nebel hineinführen würde. Das hatte noch gefehlt! Auch ohne Nebel sah sie fast nichts. Ausgerechnet heute Nacht war es stark bewölkt. In der Nacht zuvor war der Himmel über dem Lehm sternenklar gewesen. Sie hatte um Mitternacht einen Blick nach draußen geworfen. Beinahe wäre sie mit ihren kleinen Zwillingen losgezogen. Aber sie hatte den Kleinen keinen Schlaftee ins Abendessen getan. Wenn sie mitten im Lehm aufgewacht wären - nicht auszudenken! Obwohl alles in Rallie nach Flucht schrie, bewegte sie sich weiterhin langsam und ohne jede

Hektik. Sie durfte die Aufmerksamkeit des Lehms nicht auf sich ziehen.

Sie passierte Lehmborn und ließ das kleine Licht in der Dunkelheit hinter sich. Nun war es nicht mehr allzu weit, eine Stunde Fußmarsch vielleicht. Dann würde sie an der Insel im Lehm vorbeikommen, wo die riesige Statue der Heiligen Lehma stand. Man hatte sie vor vielen Jahren an dem Ort errichtet, an dem die Gläubigen den Weg ins Lehm gefunden hatten. Nur wenige hundert Meter dahinter endete das Lehm in einem Wiesengrund vorm Wald. Dort am Waldrand lag Landsweiler, die Siedlung der Außenstehenden, die dort Holz gewannen und es mit ihrer Eisenbahn quer durch den Wald fortbrachten. Mit dieser Eisenbahn transportierten sie auch die Ziegel, die sie den Lehmleuten abkauften, und den wertvollen Rötel aus dem Lehm und all die anderen Handelswaren. Wenn sie in Landsweiler war, würde Rallie in Sicherheit sein - sie und die beiden Kleinen.

Wäre ich nur schon dort, dachte sie voller Inbrunst. Rallie hatte Angst. Das Lehm lag still und bewegungslos in der Dunkelheit, aber es konnte erwachen. Wenn das geschah, war alles aus. Das Lehm würde sie nicht ziehen lassen. Nicht mit den Zwillingen.

Der Zweitling ist des Lehms.

Gebt dem Lehm, was dem Lehm gebührt.

Wir geben den Zweitling.

So war es immer gewesen. So würde es bleiben. Für immer. Das zweitgeborene Kind von Zwillingen gehörte dem Lehm.

Der Weg machte eine Biegung. Nun mäanderte er in lang gezogenen Schleifen und Kurven durchs Lehm. Er war kaum zu erkennen. Nur ein im Lehm Geborener konnte die Zeichen lesen. Ein Außenstehender wäre unweigerlich in eine der sumpfigen Stellen geraten und vom Lehm verschlungen worden. Das Lehm duldete keine Eindringlinge. Selbst auf den Dammwegen war einer von draußen nicht sicher. Auch die Dammwege konnten sich in einen tückischen Schlund verwandeln. Nur die Gläubigen durften im Lehm leben. Als sie vor vielen Jahren im Lehm angekommen waren, hatte das Lehm sie gnädig aufgenommen. Doch das Lehm erwartete dafür Gegenleistungen.

Es ist so dunkel, dachte Rallie. Warum muss es so dunkel sein?

Die Wolken wurden immer dichter. Sie sah die dünne Mondsichel nicht mehr. Wolken verdeckten sie. Das Licht war fast weg. In grauer Düsternis bahnte Rallie sich ihren Weg.

Hätte ich doch tagsüber gehen können, dachte sie sehnsüchtig. Sie fühlte, wie ein Lachen in ihrer Kehle aufsteigen wollte, und musste es mit aller Macht unterdrücken. Bei Tag das Lehm verlassen? Mit Zwillingen? Was für eine lächerliche Vorstellung! Dem Rand des roten Gebietes konnte man sich nur in Gruppen nähern. Einzelpersonen liefen Gefahr, vom Lehm verschlungen zu werden. Man musste die festgelegten Wege nehmen. Nur bei Landsweiler durfte man das Lehm verlassen.

Ja, die Schäfer ließen manchmal ihre Herden auf dem breiten Grasstreifen weiden, der das gesamte Lehmgebiet umgab, doch wehe demjenigen, der versuchte, in den Wald zu gelangen! Er wurde sofort von seinen Kumpanen verfolgt und ins Lehm zurückgebracht. Eine Einzelperson schaffte es meist nicht mal auf den Grasstreifen. Das Lehm war wach. Das Lehm passte auf. Das Lehm ließ niemanden gehen. Was im Lehm geboren war, gehörte dem Lehm.

Schritt für Schritt setzte Rallie Hoekker ihren Weg fort. Bald musste die Insel mit der großen Statue der Heiligen Lehma auftauchen. Weit konnte es nicht mehr sein. Trotzdem hatte Rallie Angst. Erst wenn sie aus dem Lehm heraus war, würde sie sich gestatten aufzuatmen. Was sie tat, war der reine Irrsinn. Es war gefährlich. Lebensgefährlich. Aber sie musste es tun; ihren Kindern zuliebe.

Und waren nicht vor einem Jahr Brilla und Jidler Lerong gegangen? Die Bronzegießer hatten Zwillinge gehabt wie Rallie. Es war Zeit gewesen, die Kinder abzustillen und den Zweitling vom Erstgeborenen zu trennen. Da verließen die Lerongs das Lehm. Sie hatten es geschafft, denn man hatte ihre Kleidung nicht irgendwo an einem der Dammwege angespült gefunden. Wenn das Lehm einen Flüchtling erwischte, ließ es die Kleidung des Sünders deutlich sichtbar für die anderen Gläubigen am Wegesrand liegen. Von Brillas und Jidlers Kleidern hatte es keine Spur gegeben. Also mussten sie es geschafft haben.

Es ist möglich, dachte Rallie.

Allerdings waren auch viele gescheitert. Rallie versuchte, nicht daran zu denken.

Die Wolkendecke riss auf. Rallie erkannte deutlich die dünne Mondsichel. Wie ein silberner Bogen hing sie am Himmel. Das schwache Licht ließ das Lehm rötlich-düster aufglimmen. Rechts und links des Weges hockten Binsenbüschel im Sand. Wassertümpel gluckstent in Lehmsenken.

Neue Wolken zogen heran. Rallie merkte sich die Position des Mondes und setzte ihren Weg fort. Allmählich wurden die beiden Kinder schwer. Auch ihr vollgepackter Rucksack schien mit jeder Minute an Gewicht zuzulegen. Und die Angst wuchs. Rallie spürte ihr Herz gegen ihre Rippen pochen. Oh, diese Angst! Mit jedem Schritt, den sie tat, nahm sie zu.

Rechts und links des Weges ragten Krüppelbäume und kleine Büsche aus der Finsternis. Immer weiter führte der breite Pfad. Rallie erkannte Wagenspuren im Sand unter ihren Füßen. Sie war auf dem rechten Weg. Bald würde die Statue der Lehma auftauchen. Oder?

Rallie hatte jedes Zeitgefühl verloren. Die rötlich-graue Düsternis schien die Zeit selbst zu verschlucken. Wann kam endlich die Insel? Ich müsste längst dort sein, dachte sie. Lehmborn liegt hinter mir. Lange schon. Wo bleibt die Insel? Sie schaute sich um. Und wieso stehen hier so viele Krüppelbäume?

Sie erinnerte sich nicht an derart viele Gewächse rechts und links des Weges nach Landsweiler. Allerdings war sie den Weg zum Dorf der Außenstehenden schon seit vielen Monaten nicht mehr gegangen. Das letzte Mal hatte sie die Ziegelkarawane begleitet, als sie im fünften Monat schwanger gewesen war. Vielleicht waren die Büsche höher geworden. Alles im Lehm veränderte sich ständig. Aber wuchsen Bäume und Büsche so schnell in die Höhe?

Rallie spürte, wie eine Gänsehaut ihren Körper überzog. Sie blieb stehen. Vorsichtig tastete sie mit den Füßen den Boden ab. Der Untergrund war seltsam weich, als befände sich direkt unter der Sandoberfläche purer Lehm. Aber da waren die Wagenspuren. Kein Wagen konnte durch weichen, nachgiebigen Lehm fahren. Wagen fuhren nur auf den breiten, festen Dammwegen, die das Lehm wie Adern durchzogen. Wie Adern ...

Auch Bäche durchzogen das lehmige Sandland wie Adern. Rallie meinte, in der

Nähe Wasser glucksen zu hören. Ein kleiner Bach? Sie dachte scharf nach. Gab es bei der Insel mit der großen Lehma-Statue einen Bach?

Die Bäche veränderten ihren Lauf ständig. Das Lehm selbst war dafür verantwortlich. Wo heute eine sumpfige Lehmsenke war, konnte sich morgen eine flache Sandbank aus dem Lehm erheben und das Wasser eines Baches dazu veranlassen, um die leichte Geländeerhöhung herum zu fließen.

Rallie setzte sich wieder in Bewegung. Sie war unruhig. Ihre Furcht wuchs mit jeder Minute. Sie wollte raus aus dem Lehm. Unbedingt.

Sie stolperte über eine tiefe Karrenspur. Beinahe wäre sie gestürzt. Vor sich erkannte sie eine hoch aufragende Säule in der fast vollkommenen Düsternis. Rallie atmete auf. Endlich. Sie hatte die Insel mit der Statue der Heiligen Lehma erreicht. Sie blies hörbar Luft ab. Ihr Herz pochte wild. Ihre Angst ließ nach. Sie war so gut wie raus aus dem verfluchten Lehmland. In wenigen Minuten würden sie und ihre beiden Kinder frei sein.

Neben dem Dammweg gab es ein Geräusch. Nasser Lehm gab einen Ton von sich, der wie „Quorrr" klang. Rallie hörte leises Gleiten und Schaben. Sofort blieb sie stehen. Hatte sie das Lehm auf sich aufmerksam gemacht? War das Lehm erwacht? Oder waren das nur normale Geräusche, verursacht von einem Sumpfloch? Erneut ertönte das Geräusch. Es klang wie ein langsamer, dumpfer Furz. Etwas schwappte.

Rallie lief weiter. Sie wollte weg, so schnell es ging. Es fiel ihr schwer, langsame Schritte zu machen. Alles in ihr schrie danach, zu rennen. Aber sie wollte nicht kurz vor dem rettenden Rand vom Lehm erwischt werden. Wenn das Lehm erst einmal erwachte …

Der dunkle Pfahl ragte vor ihr aus der Düsternis. Er war breit und viele Meter hoch. Die Statue der Heiligen Lehma. „Gleich sind wir in Sicherheit", wisperte Rallie ihren schlafenden Kindern zu. „Nur noch ein paar Minuten." Sie kam der aufragenden Statue immer näher. Sie bohrte sich rechter Hand in den dunklen, wolkenverhangenen Nachthimmel.

Rechts? Rallie schaute verdutzt in die Dunkelheit. Sie war für ihre Augen fast undurchdringlich. Lag die Insel mit der Heiligenstatue nicht auf der linken Seite des Weges? Plötzlich begann ihr Herz zu rasen. Heiße Furcht brandete in ihr auf. Hatte sie sich verlaufen? Hatte sie den falschen Weg gewählt? Eine halbe Stunde zuvor hatte der Weg sich nach links gewandt, wo er eigentlich geradeaus hätte weiterführen sollen. Nun ja ... links ... nur ein wenig, eine lang gezogene Biegung. Nicht weit abgewichen von der Richtung, in die Rallie musste. Oder?

Wieder änderte der Dammweg seine Richtung. Rallie atmete auf. Es ging nach rechts und schon nach wenigen Schritten ragte die Lehmastatue nun linker Hand von ihr auf. Na bitte. Sie war auf dem richtigen Weg.

Nur dass dieser Weg zunehmend schmaler zu werden schien. Rallie konnte es nicht genau sehen. Die dünne Sichel des Mondes war hinter dichten Wolken verborgen. Es war stockfinster. Sie erkannte kaum die Hand vor Augen. Rechts und links ragten Krüppelbäume aus dem Lehm. Wie anklagende Finger reckten sie sich aus dem Sandboden in den Nachthimmel.

Rallie ging auf die Statue der Lehma zu. Endlich! Nun war es nicht mehr weit.

Bald sind wir draußen, dachte sie. Bald, meine beiden Lieblinge. Ihr werdet nicht getrennt. Ich werde nicht eins von euch verlieren. Nein.

Die Lehma ragte direkt neben dem Dammweg auf. Die Wolken verzogen sich. Die dünne Mondsichel spendete ihr spärliches Licht. Rallie konnte die Umgebung wieder besser sehen. Sie sah die Statue der Lehma neben dem Damm. Der Schock traf sie wie ein Blitzschlag. Es gab keine Statue. Neben dem Weg stand keine Statue der heiligen Lehma. Dort ragte nur ein mehrere Meter hoher Klotz aus Lehm aus dem Sand empor.

Ein winselnder Laut brach aus Rallie Hoekkers Kehle. Lehm! Alles war aus Lehm! Nicht nur der aufragende Klotz, der einer Statue ähnelte. Auch die Bäume und Büsche ringsum waren nichts als Gebilde aus Lehm, nichts als Trugbilder in der Nacht. Sie war in die Irre gegangen. Rallies Herz begann zu rasen. Nicht in die Irre gegangen. In die Irre geführt! Vom Lehm! Das Lehm hatte sie in die Irre geführt. Das Lehm hatte ihr vorgegaukelt, dass sie den Weg zur Statue der heiligen Lehma ging. In Wirklichkeit hatte es einen Weg erschaffen, der Rallie ins Lehm leitete, mitten hinein. Mitten hinein ins sichere Verderben.

Rallie fing an zu zittern. Ihre Zähne schlugen klappernd aufeinander. Sie war außer sich vor Angst. Panisch schaute sie sich um, in der Hoffnung, irgendwo einen Hinweis zu entdecken, einen Stein, einen Fels, einen Baum, den sie kannte; ein Zeichen, dem sie folgen konnte. Hinaus. Hinaus aus dem schrecklichen Lehm. Da war nichts. Buchstäblich nichts. Nur Lehm. Ich muss zurück!

Sie drehte sich um und begann den Weg zurückzulaufen, den sie gekommen war. Sie rannte. Sie war nicht mehr imstande, langsam zu gehen. Sie rannte um ihr Leben. Rallie schlotterte vor Angst. Sie wollte zu der Abzweigung, an der sie fehlgegangen war. Wenn sie die erreichte und abbog, wenn sie an der echten Lehma-Statue vorbeirannte zum Rand des Lehms, wenn sie das schaffte, dann hatte sie eine Chance.

Sie glaubte nicht daran. Das Lehm war erwacht. Das Lehm hatte sie gespürt und einen falschen Weg für sie gebildet, ein grausiges Trugbild. Die Todesangst verlieh Rallie Flügel. Sie rannte so schnell wie noch nie zuvor in ihrem Leben. Die Zwillinge in den Tragetüchern erwachten, Schlaftee hin, Schlaftee her. Gerk begann leise zu jammern.

„Scht! Still, mein Kleiner!", keuchte Rallie überm Rennen. „Bitte sei still! Wir sind gleich in Sicherheit." Sie betrog sich selbst. Sie wusste, dass es keine Sicherheit für sie gab. Doch sie rannte. Sie rannte in Panik wie ein fliehendes Tier, wie ein Schaf, das vor einem Horro floh. Blindlings stürmte sie voran.

Da! Die Abzweigung! Schnell, den anderen Weg nehmen! Hier gab es wirkliche Bäume und Büsche, keine Trugbilder aus Lehm. Droben am Himmel verzogen sich die Wolken. Die dünne Mondsichel ließ ihr trübes, silberfarbenes Licht zur Erde sickern. Rallie erkannte den Weg vor sich. Nun sah sie Zeichen. Sie erkannte den kantigen Felsklotz rechts, auf dem ein Grasbüschel wuchs. Sie sah den verdrehten Baum vor der Kurve, hinter der die Statue der heiligen Lehma stand. So nah. So nah! Nur noch bis zur Statue und ein wenig weiter. Das Ende des Lehms war nah. Rallie rannte.

Die Statue tauchte aus der Dunkelheit auf. „Gleich sind wir in Sicherheit", keuchte Rallie. Sie hielt ihre Kinder fest und rannte, was das Zeug hielt.

Direkt vor der heiligen Lehma öffnete sich der Boden. Rallie sank bis zu den Knien in weichen Lehm ein.

Rallie schrie. „Nein! Nein!“ Sie schluchzte. Verzweifelt versuchte sie, in dem sich auflösenden Boden voranzukommen. Dabei sank sie tiefer ein. Schon war sie bis zu den Hüften im weichen Morast versunken. Sie spürte die nasse Kälte des Lehms. Panisch schlug sie um sich. Kalter weicher Schlamm kroch an ihrem Leib aufwärts. Nein! Bitte nicht! Nein! Oh, bitte nicht!

Sie spürte, wie es sie hinabzog in den Schlund der Erde. Das Lehm saugte sie in sich hinein. Rallie schluchzte. Sie schrie. Sie verging vor Angst. Das Lehm hatte sie gepackt. Sie war verloren. Das Lehm würde sie verschlingen.

Der teigige, nasse Morast kroch unerbittlich an ihrem Körper hinauf, während Rallie immer tiefer in den kalten Lehm hinuntergezogen wurde. Sie öffnete den Mund zu einem Schrei. Er wurde nie geboren. Eine armdicke Ranke aus lebendem Lehm kroch in Rallies Mund und glitt in ihrem Hals abwärts zur Lunge. Rallie bekam keine Luft mehr. Eisiges Entsetzen mischte sich mit Panik. Sie zappelte in Todesangst. Sie erstickte.

Sie fühlte, wie das Lehm in sie hineinglitt, wie es ihr die Luft zum Atmen nahm.

Plötzlich zog sich der kalte, schmierige Morast aus ihrem Mund zurück. Rallies verstopfte Luftröhre öffnete sich. Sie sog verzweifelt Luft ein. Ihr Herz donnerte. Ihr Kopf dröhnte. Sie kam um vor Angst. Sie atmete. Hektisch. Verzweifelt.

Der Morast kam zurück. Wieder glitt eine lebende Ranke aus Lehm in ihrem Mund. Sie konnte nichts dagegen tun. Rallie bekam keine Luft. Sie kämpfte um ihr Leben, irre vor Angst. Das Lehm ließ sie leiden. Lange.

Immer wieder zog sich der weiche Schlamm zurück, ließ ihr ein paar Atemzüge, nur um zurückzukehren und wie eine kalte, schmierige Schlange in Rallies Hals zu gleiten, während sie Zentimeter für Zentimeter im weichen Untergrund versank. Es dauerte unendlich lange. Es wurde unaussprechlich.

Rallie bekam genau mit, wie das Lehm sie schließlich vollends erstickte. Sie fühlte nichts als Todesangst und Verzweiflung. Sie würde nicht frei sein wie Jidler und Brilla Lerong. Sie würde ihre beiden Kinder nicht befreien. Sie würde nicht frei sein. Sie starb. Sie starb unter entsetzlichen Qualen. Das Lehm ermordete sie. Das Lehm hatte seine Freude daran, sie tot zu quälen. Das Schrecklichste war, dass sie ihre beiden Kinder jammern hörte, als das Lehm auch die Zwillinge grausam erstickte. Das war das Schrecklichste für Rallie Hoekker. Sie hörte ihre Kinder leiden, bis sie selbst endlich vom Lehm erstickt wurde.

*

Themas Irrlucht streifte durchs Lehm. Er hatte außerhalb von Lehmborn nach Rötel gegraben, an der Stelle, die er zwei Wochen zuvor entdeckt hatte, ganz hinten, jenseits der letzten Getreidebeete, wo das knorrige Gebüsch wuchs, das die Tonbrenner schnitten, um ihre Brennöfen zu heizen, in denen sie aus Lehm irdene Gefäße herstellten.

Themas hielt Ausschau nach Kräutern und er gab acht auf freie sandige Stellen. Sah er eine sanfte Delle im Sand, suchten seine Augen nach einem kleinen Hügel dort in der kleinen Senke und nach etwas, das wie Grashalme aussah. An solchen Stellen konnte sich ein Horro verbergen. Man musste aufpassen im Lehm. Man musste ständig aufmerksam sein.

Themas strich sich das Haar aus dem Gesicht. Er behielt die Umgebung im Auge.

Themas war vierzehn Jahre alt, ein schlaksiger, hoch aufgeschossener Junge mit schwarzem Haar und hellbraunen Augen. Er wusste genau, wie er aussah - wie *„Das-unter-der-Treppe“*. Wie der Zweitling, über den nicht gesprochen wurde.

Nein, über *„Die-unter-der-Treppe“* sprach man nicht. Sie waren da und wurden notdürftig versorgt, aber sie gehörten nicht zur Gemeinschaft der Menschen. *„Die-unter-der-Treppe“* waren des Lehms. Sie gehörten dem Lehm.

Themas kam zu einem Bach, einem flachen Rinnsal, das Richtung Inneres Lehm floss. Immer floss das Wasser nach innen. Die Bäche waren wie oberirdische Adern des Lehms. Es pumpte das Wasser unterirdisch vom Mittensee aus nach außen und es floss in kleinen Rinnsalen durch die Sandlandschaft mäandernd ins Zentrum des Lehms zurück.

Die kleinen Rinnsale plätscherten überall durch Sandfelder, Heidekrautflächen und Wiesen. Sie veränderten ihren Lauf manchmal täglich und selbst die größeren Bäche, zu denen sich die Rinnsale vereinigten, waren nicht unveränderlich. Wie die Wege. Nichts im Lehm war unveränderlich.

Themas sprang über das Bächlein, das keine zwei Zentimeter tief war, und setzte auf der anderen Seite seinen Weg fort nach Lehmborn, wo er lebte. Er lief durch eine Sandlandschaft, in der überall Heidekrautpolster wuchsen. Während er weiter lehmeinwärts lief, verwandelte sich das Land allmählich in eine Graswiese.

Themas kam zum Lehmbach, einem größeren und tieferen Bach, der an seinem Heimatdorf vorbeifloss. Er folgte dem Wasserlauf nach Norden und stieß hinter einer Bachbiegung auf eine Herde Schafe und ihre Hirten. Es waren Mork und Preta Ärlemon mit ihren Kindern Kethrin, Teele, Jieny und Dathluf. Kethrin war so alt wie Themas, Teele war elf, Jieny sieben und der kleine Dathluf fünf.

Themas warf der siebenjährigen Jieny einen scheuen Blick zu. Das Mädchen war wie er. Es hatte einen Zweitling, ein *„Unter-der Treppe"*, gehabt.

Gehabt. Denn beim Winterlehmfest war Jienys Zweitling als Wintergabe ausgewählt worden. Grutie Umpfbeetl, die derzeitige Lehma, hatte eine Vision gehabt und verkündet, dass Jienys Zweitling vom Lehm auserkoren worden war.

Themas dachte nicht gerne an das Lehmfest zurück. Er dachte an keines der Feste gerne zurück, bei denen Zweitlinge dem Lehm übergeben worden waren.

Er schob sich zwischen den Schafen hindurch, die das kurze Gras abweideten. Einige Kamele waren bei den Tieren. Ihr Fell war rötlichbraun. Die Schafe hatten Wolle von beiger bis dunkelbrauner Farbe. Themas grüßte den Schäfer Mork und seine Frau Preta.

Mork grüßte freundlich zurück: „Das Lehm schütze dich, Themas Irrlucht."

Themas schaute die Kinder der Schäferfamilie mit leisem Neid an. Kethrin, Teele, Jieny und Dathluf lebten mit ihren Eltern frei und ungebunden. Sie zogen kreuz und quer durchs Lehm, immer auf der Suche nach guten Weiden für ihre Tiere. Nur zu den Schultagen begaben sich die Kinder in eins der Dörfer. Die vier Kinder sahen viel in ihrem Leben. Sie wanderten mit ihren Eltern und der Herde überall durchs Lehm. Sie kamen sogar bis weit in den Norden, jenseits von Rötelheim. Jienys Zweitling hatte bei fremden Leuten unter der Treppe gelebt.

Themas wäre gerne mit ihnen gezogen. Als Kind hatte er den Wunsch geäußert,

Schäfer zu werden. Seine Eltern hatten ihm versprochen, seinen Wunsch den Priestern zu melden. Vielleicht würde das Lehm ihn zum Schäfer erwählen, wenn der Tag der Erwachsenenweihe gekommen war.

„Sei vorsichtig", warnte Mork, „dort hinten, nicht weit vom Bachlauf, liegt ein Horro in einer Senke auf der Lauer. Es ist vielleicht besser, wenn du dich weiter vom Bach entfernst."

„Danke für den Hinweis", sagte Themas. „Ich werde die Richtung ändern. Ich habe keine Lust auf eine Begegnung mit einem Sandhund."

„Das Lehm schütze dich, Junge", sprach Mork Ärlemon. „Das Lehm schützt uns. Das Lehm ist gut. Bald ist der Tag der Frühlingsgabe."

Themas sah, wie die kleine Jieny die Augen senkte und den Boden anstarrte. Ihre Mutter Preta presste die Lippen zu einem schmalen Strich zusammen. Themas erkannte den Schmerz in den Augen der Frau. Die also auch, dachte er bei sich, während er weiterlief. Viele sind wie Preta. Sie schaffen es nicht, *„Das-unter-der-Treppe"* als nicht zur Familie gehörig anzusehen.

Ein Kamel kam aus einem dichten Gestrüpp hervor und trabte grunzend an Themas vorbei zu seiner Herde. Er musste ausweichen, damit das Tier ihn nicht umrannte. Es war in Panik, weil es zu weit von seiner Herde entfernt war. Themas sah das rötlichbraune Tier zur Herde laufen.

Die Schafe und Kamele blieben stets dicht bei ihren Menschen. Sonderte sich ein Tier ab, konnte es passieren, dass es den festen Boden unter den Hufen verlor und vom Lehm verschlungen wurde. Nur Menschen konnten erkennen, ob der Untergrund sicher war.

Einen halben Kilometer weiter erkannte Themas nahe beim Bach einen verräterischen kleinen Hügel mit einigen vereinzelten Grasbüscheln inmitten einer sandigen Senke. Er machte einen großen Bogen um die Stelle, an der der Horro, unter dem Sand vergraben, auf Beute lauerte.

Nach einer halben Stunde kam er zum Dorf. Lehmborn erhob sich auf mehreren flachen Hügeln, die einen Meter aus dem Lehm aufragten. Die flachen, einstöckigen Ziegelhäuser duckten sich auf dem roten Sand. Sie waren mit

Tonziegeln gedeckt. Die Häuser waren von fruchtbaren Gärten umgeben. Rings um das Dorf lagen kleine Felder mit Getreide, Kartoffeln und Rüben. Lehmborn war eins von acht Dörfern im Lehm. An die dreihundert Seelen lebten in der kleinen Ortschaft.

Themas kam am Bürgermeisterhaus vorbei, dem einzigen zweistöckigen Gebäude. Die Bürgermeisterfamilie lebte im ersten Stock. Unten gab es den großen Gemeinschaftsraum, wo die Dorfgemeinde sich für Versammlungen und Feiern traf.

Themas sah das kleine Eisengitter unter der Doppeltreppe. Er wandte den Blick ab und lief nach rechts zu seinem Elternhaus. Auch dort gab es die doppelte Treppe mit dem kleinen Raum darunter. Die Öffnung war mit einem Eisengitter verschlossen. Themas erkannte einen Schemen im Dunkel dort unter der Treppe, wo *„Das-unter-der-Treppe"* lebte, sein Zweitling. Immer wenn er die vergitterte Öffnung sah, spürte Themas ein flaues Gefühl im Magen. Jedes Haus im Dorf hatte eine solche Doppeltreppe mit einem kleinen Verlies darunter. Nicht alle kleinen Räume unter den Treppen waren besetzt.

Im Dorf herrschte Aufregung. Leute rannten hin und her. Sie gestikulierten wild und sie redeten durcheinander. Fitchell Derber, der Freund von Themas, kam zu ihm gerannt: „Themas! Jemand hat sich verirrt! Sie bilden eine Suchmannschaft!"

Themas bemühte sich, eine möglichst betroffene Miene aufzusetzen. „Tatsächlich? Wie furchtbar! Weiß man schon, wer es ist?"

„Es ist Rallie Hoekker aus Lehmkaul."

Themas wunderte sich nicht im Mindesten. Rallie Hoekker - Mutter von Zwillingen. Waren es nicht fast immer die Eltern von Zwillingen, die sich „verirrten"? Er erinnerte sich, dass die zwei Kleinen von Rallie kurz vorm Abstillen gewesen waren. Wie bei Onkel Jidler und Tante Brilla. Die haben sich auch „verirrt". Ich bin gespannt, ob Rallie es schafft.

Jidler und Brilla Lerong waren ein Jahr zuvor verschwunden. Sie wurden nie wieder gesehen und seitdem durfte man nicht mehr über sie sprechen. Sie hatten sich „verirrt" und waren weg; im Gegensatz zu Leuten, die sich „verirrten" und „im Lehm umkamen". Von denen fand man dann eines Morgens die Kleider, die das Lehm an einen der Dammwege angespült hatte.

Ihr könnt mir viel erzählen!, dachte Themas. Er sah zu, wie eine Suchmannschaft gebildet wurde und in Richtung Lehmkaul abrückte. Von wegen verirrt! Er wusste ganz genau, dass Rallie Hoekker geflohen war; mitsamt ihren beiden kleinen Zwillingen. Themas wünschte ihr, dass sie es geschafft hatte. Er lief die Treppe hinauf und ging in die Küche. Dort präsentierte er den kleinen Henkelkorb mit Rötel seiner Mutter: „Sieh, Mutter, ich habe am Rand allerbesten Rötel gegraben. Die Qualität ist so gut, dass ich ihn verkaufen kann, denke ich. Beim nächsten Mal darf ich ja mit ins Draußen gehen."

Seine Mutter putzte Löwenzahn am Küchentisch. Sie machte ein verkniffenes Gesicht. Gewiss hatte sie mitbekommen, dass jemand sich „verirrt" hatte. Dann sah sie immer so aus.

Themas stellte den Rötelkorb ins Regal und half beim Putzen des Löwenzahns. Aus den gezahnten Blättern würde die Mutter einen schmackhaften Salat bereiten. Die Wurzeln wurden beiseite gelegt. Die wurden getrocknet, klein geschnitten und geröstet und ergaben mit kochendem Wasser übergossen ein wohlschmeckendes Heißgetränk.

Nach dem Salatputzen gab seine Mutter ihm das Körbchen mit dem Gemüseabfall: „Da, bring es ins Lehm." Themas nahm den Korb. Im Gehen verneigte er sich vor der Lehmastatue in der Küchenecke: „Lehma, schütze mich. Schütze meine Familie und schütze dieses Haus." Dann lief er nach draußen.

Nachdem er die Treppe hinuntergestiegen war, zögerte er. Er schaute sich um, ob ihn jemand beobachtete. Dann bückte er sich und reichte die Möhre durch das Gitter, die er heimlich in der Küche stibitzt hatte: „Nimm! Rasch!" Eine bleiche Hand griff nach der kleinen Rübe. Themas ging weiter, als wäre nichts gewesen. Sein Herz klopfte wild.

Er hatte es wieder getan. Er hatte *„Dem-unter-der-Treppe"* etwas zu essen gereicht. Vor einem halben Jahr hatte er damit angefangen, dem Zweitling im Verlies gelegentlich einen Happen zuzustecken. Das war strengstens verboten. Nur die Mutter durfte *„es"* füttern. Wenn sie Themas erwischte, würde sie ihm die Hammelbeine lang ziehen. Es war ihm nicht erlaubt, mit *„Dem-unter-der-*

Treppe" Kontakt aufzunehmen.

Wenn er früher, als er noch jünger war, Interesse an seinem Zweitling gezeigt hatte, hatte ihn seine Mutter schimpfend davongejagt. Er musste aus einiger Entfernung zuschauen, wie sie *„es"* einmal pro Woche aus dem Verlies holte und von Kopf bis Fuß abwusch und *„ihm"* neue Lumpenkleidung überzog. Das alte Zeug wurde hinterm Haus in einem Bronzekessel ausgekocht.

Bevor Themas in die nächste Gasse einbog, schaute er zum Haus zurück. Er sah ein Augenpaar zwischen den Gitterstäben hindurch herausschauen. Ein Schauer lief ihm über den Rücken. Nur gut, dass *„Es-unter-der-Treppe"* nicht sprechen konnte, sonst hätte *„es"* womöglich der Mutter erzählt, dass Themas ihm Essen zusteckte.

Themas bog um die Ecke. Er stieß beinahe mit Trischa Banbirk zusammen, der Tochter des Windmüllers von Lehmborn. Die Mühle der Banbirks stand auf dem höchsten Hügel des Dorfes und ihre großen Flügel drehten sich träge im sanften Wind, wenn das Getreide der Dörfler gemahlen wurde.

„Hallo, Trischa", sagte Themas. „Ich bringe Küchenabfälle ins Lehm."

„Ich komme mit", sagte das Mädchen und gesellte sich zu ihm.

Themas war es recht. Seit einiger Zeit stellte sich ein Gefühl von Freude ein, wenn er Trischa begegnete. Er konnte es sich nicht recht erklären. Früher war sie eins von vielen Kindern im Dorf gewesen, aber seit ein paar Wochen bekam er Herzklopfen, wenn er Trischa sah. Sie war ein Jahr jünger als er, hatte dichtes braunes Haar, das ihr bis zu den Schultern reichte, und honigfarbene Augen. Wenn sie ihn mit diesen Augen ansah, wurde Themas ganz anders zumute.

„Hast du gehört?", fing Trischa an. „Jemand hat sich verirrt."

„Ja, ich habe es gerade erfahren, als ich vom Rötelsammeln kam. Es ist Rallie Hoekker aus Lehmkaul."

Trischa schlug eine Hand vor ihren Mund: „Rallie Hoekker?" Ihre Augen wurden groß. „Die hat doch ..." Sie stockte. Hastig sah sie sich um. „Zwillinge!", wisperte sie.

„Ja", sagte Themas. „Hat sie." Deswegen ist sie ja abgehauen, dachte er, aber das durfte er nicht laut sagen. Wahrscheinlich wusste Trischa nicht Bescheid. Wie denn auch? Sie kannte nur die Version, die die Priester ihr vorgesetzt hatten. Themas hingegen hatte spezielle Informationen. Seine Tante Brilla hatte ihm unter dem Siegel der Verschwiegenheit so einiges erzählt, bevor sie mit ihrem Mann und den Zwillingen das Lehm verlassen hatte.

Sie kamen zum Dorfrand und schritten hinaus in die Felder und Beete bis zu der Senke mitten im Lehm. Es war eine kreisrunde Vertiefung im Sand, außen von niedrigen Heidekrautpflanzen eingerahmt. Themas warf die Küchenabfälle in hohem Bogen in den Kreis. Wo immer sie landeten, verschwanden sie schnell unter dem Sand. Das Lehm nahm die Gabe an. Es verschlang alles.

Die Dörfler warfen alle Abfälle in die kreisrunde Senke. Auch die Toten wurden hier dem Lehm übergeben. Denn der Mensch kam aus dem Lehm, wenn er geboren wurde, und er ging zum Lehm zurück, wenn sein Leben endete. So stand es im Buch des Lehms.

„Ich mache mir Sorgen um Rallie Hoekker", sagte Trischa. Sie sah elend aus. „Es ist schrecklich, wenn sich jemand verirrt. Es kann so viel geschehen. Sie könnte einem Horro zum Opfer fallen oder in eine sumpfige Stelle geraten. Es ist gefährlich für einen Menschen, wenn er sich verirrt hat. Wir werden morgen während der Messe für Rallie beten."

Von weit draußen näherte sich der Suchtrupp. „Sieh nur!", sagte Trischa. „Sie sind zurück. So früh schon! Komm! Lass uns ihnen entgegengehen. Vielleicht haben sie Rallie gefunden." Sie lief los. Themas folgte ihr. Sie rannten über den Sand.

„Habt ihr sie gefunden?", rief Trischa, als sie bei dem Trupp ankamen.

Otleff Stuffke, der Stellvertreter des Bürgermeisters, der die Leute anführte, schüttelte den Kopf: „Sie hat sich verirrt und ist umgekommen. Sie ist des Lehms. Man fand ihre Kleider angeschwemmt am Dammweg nach Lehmkaul. Rallie Hoekker lebt nicht mehr. Es ist ein großes Unglück für uns alle. Morgen wird der Priester während der Messe darüber sprechen. Rallie Hoekker ist fehlgegangen. Wir werden das Lehm um Vergebung bitten."

„Wie schrecklich!", sagte Trischa. „Rallie Hoekker ist tot. Sie hat sich verirrt und ist umgekommen."

Von wegen!, dachte Themas. Nicht umgekommen. Das Lehm hat sie getötet! Weil sie fortgehen wollte! Das lässt das Lehm nicht zu, ich weiß es von Tante Brilla. Er ging nach Hause. Er wollte nichts mehr hören.

*

Die Dorfbewohner marschierten geschlossen ins Innere des Lehms. Es war Sonntag - Tag der Messe. Sie waren zu nachtschlafender Zeit aufgestanden und hatten sich auf den Weg gemacht. Auf halber Strecke nach Südlehmingen waren die Leute aus Lehmkaul zu ihnen gestoßen. Da war es noch dunkel gewesen.

Themas hasste es. Der Weg ins Zentrum des Lehms war weit und es wurde von ihm erwartet, dass er zu Fuß ging. Als er noch jünger war, hatte er auf den Kamelkarren mitfahren dürfen und nur einen Teil der Strecke laufen müssen. Innerlich murrte er. Die Leute aus Lehmkaul und aus Lehmborn hatten den weitesten Weg bis Lehmberg, wo die Messe abgehalten wurde. Von Lehmtal im Norden war es im Vergleich dazu ein Katzensprung.

Im Osten ging die Sonne auf. Themas atmete auf. Wenigstens wurde es hell. Es war ekelhaft, im Schein der trüben Ölfunzeln über die Dammstraße zu stolpern. Man konnte leicht fehlgehen. Der Sand neben der Straße war trügerisch. Das Lehm war aufgebracht. Wegen Rallie Hoekker. Es war keine gute Idee, die sichere Straße zu verlassen, solange man nicht sah, wo man hintrat.

Vor Themas marschierten seine Eltern mit Mork und Preta Ärlemon, den Schäfern, und Prick Holfer, dem Bürgermeister von Lehmborn. Heuroff Kreml, Bikohl Aderms und Nimber Bardin aus Lehmkaul waren bei ihnen. Die Erwachsenen unterhielten sich über ein Projekt, das seit einem Jahr in Planung war: die Gründung eines neuen Dorfes. In einem Dorf im Lehm sollten nicht mehr als dreihundert Seelen leben. Wurden es mehr, war es Zeit, ein neues Dorf zu gründen und Familien aus allen Dörfern dort anzusiedeln. Auf diese Weise war Lehmweiler im Westen des Lehms entstanden. Vierzig Jahre war das her. Nun war es an der Zeit, eine neue Siedlung zu schaffen.

„Wollen wir das neue Dorf im Südwesten gründen?", fragte Heuroff Kreml. Er war Bronzegießer. „Zwischen Lehmweiler und Südlehmingen? Vielleicht etwas weiter draußen? Dort gibt es Hügel, auf denen man Häuser bauen kann. Das Land ist gut."

„Das Land ist überall gut, wo das Lehm es für die Menschen gut macht", hielt Nimber Bardin dagegen. Er musste es wissen. Er war Ackermann und baute rund um Lehmkaul Getreide, Rüben und Kartoffeln an.

„Wir sollten das Land im Osten in Augenschein nehmen", sagte Nelder Irrlucht. „Im Osten hat es noch keine Siedlung von Menschen. Es ist wildes Lehm. Gutes Land."

Themas unterdrückte ein Grinsen. Wenn er mit Leuten aus anderen Dörfern sprach, pflegte sein Vater sich äußerst gewählt auszudrücken. Es klang ungewohnt, ihn so sprechen zu hören.

„Was ist im Osten schon?", fragte Bikohl Aderms. „Nichts als Grasland. Gutes Weideland für die Schäfer. Gutes Futter für Schafe und Kamele."

„Es hat große Gebiete mit wildem Gestrüpp", sagte der Vater von Themas. „Das knorrige Holz des Gestrüpps wird gebraucht, um Tonwaren zu brennen."

Eine Weile ging es hin und her. Themas hörte nur mit halbem Ohr zu. Er verstand nicht, wieso die Erwachsenen sich die Köpfe zerbrachen, wo das neue Dorf gebaut werden sollte. Nichts als sinnloses Geschwafel! Es war egal, was die Leute wollten und welchen Platz sie guthießen. Am Ende würde das Lehm bestimmen, wo der neue Ort aufzubauen war. So war es immer gewesen.

Das Lehm ist alles. Du bist nichts, ging der Spruch. Das Lehm bestimmte über die Menschen, nicht umgekehrt. Wahrscheinlich würde die Lehma irgendwann eine Vision haben und eine Gruppe von Leuten zu der Stelle führen, die das Lehm als Ort der Neuansiedlung bestimmt hatte. Hügel würden im Sand auftauchen, die dort zuvor nicht gewesen waren. Man würde Häuser bauen und Gärten anlegen.

Themas hörte Heuroff Kreml von dem neuen Dorf schwärmen. Er wusste, dass der Bronzegießer gerne in das neue Dorf übersiedeln wollte. Auch seine eigenen Eltern hatten Interesse bekundet. Bisher hatte Themas sich gewünscht, dass sie in das neue Dorf ziehen sollten. Doch seit er Herzklopfen bekam, wenn er Trischa Banbirk begegnete, war er nicht mehr sicher, ob es ihm gefallen würde, von

Lehmborn wegzugehen. Wenn natürlich der Windmüller beschließen sollte, mit seiner Familie ins neue Dorf umzusiedeln, war das eine andere Sache.

„Im Osten wurde reichlich Kupfer und Zinn im Boden gefunden", sagte Heuroff Kreml. „Ich könnte dort als Bronzegießer arbeiten, genau wie in Lehmkaul."

Bronze, dachte Themas. Alles im Lehm ist aus Bronze. Es gibt fast kein Eisen.

Im Lehm wurden sämtliche Metallgegenstände aus Bronze gegossen, buchstäblich alles war aus der Legierung aus Kupfer und Zinn gemacht: Pflugscharen, Messer, Gabeln, Löffel. Hacken, Pickel, Sensen und Sicheln. Hammer, Meißel, Schlösser, Scharniere und Nägel. Fischfanghaken, Glocken, Gussbilder, Türgriffe und Beschläge. Trommeln und Luren, Dreibeinkessel, Töpfe, Pfannen und Kerzenleuchter. Gürtelschnallen, Laternen und Schaufeln, Gartenwerkzeuge und Knöpfe. Alles wurde aus Bronze gemacht.

Es gab kein Eisen im Lehm. Eisen musste von draußen eingeführt werden und galt als heilig. Heilig, dachte Themas. Ausgerechnet! Er musste daran denken, dass die Gittertore unter den Treppen aus Eisen bestanden. Sollte das bedeuten, dass *„Die-unter-den-Treppen"* hinter heiligen Gittern lebten? Allerdings waren auch die Arm- und Fußreifen der Priester und der Lehma aus Eisen. Sonst gab es praktisch nichts aus Eisen im Lehm. Eine Ausnahme stellten die feinen Nähnadeln aus dem Draußen dar. Sie waren erlaubt. Seit Langem schon. Weil sie einfach besser waren als die groben Nadeln aus Bronze.

Inzwischen war es hell geworden. Themas sah in der Ferne Südlehmingen auftauchen. Er erkannte die Karawane der Dorfbewohner. Sie würden diese Leute in einer halben Stunde auf dem breiten Hauptweg treffen und mit ihnen zusammen weiterwandern zum Mittensee und daran vorbei nach Lehmberg.

Themas dachte über die Stahlnadeln nach, die die Leute im Lehm zum Nähen ihrer Kleidung benutzten. Wann war dieser Handel wohl aufgekommen? Die Gemeinschaft lebte seit Jahrhunderten im Lehm und als sie vor vielen Jahren hier angekommen waren, gab es im Draußen nichts als riesige, undurchdringliche Wälder. Die Leute aus dem Draußen waren erst später gekommen, um das Holz der Wälder zu nutzen.

Vorher hatten die Lehmleute das Holz für ihre Tonbrennerei und die

Bronzegießerei im Wald draußen selbst schlagen müssen. Heutzutage handelte man das Holz von den Außenstehenden ein. Man tauschte Wolle und Dachziegel ein. Die Ziegel aus dem Lehm waren von besonders guter Qualität und sehr gefragt. Auch Tonwaren wurden in Landsweiler draußen vor den Grenzen des Lehms verkauft und natürlich der berühmte Rötel des Lehms, der allen anderen Rötelsorten im Königreich Bayern überlegen war.

Sowohl Rötel als auch Ton für die Tonbrennerei gingen nie aus. Das Lehm erneuerte sich ständig und brachte Nachschub hervor. Es war immer genug da, um mit den Menschen im Draußen Handel zu treiben. Die im Draußen zahlten für die Waren mit Holz und anderen Dingen, manchmal aber auch mit Münzen. Münzen gab es im Lehm nicht. Jeder gab von dem, was er hatte, an die ab, die etwas brauchten. Man tauschte untereinander Dinge, Vorräte und Arbeitsleistung. Wurde ein Haus gebaut, halfen alle mit.

Themas fand die Münzen aus dem Draußen interessant. Jede Münze stand für einen festen Wert. Dafür konnte man Dinge und Arbeit einhandeln. Für so und so viele Münzen erhielt man einen Sack Getreide oder einen Klafter Holz. Man konnte, wenn es nötig war, ein ganzes Haus im Beutel mit sich tragen und es irgendwo für die Münzen errichten lassen. Das faszinierte ihn.

Er kam an einem Kamelkarren vorbei. Jemand hopste von der hinteren Kante herunter direkt neben ihn. Es war Trischa Banbirk. Die Dreizehnjährige war eine Weile heimlich auf dem Karren mitgefahren. Sie grinste ihn verschwörerisch an: „Ich habe auf die kleine Yldra von den Hohlgrims aufgepasst."

Themas grinste zurück.

„Oh! Blumen!", rief Trischa. Sie sprang vom Rand der breiten Dammstraße geradewegs ins Lehm und eilte zu einem kleinen Hügelchen, auf dem Gras wuchs. Blumen blühten im Gras. Das Mädchen pflückte einige und steckte sie sich ins braune Haar.

Themas musste tief durchatmen. Als Trischa einfach so vom Damm gesprungen war, hatte sich sein Magen zusammengezogen. Der Sand neben der Straße wirkte unsicher. Er wäre an dieser Stelle nicht ins Land hineingelaufen. Aber Trischa hatte den Weg durch den Sand erkannt und war Untiefen mit traumwandlerischer Sicherheit ausgewichen. Trischa war eine sehr gute Wegespürerin.

Das Lehm war groß und trügerisch. Man musste die Pfade kennen, die sich mit den Jahreszeiten veränderten. Wo heute ein Fußweg war, konnte morgen schon ein Bach fließen. Man brauchte ein Auge für das Lehm. Kleine Kinder unter sieben Jahren verließen die Dörfer nur in Begleitung. Sie mussten erst lernen, unsichere Stellen unter dem scheinbar harmlosen Sand zu erkennen und sumpfige Plätze zu meiden. Selbst dort, wo der Sand fest war, konnte sich ein Schlund in die Tiefe öffnen, bereit, einen Unvorsichtigen zu verschlingen.

Von links näherte sich eine andere Dammstraße. Die Karawane aus Südlehmingen stieß zu ihnen. Es gab ein großes Hallo. Alle mischten sich und man führte angeregte Gespräche. Die alle zwei Wochen stattfindende Messe im Zentrum des Lehms war eine hoch willkommene Möglichkeit des Gedankenaustausches.

Man sprach über das neue Dorf und hier und da fielen leise Bemerkungen über Rallie Hoekker. Themas spürte die Unruhe der Menschen. Die Angst ging um. Was, wenn das Lehm erzürnt war? Wenn es ein Sühneopfer verlangte? Dergleichen war in der Vergangenheit oft geschehen. Die Leute sprachen darüber. Ihre Stimmen waren leise und gedämpft.

Was, wenn das Lehm von jedem Dorf einen Zweitling verlangt?, überlegte Themas. Würde sein Zweitling erwählt werden? *„Das-unter-der-Treppe"* war so alt wie er: vierzehn Jahre. Noch zwei Jahre, und Themas würde kein Kind mehr sein. Nur Kinder gingen ins Lehm. So oder so war die Zeit seines Zweitlings abgelaufen. Lange würde er nicht mehr da sein. Der Gedanke gefiel ihm nicht. Er verursachte Bauchschmerzen. Er wusste, dass er nicht über *„Das-unter-der-Treppe"* nachdenken sollte und dass er auf keinen Fall geschwisterliche Gefühle für *„es"* entwickeln durfte, aber Themas konnte nichts dafür. Unter der Treppe lebte kein *„Es"*. Dort war sein Zwillingsbruder eingesperrt, ein namenloses Wesen in Lumpen, dazu ausersehen, dereinst als Gabe ins Lehm zu gehen.

Im Lehm gab es überdurchschnittlich viele Zwillingsgeburten. Das hatte Tante Brilla ihm hinter vorgehaltener Hand erzählt. „Das Lehm richtet es so ein, dass jede Frau mindestens einmal im Leben Zwillinge gebiert", hatte sie erzählt. „Manchmal sogar zweimal. Das Lehm will die Zweitgeborenen. Das Lehm will Opfer."

Themas war ein Zwilling. Er war als Erster geboren worden. Nur deshalb lebte er ein normales Leben. Die Zweitgeborenen durften das nicht. Sie landeten nach dem Abstillen in den Verliesen unter den Treppen. Sie gehörten dem Lehm. Sie waren des Lehms.

Es war purer Zufall, dass ich als Erster geboren wurde, dachte er, während er neben Trischa herlief. Er warf dem Mädchen einen Seitenblick zu. Auch Trischa war die Erstgeborene von Zwillingen. Auch bei den Banbirks lebte ein Zweitling unter der Treppe, ein Mädchen, das aussah wie Trischa aus dem Gesicht geschnitten, ein Mensch ohne Namen, unbeachtet und eingesperrt.

Das Lehm war gut zu seinen Menschen. Es gab ihnen alles, was sie zum Leben brauchten. Es machte die Erde der Gärten und Äcker fruchtbar. Es ließ Gras sprießen, damit die Schafe und Kamele Nahrung hatten und gute Wolle gaben. Es ließ Wasser fließen. Es schenkte den Menschen Ton für die Tonbrennerei und Kupfer und Zinn für die Herstellung von Bronze. Das Lehm schenkte Feuerholz und Ziegel zum Häuserbau. Es sorgte für gutes Wetter. Im Sommer wurde es nie zu heiß und die Winter waren milde. Es gab niemals Frost im Lehm. Keine bösartigen Fremden konnten das Lehm betreten, um über die dort lebenden Menschen herzufallen. Das Lehm schützte seine Menschen.

Doch dafür erwartete es Gegenleistungen. Es erwartete Gehorsam und Opfer. Es erwartete, zu bekommen, was ihm zustand. Die Zweitgeborenen gehörten dem Lehm. So war es immer gewesen, so würde es immer sein. Manchmal musste jedes Vierteljahr ein Zweitling ins Lehm gehen, manchmal nur einmal im Jahr. Das Lehm gab seine Forderungen über die amtierende Lehma an die Menschen weiter. Die Lehma hatte Visionen, die ihr den Willen des Lehms aufzeigten.

Sie kamen zum Mittensee im Zentrum des Lehms. Sie passierten das große Gewässer an seinem westlichen Rand. Themas sah das Dorf Lehmingen weiter im Osten am Ufer des Sees liegen. Er erkannte Fischerboote. Sie lagen vertäut im Hafen. Themas fand es schade. Er sah die Boote nur einmal im Jahr unter Segeln, wenn alle Lehmleute in Lehmingen zusammenkamen, um zu feiern. Jedes Mal war er von den schnittigen Booten fasziniert, die mit ihren hellen Segeln scheinbar mühelos über das Wasser glitten. Es war sein liebster Berufswunsch, später einmal Schäfer zu werden, aber der Mittensee lockte ihn auch. Themas schaute Trischa an, die neben ihm herlief. Er stellte sich vor, mit ihr zusammen auf einem Segelboot über den riesigen See in der Mitte des Lehms zu fahren.

Trischa trug einen Rock aus Mischgewebe. Leinen war mit Wollfäden zu einem festen Stoff verwoben worden. Der Rock hatte ein Karomuster aus hellen Beigetönen des Leinens und unterschiedlich dunklen Brauntönen der Wolle der Schafe. Als Oberteil trug Trischa eine Häkelweste über einem einfachen Leinenleibchen. In die Weste war die rötliche Wolle der Kamele eingearbeitet.

Im Lehm gab es keine Farben. Es war gegen das Gesetz. Kleidung zu färben galt als Hochmut. Erlaubt waren nur die natürlichen Tönungen der Schaf- und Kamelwolle und das helle Beige des Leinenstoffs. Themas war gespannt auf seinen ersten Besuch im Draußen. Tante Brilla hatte ihm erzählt, dass die Leute in Landsweiler bunte Kleidung trugen. Themas konnte es sich kaum vorstellen. Grüne Hosen, rote Hemden, blaue Röcke, bunt gemusterte Mädchenkleider. Er versuchte sich Trischa in einem roten Rock mit blauer Bluse vorzustellen. Er brachte es nicht fertig.

In der Ferne läuteten Glocken. Es waren die Glocken von Lehmberg nördlich des Mittensees. Sie riefen die Gläubigen des Lehms zusammen, um die Messe zu feiern. Themas sah das hohe Kliff aus dem Lehm aufragen. Dort befand sich die heilige Höhle, in der die Priester lebten. Vor der Höhle würde die Messe abgehalten werden.

Im Jahr zuvor war Themas mit Trischa und seinen Freunden Imriff, Mirkus und Fitchell während der Feiertage im Sommer auf das Kliff hinaufgestiegen. Sie hatten am Rand des roten Felsens gestanden und die Leute tief unter ihnen hatten ausgesehen wie Ameisen. Sie hatten sehen können, wie groß das Lehm war. Es erstreckte sich nach allen Seiten rund fünfundzwanzig Kilometer weit, was bedeutete, dass es einen Durchmesser von fünfzig Kilometern hatte.

Alles war rot wie Lehm, rot wie Ton. Nur die Pflanzen waren grün und der

Mittensee schimmerte blau in der roten Einöde. Sie sahen die Herden der Schäfer weiter draußen im Heidekrautland, wo sie auf ihre Menschen warteten, die zur Feier gegangen waren, und sie erkannten am Horizont die einzelnen Dörfer und weit, weit in der Ferne den Rand des Lehms, dort, wo der dichte Wald begann.

Auf dem See kreuzten Fischerboote. Vom Kliff aus sahen sie aus wie Kinderspielzeuge. Die Fernsicht war gut, aber oben gab es nichts zu sehen. Über dem Lehm lag ständig eine diffuse Nebelschicht. Von Onkel Jidler wusste Themas, dass der Himmel im Draußen meistens vollkommen klar war. Er war so blau wie der Mittensee und dicke weiße Wolken segelten über die Bläue.

Das war, als Onkel Jidler und Tante Brilla noch zur Gemeinschaft gehörten. Sein Onkel war regelmäßig mit der Handelskarawane nach draußen gegangen, um Handel mit den Außenstehenden zu treiben. Er hatte Themas oft vom Draußen erzählt. Und eines schönen Tages waren Jidler und Brilla Lerong verschwunden. Themas durfte ihre Namen nur noch in Gedanken aussprechen. Niemand im Lehm sprach über die beiden.

Themas wusste, warum: Sie waren dem Lehm entkommen. Denn ihre Kleider waren nicht eines Morgens an eine Dammstraße gespült worden wie die von Rallie Hoekker. Das Lehm hatte sie nicht erwischt. Den Lerongs war die Flucht geglückt, mitsamt ihren Zwillingen.

*

Sie kamen beim Steilkliff an. Die Glocken von Lehmberg dröhnten übers Land. Die Gläubigen kamen von allen Seiten. Ihr Ziel war die heilige Höhle im Kliff.

Die Leute begrüßten einander. Man unterhielt sich über dem Lärm der Glocken. Viel Zeit blieb nicht. Die Messe würde bald beginnen. Danach war noch genügend Zeit für Gespräche. Alle würden gemeinsam auf der Festwiese bei Lehmberg essen, bevor man schließlich aufbrach, um abends wieder in seinem Dorf zu sein.

Irgendwann schwiegen die Glocken. Alle versammelten sich vor der heiligen Höhle. Es war Zeit für die Messe. Die Menschen stellten sich in halbkreisförmigen Reihen mit dem Gesicht zur Höhle in den Sand. Vorne im Eingang der Höhle stand auf einer Erhöhung im Gelände der oberste

Lehmpriester Mook Orpek mit den Dorfpriestern Bruff Geffel, Fradrich Keplack, Ulaf Tricht, Dathluf Sulter, Gerk Khullrich, Nelder Borkruther und Jindrich Bicker. Direkt bei Mook stand Grutie Umpfbeetl, die junge Lehma.

Mook hob die Arme. Die Höhle bewirkte, dass die Stimme des Priesters so verstärkt wurde, dass alle Anwesenden ihn gut verstanden: „Liebe Gemeinde. Wir haben uns versammelt zur Messfeier zu Ehren des Lehms. Lasset uns beten!"

Es folgten drei Minuten Stillschweigen, in denen ein jeder sein persönliches Gebet zum Lehm sprechen sollte. Themas betete nicht. Das tat er schon lange nicht mehr. Er war der Meinung, dass das Lehm seine Gedanken nicht hören konnte. Mochte das Lehm ein riesiger lebendiger Organismus sein, der genau spüren konnte, wo auf seiner Oberfläche sich Menschen bewegten, aber Gedanken lesen konnte es nicht. Sonst hätte es gewiss noch viel mehr Leute verschlungen. Das hatten ihm Onkel Jidler und Tante Brilla erzählt.

Er warf einen hastigen Blick nach unten auf seine Schuhe. Dort unten rührte sich nichts. Gut so. Es kam bisweilen vor, dass das Lehm seine Fühler ausstreckte. Dann kroch eine dünne, nasse Schicht Lehm an den Beinen hoch. Themas hatte es mehrfach erlebt und er ekelte sich unbeschreiblich davor. Es war grässlich, die kalte schleimige Berührung zu spüren. Es war, als kröche das Lehm an einem hoch, um in die Seele einzudringen und alles auszuforschen. Aber es war noch nie vorgekommen, dass ein Gemeindemitglied während einer Messe in die Tiefe gezogen worden war.

Mook Orpek begann seine Predigt. Er erinnerte die Gemeinde an die guten Zeiten, die sie dem Lehm zu verdanken hatte.

„Das Lehm schützt uns", verkündigte er. „So gehet hin und achtet die Regeln des Lehms. Wer gegen die Regeln des Lehms verstößt, ich sage euch: Dieser fällt dem Lehm anheim."

Es folgte die Geschichte des Auszugs der Gemeinde aus dem bösen Draußen. Themas hörte kaum zu, wie der Priester den Einzug ins Lehm vortrug.

„Die Gemeinschaft des Lehms entstand vor vielen Jahren", sprach Mook Orpek mit weit tragender Stimme. „Menschen kamen zusammen, um ein besseres

Leben im Glauben zu führen. Und es begab sich, dass unsere Gemeinschaft im Draußen in große Not geriet. Die Gemeinde wurde bösen Verleumdungen ausgesetzt und erlitt Verfolgungen. Da zogen sie aus, eine neue Heimat zu finden, wo sie nicht verfolgt würden von den Schlechten und den Boshaften, wo sie leben konnten in Einfachheit und ohne Hochmut, wie ihr Glaube es verlangte. Sie zogen endlos lange dahin und sie fanden kein Zuhause. Wohin sie auch kamen, wies man sie ab. Niemand wollte ihnen Heimstatt gewähren. So wanderten sie weiter und sie kamen in die tiefen Wälder des Ostens. Dort fanden sie das Lehm.

Einst kam ein fliegender Bote aus dem Himmel herab. Er legte die Wälder nieder und öffnete die Erde. Ein Same ging aus dem fliegenden Himmelsboten hervor und er wuchs und gedieh und siehe: Das Lehm entstand. Und die heilige Lehma trat vor und sie bat das Lehm um Erbarmen für die Gläubigen. Und das Lehm erhörte die Lehma. Das Lehm nahm die Gläubigen auf in seiner Gnädigkeit. Das Lehm gab ihnen eine neue Heimat. Das Lehm schützte sie vor den Schlechten und vor den Boshaften, die sie verfolgten, und das Lehm ließ nicht zu, dass die Häscher die Gläubigen verfolgten, sondern es ging hin und es verschlang die Schlechten und die Boshaften, wenn sie die Grenze überschritten. So wurde das Lehm den Gläubigen zur Heimat.

Sie gingen hin und weideten ihre Herden und sie bestellten ihre Gärten und Äcker. Sie änderten ihre Namen, auf dass sie nicht mehr klangen wie die der Sünder im Draußen, denn sie wollten nicht sein wie diese. Sie legten alles Alte ab und sie wurden neue Menschen mit neuen Namen. Das Lehm kühlte sie im Sommer und wärmte sie im Winter. Es spendete ihren Schafen und Kamelen Weide. Es schenkte den Gläubigen die Inseln für ihre Dörfer. Im Mittensee gediehen Plattfische und die großen blauen Krebse, wie es sie sonst nirgends gibt auf der ganzen Welt. Das Lehm gab den Gläubigen Ton für Ziegelsteine. Es schuf den Gläubigen Wege durchs rote Land, welche die Ungläubigen nicht gehen können. Das Lehm schenkte den Menschen Kupfer und Zinn für den Bronzeguss.

Kein Ungläubiger kann ins Lehm eindringen. Versucht er es, verschlingt ihn das

Lehm. Nur Lehmgeborene können die Wege des Lehms gehen. Das Lehm schützt uns. Und weil das Lehm uns schützt, so wollen wir ihm unsere Gaben darbringen in Demut und Liebe, denn es gebührt dem Lehm, dass man ihm opfert und dient. Denkt immer daran:

Wer das Lehm nicht ehrt, ist des Lehms nicht wert.

Das Lehm ist alles. Du bist nichts.

Diene dem Lehm, denn das Lehm dient dir.

Das Lehm schützt uns. Das Lehm bewahrt uns. So war es immer. So wird es immer sein."

So, so, dachte Themas. Er fühlte sich rebellisch wie lange nicht mehr. Kupfer und Zinn bekommen wir also vom Lehm, damit wir Gebrauchsgegenstände aus Bronze herstellen können. Aber Eisen dürfen wir nicht haben. Dabei ist Stahl viel besser als Bronze. Draußen ist alles aus Eisen, was bei uns aus Bronze ist. Eisen ist ein viel besseres Metall. Onkel Jidler hat es mir gesagt.

Sein Onkel hatte ihm auch gesagt, dass das Lehm kein Eisen vertrug. Eisen war schädlich für das Lehm. Es mied Eisen. Umso seltsamer fand Themas die Tatsache, dass die Priester und die Lehma Arm- und Knöchelketten aus Eisengliedern trugen. Auch die Gitter unter den Treppen waren aus Eisen gemacht.

Er musste an den Damm denken, den die Menschen von draußen im Jahre 1906 errichtet hatten. Allen Warnungen der Lehmleute zum Trotz hatten die Holzfäller von draußen angefangen, einen Damm aufzuschütten. Sie waren beinahe dreihundert Meter weit ins Gebiet des Lehms vorgedrungen, ohne dass etwas geschah.

Themas war damals noch klein gewesen und er hatte nicht viel mitbekommen. Aber die Erwachsenen waren in heller Aufregung gewesen. Da kamen Menschen vom Draußen und sie drangen ins Lehm ein. Warum tat das Lehm nichts dagegen? Schützte es seine Gemeinde nicht länger vor den schlechten Menschen des Draußen?

Als er älter war, hatte Tante Brilla es ihm erzählt: „Das Lehm lag still und ließ die

Außenstehenden ihren Damm bauen. Es rührte sich nicht, bis die Leute von draußen eiserne Eisenbahnschienen auf dem Damm verlegen wollten. Da öffnete sich die Erde und verschlang alles: den Damm, die darauf ausgelegten Eisenbahnschwellen aus Holz und die Leute, die auf dem Damm arbeiteten. Brodelnd ging alles im Lehm unter. Nur die Werkzeuge spie das Lehm wieder aus, die Pickel und Schaufeln aus Eisen. Noch heute ist dort die Erde verbrannt und kahl, wo das Lehm mit dem Eisen in Kontakt kam. Das Lehm verträgt kein Eisen. Es meidet Eisen, wo es kann."

Themas schaute die Priester und die junge Lehma an. Alle trugen an den Knöcheln schwere Ketten aus Eisengliedern, ebenso an den Handgelenken. Schützen sie sich damit vor dem Lehm?, überlegte er. Wer solche Ketten trägt, der kann nicht im Lehm einsinken. Das Lehm meidet Eisen. Ganz schön schlau von diesen Leutchen, Eisen als Schmuck zu tragen.

Mook Orpek trat hinter die junge Lehma. Er legte dem Mädchen die Hände auf die Schultern: „Seht, liebe Gemeinde: unsere ehrwürdige Lehma. Sie wird nun vortreten und in Kontakt mit dem Lehm treten und uns den Willen des allumspannenden und allwissenden Lehms mitteilen."

Die Lehma trat von dem Sockel herunter in den Sand vor der still wartenden Gemeinde. Themas hatte ein spöttisches Grinsen unterdrückt, als Mook Orpek sie ehrwürdig nannte. Man nannte alte Leute ehrwürdig. Die alte Lehma Bescha Birkendruff war ehrwürdig gewesen, sogar altehrwürdig. Bescha war über neunzig Jahre alt, als sie im Bett sanft entschlief.

Grutie Umpfbeetl, die neue Lehma, vor fünf Jahren erwählt, war ein dünnes kleines Mädchen von gerade mal elf Jahren. Mit sechs Jahren war sie zur Nachfolgerin der alten Lehma bestimmt worden und lebte seither mit den Priestern in der heiligen Höhle. Grutie war ein eingebildetes, herrschsüchtiges Ding. Sie war unduldsam und wollte immerzu bestimmen. Die Priester verehrten sie. Sie katzbuckelten vor der neuen Lehma, wohl wissend, dass sie ihnen jederzeit ihre Gunst entziehen konnte, wenn es ihr einfiel.

Es hieß natürlich, dass es der Wille des Lehms sei, wenn die Lehma einen Urteilsspruch fällte, aber Themas dachte sich seinen Teil. Onkel Jidler und Tante

Brilla hatten ihm viel erzählt.

Er beobachtete, wie Grutie vor die Gemeinde trat. Mit kleinen, zierlichen Schritten tapste sie über den Sand. Sie trug keine Schuhe. Das war so, damit sie stets in direktem Kontakt mit dem Lehm sein konnte. So sagten die Priester.

Grutie blieb stehen. Themas schaute genau hin. Er sah, wie die Füße des Mädchens im Boden einsanken. Langsam saugte das Lehm sie in sich ein. Die kleine Lehma sank in den sumpfigen Grund, bis zu ihren eisernen Knöchelketten. Mit geschlossenen Augen stand sie da. Es sah aus, als lausche sie angestrengt. Themas hätte nicht sagen können, ob es nur Schau war oder ob Grutie tatsächlich Botschaften vom Lehm empfing. Es kam ihm oft so vor, als ob Grutie nach Belieben Sprüche aufsagte. Sie liebte es, Befehle zu erteilen und Menschen herumzuhetzen.

Die junge Lehma wurde erwählt, wenn die alte Lehma starb. Dann mussten alle Mädchen im Alter von sechs Jahren in Lehmberg vor der heiligen Höhle zusammenkommen. In einfachen Leinentuniken standen sie dann barfuß im Sand und das Lehm wählte eine Nachfolgerin für die verstorbene Lehma.

Themas erinnerte sich noch gut an Gruties Erwählung. Sie hatte im Sand gestanden und blanke Angst hatte aus ihren aufgerissenen Augen geleuchtet. Sie hatte Angst wie alle anderen Mädchen auch. Denn das Lehm holte sich bei der Wahl der neuen Lehma manchmal einige von den Mädchen als Gabe. Die Priester sagten, diese Mädchen hätten unreine Gedanken gehabt und ihre Seele sei voller Sünde gewesen. Darum habe das Lehm sie verschlungen. Niemand konnte sagen, wen es treffen würde. Es ging blitzschnell. Der eben noch feste Bodengrund unter den Füßen eines Mädchens verwandelte sich in Sumpf und er verschlang das arme Kind in wenigen Sekunden.

Bevor Grutie als neue Lehma ausgewählt wurde, verschlang das Lehm zwei Mädchen dicht neben ihr. Dann sank Grutie in den Boden ein. Sie gab einen erschrockenen Laut von sich und dann machte sie sich ins Höschen. Der Urin lief an ihren dünnen Beinen hinunter und Grutie öffnete den Mund zu einem Entsetzensschrei. Dann wurde der Boden fest. Das Mädchen stand bis zu den Waden im Lehm, die Augen aufgerissen, mit sperrangelweit offen stehendem

Mund.

„Sie hat dem Lehm geopfert", rief einer der Priester. Damals hatte Themas das noch geglaubt. Später war ihm klargeworden, dass Grutie sich vor Angst eingepisst hatte. Das Mädchen hatte angefangen, am ganzen Leib zu zittern. Dann waren kaum verständliche Worte aus seinem Mund gekommen.

„Das Lehm spricht!", rief der oberste Priester Mook Orpek. „Das Lehm spricht durch den Mund unserer Lehma zu uns! Das Lehm hat seine neue Lehma gewählt."

So war Grutie Umpfbeetl zur Lehma geworden. Sie lebte fortan bei den Priestern in der heiligen Höhle und sie reiste mit ihnen durchs Lehm und besuchte die Dörfer. Dort erteilte sie den Dorfbewohnern Ratschläge und sprach zu ihnen mit der Stimme des Lehms. Sie verkündete den Willen des Lehms. Und sie ließ sich hinten und vorne bedienen.

Grutie öffnete die Augen. Sie hob die Arme und rief: „Das Lehm spricht zu mir. Höret, was das Lehm zu sagen hat!" Völlige Stille herrschte auf dem weiten Platz. Rund zweitausend Menschen lauschten. Themas sah Furcht in so manchem Gesicht. Rallie Hoekker hatte sich gegen das Lehm versündigt. Was, wenn das Lehm Gaben zu seiner Besänftigung verlangte?

„Eine von uns ging fehl!" Die dünne, hohe Kinderstimme der Lehma trug erstaunlich weit. „Eine ging in die Irre! Eine hat die Gesetze gebrochen! Sie ist des Lehms! Das Lehm nahm sie und es schickte nur ihre Kleider zurück an den Rand der Straße. Das Lehm ist zutiefst traurig. Das Lehm ist entsetzt. Warum ging diese Frau fehl? Warum trat sie die Güte des Lehms mit Füßen?"

Weil sie verhindern wollte, dass einer ihrer Zwillinge unter der Treppe eingesperrt und eines Tages dem Lehm geopfert wird, du Zicke!, dachte Themas. Er loderte vor Zorn. Er musste sich beherrschen. Er gab sich alle Mühe, ein unbeteiligtes Gesicht zu machen. Rallie Hoekker wollte nicht, dass eins ihrer Kinder zur Gabe an das Lehm wurde. Das wussten alle! Aber niemand sagte ein Wort. Themas sah nichts als Furcht in den Gesichtern um sich herum. Alle hatten sie Angst.

Er sah die Lehma an. Grutie Umpfbeetl hatte keine Angst. Sie schien die

Situation zu genießen. Sie hatte in diesem Moment Macht über zweitausend Seelen. Alle schauten sie an und hofften, sie möge keine Strafen verkünden.

„Das Lehm ist entsetzt", rief Grutie. „Das Lehm leidet. Das Lehm ist tieftraurig."

Hatten wir schon, dachte Themas. Los! Sag deinen Spruch auf! Fordere ein Opfer, du Mistbiene! Dann fiel ihm ein, dass es seinen Zwilling unter der Treppe treffen konnte. Genau in diesem Moment starrte die Lehma ihn an. Themas erschrak. Konnte das Mädchen fühlen, dass er rebellische Gedanken hatte? Hatte er für einen Moment sein Gesicht nicht unter Kontrolle gehabt? Er schaute möglichst neutral zurück. Grutie wandte den Blick ab. Sie starrte andere Leute an. Minutenlang tat sie nichts anderes.

Sie will, dass alle vor Angst zittern, dachte Themas. Sie liebt das! Was für ein gemeines kleines Ding! Ekelhafte, herrschsüchtige Suse! Aber ihm war angst und bange, wenn er daran dachte, dass das Lehm seinen Bruder als Gabe erwählen konnte. Bitte nicht!, dachte er. Oh, bitte nicht!

„Das Lehm ist voller Traurigkeit", wiederholte die kleine Lehma. „Das Lehm weint. Lasst uns beten, damit das Lehm wieder fröhlich wird und für uns da ist. Wir wollen ihm unsere Gebete schenken." Sie begann das Dankgebet zu sprechen. Die Gemeinde sprach die Verse mit.

Danach meldete sich noch einmal Mook Orpek zu Wort: „Liebe Gemeinde, wir wollen dem Lehm danken, dass es in seiner unendlichen Güte keine Gabe von uns verlangt, dass es uns seine Vergebung schenkt. Lehm, wir danken dir!"

„Lehm, wir danken dir!", riefen sie alle.

Themas war erleichtert. Sein Bruder würde leben. Vorerst jedenfalls. Denn irgendwann würde er zur Gabe für das Lehm werden. So war es ihm vorherbestimmt.

Es wurden einige Lieder gesungen und noch einmal ein Gebet gesprochen, dann war die Messe zu Ende. Die Leute zerstreuten sich. Überall kamen Grüppchen zusammen, um Gespräche zu führen. Themas streunte umher.

Plötzlich war Trischa Banbirk neben ihm und schaute ihn mit ihren honigfarbenen Augen an: „Ist es nicht wunderbar, wie gnädig das Lehm ist? Es hat keine zusätzliche Gabe verlangt, weil eine von uns fehlging. Das Lehm ist gut zu uns."

„Wundervoll", bestätigte Themas. Er hatte das Gefühl, jeden Moment erbrechen zu müssen. Was war wundervoll daran, dass das Lehm nicht noch mehr Menschenleben forderte? Wundervoll wäre gewesen, wenn es einen Weg gegeben hätte, dem Lehm nie wieder einen Menschen zu opfern. Aber das konnte er Trischa nicht sagen. Oder vielleicht doch?

Themas lotste Trischa von den Leuten weg zu einer Stelle, wo sie unter sich waren. „Nichts ist wundervoll", flüsterte er. „Das Lehm ist unberechenbar und grausam. Es will Menschenleben!"

Trischas Augen wurden riesengroß. „Themas!", wisperte sie. Sie begann am ganzen Leib zu zittern. Blanke Angst stand ihr ins Gesicht geschrieben. „Was sagst du da?! Dafür kannst du ins Lehm geschickt werden! Das Lehm hört dich!"

„Nicht, wenn man leise ist", gab er zurück.

„Bitte hör auf!", flehte das Mädchen.

„Schon gut!", brummte er. Er wollte Trischa nicht ängstigen. Doch er war es satt, so zu tun, als wäre alles in schönster Ordnung. Dem war nicht so. Das Lehm war nicht gut. Er musste an das denken, was Tante Brilla gesagt hatte: „Wie kann etwas gut sein, das seine Menschen festhält und nicht gehen lässt?"

Damals hatte er geantwortet: „Halten nicht auch Eltern ihre Kinder fest und lassen sie nicht gehen? Sie tun es, um ihre Kinder zu schützen." So hatte er es in der Schule von seinem Lehrpriester gelernt.

„Das Lehm schützt niemanden", hatte die Tante gesagt. „Das Lehm hält seine Menschen gefangen. Das Lehm ist böse."

Inzwischen glaubte er das ebenfalls. Er mochte das Lehm nicht mehr. Er dachte manchmal darüber nach, wie es wäre, wenn er mit seinen Eltern das Lehm verlassen würde, so wie sein Onkel und seine Tante.

Er lief mit Trischa über die Wiese auf den Festplatz von Lehmberg zu. Dort würden alle gemeinsam zu Mittag essen. Die dazu eingeteilten Leute bereiteten die Mahlzeit in großen Kupferkesseln zu. Themas und Trischa halfen beim

Schälen von Kartoffeln. Während sie arbeiteten, unterhielten sie sich mit den Leuten. Themas merkte, dass sich Trischa entspannte. Ihre Angst wich.

Ich hätte das nicht zu ihr sagen dürfen, schalt er sich selbst. Ich habe sie geängstigt. Aber, verflixt, es hatte aus ihm herausgewollt!

Trischa stupste ihn an: „Du, Themas?"

„Hm?"

„Du gehst doch demnächst mit ins Draußen, nach Landsweiler?"

„Ja, tue ich." Themas war vierzehn und ab diesem Alter durfte man gelegentlich mit der Karawane, die Waren ins Draußen brachte, das Lehm verlassen. In Landsweiler, direkt am Rand des Lehms, hatten die Außenstehenden eine Bahnstation, von wo sie Holz ins Königreich abtransportierten und die Waren, die sie von den Lehmleuten eintauschten. Nelder Borkruther, der Dorfpriester von Lehmborn, hatte Themas mitgeteilt, dass er das nächste Mal mitkommen dürfe, falls er Interesse habe.

Trischa schaute ihn an. Ihr Blick ging ihm durch und durch. Jedes Mal, wenn sie ihn so anschaute, bekam er mächtig Herzklopfen. „Bringst du mir etwas mit?", fragte sie mit schief gelegtem Kopf.

„Ja, mache ich", versprach er. Ihr Lächeln wärmte ihm das Herz.

*

Am nächsten Tag kam Themas darüber zu, wie seine Mutter *„Das-unter-der-Treppe"* wusch. Sie schrubbte seinen Zweitling von Kopf bis Fuß in einer Wanne mit warmem Wasser. Danach schnitt sie ihm die Nägel. Sie sprach nicht mit dem Jungen. Nur hier und da gab sie ihm knappe Weisungen. „Halt still!" „Kopf nach vorne!" „Arm ausstrecken!" Gelegentlich antwortete der Zweitling mit ein oder zwei ungeschickt hervorgepressten Sprachbrocken. Keins von *„Denen-unter-der-Treppe"* konnte sprechen. Sie konnten nur ein paar Brocken brabbeln.

Umso beredter war die Sprache ihrer Augen. Als er Themas sah, warf ihm sein Zwilling einen Blick zu, der ihm durch und durch ging.

Sie können nicht sprechen, weil sich niemand richtig mit ihnen abgibt, dachte er. Aber sie sind denkende und fühlende Wesen wie wir anderen auch. Was mit ihnen gemacht wird, ist fürchterlich!

Seine Mutter wurde auf ihn aufmerksam. „Was stehst du herum und hältst Maulaffen feil? Mach dich fort! Wie oft soll ich dir das noch sagen!"

Themas ging weg. Er schritt ohne Eile aus und sah sich immer wieder um. Seine Mutter wusch seinen Bruder. Ihr Gesicht wirkte grimmig. Ihr Mund war ein schmaler Strich. Sie macht sich hart, aber das ist rein äußerlich, überlegte er. Innerlich macht es ihr zu schaffen, wie sie mit ihrem Kind umgehen muss. Tante Brilla braucht nicht so verkniffen zu gucken, wenn sie ihre Zwillinge wäscht. Sie darf beide Kinder lieben, die sie geboren hat.

Seine Tante war mit ihrem Mann und den kleinen Kindern aus dem Lehm geflohen. Manchmal fragte sich Themas, ob die Tante ihm absichtlich gewisse Geheimnisse eröffnet hatte. Hatte sie geplant, ihn mit nach draußen zu nehmen?

Themas schaute seinen Zwilling aus der Ferne an. Der Zweitling erwiderte den Blick.

Wenn ich ginge, dann nur mit dir! Der Gedanke brodelte in Themas hoch wie Wasser aus einer Quelle. Er erschrak vor sich selbst. Und wie, bitte schön, soll ich das anstellen?, fragte er sich. Ich habe keine Ahnung, wo Mutter den Schlüssel zum Verlies aufbewahrt. Ohne Schlüssel kriege ich die Gittertür nicht auf.

Er hatte danach gesucht. Es war keinen Monat her. Seine Eltern gingen einmal die Woche zur Versammlung im Bürgermeisterhaus. Dort trafen sich die Erwachsenen zu einer längeren Besprechung. Themas hatte keine Ahnung, über was sie dort redeten. Seine Eltern hatten ihm keine Antwort gegeben, als er danach fragte.

Vor ein paar Wochen hatte er ihre Abwesenheit benutzt, um den Schlüssel zu suchen. Das ganze Haus hatte er auf den Kopf gestellt und auch im Keller und auf dem Dachboden nachgesehen. Er hatte jeden Winkel kontrolliert, aber nichts gefunden. Erst später war ihm klargeworden, dass seine Mutter den Schlüssel wahrscheinlich bei sich trug.

Warum tue ich das?, fragte er sich. Die Antwort war klar: Er interessierte sich für *„Das-unter-der-Treppe"*. Es war sein Zwilling. Schon immer hatte das Verlies unter der Treppe seine Blicke angezogen. Als Kind hatte er sich an das Kontaktverbot gehalten und nur aus der Ferne geschaut. Aber es hatte ihn immer zu dem armen Wesen hingezogen, das unter menschenunwürdigen Bedingungen in seinem engen Verlies hauste. Themas erinnerte sich an den Vorfall vor fünf Jahren, als sei es gestern gewesen.

Noch war die altehrwürdige Lehma Bescha Birkendruff im Amt, und das sah man ihr an. Sie schien mit jedem Tag kraftloser zu werden. Themas war erst neun, aber er war alt genug, sich zu fragen, ob es vielleicht das Amt war, das Bescha innehatte, das sie so müde und kraftlos machte. Bescha Birkendruff hatte nicht den stechenden Blick der heutigen jungen Lehma. Bescha war nicht herrschsüchtig. Bescha verkündete die Beschlüsse des Lehms mit müder Stimme. Sie klang, als hätte sie es satt, Urteile zu verkünden und Entschlüsse zu überbringen.

Sie kam einige Tage vor dem Frühlingsfest ins Dorf, gefolgt von den Priestern. Mit müden Schritten schleppte sie sich durchs Dorf. Jeder, der ihr begegnete, wusste, wozu sie gekommen war. Es galt, eine Gabe fürs Lehm zu bestimmen.

Themas stand mit seiner Mutter vorm Haus und schaute zu, wie die kleine Prozession sich durch Lehmborn bewegte. Als die Lehma in den Weg einbog, der zu ihrem Haus führte, verspannte sich die Mutter von Themas. Themas fühlte die Angst seiner Mutter beinahe körperlich. Er wusste, was los war. Seine Mutter hatte Angst, dass sein Zwillingsbruder erwählt werden würde.

In diesen Moment wurde ihm klar, dass seine Mutter den Zweitling liebte, mochte sie noch so hart und gefühllos tun, wenn sie mit ihm Umgang hatte, um ihn zu waschen, seine Haare und Nägel zu schneiden oder ihm frische Lumpenkleidung überzuziehen. Sie liebte das namenlose Wesen unter der Treppe, denn es war ihr Kind - genauso wie Themas ihr Kind war.

Die Lehma kam den Weg heraufgeschlurft. Die eisernen Ketten an ihren Knöcheln schienen eine zentnerschwere Last zu sein, die sie kaum schleppen konnte. Immer wieder blieb Bescha stehen, um sich auszuruhen. Oder um es hinauszuzögern, dachte Themas. Sie sieht aus, als wolle sie nicht verkünden, welches „*Unter-der-Treppe*" die Gabe sein wird.

Konnte das sein? Themas war verwirrt. Er war erst neun und er kannte Bescha Birkendruff sein ganzes Leben lang als die Lehma, die Frau, die dem Lehm eine Stimme gab. Bescha verkündete Beschlüsse und Wünsche des Lehms und sie fällte Urteile in seinem Namen. Gefiel ihr das nicht mehr? Hasste sie es, den Eltern der armen Kreaturen unter den Treppen mitteilen zu müssen, dass ihr Kind vom Lehm als Gabe auserwählt worden war? Es sah wirklich so aus. Die Prozession kam zu Themas und seiner Mutter. Seine Mutter erstarrte. Themas sah, wie sie sich ganz steif machte, von Kopf bis Fuß.

„Ich bin gekommen, den Wunsch des Lehms zu überbringen", hob Bescha an.

In diesem Moment kam ein Laut über die Lippen der Mutter, der Themas wie ein Messer ins Herz schnitt. Es war ein atemloses Hauchen, ein kaum hörbares Aufjaulen. Seine Mutter klang, als sei sie geknebelt und als versuche sie, durch den Knebel aufzuschreien. Sie schlug die Hand vor den Mund. Er zuckte zusammen, als er sie hörte. Angst und Mitgefühl schwappten über ihn wie eine Welle. Er klammerte sich an die Hand der Mutter. Sie war kalt, diese Hand. Eiskalt. Er wollte etwas sagen, doch er bekam kein Wort heraus.

Die Lehma hielt inne. Sie sah verwirrt aus und schaute drein, als lausche sie in sich hinein. Ihr Blick suchte den der Mutter: „Ach! Du bist ja die Reba. Reba Irrlucht. Bist du nicht eine geborene Trenns? Die Tochter der Müllerfamilie in Lehmweiler?" Die Lehma lächelte. „Ja, ich erinnere mich. Du warst eine schöne Braut. So jung und so schön. Du hast deinen Nelder geliebt von Anfang an."

Der Blick der Lehma wurde leer. Für einen Moment stand sie still da, die Augen stumpf, wie tot. Dann ging ein Ruck durch sie. Sie schüttelte den Kopf. „Ich muss weiter, Reba", sagte sie. „Ich muss zwei Häuser weiter zu Errlings, um die Bitte des Lehms zu überbringen." Sie fasste sich an die Schläfe. „Errling, nicht Irrlucht. Errling!" Sie wandte sich nach links und ging grußlos davon.

Wieder kam ein unterdrückter Laut aus dem Mund seiner Mutter, ein Schluchzen, das nie ganz geboren wurde. Die Hand der Mutter drückte die Hand von Themas so fest, dass er Angst bekam, sie würde ihm die Knochen brechen. Noch einmal gab die Mutter das gedämpfte Schluchzen von sich. Dann zog sie Themas an sich und umarmte ihn. Sie wollte ihn gar nicht mehr loslassen.

Themas lugte aus der Umarmung heraus. Er sah, wie die Lehma, gefolgt von den Priestern, zum Haus der Familie Errling schritt. Er sah Derny Errling vor der Haustür stehen, ihre siebenjährige Tochter Alse von hinten umarmend. Die Augen Dernys wurden riesengroß, als die Lehma ihr Haus ansteuerte und den Wunsch des Lehms verkündete. Themas sah den Schmerz in den Augen der Frau. Es war der gleiche Schmerz, der Minuten zuvor in den Augen seiner Mutter gestanden hatte.

Sein Blick fiel auf das Eisengitter unter der Treppe des Hauses, in dem er mit Vater und Mutter lebte. Ein kleines bleiches Gesicht schwebte dort unten in der Dunkelheit. Große Augen schauten ihn an. Augen, in denen blanke Todesangst leuchtete. Keine Erleichterung. Todesangst.

Zum ersten Mal wurde Themas klar, dass sein Bruder in ständiger Angst lebte, als Gabe fürs Lehm ausgewählt zu werden. *„Die-unter-der-Treppe"* konnten nicht richtig sprechen, aber sie wussten, dass etwas Schreckliches mit ihnen passieren würde. Irgendwann würde man sie aus ihrem Verlies hervorholen und wegbringen und sie würden nie zurückkommen.

Sie wissen es!, dachte Themas schaudernd. Er presste sich Schutz suchend gegen seine Mutter. Sie wissen es! Irgendwie haben sie es herausgefunden. Wie schrecklich! Sie warten ihr ganzes Leben auf ihr Todesurteil.

Nachts war Themas aufgewacht. Etwas hatte ihn geweckt. Im ersten Moment wusste er nicht, wo er war. Er brauchte eine Weile, um die Orientierungslosigkeit zu überwinden. Dann hörte er es. Von unten drang Schluchzen zu ihm herauf. Jemand weinte laut und verzweifelt. Es war sein Zwilling. Themas schob die Bettdecke zur Seite. Er stand auf und schlich die Treppe hinunter. Er hatte keine Ahnung, was er tun würde, wenn er erst einmal draußen vorm Haus war, aber er schritt ohne Zögern zur Haustür.

Plötzlich stand seine Mutter vor ihm. Wie ein Berg ragte sie in der Dunkelheit auf. Von draußen drang nur wenig Mondlicht durch die Fenster. „Themas!", zischte die Mutter. „Was tust du hier?"

Er stand vor ihr und brachte kein Wort heraus. Von draußen drang das laute

Weinen durch Tür und Tor. Themas holte tief Luft. Dann setzte er sich in Bewegung. Er wollte um seine Mutter herumgehen und zur Haustür. Das Weinen zog ihn an. Er musste dem Ruf des verzweifelten Schluchzens folgen. Dort draußen weinte sein Bruder einsam in der Nacht. Sein Bruder weinte vor Angst.

Die Mutter hielt ihn fest. „Themas, nicht!" Sie zog ihn zur Treppe.

Er wehrte sich. „Mama, lass mich! Ich muss zu ihm!"

„Scht! Nein!", flüsterte die Mutter. Sie setzte sich auf die zweite Stufe der Treppe, die zu den Schlafräumen unterm Dach führte, und zog ihn in ihre Arme. Sie ließ ihn nicht gehen. „Du darfst nicht hinaus. Dort draußen ist das Lehm. In den Vollmondnächten kommt es ins Dorf. Es ist überall. Schweig still, Themas!" Er hörte an ihrer Stimme, dass sie weinte. Sie gab keinen Ton von sich, aber sie weinte wie sein Bruder draußen unter der Treppe. Heiße Tränen tropften auf seinen Kopf.

Vor der Haustür hörte er seinen Zweitling weinen, ein lautes, verzweifeltes Schluchzen. Ein Laut vollkommener Verlassenheit. Er hörte die Angst aus diesem Weinen heraus. In diesem Moment begann er das Lehm zu hassen.

Eine Woche später erzählte Tante Brilla ihm zum ersten Mal hinter vorgehaltener Hand von den bösen Geheimnissen des Lehms. Und davon, dass das Lehm Eisen mied.

Themas stand an der Ecke des Weges und schaute zu seiner Mutter zurück. Sie zog seinem Bruder neue Lumpenkleidung über. Er starrte das Gitter an, das das Verlies abschloss. Eisen. Wissen die anderen eigentlich, dass das Lehm kein Eisen mag?, fragte er sich. Er hatte es von Onkel Jidler und Tante Brilla erfahren.

Und selbst wenn, dachte er. Was nutzt es schon? Die Eisenbahner sind vom Lehm verschlungen worden und hinterher hat es die Eisenteile ausgespien wie eine Eule die Knochen ihrer Beute. Sein Bruder sah zu ihm her. Themas fasste sich ein Herz. Zaghaft hob er die Hand und winkte. Sein Zweitling winkte zurück. Als die Mutter sich nach ihm umdrehte, verschwand Themas rasch um eine Hausecke.

*

Themas war mit Trischa draußen bei den Schäfern. Sie halfen beim Hüten und suchten nach essbaren Wurzeln fürs Abendessen. Eigentlich war Themas mit seinen Freunden Mirkus, Fitchell und Imriff verabredet gewesen, doch dann war Trischa aufgetaucht und hatte ihn gefragt, ob er mitkommen wolle, die Schäfer besuchen, die weit draußen vor Lehmborn die Schafe und Kamele weideten. Früher wäre Themas mit seinen Freunden gegangen, aber seit er Herzklopfen bekam, wenn er Trischa traf, war das anders. Er war der Einladung des Mädchens ohne Zögern gefolgt.

Nun stand er mit ihr auf einer kleinen Geländeerhöhung und ließ den Blick übers Lehm wandern. Die Schafe und Kamele weideten auf einer schier endlos großen Grasfläche. Wadenhohe Heidekrautpolster standen überall im grünen Gras und hier und da wuchs mannshohes, knorriges Gestrüpp.

Die Hauptfarbe der Landschaft war ein helles Ziegelrot. Wo kein Gras wuchs, zeigte sich Sand und Lehm in rötlicher Farbe. Es war die Farbe der Heimat. Die Farbe des Lehms. Sogar die Menschen trugen Kleidung in dieser Farbe. Die Wolle der Kamele war von der gleichen Farbe wie das Lehm. Sie wurde in fast alle Stoffe eingewebt.

Themas warf einen Blick auf Mork Ärlemon, den Schäfer. Er stand auf seinen Schäferstab gelehnt inmitten der grasbewachsenen Heide und hatte ein wachsames Auge auf seine Tiere. Die Spitze des Schäferstabes funkelte in der Sonne. Es war eine aus Bronze gegossene Spitze. Sie war scharf und machte den Stab im Bedarfsfall zum Speer. Damit wehrten die Schäfer Raubtiere ab. Denn so friedlich, wie es schien, war das Lehm nicht. Es gab den Horro.

Von Süden kam eine Gruppe Kinder gelaufen, angeführt von Dorfpriester Nelder Borkruther. Der Priester erklärte seinen Schützlingen das Lehm. Er zeigte ihnen das grüne, saftige Gras, das eine gute Weide für Kamele und Schafe abgab, und das harte, sägezahnartige dunkle Gras, das die Ziegen liebten, die die Dörfler hielten. Er beschrieb das niedrig wachsende Heidekraut und das Gestrüpp. Die Kindergruppe kam heran und die Kleinen verteilten sich, um die Schafe zu streicheln und die Kamele, die den Kopf senkten, an den Ohren zu kraulen. Nelder ließ sie machen. Er unterhielt sich angelegentlich mit Mork und seiner Frau Preta über das Wetter und darüber, dass diese Weidefläche seit Langem stabil war.

„Wohl", meinte Mork. „Es kann sich aber jeden Tag ändern. Morgen schon kann der Boden hier weich und tückisch werden und alles verschlingen, was darüber läuft. So ist das Lehm." Die Kinder kamen herbei und wollten die bronzene Spitze von Morks Schäferstab anschauen. „Das ist eine scharfkantige Waffe", erklärte der Dorfpriester. Nelder Borkruther war nicht nur Priester. Er war auch der Lehrer von Lehmborn und unterrichtete die Kinder im Alter von sechs bis zwölf Jahren. Von ihm lernten sie lesen und schreiben und rechnen und er erklärte ihnen das Lehm.

Er zeigte auf die Spitze des Schäferstabes: „Was ein anständiger Schäfer ist, der wehrt mit dieser Waffe einen angreifenden Horro ab. Töten kann man das Untier selten. Es reicht, es abzuwehren, damit die Herde fliehen kann. Aber noch besser ist es, einem Horro erst gar nicht nahe zu kommen." Nelder schaute in die Runde: „Wer sagt mir, wie man einen lauernden Horro erkennt?"

Die kleine Tithra, Tochter von Ziegelmacher Clometsch Borkruther, hob die Hand: „Er liegt in einer flachen Sandkuhle unter der Erde. Man erkennt seinen Kopf. Wo der ist, gibt es eine kleine Erhöhung im Sand und da gucken seine Atemröhrchen raus. Die sehen aus wie Grashalme. Wenn man ihm nicht zu nahe kommt, kann er einem nichts tun."

„Sehr schön, Tithra", lobte Nelder. „Der Horro, auch Sandhund genannt, ist das einzige Geschöpf im Lehm, das uns Menschen gefährlich werden kann. Er sieht aus wie die Seehunde im Draußen, die im Meer leben. Sein Körper ist bis zu drei Meter lang und zylindrisch gebaut, mit kräftigen Grabflossen an den Flanken. Der Kopf des Untiers gleicht dem Kopf eines Bären, nur dass sein Maul noch größer und seine Hauer noch länger und furchterregender sind. Wenn ein Tier oder ein Mensch einem lauernden Horro zu nahe kommt, schießt er aus dem Sand hervor und fällt sein Opfer an. Dabei brüllt und knurrt er laut." Nelder Borkruther imitierte das Geräusch, das ein angreifender Sandhund von sich gab: „Horrorrooorll!"

„Was tut man, wenn ein Horro aus dem Sand hervorbricht?", fragte der Priester.

Tithras Bruder Ulbert meldete sich: „Einen Satz zur Seite machen und rennen, was das Zeug hält."

„Ganz genau, Ulbert. Man muss sofort wegspringen. Dann hat man eine Chance. Erstarrt man hingegen vor Furcht, ist es um einen geschehen. Der Horro packt sein Opfer, beißt ihm die Kehle durch und dann zerrt er es unter die Sandoberfläche, wo er es auffrisst."

Themas sah Trischa an: „Und da sagen sie immer, das Lehm sei gut zu uns und dass es uns beschützt. Wie kann es dann zulassen, dass ein Ungeheuer wie der Horro unser Leben bedroht?"

„Themas!", wisperte Trischa erschrocken. „Nicht so laut! Nicht vor den Kindern!"

„Ist doch wahr!", behauptete er störrisch.

„Ist es nicht", hielt das Mädchen dagegen. „Das Lehm kann den Sandhund nicht spüren, so lange er still auf der Lauer liegt. Er sondert aus Drüsen seiner Haut etwas ab, das das Lehm taub macht. Der Priester hat es uns erklärt, als wir noch Schüler waren. Man kann einen Horro leicht erkennen, wenn man die Augen aufhält. Zudem finden sich die Sandhunde nur selten im Innern des Lehms. Sie liegen am Rand auf der Lauer, um Tiere zu erwischen, die von draußen ins Lehm kommen. Hirsche und Rehe und Wildschweine zum Beispiel."

„Im Draußen gibt es keine Horros", sagte Themas. „Der Sandhund muss mit dem fliegenden Samenkorn gekommen sein, das durchs Weltenall trieb und auf der Erde landete."

„Das stimmt, Themas." Der Priester kam zu ihm. „Der Sandhund war Teil des Samens, der hier landete, ebenso wie das Gestrüpp, das niedrige Heidekraut, das Knorrengras, der große blaue Krebs und vieles andere, das es im Draußen nicht gibt."

„Aber wozu?", fragte Themas. „Der Horro frisst Tiere, die vom Draußen ins Lehm kommen. Das tut das Lehm selbst gerne. Es lässt die Hirsche ins Land und wenn sie tief genug drinnen sind, versinken sie im Boden. Das Lehm verschlingt sie. Wenn es zulässt, dass ein Horro stattdessen einen Hirsch auffrisst, verliert das Lehm ihn als Beute."

„Die Ausscheidungen, Themas", erklärte der Priester. „Die Ausscheidungen des Horro düngen das Lehm." Er lächelte Themas und Trischa an: „Genau wie die unseren. Ihr wisst doch, wo das, was aus euch herauskommt, landet? Na also!" Nelder wirkte vergnügt. „Alles ist ein Kreislauf aus Geben und Nehmen. Das Lehm nimmt unsere Gaben und es schenkt uns seine Gaben dafür."

Der Priester wandte sich an seine Schüler. Er zeigte auf Mork Ärlemon und machte eine Geste, die die ganze Landschaft mit einschloss: „Ein rechter Schäfer findet sichere Weiden für seine Tiere. Er weiß um die Gefahren im Lehm. Sein Auge unterscheidet mühelos Untiefen und feste Wege. Es mag sein, dass es zu einer neuen Weide Luftlinie nur wenige hundert Meter sind und doch wird ein guter Schäfer einen Umweg von mehreren Kilometern in Kauf nehmen, um seine Herde auf sicheren Wegen dorthin zu führen."

Trischa nahm die Hand von Themas: „Gehen wir zurück? Ich will meiner Mutter bei der Gartenarbeit helfen." Nur zu gerne ging Themas mit dem Mädchen. Er achtete darauf, dass Trischas Hand in seiner blieb.

Unterwegs ließ er den Blick über die Landschaft schweifen. Der rötliche Lehmsand war überall. Auf kleinen Hügeln wuchs Gestrüpp. Im Gras blühten farbige Blumen. Es war schön im Lehm. Alles hätte gut sein können, wenn da nicht die armen Kinder unter den Treppen gewesen wären. Die Existenz der Zweitlinge vergällte Themas alle Freude an seiner Heimat. Er war nicht der Einzige, dem es so ging, das wusste er. Onkel Jidler und Tante Brilla waren nicht umsonst aus dem Lehm geflohen.

„Bald ist Vollmond", sagte Trischa. „Dann geht die Karawane ins Draußen und du wirst sie begleiten. Sag, bringst du mir wirklich etwas mit?"

„Aber ja", sagte er. „Ich werde etwas suchen, das dir gefällt, Trischa."

Sie lächelte ihn an. „Ich bin gespannt, was du draußen erleben wirst. Du musst mir alles erzählen! Ich bin so neugierig. Ich muss ja noch ein Jahr warten, bevor ich mitdarf." Sie seufzte. „Wer weiß, wie es auf mich wirkt. Es gibt Leute, die gehen einmal mit nach draußen und dann nie wieder."

„Es gibt auch Menschen, die sich weigern, das Lehm je zu verlassen", sagte Themas. „Andere möchten jedes Mal mit der Karawane hinaus nach Landsweiler. Die Menschen sind verschieden. Was einer mag, gefällt dem anderen nicht."

Sie kamen zum Dorf. Themas fühlte Bedauern, als er Trischas Hand loslassen musste. Er wäre am liebsten den ganzen Tag lang Hand in Hand mit dem Mädchen gegangen.

„Bis dann", sagte Trischa und bog in den Weg ab, der zu ihrem Elternhaus führte.

„Bis dann", rief Themas ihr hinterher. Er marschierte zu seinem Elternhaus. Beim Näherkommen sah er seinen Zweitling zwischen den Gitterstäben hindurchspähen. Er winkte ihm zu. Die Geste wurde erwidert. Heute Abend tue ich es!, nahm er sich vor. Heute Abend werde ich es machen! Wenn meine Eltern zur Bürgerversammlung gehen. Allein der Gedanke ließ sein Herz wild klopfen.

*

Themas stand am Fenster. Er lugte hinter dem Vorhang hervor und beobachtete seine Eltern, die den Weg hinunterschritten. Sie gingen zur Bürgerversammlung wie alle Erwachsenen im Dorf.

Themas wartete ab, bis keiner mehr draußen zu sehen war. Er holte den Stoffbeutel, den er vorbereitet hatte, und schlich zur Haustür hinaus. Er sah sich um. Wenn man ihn erwischte, war das Mindeste, was ihn erwartete, ein geharnischtes Donnerwetter, wenn nicht sogar Schlimmeres. Er hatte keine Ahnung, was passieren würde, wenn man ihm auf die Schliche kam. Er wusste, dass es verboten war, aber sonst nichts.

Der Weg zwischen den Backsteinhäusern lag verlassen. Es war früher Abend und sämtliche Kinder hielten sich in den Häusern auf. Sie hatten Order, im Haus zu bleiben, bis die Eltern von der Versammlung zurück waren. Themas blieb oben auf der Treppe stehen. Schräg gegenüber stand das Backsteinhaus der Familie Stukep, links war das Haus der Higels und dahinter das der Errlings. Die Häuser standen in weiten Abständen. Es gab keine wirklichen Wege, eher freien Platz zwischen den Bauten.

Das Haus gegenüber sah fast genauso aus wie das Haus, in dem Themas mit seinen Eltern wohnte. Es war komplett aus roten Ziegelsteinen errichtet. Es hatte ein Kellergeschoss, das zur Hälfte aus dem Boden herausragte, und darüber die Wohnetage. Unter dem Dach befanden sich die Schlafräume der Familie. Kleine Gauben mit Butzenscheibenfenstern hockten auf dem mit Biberschwanzziegeln gedeckten Dach. Die Haustür ging auf die Treppe hinaus. Rechts und links führten mehrere Stufen nach unten. Ein Geländer schützte die Treppe. Unten, genau in der Mitte, dräute eine dunkle Öffnung mit einer schmiedeeisernen Gittertür. Dort in dem kleinen Raum unter der Treppe steckte das armselige Kind, das irgendwann eine Gabe an das Lehm werden sollte. Der Anblick der Gittertür ließ Themas schaudern.

Purer Zufall, dachte er. Nichts als ein Zufall sorgte dafür, dass ich leben darf und nicht in einem solchen Loch stecke. Noch einmal sah er sich um. Dann schritt er die Treppe hinab. Er setzte sich vor das Gitter unter der Treppe und holte etwas aus dem Stoffbeutel. Drinnen sah er *„Das-unter-der-Treppe"* kauern. Große Augen musterten ihn fragend. Themas holte das Brot und die Möhren hervor. Er reichte sie durchs Gitter: „Hier. Essen. Du verstehst?"

Sein Zwilling kam zum Gitter und schnappte sich das Essen. Hungrig verschlang er die Köstlichkeiten. Themas zog es das Herz zusammen. *„Die-unter-der-Treppe"* bekamen normalerweise nur Reste und auch davon nicht viel. Wahrscheinlich litten sie ständig Hunger. Der Junge im Verlies aß, als gelte es sein Leben.

Themas schaute zum ersten Mal das Verlies unter der Treppe genauer an. Es war ein kleiner Raum, nicht einmal hoch genug, um darin zu stehen. Hinten an der Wand gab es einen Wasserhahn aus Bronze. Dort konnte der Bewohner des Gefängnisses Wasser trinken. Ebenfalls ganz hinten an der Wand war ein Loch im Boden. Auch dort gab es eine Wasserzapfstelle. Themas wurde ganz anders bei dem Anblick. Das musste eine primitive Toilette sein. Unter dem Loch verlief wahrscheinlich ein Rohr in den Untergrund, genau wie bei den Toiletten in den Wohnhäusern. Man spülte alles mit Wasser in den Untergrund. Das Lehm nahm die Gabe an und verwandelte sie in Dünger.

Der Junge im Verlies war fertig mit Essen. Stumm schaute er zu Themas hinaus. Themas wusste nicht recht, was er tun sollte. „Du … ähm ...", begann er. Wie sollte er seinen Bruder fragen, ob er noch Hunger hatte? Er rieb sich über den Bauch: „Du satt?" Dann machte er eine fütternde Geste mit der Hand zu seinem Mund: „Oder du mehr Essen?" Würde der Zweitling ihn verstehen? „Du verstehen?", fragte er.

„Ich kann dich gut verstehen", antwortete es aus dem Verlies. Wenn Themas nicht auf dem Boden gesessen hätte, wäre er vor Überraschung auf den Hintern gefallen. „Du … du kannst ja richtig sprechen!", sagte er. Er war total verblüfft.

„Wir alle können sprechen", antwortete sein Bruder aus der Düsternis seines Gefängnisses. „Wir lauschen es den Menschen draußen ab und lernen es. Nachts, wenn alle schlafen, reden wir miteinander. Man redet mit dem Kerkerkind, dessen Gefängnis am nächsten liegt, und das gibt die Worte weiter. Wir sprechen Nachrichten durchs ganze Dorf."

„Irre!" Mehr brachte Themas nicht heraus. Damit hatte er nicht gerechnet. „Ich dachte immer, ihr könnt nicht richtig … also, wie soll ich sagen? Ihr gebt immer nur ein paar Brocken von euch. Ehrlich gesagt, das hört sich an, als ob ihr ..." Er zögerte.

„Als ob wir nicht wirklich Menschen sind?", half sein Zwilling nach. „Als wären wir zurückgeblieben und von dumpfem Gemüt?"

„Ähm … jjja", sagte Themas lahm. „Ich verstehe das gerade nicht."

Der Blick seines Bruders traf ihn mitten ins Herz: „Mama soll nicht wissen, dass ich genau wie du bin. Es würde ihr das Herz brechen. Sie soll denken, dass ich dumm und zurückgeblieben bin. So kann sie es leichter ertragen."

„Heilige Lehma!", wisperte Themas. Er verstand. „Tut ihr es alle?"

Sein Bruder nickte. „Alle ohne Ausnahme. Wir Größeren lehren es die Kleinen, sobald sie fähig sind, zu verstehen."

Der eingesperrte Junge kam ganz nach vorne ans Gitter. „Es ist schlimm genug, dass Mama leidet, weil sie weiß, was irgendwann mit mir passiert. Wenn sie wüsste, dass ich kein stumpfsinniges, verblödetes Etwas bin, würde es sie noch viel mehr quälen."

Themas musste tief durchatmen. „Ihr wisst, was auf euch zukommt?"

Sein Bruder nickte. „Wir wissen es und wir haben Angst. Schreckliche Angst."

Themas konnte nicht anders. Er griff durch das Gitter und fasste nach der Hand seines Zwillings. Sie war bleich, diese Hand. Weil er immer unter der Treppe eingesperrt ist, dachte er.

„Erzählst du mir?", bat sein Zwilling.

„Erzählen?" Themas runzelte die Stirn. „Was denn?"

„Alles", antwortete sein Bruder. Seine Stimme war leise und heller als die von Themas. Sie klang, als würde der Besitzer dieser Stimme sie nur selten gebrauchen. „Erzähl mir von dir. Erzähl mir vom Leben."

„Vom Leben?"

„Was hast du heute gemacht? Ich habe gesehen, wie du nach links gelaufen bist. Dort geht es hinaus auf die Weiden."

„Ja, da war ich", sagte Themas. „Mit Trischa Banbirk. Wir sind zu den Schäfern gegangen und wir haben die Schulkinder mit dem Priester getroffen."

„Erzählst du es mir?", bat sein Bruder mit dieser leisen und viel zu hellen Stimme.

Themas fing an zu erzählen.

Sein Zwilling lauschte atemlos. Irgendwann stupste er Themas an: „Du musst gehen. Sie kehren bald zurück."

Themas fuhr auf: „Was? Schon so spät?" Er blickte seinen Zwillingsbruder an: „Ich komme wieder. Jede Woche." Er zögerte. „Nur, wenn du willst."

„Ich will", sagte sein gefangener Bruder. „Ich werde dir zuhören und nachts alles weiterberichten, damit alle Kerkerkinder vom Lehm und dem Leben erfahren. Wir wissen so wenig." Er fasste nach der Hand von Themas: „Danke, dass du zu mir gekommen bist. Das bedeutet mir sehr viel. Du bist mein Bruder. Du hast mich als Menschen angesehen. Danke, Themas!"

„Schon gut", würgte Themas hervor. Er stand auf. Er hatte einen dicken Kloß im

Hals. „Bis dann."

„Bis dann, Themas", kam es leise unter der Treppe hervor.

Themas drehte sich um. Er war froh, dass sein Zwilling von dort unten aus die Tränen nicht sehen konnte, die ihm über die Wangen liefen.

*

Am nächsten Tag war Themas bei Sirko Hohlgrim zu Gast und wurde von dem Mann ins Papiermachen eingeweiht. Alle jungen Leute, die nicht mehr zur Schule gingen, halfen überall aus, wenn sie nicht ihren Eltern zur Seite standen. Auf diese Weise lernten sie verschiedene Berufe kennen. Themas konnte sich kaum konzentrieren. Sirko war ein netter älterer Mann, der ihm geduldig zeigte, wie man abgetragene Kleidungsstücke, Brennnesseln und eine bestimmte Schilfsorte in kleine Fetzen schnitt und in einem Wasserbad mittels rotierender Messer noch mehr zerkleinerte, bis ein dicker Brei daraus wurde. Themas bediente die Kurbel, die die Messer antrieb, die die Fetzen im Wasser klein schnitten. Er dachte die ganze Zeit daran, was er am Abend zuvor getan hatte. Er hatte Angst. Würde man ihn bestrafen? Es hieß doch: Das Lehm weiß alles.

Doch je mehr der Tag fortschritt, desto besser fühlte er sich. Anscheinend wusste das Lehm nichts. Es mochte spüren, wo sich ein Mensch aufhielt, aber hören konnte es nichts.

Themas lernte, mit einem Sieb, das über einen rechteckigen Holzrahmen gespannt war, etwas von dem Papierbrei aus dem Bad zu entnehmen und daraus unter sanftem Rütteln ein Blatt zu machen. Sobald das Wasser abgetropft war, drehte man das Sieb um und stürzte das neue Blatt auf eine Unterlage. Nachdem genügend Blätter zusammengekommen waren, immer mit einem Polster dazwischen, wurden sie in einer Presse gequetscht, um noch mehr Wasser herauszudrücken. Danach hängten er und Sirko die neuen Blätter zum Trocknen auf Schnüre. Später würde der Papiermacher ihm zeigen, wie man aus den losen Blättern Schreibhefte machte.

Der Tag verging und nichts geschah. Themas hatte befürchtet, die junge Lehma würde mit ihrem Gefolge aufkreuzen und ihn beschuldigen, gegen das Gesetz verstoßen zu haben, indem er mit seinem Zwillingsbruder sprach. Wenn das

Lehm bemerkt hätte, dass er mit seinem Zweitling zusammen gewesen war, hätte es dies der Lehma mitteilen können. Doch wie es aussah, hatte das Lehm nichts von dem Vorfall mitbekommen.

Vielleicht dauerte es nur lange, bis die Lehma kam? Wenn sie sich im Norden in Rötelheim oder Lehmtal aufhielt, konnte es zwei Tage dauern, ehe sie Lehmborn erreichte. Themas wartete drei weitere Tage. Ihm war unwohl. Er fürchtete sich. Doch mit jedem Tag, der verging, ohne dass die Lehma erschien, ging es ihm besser.

Das Lehm weiß nicht alles, dachte Themas, als er nach einem arbeitsreichen Tag beim Papiermüller zu seinem Elternhaus zurückkehrte. Es sieht auch nicht alles, wie die Priester immer behaupten. Das Lehm ist blind und taub. Es kann nur Erschütterungen spüren und darauf reagieren. Wie eine Spinne in ihrem Netz. Genau wie Tante Brilla es ihm erklärt hatte.

Er nahm sich vor, von nun an jede Woche seinen Zwillingsbruder zu besuchen, wenn die Eltern in der Bürgerversammlung waren. Zuerst stand jedoch sein erster Besuch im Draußen bevor. Er freute sich darauf.

*

Bei vollem Mond gingen sie ins Draußen. Bereits am Tag zuvor waren die Leute, die die Karawane begleiten würden, in Lehmborn eingetroffen. Von überallher hatte man die Schätze des Lehms herbeigebracht. Zentnerweise Ziegel waren auf den hochrädrigen Karren aufgeschichtet. Bester Rötel war in kleine Säckchen verpackt. Dazu kamen weitere Artikel, die in Landsweiler bei den Händlern verhökert werden sollten. Im Draußen waren die bronzenen Bestecke aus Lehmweiler äußerst beliebt. Die Gabeln, Löffel und Messer erzielten gute Preise. Seltsamerweise liebten die Leute im Draußen auch die handgeschnitzten Löffel aus dem harten Holz der knorrigen Büsche. Ebenfalls beliebt waren die Handlaternen aus getriebenem Kupferblech mit ihren mundgeblasenen Glaszylindern. Auch für die feingesponnene Wolle der Lehmschafe und der Kamele fanden sich Abnehmer. Diese Dinge würden sie in Landsweiler gegen Feuer- und Bauholz eintauschen und gegen Gebrauchsgegenstände wie Nadeln, Tuchstoffe und Lederwaren.

Früh am Morgen ging es los. Trischa begleitete Themas bis vors Dorf, wo die Karawane aufgerödelt wurde. Das Mädchen hatte vor Aufregung ganz rote Backen. Sie hing an Themas´ Arm. „Ach, ich möchte so gerne mitkommen", sagte sie. „Es ist zu schade, dass ich noch so warten muss." Sie zog Themas am Arm: „Gelt, du wirst mir alles genau erzählen, Themas?"

„Ja", sagte er und versuchte, sich nicht anmerken zu lassen, wie gut es ihm gefiel, dass Trischa an ihm hing und ihn nicht losließ. Sie liefen neben der Karawane her, die sich zum Aufbruch bereit machte. „Ich erzähle dir alles bis in die kleinsten Einzelheiten."

„Und du bringst mir etwas von draußen mit?", fiepte das Mädchen. „Du hast es versprochen!"

„Natürlich bringe ich dir etwas mit", sagte Themas todernst. „Ich glaube, ich bringe dir eine Dampflokomotive mit."

Trischa riss die Augen auf: „Das geht nicht! Diese Dampfdinger sind aus Eisen!" Sie sah Themas böse an, als der anfing zu grinsen. „Du Schuft! Du wolltest mich reinlegen!"

„Nur ein bisschen", gestand Themas. Es gefiel ihm, dass sie noch immer an seinem Arm hing. Zu schade, dass sie nicht mit rausdurfte.

Mork Ärlemon kam an ihnen vorbei: „Trischa, lass den Themas los! Wir brechen auf."

Schade, dachte Themas. Er hätte es gerne gesehen, wäre Trischa noch länger an ihm hängengeblieben.

Trischa krallte sich ganz fest an seinen Arm. „Ich komme mit!", verkündete sie mit lauter Stimme. „Ich begleite die Karawane bis zur Statue der Lehma."

Morks Frau Preta kam vorbei: „Der arme Themas! Muss der Junge dich wirklich so weit am Arm voranschleppen?"

Der „arme Themas" lächelte nur und „schleppte" Trischa mehr als gerne mit sich.

Vorne stieß einer einen lauten Pfiff aus. Andere antworteten mit gleichen Pfiffen. Die Leute trieben die Kamele an. Mit einem niesenden Geräusch scheuchten sie die Tiere voran. Überall ertönte das gellende „Atsch!“ und die Kamele kamen in Gang. Murrend und grummelnd zogen sie die schweren Holzkarren voran. Der lange Zug bewegte sich mitten durch Lehmborn.

Themas und Trischa liefen in der Mitte der Karawane neben dem Ziegelkarren der Ärlemons her. Noch immer hing Trischa an dem „armen“ Themas, dem das ausnehmend gut gefiel. Die Laune von Themas war schlagartig gestiegen, als er erfuhr, dass Trischa noch bis zur Lehmastatue bei ihm bleiben würde. Das waren noch ein paar Kilometer.

Sie kamen am Haus der Banbirks vorbei. Trischa warf einen schnellen Blick zur Treppe. Themas sah ein helles Gesicht in der Dunkelheit hinter dem Eisengitter schweben. Große Augen schauten zu ihnen heraus. Trischa hob unmerklich ihre freie Hand. Sie winkte ihrem Zweitling zu. Themas staunte nicht schlecht.

Trischa auch?!, dachte er, während er beobachtete, wie das in Lumpen gekleidete Mädchen unter der Treppe Trischas versteckte Geste schüchtern erwiderte.

Irre!, dachte Themas. Trischa winkt ihrer Zwillingsschwester! Ob sie auch mit ihr redet? So wie ich neuerdings?

Er nahm sich vor, nach seiner Rückkehr mit dem Mädchen zu sprechen. Im Moment ging es nicht. Es waren zu viele Leute um sie herum. Ihn wunderte, dass niemandem die kleine Geste von Trischa aufgefallen war. Er schaute sich um. Die drei Priester, die die Karawane begleiteten, liefen an der Spitze des Zuges. Gut so! Es wäre bestimmt nicht gut gewesen, wenn Nelder Borkruther, Ulaf Tricht oder gar Mook Orpek mitgekriegt hätten, was Trischa getan hatte.

In einer Gefühlsaufwallung legte Themas seine Hand auf Trischas. Er lächelte sie an. Sie erwiderte das Lächeln. Er nickte mit dem Kopf zu Banbirks Haus zurück und machte eine Augenbewegung. Dann nahm er seine Hand weg und winkte. Sie nickte lächelnd. Ich muss mit ihr sprechen, nahm er sich vor. Darüber müssen wir reden. Vielleicht heute Abend.

Die Karawane folgte der alten Wandererstraße zum Lehmrand. Sie war breit und gut sichtbar und sie veränderte ihren Lauf so gut wie nie. Einen Kilometer hinter Lehmborn durchquerten sie einen Wasserlauf an einer Furt und folgten der Straße in Richtung Lehmkaul. Sie passierten das Dorf in Sichtweite. Der breite

Weg führte von Lehmkaul aus durch knorriges Gebüsch und über ausgedehntes Heideland. Hier und da standen Baumhaine auf kleinen inselartigen Erhöhungen im rötlichen Lehm.

Der Dammweg mäanderte durchs Lehm. Neben der Straße glucksten Wassertümpel. Binsenbüschel stachen aus dem Sand neben dem Wasser. Am Wegesrand wuchsen hier und da kleine, knorrige Krüppelbäume. Der Dammweg war mit Wagenspuren überzogen.

Die Straße machte einen lang gezogenen Schlenker nach links und sie kamen zur Lehmastatue. Sie stand auf einer Insel mitten im Lehm, eine riesenhafte Statue aus Ton. Sie war fast fünf Meter hoch und stellte die erste Lehma dar: ein junges Mädchen mit Stirnpony und schulterlangen Haaren in einem armseligen, abgerissenen Gewand, dem man ansah, dass es einen langen, beschwerlichen Weg hinter sich hatte. Die Füße der Lehma waren nackt. An den Knöcheln trug sie aus Gras geflochtene Bänder, an denen in regelmäßigen Abständen kleine Eisenringe aufgereiht waren.

Reba Derber war elf Jahre alt gewesen, als die Menschen auf ihrer langen Flucht im Lehm anlangten. Sie hatte Kontakt zum Lehm aufgenommen und für ihre Mitmenschen Fürbitte geleistet. Sie hatte die Menschen ins Lehm geführt. Sie hatte die Gesetze des Lehms verkündet. Sie war die erste Lehma geworden und hatte zeit ihres Lebens zwischen den Menschen und dem Lehm vermittelt.

Themas schaute die Statue an. Sie war absolut lebensecht gemacht. Er wunderte sich über den entspannten und geradezu gütigen Ausdruck in dem Kindergesicht. Nach dem, was Tante Brilla ihm erzählt hatte, war Reba Derber ein verzogenes kleines Biest gewesen, das seine Zwillingsschwester, ohne mit der Wimper zu zucken, dem Lehm geopfert hatte.

Ulaf Tricht, der Dorfpriester von Lehmweiler, kam zu ihnen: „Es ist Zeit, liebe Trischa. Du musst deinen Themas jetzt loslassen und zurückbleiben.“ Er lächelte Trischa freundlich an: „Tröste dich, Mädchen. Er kommt ja heute Abend wieder zu dir. Nicht mehr lange, und du darfst ebenfalls mitkommen ins Draußen. Aber glaube mir, so toll ist es nicht. Nicht umsonst bleiben die meisten nach dem ersten Besuch für immer weg oder gehen nur noch selten mit der Karawane nach

Landsweiler." Der Priester lief weiter.

Trischa ließ Themas´ Arm los: „Bis dann."

„Bis dann", antwortete Themas.

Im Weitergehen schaute er zurück. Trischa stand einsam bei der Lehmastatue auf dem von Wagenrädern und von Kamelhufen aufgewühlten Dammweg. Sie winkte. Er winkte zurück. Die Statue der Lehma schaute zu. Themas sah genauer hin. Aus seiner jetzigen Perspektive sah die junge Lehma nicht mehr entspannt und gütig aus. Stattdessen wirkte ihr Gesicht verkniffen und ihr Blick war stechend, gerade so, wie der Blick Grutie Umpfbeetls oft war, der derzeitigen Lehma.

Seltsam, dachte Themas. Ihm war der veränderte Blick der fünf Meter hohen Statue früher nie aufgefallen. Allerdings war er, soweit er sich erinnern konnte, auch nie weiter als bis zur Lehma-Insel gekommen, wenn er eine Karawane begleitet hatte. An der Insel hatte er die Leute ziehen lassen. Er schaute noch einmal das Gesicht der Lehma an. Es stimmte, von dieser Seite aus betrachtet, wirkte ihr Blick stechend. Als wolle sie ihm sagen: „Ich habe ein Auge auf dich, Themas Irrlucht! Ich sehe alles! Komm bloß nicht auf dumme Gedanken! Denk nicht einmal daran, dem Lehm zu entfliehen! Das schaffst du niemals! Du gehörst dem Lehm! Niemand darf das Lehm verlassen! Ich passe auf!"

Bei Tante Brilla und Onkel Jidler hast du aber nicht besonders gut aufgepasst, du Trine!, dachte Themas. Der Weg machte einen Bogen und hochwachsendes Gestrüpp nahm ihm den Blick auf die Lehma. Gleich ging es ihm besser. Dem Lehm entfliehen, dachte er. Die Tonstatue kann jedenfalls nichts dagegen tun.

Die Leute, die die Karawane begleiteten, jedoch sehr wohl. Themas wusste von zwei Menschen, die in Landsweiler versucht hatten, sich abzusetzen. Sie waren verfolgt und festgehalten worden. Man hatte sie ins Lehm zurückgebracht und über sie zu Gericht gesessen. Es war viele Jahre her. Themas war damals noch klein gewesen. Er wusste nur, dass man die zwei Ausreißer nach Rötelheim verbannt hatte. Sie hatten nie wieder die Karawane ins Draußen begleiten dürfen.

Ich werde nicht entfliehen, dachte er bei sich. Jedenfalls nicht heute. Er wollte unbedingt zu Trischa zurück und wieder das angenehme Gefühl spüren, wenn sie sich an seinen Arm hängte. Und er musste mit ihr sprechen. Über die Zweitlinge unter der Treppe.

*

Plötzlich war Mook Orpek neben ihm. Der oberste Lehmpriester fasste seinen Arm: „Auf ein Wort, Themas Irrlucht.“ Der Priester schob Themas zum Rand der Dammstraße, wo es keine tiefen Karrenspuren gab. „Hier läuft es sich leichter, nicht wahr?“ Mook lächelte freundlich. „Du gehst heute zum ersten Mal in deinem Leben mit ins Draußen, Themas. Bist du aufgeregt?“ Sein Lächeln verbreiterte sich: „Ganz sicher bist du das! Jeder ist aufgeregt beim ersten Mal. Ich war es auch. So viel Neues stürmt auf einen ein.“ Er gab Themas einen freundschaftlichen kleinen Schubs: „Aber neugierig bist du auch, gelt?“

Themas nickte: „Ja, und wie! Ich kann mir das Draußen nicht richtig vorstellen und was man mir erzählt hat, klingt manchmal so komisch, dass ich es kaum glauben kann. Zum Beispiel, dass die Leute in Landsweiler grellbunte Kleider anhaben sollen.“

„Haben sie!“ Mook Orpek nickte heftig. „Sie sehen aus wie Gockelhähne in ihren hochmütigen Gewändern. Sie folgen nicht unseren Regeln, die da lauten: Du sollst dich bescheiden kleiden und nicht Buntes und Schrilles lieben.“ Mook grinste: „Du wirst heute einige arg seltsame Gestalten zu Gesicht bekommen, mein Junge. Warte erst einmal ab, bis du einen Eisenbahner in seiner Uniform siehst! Oder Frauen in ihren so genannten *feinen Kleidern*. Sie sehen zum Schieflachen aus. Selbst die Arbeitskleidung, die sie alltags tragen, ist manchmal von unerträglicher Buntheit.“

Eine Weile schritten sie schweigend nebeneinander her. Sie achteten auf die Straße vor sich, um nicht in den Dung von Kamelen zu treten. Themas fasste sich ein Herz: „Kaufen die da draußen nicht sehr gerne unsere Wolle? Vor allem die der Kamele?“

„Tun sie, mein Junge.“ Mook Orpek sah Themas an. „Stell dir vor, die haben nichts Besseres zu tun, als die Wolle zu färben! Die schöne rote Wolle der Kamele!“ Als er den Gesichtsausdruck von Themas sah, nickte er bedeutungsschwer: „Ja, das tun sie! Es sind seltsame Leute. Drum wollte ich auch mit dir sprechen, bevor wir da sind.

Themas, achte bitte darauf, mit wem du im Draußen sprichst! Die meisten Menschen in Landsweiler sind nett und freundlich. Sie sind seltsam, aber harmlos. Doch es gibt welche, die unseren Glauben nicht achten und unsere Lebensart verachten. Vielleicht wird man versuchen, dir weiszumachen, dass das Lehm nicht gut ist. Die wildesten Lügen könnte man dir erzählen. Ich bitte dich, nicht auf diese Leute zu hören. Wenn einer daherkommt und so zu dir spricht, dann drehe dich um und lass ihn einfach stehen. Willst du mir das versprechen, mein Junge?"

Themas nickte. „Solch einem Menschen würde ich nie im Leben zuhören!" Die Lüge kam ihm leicht über die Lippen.

Mook war zufrieden. „Das ist fein, Themas Irrlucht. Wirklich fein. Geh und schau dir die seltsame Welt da draußen ruhig genau an. Solange du bösen Menschen kein Gehör schenkst, besteht keine Gefahr." Er schlug Themas auf die Schulter: „Ich wünsche dir einen schönen Tag, mein Junge." Er ließ Themas allein und begab sich schnellen Schrittes zur Spitze der Karawane.

Kaum war der Priester fort, gesellte sich Clometsch Borkruther zu Themas. Der Ziegelmacher erklärte ihm, wo Themas seinen selbst gesammelten Rötel verkaufen konnte. „Versuche es ruhig abseits vom Markt. In der Hauptstraße gibt es weit hinten, in der Nähe des Bahnhofs, einen Laden, wo man Schreibwaren kaufen kann: Stifte jeglicher Art und Papier, Hefte und Blöcke, Schreibfedern und Tinte. Der Inhaber des Geschäfts macht seine Rötelstifte selbst in einer kleinen Werkstatt hinter dem Laden. Er wird dir für deinen ausgesucht feinen Rötel mehr zahlen als die Markthändler."

„Danke für den Tipp", sagte Themas.

Clometsch zwinkerte ihm zu: „Nicht weit von dem Laden entfernt gibt es eine Bude, an der man Eis kaufen kann, Eis zum Lutschen. Mit Erdbeergeschmack oder Himbeere. Die haben mehrere Sorten. Versuch es mal. Es schmeckt himmlisch."

„Das werde ich mir merken", versprach Themas. „Leider kann man Eis nicht mit zurück ins Lehm nehmen. Ich hätte Trischa Banbirk gerne etwas mitgebracht. Ich werde vielleicht Bonbons für sie kaufen von meinem selbst verdienten Geld."

„Tu das, Junge!" Clometsch ging zu seinen Kamelen zurück.

Zurück blieb ein Themas, der jetzt noch neugieriger auf das Draußen war. Dieses Eis klang hochinteressant. Er beschloss, unbedingt davon zu kosten. Wenn er seine zwei Säckchen ausgesuchten Rötel verkaufte, würde er versuchen, Münzen dafür zu erhalten. Mit Münzen konnte man alles kaufen.

Nur nicht im Lehm, dachte er, während er neben den Zugkamelen herschritt und darauf achtete, nicht zu weit an den Rand der Dammstraße gedrängt zu werden.

Im Lehm gab es kein Geld. Im Lehm gab es auch kein Eis. Und keine Bonbons. Im Lehm gab es nichts zu naschen. Er musste an die Worte des Dorfpriesters denken, als er im Unterricht davon erzählt hatte. „Wir Menschen im Lehm führen ein einfaches, gottesfürchtiges Leben. Wir sammeln keine Reichtümer an und unsereins ist nicht darauf aus, mehr zu besitzen als sein Nächster. Wir schmücken uns nicht mit Buntem und Angeberischem. Wir sind einfache Menschen mit einfachen Kleidern und einfachen Herzen."

Gottesfürchtig? Pah!, dachte Themas. Im Lehm wird nur ein Gott angebetet: das Lehm! Und die Lehma ist die Hohepriesterin des Lehms, eine kleine, herrschsüchtige Trine. Sie ist unberechenbar und hochmütig und herrschsüchtig. Genau wie das Lehm! Er erschrak bei seinem Gedanken. Dann fühlte er plötzlich eine Aufwallung rebellischer Gefühle. Ist doch wahr!, dachte er. Tante Brilla hat es gesagt. Sie hat auch gesagt, dass ich anfangen würde, so zu denken.

„Wenn du erst mal vierzehn oder fünfzehn Jahre alt bist", hatte die Tante ihm erklärt, „wirst du anfangen, alles zu hinterfragen. Du wirst dich nicht mehr länger mit den hohlen Phrasen der Priester zufriedengeben. Du wirst weiter sehen und schärfer. Du wirst nicht mehr alles hinnehmen, was man dir vorsetzt. Ich spüre es, Themas. Dein Geist wird erwachen.

Das passiert nicht bei allen. Es gibt Menschen, die überspringen diese Periode in ihrem Leben. Sie sind Kinder und dann werden sie zu großen Kindern. Sie fragen nie. Sie nehmen alles hin. Sie leben ihr einfaches, kleines Leben."

Themas erinnerte sich deutlich an das Seufzen seiner Tante. Sie hatte ihn mit einem schmerzlichen Ausdruck im Gesicht angeschaut und ihm mit der Hand über die Wange gestrichen: „Vielleicht ist das nicht das Schlechteste. Diese Menschen leiden nicht. Sie leben ihr Leben und fragen nicht. Aber du wirst fragen, Themas, und du wirst schnell feststellen, dass du nur dich selbst fragen darfst. Weil Fragen gefährlich sind. Nur mich und deinen Onkel darfst du fragen." Die Tante hatte erneut geseufzt. „Nicht mehr lange."

Damals hatte Themas die Worte von Tante Brilla nicht recht verstanden. Erst nach der Flucht von Onkel und Tante war ihm klargeworden, dass Brilla bei ihrem Gespräch gewusst hatte, dass sie mit ihrem Mann und ihren Zwillingen das Lehm verlassen würde.

Es hatte ihn tief getroffen. Er hatte seine Tante und den Onkel geradezu abgöttisch geliebt, beinahe mehr als seine Eltern. Er hatte viel Zeit bei Brilla und Jidler verbracht. Onkel Jidler hatte ihm mehr beigebracht als sein Vater. Von ihm hatte er Fischen gelernt und wie man aus Binsen Dinge flocht. Onkel Jidler hatte Themas gezeigt, wie man Kupfer trieb und aus dem roten Metall Gebrauchsgegenstände hämmerte. Die Tante hatte ihm den Umgang mit Nähnadeln und das Stricken und Häkeln beigebracht und sie hatte ihm immer wieder hinter vorgehaltener Hand Dinge über das Lehm und das Leben der Menschen erzählt, die er noch nie von den Priestern gehört hatte.

Wenn er heute darüber nachdachte, hatten Onkel und Tante von Anfang an alles getan, um ihn über das Lehm aufzuklären. Jidler und Brilla hatten nicht behauptet, dass das Lehm gut sei und die Menschen schützte. Sie hatten vielmehr angedeutet, dass es den Leuten im Lehm nicht gut ging. Es waren Onkel und Tante gewesen, die ihm die rebellischen Gedanken eingepflanzt hatten. Tante Brilla hatte nicht mit ihm gemault, wenn er Fragen über *„Das-unter-der-Treppe"* stellte. Nur seine Mutter hatte ihn deswegen ausgeschimpft.

„Weil sie Angst hat", hatte Tante Brilla ihm erklärt, als er zwölf war. „Angst um dich, Themas!"

Themas schrak auf. Unruhe kam auf. Er schaute nach vorne und sah den Wald. Sie hatten den Rand des Lehms erreicht. Menschen und Kamele schritten über die Dammstraße ins Draußen. Die Straße schien ein Dutzend Schritte vorm Rand zu enden. Sie verlief sich im Sand. Mook Orpek schritt ohne Zögern über den Sand und zwischen niedrigen Heidekrautpolstern hindurch auf die Wiese zu, die hinter der Grenze anfing. Die Karawane folgte ihm. Der Priester blieb im Gras stehen und ließ den Zug von Kamelen, Karren und Leuten passieren. Als Themas an ihm vorbeikam, schloss er sich ihm an.

„Nun sind wir draußen, Themas Irrlucht", sprach er salbungsvoll. „Draußen in der Fremde. Hüte dich, mein Junge! Doch sei ruhig neugierig. Schau dir alles an. Du hast Rötel gesammelt, habe ich gehört?"

Themas nickte: „Ich habe den meisten beim Rötelmeister abgegeben. Zwei Säcklein habe ich behalten. Es ist ausgesucht feiner Rötel, gut für die Rötelstiftemacher. Ich möchte die Säckchen verkaufen."

Der Priester lächelte ihn an: „Tu das, mein Junge. Von deinem ersten selbst verdienten Geld kannst du dir etwas kaufen. Weiß du schon, was du haben möchtest?"

Themas zuckte die Achseln: „Ich werde nach einer kleinen ledernen Tasche für meinen Vater schauen. Dort kann er seine Kleinwerkzeuge unterbringen. Und für meine Mutter möchte ich vielleicht Tuch kaufen, damit sie Kleidung daraus nähen kann. Nichts Buntes!" Er grinste den Priester schief an. „Wir wollen ja nicht wie Gockel einherstolzieren!" Er lachte. Orpek auch.

„Ja", meinte Themas, „dann schau ich noch, ob ich Trischa etwas mitbringen kann. Vielleicht Bonbons. Für den Fall, dass ich meinen Rötel nicht verkaufen kann, hat meine Mutter mir ein paar Münzen mitgegeben."

„Und für dich?", fragte der Priester. Er sah nicht so streng aus wie sonst. Sein Gesicht wirkte gütig und voller Verständnis. „Ein Junge wie du will doch sicher auch etwas aus dem Draußen haben."

„Ehrlich gesagt, habe ich keine Ahnung", gab Themas zu. „Mir ist es wichtiger, meinen Eltern und meiner Freundin etwas zu schenken. Vielleicht finde ich Bleistifte. Unser Dorfpriester hat mir mal einen gezeigt. Man kann damit besser schreiben als mit einem Rötelstift." Themas zuckte die Achseln: „Nur, dass ich nicht mehr viel zu schreiben habe, seit meine Schulzeit vorbei ist. Ich weiß nicht. Ich denke, ich schaue mich um und wenn ich etwas finde, kaufe ich es vielleicht.

Aber ich muss nicht. Man muss nicht so gierig sein und unbedingt etwas haben wollen. Man kann auch ganz gut verzichten."

Mook Orpek lächelte ihn an: „Du hast gerade etwas sehr Schönes gesagt, mein Junge. Du bist bescheiden. Das ist gut." Er klopfte Themas auf die Schulter: „Komm, junger Freund. Wir sind gleich da. Genieße deinen ersten Tag im Draußen. Schau dich gründlich um. Rede nicht mit bösen Leuten und du wirst ein paar interessante Stunden erleben. Du kannst ruhig für dich allein umherspazieren. Sieh dir alles in Ruhe an, Themas. Ich wünsche dir einen schönen Tag."

„Danke", erwiderte Themas. Er sah den Priester nach vorne streben.

Die Karawane zog über die Wiese dahin und dann durch dichten Wald. Der Weg war breiter als die Dammstraße. Nach kurzer Zeit wich der Wald und sie kamen bei einer größeren Ansiedlung an. Sie passierten ein Ortsschild aus dunkelblau emailliertem Blech. LANDSWEILER stand in weißen Frakturlettern auf dem Schild.

Themas schaute die Häuser an. Er bekam Grund zum Staunen. Es gab Häuser, die aus rötlichen Ziegeln erbaut waren, wie die Häuser im Lehm. Aber da waren auch andere. Manche waren aus Holz gebaut, andere in Fachwerkbauweise errichtet. Einige größere Gebäude waren aus Sandstein erbaut. Themas staunte. Er hatte noch nie in seinem Leben mehrgeschossige Häuser gesehen. Im Lehm gab es nur flache Gebäude und die Häuser der Bürgermeister hatten ein zweites Stockwerk. Höher kannte er es nicht.

Mook Orpek und Mork Ärlemon führten die Kamelkarawane zum Marktplatz am Rand der Siedlung. Dort warteten Händler auf Kunden und Lieferanten. Auf dem Gelände, das gut und gerne hundert mal dreihundert Meter maß, wurde alles Mögliche gehandelt, angefangen mit Holz über Holzkohle und Ziegel und Steine zum Hausbau. Man kaufte und verkaufte Tuch und Strickgewebe, lose Wolle und Glasscheiben. Es gab Stände, die irdene Haushaltsgegenstände anboten, und welche, die Gläser feilboten. Es gab fertig gespaltenes Brennholz und Bretter und Balken. Man konnte Leder kaufen oder eintauschen oder fertige Waren wie Schuhe, Taschen und Gürtel.

Überall liefen Menschen herum. Es waren so viele, wie Themas noch nie zuvor auf einem Fleck gesehen hatte, höchstens beim Sommerfest im Zentrum des Lehms. Ihm wurde schwindlig von dem wilden Gewusel. Clometsch Borkruther erklärte ihm, dass am Markttag alle Leute mit der Eisenbahn nach Landsweiler gefahren kamen. Rund ums Lehm gab es kleine Ortschaften, wo die Holzfäller lebten. Am Marktsamstag kamen die Leute nach Landsweiler.

Er schaute die Kleidung der Menschen an. Vom Schnitt her unterschied sie sich nicht sehr von den Sachen, die im Lehm getragen wurden. Es gab Hosen und Hemden, Pullover und Jacken. Frauen trugen Kleider und Röcke und Blusen und Kletterwesten. Der große Unterschied bestand in der Farbigkeit der Sachen.

Themas sah Männer in tiefblauen Hosen und hellblauen Hemden. Er sah Frauen in buntgemusterten Kleidern. Überall schrien ihn die Farben an: Karminrot, Sonnengelb, Grasgrün, Tannengrün, Dunkelblau, Himmelblau, Rosa und Lila und alle möglichen Zwischentöne. Es gab karierte Stoffe, die aus unzähligen farbigen Fäden gewebt waren, und Blaudruckkleider mit weißen Ornamenten.

Themas machte sich davon. Er wollte raus aus dem Gewurle. Er ließ den Markt hinter sich und folgte einem Schild, das zum Bahnhof wies. Es führte ihn zur breiten Hauptstraße von Landsweiler. Rechts und links erhoben sich zwei- und dreistöckige Wohnhäuser. Im Erdgeschoss hatten sie oft einen Laden. Die Läden hatten hohe Schaufenster. Themas wunderte sich, wie man so große glatte Glasflächen herstellen konnte. Im Lehm gab es nur kreisrundes Butzenglas, das man mittels Blei zu kleinen Fenstern zusammenfügte.

Themas kam zum Bahnhof. Dort konnte er der Abfahrt eines Nahverkehrszuges beiwohnen. Fünf kleine braune Wägelchen wurden von einer kleinen dreiachsigen Dampflokomotive gezogen. Danach kam ein langer Güterzug vorbeigefahren, gezogen von einer Garratt-Maschine. Bei dieser Lok befand sich der Kessel tief liegend zwischen zwei Drehgestellen. Die Lok war im Vergleich zu ihrer kleinen Schwester, die den Personenzug zog, ein Gigant.

Ein Bahnbediensteter erklärte dem staunenden Themas, dass die Garratt fast sechzig Tonnen wog. Sie zog einen ewig langen Zug mit offenen Waggons hinter sich her, auf denen Baumstämme vertäut waren. Neben der Gelenklokomotive sah die kleine dreiachsige Personenzuglok, die gerade mit fünf Waggons am Haken in den Bahnhof einfuhr, aus wie ein Zwerg.

Themas war fasziniert. Hier sah er zum ersten Mal in seinem Leben Dampfmaschinen. Es war geradezu unglaublich, fand er, dass diese eisernen Riesen ihre Kraft aus simplem Wasser gewannen. Man brachte Wasser zum Kochen und trieb die Maschinen mit dem dabei entstehenden Dampf an.

„Aus einem Liter Wasser entstehen eintausend Liter Dampf", sagte der Mann von der Eisenbahn. Er trug eine grüne Uniform. „Der Dampf wird in die Zylinder geleitet und treibt das Gestänge an, das wiederum die Räder in Bewegung setzt. Wir haben eine Bahnlinie, die im Kreis um das geschlossene Gebiet herumführt und das Holz abholt, das in den anderen kleinen Orten im Wald geschlagen wird. Auch Personenzüge verkehren auf der Kreisbahn. Sie ist doppelgleisig angelegt. Es ist nur eine Kleinbahn mit 600 mm Spurweite. Im Wald sind die Kurven eng. Da hat es keinen Platz für die Regelspur." Der Mann zwinkerte Themas zu: „Willst du später mal Lokomotivführer werden, Junge?" Dann erst erkannte er an den Kleidungsstücken von Themas, dass er jemanden aus dem Lehm vor sich hatte. „Hmm ... wohl eher nicht, was? Du kommst aus dem Lehmsumpf. Deinesgleichen hält nicht viel von Maschinen. Einen schönen Tag noch." Der Eisenbahner ließ Themas allein.

Themas blieb fast eine Stunde am Bahnhof und sah den Zügen zu. Dann kehrte er zur Hauptstraße zurück. Er fand den kleinen Kiosk, der Speiseeis verkaufte. Clometsch Borkruther hatte nicht übertrieben. Es gab etliche Geschmacksrichtungen von Johannisbeere über Kirsche und Erdbeere und Waldheidelbeere. Dazu noch Schokoladeneis und Nusseis. Themas kaufte sich ein Tütchen mit Erdbeereis und Himbeereis. Während er sein Eis genüsslich lutschte, sah er sich um.

Es waren nicht viele Menschen unterwegs. Alle schienen auf dem Samstagsmarkt zu sein. Von seinen eigenen Leuten sah Themas niemanden. Er wunderte sich ein wenig. Was, wenn er weglaufen würde? Wenn er mit ins Draußen gekommen wäre, um dem Lehm auf immer zu entfliehen? Sollte es so einfach sein? Wieso waren dann nicht schon früher Menschen während des

Besuchs im Draußen geflohen?

Gerade als er bei diesem Gedanken angekommen war, schien ihm, als sähe er in einiger Entfernung ein bekanntes Gesicht. Als er genauer hinschaute, war niemand mehr zu sehen. Hatte er sich geirrt?

Themas aß sein Eis zu Ende. Dann wandte er sich nach links. Er schlenderte an der Reihe der Schaufenster vorbei und betrachtete die Auslagen. Nicht weit vom Bahnhof entfernt entdeckte er den Schreibwarenladen, den Clometsch Borkruther ihm empfohlen hatte. Er verkaufte seine beiden Rötelsäckchen zu einem guten Preis und erstand mehrere Bleistifte, nebst Anspitzer und ein paar Heften und einem Block Zeichenpapier.

Gleich neben dem Schreibwarengeschäft befand sich ein Laden, der optische Geräte feilbot. Themas schaute ins Schaufenster. Dort gab es Ferngläser, Brillen, Mikroskope und Vergrößerungsgläser zu sehen. Er nahm eine Bewegung im Augenwinkel wahr. Themas schaute genauer hin. Dann sah er es. In der Schaufensterscheibe gespiegelt sah er ein paar Häuser weiter unten den Kopf von Helger Badin, dem Windmüller. Helger spitzte aus einer Nebengasse heraus und beobachtete ihn. Also doch!, dachte Themas. Sie haben jemanden auf mich angesetzt, der aufpassen soll.

Plötzlich gefiel es ihm nicht mehr auf der Hauptstraße. Er betrat den Optikerladen und erstand ein kleines Vergrößerungsglas, das man in ein Lederetui schieben konnte. Danach kaufte er ein paar Häuser weiter unten ein Tütchen mit Bonbons. Anschließend lief er die Hauptstraße hinunter zum Markt.

Ab und zu schaute er sich verstohlen um und richtig: Helger Badin war ihm auf den Fersen und beobachtete ihn. Und er war nicht allein. Einmal sah Themas auch Nimber Ackermann aus Südlehmingen in einer Schaufensterscheibe gespiegelt.

Zwei große Männer, dachte Themas bei sich, während er so tat, als betrachte er die Auslagen im Schaufenster. Keine Frauen. Männer sind stärker. Sie könnten mich fangen und festhalten und zum Lehm zurückschleppen, wenn ich Anstalten machen würde, abzuhauen.

Er fühlte sich nicht wohl in seiner Haut. Dass er unter ständiger Beobachtung stand, fand er ekelhaft. Er hatte geglaubt, dass man ihm vertraute. Stattdessen hatte man ihm zwei Überwacher zugeteilt. Wahrscheinlich hatte Mook Orpek es persönlich angeordnet. Der Oberpriester wollte nicht riskieren, eins seiner Schäfchen zu verlieren.

Etwas blinkte am Boden. Themas bückte sich und hob es auf. Genau an dieser Stelle hatte er vor einer halben Stunde ein bekanntes Gesicht gesehen. Er nahm seinen Fund in Augenschein. Es war ein Knopf aus Bronzeguss. Themas steckte ihn ein. Vielleicht konnte seine Mutter etwas damit anfangen. Auf dem Markt erstand Themas von seinem ersten selbst verdienten Geld eine kleine Ledertasche für seinen Vater und eine Rolle feinstes Leinentuch. Der Stoff war naturfarben und nicht grell eingefärbt.

Bald danach machte sich die Karawane bereit für den Weg zurück ins Lehm. Themas zeigte seine Einkäufe Clometsch, dem Ziegelmacher. Der bewunderte alles gebührend und beglückwünschte Themas.

„Ich habe einen Knopf auf der Straße gefunden", berichtete Themas. „Ich habe ihn eingesteckt. Mutter kann ihn sicher gebrauchen." Er holte den kleinen bronzenen Knopf hervor.

Clometsch betrachtete ihn: „Sieht aus wie aus unserer Bronzegießerei. Ganz schlicht und nicht mit unnötigen Verzierungen, wie es die Leute im Draußen mögen."

„Jetzt, wo du es sagst ..." Themas nahm seinen Fund genauer in Augenschein. Es war ein fingernagelgroßes Bronzescheibchen mit zwei Löchern für den Faden, mit dem man den Knopf annähte. Am äußeren Rand des Knopfs befand sich ein deutlich sichtbarer Kratzer. Themas starrte den Knopf an. Der Kratzer! Er kannte diesen Knopf. Er war dabei gewesen, als er den Kratzer abbekam. Das Bügeleisen war Tante Brilla aus der Hand gerutscht und auf die grobe Arbeitsjoppe gefallen und seine Kante hatte den Kratzer hinterlassen. Den Kratzer am Knopf der Jacke von seinem Onkel!

Themas gab sich Mühe, nicht zu erschrocken auszusehen. Er versuchte, sich möglichst unauffällig zu benehmen. Noch einmal schaute er den Knopf an. Er kannte ihn. Mit klopfendem Herzen steckte er ihn ein. Es war der Knopf von der

Jacke seines Onkels. Onkel Jidler!, dachte er. Onkel Jidler war in Landsweiler! *Ihn* habe ich in der Menschenmenge gesehen! Sein Onkel Jidler Lerong war in Landsweiler gewesen. Sein Onkel, der vor einem Jahr aus dem Lehm geflohen war.

*

Den ganzen Nachhauseweg ging Themas der bronzene Knopf nicht mehr aus dem Kopf. Er war sich absolut sicher, dass er von der Jacke seines Onkels stammte. War er abgefallen? Oder hatte Onkel Jidler ihn absichtlich dort mitten auf dem Bürgersteig liegen lassen? Themas versuchte sich zu erinnern, wie die kurze Begegnung abgelaufen war. Er hatte im Augenwinkel ein bekanntes Gesicht gesehen. Als er genauer hinschauen wollte, war die Person verschwunden. Warum? Wollte sein Onkel nicht, dass er ihn sah? Aus Angst, Themas könne ihn bei den Lehmleuten verraten? Nein, entschied Themas. Das kann es nicht sein.

Es kam ihm eher so vor, als habe der Onkel versucht, ihn auf sich aufmerksam zu machen. Dann musste er die beiden „Leibwächter“ gesehen haben und er hatte sich rasch versteckt. Es war keine gute Idee, sich als Geflohener im Draußen erwischen zu lassen. Die Priester verlangten, dass eine solche Person festgenommen werden sollte. Man sollte sie ins Lehm zurückbringen, um über sie Gericht zu halten.

Nächstes Mal versuche ich, meine Wache abzuhängen, nahm Themas sich vor. Vielleicht ist Onkel Jidler wieder in Landsweiler. Dann können wir miteinander sprechen.

„Na, wie war es?“

Themas schrak aus seinen Gedanken auf. Der oberste Lehmpriester ging neben ihm. Mook Orpek schaute ihn freundlich an. „Hast du gefunden, was du gesucht hast?“

„Ich habe Bonbons für Trischa und eine prima Ledertasche für meinen Papa. Und Mama bekommt eine ganze Rolle guten Leinenstoff. Damit kann sie Kleider für die Familie nähen.“ Themas präsentierte dem Priester die Lupe, die er im Optikerladen erstanden hatte: „Die ist für Trischa. Sie hat dreifache

Vergrößerung. Ich bin gespannt, ob ihr das Geschenk gefällt."

„Ganz bestimmt", meinte Orpek jovial. „Mädchen mögen es, wenn ihnen Jungs Geschenke machen. Und du? Hast du auch etwas für dich gekauft, Themas?"

„Ein paar Bleistifte und Papier", antwortete Themas. „Ich habe mir gedacht, ich versuche mich mal im Zeichnen. Unser Dorfpriester hat meine Zeichnungen in der Schule immer gelobt. Er meinte, ich hätte Talent. Ich könnte mit Bleistift und Rötelstiften Bilder aus dem Lehm auf Papier festhalten. Die könnte man im Schulunterricht verwenden. Ich könnte den Zentralsee zeichnen und das Kliff und die Natur und die Tiere im Lehm. Und die große Lehma-Statue."

„Das klingt nach einer guten Idee", lobte der Priester. „Materialien für den Unterricht sind immer gefragt. Du hast dir also ein Geschenk gemacht, das du für die Allgemeinheit einsetzen kannst. Das ist sehr schön, Themas. Wie fandest du es im Draußen?"

Themas merkte auf. Die Frage war ganz beiläufig gestellt, aber er bemerkte, dass Mook Orpek auf der Lauer lag. Jetzt galt es, die richtige Antwort zu geben.

„Ich bin froh, dass ich wieder zu Hause bin", sagte er. „Da draußen ... also das war ganz schön anstrengend." Er machte eine vage Geste. „Interessant war es ja. Sicher doch! Ich war neugierig und fand viel Neues. Aber die vielen Menschen! Und diese Kleider! Grauslich! Die sehen wirklich wie Gockelhähne aus!" Er lachte den Priester an. „Wenigstens waren sie freundlich. Ein Eisenbahner, der quietschgrün angezogen war, hat mir erklärt, wie die Dampflokomotiven funktionieren und dass es eine Eisenbahn gibt, die rund ums Lehm verläuft. Das finde ich komisch. Da fahren die Holzfäller zur Arbeit in den Zügen und das Holz wird nach Landsweiler transportiert und von da aus hinaus ins Königreich."

Themas musste sich nicht verstellen. Er fand es unverständlich und brachte das auch zum Ausdruck: „Wieso ausgerechnet rund um unsere Heimat? Gibt es nicht genug Holz in den großen Wäldern? Der Dorfpriester hat uns erklärt, dass das Lehm inmitten eines riesigen Waldgebietes liegt. Warum gibt es ausgerechnet rund um uns so viele Holzfällersiedlungen?"

Mook Orpek lächelte breit: „Weil das Holz rund ums Lehm das beste Holz der

Welt ist, Themas. Ja, so ist es. In einem viele Kilometer breiten Streifen rund um unsere Heimat wächst das beste und härteste Bauholz der Welt. Das Brennholz, das wir in Landsweiler für unsere Waren eintauschen, wird von weit draußen mit der Eisenbahn herangeschafft. Das Holz direkt beim Lehm ist viel zu schade, um es als Feuerholz zu nutzen."

„Wieso wächst direkt vor unserer Heimat dieses gute Holz?", wollte Themas wissen.

„Weil das Lehm selbst den Boden dort draußen auf eine besondere Art fruchtbar macht", erwiderte der Priester. „Wie du siehst, tut das Lehm sogar den Menschen im Draußen Gutes." Seine Stimme klang salbungsvoll und ein bisschen eingebildet. „Wirst du wieder mitkommen nach Landsweiler?"

„Ich denke schon", gab Themas zur Antwort. „Es hat mir zwar nicht so arg gefallen, aber es gibt trotzdem vieles, was ich mir noch anschauen möchte. Vor allem aber werde ich wieder meinen besten Rötel im Laden beim Bahnhof verkaufen und mit dem Geld Sachen für meine Familie und meine Freunde kaufen."

„Du bist ein guter Junge, Themas", sagte der oberste Lehmpriester. „Immer denkst du zuerst an andere. Das ist fein. Es ist also beschlossen. Du kommst die nächsten Male mit ins Draußen. Ich werde deinen Dorfpriester entsprechend instruieren."

„Vielen Dank", sagte Themas artig. Er freute sich wie ein Schneekönig. Es hatte geklappt. Er hatte es fertiggebracht, dass er wieder hinausdurfte, und zwar gleich mehrmals hintereinander. Er musste unbedingt wieder nach Landsweiler. Er wollte nachprüfen, ob sein Onkel da sein würde.

*

Wieder daheim, gab er seinen Eltern die Geschenke. Beide freuten sich sehr über die Gaben. „Ich gehe noch mal raus", verkündete Themas. „Ich habe etwas für Trischa mitgebracht." Er verließ das Haus. Draußen schaute er sich hastig um. Niemand war zu sehen. Rasch lief er zum Eisengitter unter der Treppe: „Achtung! Futter!" Er hielt die dicke Pastinake und die zwei Äpfel, die er heimlich auf dem Markt in Landsweiler gekauft hatte, zwischen die Gitterstäbe.

„Danke“, kam es aus der Dunkelheit. Zwei bleiche Hände griffen nach den Lebensmitteln.

„Wenn wieder Bürgerversammlung ist, komme ich zu dir“, raunte Themas. „Ich war draußen vorm Lehm. Ich habe viel zu erzählen.“ Er machte sich davon.

Im Garten der Banbirks fand er Trischa, die Gemüse fürs Abendessen holte. Er präsentierte seine Geschenke. Trischa freute sich über die Bonbons und lutschte sogleich eins. Sie hielt ihm die Tüte hin: „Nimm eines! Sie schmecken wundervoll.“

Themas wählte ein dunkelrotes Bonbon und lutschte es. Es schmeckte nach Kirsche. Er sah, wie Trischa das zweite Geschenk in den Händen drehte. Sie wirkte ratlos.

„Du musst es aus dem Lederetui herausklappen“, half er ihr auf die Sprünge.

Das Mädchen klappte die in Messing gefasste Lupe aus dem Etui: „Was ist das?“

„Ein Vergrößerungsglas. Halte es über die Möhre, die du gerade aus dem Boden geholt hast. Du musst es langsam vor und zurück bewegen, bis das Bild in der Linse scharf wird.“

Trischa probierte es. Sie stieß einen erstaunten Ruf aus.

Themas lächelte sie an: „Es hat dreifache Vergrößerung. Alles, was du in der Linse siehst, ist dreimal größer als normal.“

„Das ist toll!“ Trischa betrachtete ihre Hand durch die Lupe: „Ich kann die kleinen Härchen sehen und alle Fältchen in der Haut.“ Das Gemüse war fürs Erste vergessen. Trischa wollte alles Mögliche durch das Vergrößerungsglas betrachten: ihre Fingernägel, den Stoff ihres Rocks, Grashalme, Blumen, das Holz des Zauns, der den Garten umgab, Sand und kleine Steine und zum Schluss das linke Auge von Themas. Sie war hin und weg. „Das ist total schön! Vielen Dank, Themas! Das ist das tollste Geschenk, das ich je erhalten habe!“

Themas war glücklich. Trischa sah goldig aus in ihrer Begeisterung. Sie hatte rote Wangen bekommen und ihre Augen leuchteten. Ihm schlug das Herz.

„Man kann sogar Feuer damit machen, wenn die Sonne scheint“, erklärte er. Das hatte ihm der Optikermeister im Laden erklärt. Themas tat so, als wüsste er das schon lange. Er brach ein trockenes Ästchen von einem der Himbeerbüsche und hielt es Trischa hin. „Du musst die Linse zur Sonne schauen lassen und sie hoch und runter bewegen, bis der helle Fleck, den das Glas auf dem Ästchen erzeugt, zu einem Punkt wird. Das nennt man den Brennpunkt der Linse. Dort wird das Licht der Sonne gebündelt und dreimal verstärkt. Es wird so heiß, dass trockenes Holz anfängt zu glimmen."

Trischa tat, was er verlangte. Sie hielt die Lupe mit der flachen Seite in die Sonne und führte das Vergrößerungsglas langsam auf das Ästchen herab. Als die Lupe noch etwa zehn Zentimeter von dem Holz in ihrer linken Hand entfernt war, verengte sich der diffuse Schein, den das Glas erzeugte. Auf dem vertrockneten Stückchen Holz erschien ein gleißend heller Punkt. Nach einigen Sekunden stieg Rauch auf und das Hölzchen fing an zu kokeln. „Das ist unglaublich!", rief Trischa aus. „Ein Feuerzeug aus Glas." Sie umarmte Themas und bedankte sich überschwänglich.

Was das Herzklopfen von Themas noch mehr beschleunigte.

„Das muss ich all meinen Freundinnen zeigen", verkündete Trischa. „Die werden vielleicht staunen!" Sie schob das Vergrößerungsglas in sein ledernes Schutzetui zurück und steckte es ein: „Aber jetzt muss ich Gemüse sammeln. Zum Abendessen gibt es gemischtes Gemüse aus dem Tontopf."

„Ich helfe dir." Themas ging Trischa zur Hand. Er half ihr, Gemüse und Rüben zu ernten. Sie wuschen alles in dem irdenen Becken hinterm Haus, das man mittels einer kleinen Handpumpe aus Bronze mit Wasser aus einem nahen Bach füllen konnte.

Drinnen in der Küche half er ihr, das Gemüse zu putzen und in kleine Würfel und Stücke zu schneiden.

„Meine Eltern sind nicht da", sagte Trischa. „Sie sind draußen vorm Dorf und helfen dem Bürgermeister, eine Stelle im Lehm zu finden, wo sie einen Teich anlegen können. Sie wollen es mit Fischzucht probieren. Ob das Lehm das zulässt? Es verändert sich doch ständig. Wo heute noch ein kleiner Bach fließt, kann morgen schon trockener Sand sein oder ein tückischer Lehmsumpf, in den man einsinkt, wenn man nicht aufpasst."

„Haben sie nicht mit dem Priester über ihr Vorhaben gesprochen?", fragte Themas. „Die Lehma kann doch das Lehm befragen." Bei dem Gedanken an Grutie Umpfbeetl rümpfte er die Nase. „Es kann natürlich sein, dass sie es nicht getan haben, weil das eingebildete kleine Biest die Angelegenheit verboten hätte, einfach so, aus Gehässigkeit."

Trischa schaute ihn aus aufgerissenen Augen an. „Themas Irrlucht!", sprach sie. „Was ist denn das für ein ungebührliches Betragen? Wie kannst du es wagen, unsere ehrwürdige kleine Lehma als eingebildet zu bezeichnen? Weißt du nicht, dass das eine schwere Sünde ist?" Sie grinste: „Unsere ehrwürdige Lehma ist nicht eingebildet. Sie ist selbstbewusst. Und sie ist auch nicht gehässig. Sie ist nur ein bisschen zu herrschsüchtig." Sie lachte laut los. Themas lachte mit. Nach einer Minute wurden sie wieder ernst. „Du musst vorsichtig sein mit dem, was du sagst, Themas", bat Trischa. Sie sah besorgt aus. „Manchmal redest du zu viel. Wenn das in falsche Ohren gerät, wird es dir übel ergehen." Sie machte eine kleine Sprechpause. Dann sagte sie: „Und das will ich nicht! Auf keinen Fall!" Ihr Blick ging ihm durch und durch. „Es ist gut, dass meine Eltern nicht da sind und dich gehört haben. Sie sind treue Anhänger des Glaubens."

„Du nicht so sehr", sagte Themas. „Du hast deinem Zweitling gewinkt."

Trischa senkte den Blick. Sie blieb eine volle Minute lang still; gab keinen Ton von sich. Dann blickte sie Themas in die Augen: „Themas! Bitte! Das darfst du niemandem sagen! Wirklich niemandem!" Er sah die Angst in ihrem Gesicht.

„Ich sage kein Wort", versprach er. „Wirklich nicht, Trischa. Du kannst mir vertrauen. Ich habe vor einer Zeitlang angefangen, meinem eigenen Zweitling Essen zuzustecken und letztens, als meine Eltern auf der Bürgerversammlung waren, habe ich mir ein Herz gefasst und mit ihm gesprochen."

„Ich weiß", sagte Trischa.

„Du weißt das?" Themas war verdutzt. „Woher? Hast du mich etwa beobachtet?"

Sie schüttelte den Kopf: „Meine Schwester hat es mir erzählt."

„Deine …? Ahhh! Ja, stimmt. Mein Bruder hat mir erzählt, dass die eingesperrten Kinder untereinander heimlich kommunizieren. Nachts rufen sie sich gegenseitig Nachrichten zu. Es geht durchs ganze Dorf. Ich habe mich ganz schön gewundert, als ich mit meinem Zwillingsbruder sprach. Er kann ganz normal reden. Ich dachte immer, „*Die-unter-der-Treppe*" seien zurückgeblieben. Sind sie nicht. Und das macht es noch schlimmer!"

„Ja", sagte Trischa leise. „Das macht es noch schlimmer." Sie schaute Themas an. Blanke Verzweiflung stand in ihren Augen: „Sie wissen Bescheid! Sie haben Angst! Ihr ganzes Leben lang! Das … das ist so schrecklich, Themas! Ich kann es fast nicht aushalten!"

„Seit wann …?", fragte Themas.

„Ich war neun, als es anfing", erzählte Trischa. „Ich wurde nachts wach und hörte sie weinen. Ich habe mich aus dem Haus geschlichen und bin zu ihr gegangen. Ich setzte mich vors Gitter und versuchte sie zu trösten. An dem Tag hatte das Dorf die Gabe ans Lehm überbracht. Es war ein Mädchen aus dem Nachbarhaus. Meine Schwester und sie waren befreundet. Wenn man das so nennen kann." Trischa atmete tief durch. „Sie kam ans Gitter und drängte sich dagegen. Ich habe sie durch das Gitter hindurch umarmt und getröstet. Wir redeten leise miteinander, bestimmt zwei Stunden lang. Sie erzählte mir von ihrer Angst und ihrer Einsamkeit, davon, wie weh es tat, von der eigenen Mutter auf Abstand gehalten zu werden, niemanden zu haben, der einen mal in den Arm nahm und drückte, niemanden, der einen lieb hatte. Wir haben beide zusammen geweint in dieser Nacht.

Seitdem besuche ich sie. Ich passe auf, wenn meine Mutter das Haus verlässt und die Nachbarn nicht gucken. Dann setze ich mich vor die Treppe und tue so, als ob ich eine Handarbeit mache, und wir sprechen miteinander.

Nachts schleiche ich mich oft raus und dann können wir uns durchs Gitter hindurch umarmen. Ich habe schreckliche Angst um meine Schwester. Sie ist dreizehn. Sie wird nicht mehr lange leben dürfen. Ich bin so verzweifelt! Wenn ich nur wüsste, was ich tun kann, um sie vor dem Opfergang zu bewahren. Ich würde alles tun, um ihren Tod zu verhindern! Das Lehm ist böse! Es verlangt Menschenopfer. Es ist widerlich und grausam!"

„Ja", bestätigte Themas. „Ich würde auch gerne ..." Draußen waren Schritte zu hören.

„Meine Eltern!", wisperte Trischa. „Kein Wort mehr!"

Sie schnippelten eifrig Gemüse klein. Trischas Eltern fanden sie einträchtig am Küchentisch sitzend vor.

*

Themas schaute seinen Eltern hinterher, als sie zur wöchentlichen Bürgerversammlung gingen. Er wartete, bis kein Erwachsener mehr draußen zu sehen war, dann besuchte er seinen Zwilling unter der Treppe. Er hatte einen Apfel, zwei Möhren und ein paar Bonbons dabei. „Danke", sagte *„Das-unter-der-Treppe"* und nahm die Lebensmittel an. Die beiden Möhren waren zuerst an der Reihe. „Den Apfel hebe ich mir auf. Den esse ich morgen früh, bevor die Leute aufwachen", sagte Themas´ Bruder. Er schaute Themas durchs Gitter an: „Du warst im Draußen? Wie war es?"

Themas begann zu erzählen. Sein Bruder wollte alles ganz genau wissen. Oft fragte er nach Einzelheiten. Selbst Kleinigkeiten interessierten ihn. Themas wurde ganz komisch zumute. Sein Zwilling war zeit seines Lebens in das kleine Verlies unter der Treppe eingesperrt gewesen. Er kannte die Welt im Draußen nicht. Er wusste nicht einmal genau, wie das Lehm aussah. Das merkte er, als er davon erzählte, dass demnächst das große Sommerfest im Zentrum des Lehms stattfinden würde.

„Mittensee?", fragte der Gefangene. „Was ist das?"

„Ein See, der genau in der Mitte des Lehms liegt", antwortete Themas.

„Was ist ein See?"

„Ein See halt ..." Themas überlegte. „Du hast bestimmt schon Pfützen vor deinem Gitter gesehen, wenn es geregnet hat. Das passiert selten, aber manchmal fallen Wassertropfen vom Himmel."

„Ja", sagte sein Bruder.

„Gut. Nun stelle dir eine sehr große Pfütze vor. Sie beginnt vor deinem Gitter und reicht bis dort hinten hin, ans Haus der Riebers, und sie ist so tief, dass dir das Wasser bis zur Brust reicht, wenn du hineinläufst", verlangte Themas.

Sein Zwilling schaute nach draußen: „Ich kann es mir vorstellen. Das ist ein See?"

Themas schüttelte den Kopf: „Das ist ein Tümpel. Ein See ist riesig groß. Man kann das jenseitige Ufer fast nicht sehen. Boote können darauf herumfahren."

„Boote?"

Themas sprang auf: „Ich bin gleich zurück." Er rannte ins Haus. Nach zwei Minuten kam er zurück. Er hatte einen Zeichenblock dabei und ein loses Blatt Papier. Das Blatt reichte er seinem Bruder durchs Gitter: „Das ist eine Karte des Lehms. So würde es aussehen, wenn ein Vogel sehr hoch oben am Himmel fliegen und hinabschauen würde."

Sein Bruder schaute die Karte andächtig an: „Ich kann den Mittensee erkennen."

„Das Lehm hat einen Durchmesser von ungefähr fünfzig Kilometern", erklärte Themas. Als sein Zwilling die Kilometerangabe nicht verstand, nahm er wieder kleine Entfernungen zu Hilfe: „Von hier bis zum Gartenzaun der Banbirks sind es zwanzig Meter. Fünfmal diese Entfernung sind hundert Meter. Das Ganze zehnmal genommen ergibt einen Kilometer." Er sah, wie sein Bruder sich anstrengte, um sich die Entfernungen vorzustellen. Er blickte auf das Blatt mit der Zeichnung: „Die Dörfer sind sehr winzig. So sieht der hoch fliegende Vogel unser Dorf?"

„Ja", sagte Themas. „Genau so."

„Es ist so winzig! Und in Wirklichkeit ist es so groß!" Andächtig ließ der eingesperrte Junge die Fingerspitzen über die Zeichnung gleiten. „Dann muss dieser See in der Mitte ein gewaltiges Wasser sein. Jetzt kann ich es mir ungefähr vorstellen." Er zeigte auf die Ortsbezeichnungen unter dem See und unter den Dörfern: „Was sind das für Zeichen? Bedeuten sie etwas?"

Themas starrte seinen Bruder mit offenem Mund an: „Das sind Buchstaben. Das ist Schrift." Plötzlich wurde ihm klar, dass die unter den Treppen eingesperrten Kinder zwar durch Abhören die menschliche Sprache erlernt hatten, aber niemand hatte ihnen Lesen und Schreiben beigebracht. „Es … wie soll ich das erklären? Wenn man es versteht, spricht es zu einem."

Sein Bruder hob das Blatt an sein linkes Ohr: „Ich kann nichts hören." Es hätte komisch sein können, etwas zum Lachen, aber Themas wurde ganz anders, als er seinem Zwilling zusah. Er musste mit Gewalt die Tränen zurückhalten.

„Nicht so", sagte er mit belegter Stimme. „Es ist ein Sprechen, das man im Kopf hört, wenn die Augen die Zeichen ablesen." Er nahm den Zeichenblock und warf mit dem Bleistift ein paar Buchstaben aufs Papier. Das hielt er seinem Bruder hin: „Du schaust die Zeichen an, aber sie sprechen nicht mit dir. Zu mir sprechen sie und zu jedem anderen Menschen, der Lesen und Schreiben kann." Er fuhr die Reihe der Buchstaben entlang und las langsam: „Mein Na-me ist The-mas Irr-lucht. Ich le-be in Lehm-born und bin vier-zehn Jah-re alt."

Sein Zwilling starrte das Papier an: „Du kannst Papier sprechen lassen!"

„Ja", sagte Themas. Er deutete auf die Karte und las die Namen der Ortschaften vor.

„Aus sechsundzwanzig Zeichen kannst du alle Wörter unserer Sprache bilden", erklärte er. „Es kommt darauf an, wie man sie kombiniert." Er zeigte auf seinen Namen: „TH-E-M-A-S", las er ab. „Das Tee ist ein stimmloser Buchstabe. Man liest ihn T. Das E ist stimmhaft, genau wie das A."

„Aa", machte sein Bruder. Er suchte die Landkarte des Lehms ab: „Hier ist ein E!" Er lächelte: „Das muss auch dort sein, denn es ist Lehmborn." Er betonte den Vokal E.

Plötzlich kam er ganz nahe ans Gitter und fasste die Hand von Themas. Er schaute ihn mit brennenden Augen an: „Themas! Bitte! Kannst du mir die Buchstaben beibringen? Kannst du mich lesen lehren? Bitte!"

Themas fühlte einen dicken Kloß im Hals aufsteigen. Er wusste, dass sein Bruder nicht mehr lange zu leben hatte, und doch wollte er lesen lernen.

„Ja", würgte er hervor. „Ich mach's. Ich bringe es dir bei ..." Am Ende des Satzes herrschte Leere.

Sein Bruder schaute ihn durch die Gitterstäbe an. Er sagte keinen Ton. Er schaute nur.

„Du ...", begann Themas. „Du … ich … du … du hast keinen Namen! Ich weiß nicht, wie ich dich ansprechen soll." Jetzt kamen die Tränen doch noch. Er konnte sie nicht zurückhalten. „Sie haben dir nicht einmal einen Namen gegeben. Du bist nur ein Etwas. Ein eingesperrtes Nichts." Themas begann zu weinen. „Ich kann dich nicht mal beim Namen nennen", schluchzte er. „Mein Bruder hat keinen Namen!" Sein Zwilling schwieg, bis Themas sich beruhigt hatte.

Eine blasse Hand kam durchs Gitter und fasste Themas am Arm. „Für euch haben wir keine Namen", sagte die zu helle und zu leise Stimme aus dem Verlies, „aber untereinander benutzen wir Namen. Deine Freundin Trischa kennt den Namen ihrer Schwester."

„Ihr gebt euch selbst Namen?", fragte Themas.

Sein Zwilling nickte. Er sah unendlich traurig aus. „Unsere Mütter geben uns keine Namen. Darum müssen wir uns selbst Namen geben. Wie sonst sollten wir uns untereinander verständigen? Wir nehmen Namen an, die denen unserer frei lebenden Zwillinge ähneln. Die Schwester von Trischa heißt Truschka."

„Und du?", fragte Themas.

Sein Bruder schaute ihn an: „Du bist Themas und ich werde von *„Denen-unter-den-Treppen"* Thimas genannt." Er zeigte auf das Blatt Papier, das Themas beschrieben hatte, und ließ den Finger unter Themas´ Namen entlanglaufen: „TH-E-M-A-S. Wenn man das E wegnimmt und ein I hinschreibt, ist es dann mein Name?"

Themas nickte. Er reichte seinem Zwillingsbruder den Bleistift: „Versuche es!"

Thimas nahm den Bleistift ungeschickt zwischen die Finger. Konzentriert malte er die Buchstaben ab. Wo das E hingehörte, ließ er eine Lücke.

„Jetzt kommt das I", sagte Themas. „Einfach einen geraden Strich von oben nach unten, nur halb so hoch wie das T am Anfang!"

Sein Bruder malte den Strich auf.

„Und jetzt ein kleines Stückchen über dem Strich ein Punkt", verlangte Themas.

Sein Bruder malte das i-Tüpfelchen aufs Papier. Dann kontrollierte er die Karte des Lehms. Er hatte sich alle Orte gemerkt. Er konnte sie auswendig aufsagen.

„Rötelheim", sagte er und betonte das I besonders laut. Er lachte Themas an: „Das ist das gleiche Zeichen, das ich in meinen Namen gemalt habe."

„Geschrieben", berichtigte Themas. „Man nennt es schreiben."

Sein Bruder suchte alle Ortsnamen ab, in den ein I vorkam, und zeigte auf die Buchstaben: „Lehmweiler, Südlehmingen, Lehmingen, Mittensee, Landsweiler." Dann zeigte er auf den Ort oben links auf der Karte: „Das ist Lehmtal. Ich kann das E in dem Wort erkennen. Es ist das gleiche E wie in deinem Namen Themas."

„Ja", sagte Themas. „Man kann alle Worte der Welt aus ein paar Buchstaben zusammensetzen. Ich werde dir beibringen, wie es geht." Er musste sich Mühe geben, nicht gleich wieder in Tränen auszubrechen.

„Du musst jetzt gehen, Themas", sagte sein Bruder. „Es ist Zeit. Sie werden bald zurückkommen." Er umklammerte die eisernen Gitterstäbe mit den Händen und schaute zu Themas hinaus: „Danke, dass du mir Lesen und Schreiben beibringst, Zwillingsbruder."

„Schon in Ordnung", nuschelte Themas. Er stand auf. „Bis demnächst." Er ging fort.

„Bis demnächst, Themas", rief es hinter ihm her.

Abends wollte Themas wach bleiben, um zuzuhören, wie *„Die-unter-den-Treppen"* die Nachricht verbreiteten, dass der Bruder von Thimas ihm Lesen und Schreiben beibringen wollte. Doch kaum lag er im Bett, fielen ihm die Augen zu. Er bekam nicht mit, wie der Bericht über seinen Besuch im Draußen die Runde durchs Dorf machte, ebenso wie eine genaue Beschreibung der Landkarte, die er vom Lehm gezeichnet hatte. Auch nicht, wie von Haus zu Haus weitergegeben wurde, dass Thimas Lesen und Schreiben lernen würde.

Über Letzteres waren die eingesperrten Kinder erfreut und traurig zugleich. Denn Thimas konnte sein Wissen nicht an sie weitergeben. Um Lesen und Schreiben zu lernen, reichte es nicht, sich Gehörtes zu merken. Man musste die gemalten Krakel auf dem Papier ansehen können, um zu lernen, sie sprechen zu lassen.

Eine neue Frage kam vom anderen Ende des Dorfes: „Kann man die Buchstaben auch in Sand ritzen?"

Als Thimas bejahte, kam kurz darauf die Antwort durch den gesamten Ring von Kerkerkindern zu ihm zurück: „Wenn du zur Gabe für das Lehm wirst, kratze das in den Sand: '*Lehm! Du bist grausam und böse! Du bist ein Kinder mordendes Monster! Alle Kinder unter der Treppe haben ihr Leben lang deinetwegen Todesangst! Du bist ein ekelhaftes Mord-Lehm!*' Schreibe es in den Sand! Das dumme Lehm wird es nicht verstehen, aber all die Eltern von eingesperrten Kindern werden es erkennen. Sie werden hören, wie die Buchstaben zu ihnen sprechen. Sie werden hören, wie ihre eigenen, eingesperrten Kinder weinend nach ihnen rufen! Vielleicht laufen dann noch mehr Eltern mit ihren Zwillingen fort, um sie vor dem Tod im Lehm zu retten, anstatt zuzuschauen, wie sie umgebracht werden. Unsere Eltern sollen wissen, dass wir nicht getötet werden wollen. Sie sollen wissen, dass wir in Freiheit leben wollen und uns danach sehnen, geliebt zu werden wie alle Kinder der Welt. Sie sollen wissen, dass wir ein Leben lang Todesangst haben."

„Ich werde es tun", gab Thimas zurück. „Ich verspreche es euch! Wenn sie mich holen und ins Lehm treiben, werde ich diese Worte vor den Augen der Menschen in den Sand ritzen." Er lehnte am Gitter, das ihn von der Welt ausschloss, und weinte lautlos. Er wusste, dass er sich beeilen musste, die geheimnisvollen Buchstaben zu erlernen. Ihm blieb nicht mehr viel Zeit. Bald würde das Lehm ihn als Gabe verlangen. Thimas hatte Angst, schreckliche Angst. Er hatte Angst wie sein ganzes Leben lang. Noch nie hatte er sich so sehr gewünscht, von einer liebevollen Mutter in die Arme genommen zu werden, wie in diesem Moment.

*

Am nächsten Morgen läuteten überall die Glocken in den Dörfern. Themas schreckte aus dem Schlaf auf. Hastig zog er sich an und ging nach draußen. Dort hatte sich bereits eine Suchmannschaft zusammengefunden. „Jemand hat sich verirrt", sagte Helger Badin, der Metallsucher, als Themas fragte, was los sei. „Wir müssen sie suchen gehen, ehe etwas Schlimmes passiert."

„Kann ich mitkommen?“, fragte Themas.

Helger schüttelte den Kopf: „Du weißt doch, dass nur Erwachsene zur Suchmannschaft gehören, Themas Irrlucht.“ Themas schaute den davonziehenden Männern hinterher.

Trischa kam zu ihm. „Stell dir vor, eine ganze Familie hat sich verirrt“, sagte sie. Sie schaute ihn voller Angst an. „Es sind Otleff und Wanty Keplack aus Lehmweiler mit ... mit ihren Kindern.“

Themas verstand. Er kannte die Keplacks. Sie hatten Zwillinge, zwei kleine Jungen, die demnächst abgestillt werden würden. Dann musste der zweitgeborene Junge unter die Treppe. Kein Wunder, dass Otleff und Wanty geflohen waren.

Hoffentlich schaffen sie es, dachte er. Ich drücke euch die Daumen, ihr Keplacks. Ich wünsche mir, dass ihr entkommt. Eure Chancen stehen gut. Wir haben Neumond. Bei Neumond schläft das Lehm nachts tief und fest. Dann fiel ihm ein, dass Rallie Hoekker ebenfalls in einer Neumondnacht geflohen war. Sie hatte es nicht geschafft. Sonst wären am Tag danach nicht ihre Kleider an die Dammstraße gespült worden.

Themas sah, wie Trischa immer wieder zum Haus der Banbirks blickte. Sie schaut zu ihrer Zwillingsschwester, überlegte er. Sie hat Angst um sie. Er selbst hatte ebenfalls Angst - Angst um seinen Bruder Thimas. Wenn die Keplacks entkamen, würde das Lehm wütend sein und vielleicht eine zusätzliche Gabe verlangen. Das passierte oft. Bei Rallie Hoekkers Flucht hatte das Lehm keine Extragabe gefordert. Doch diesmal würde es eine zur Besänftigung haben wollen, dessen war er sich sicher.

Trischa drängte sich dicht an ihn. Er spürte, dass sie zitterte, und legte einen Arm um ihre Schultern. Er fühlte ihre Angst.

Überall um sie herum standen Menschen und hatten Angst. Alle fürchten sich, dachte Themas. Alle haben Angst vor dem Lehm. Es ist abartig! Es ist nicht normal! So sollte es nicht sein! Man sollte nicht ein Leben in Furcht verbringen. Das Lehm ist böse! Wieso verlangt es Menschenopfer? Es hat mehr als genug Nahrung! Von draußen kommen Tiere ins Lehm, Kaninchen und Waldvögel,

Rehe und Hirsche und Wildschweine.

Er wusste nur zu gut, dass es dem Lehm nicht um Nahrung ging. Er hatte es oft genug in der Predigt gehört. Das Lehm verlangte die Gabe von den Menschen, damit die Menschen überhaupt im Lehm leben konnten. Nur wenn es regelmäßig Opfer erhielt, war das Lehm den Menschen wohlgesonnen. Nur dann war es fest genug, dass man Häuser auf seiner Oberfläche bauen konnte und man über die Sandfelder gehen konnte, ohne einzusinken, ohne vom Untergrund verschlungen zu werden.

Warum sind wir dann überhaupt hier?, fragte er sich. Wenn wir alle hinausziehen, kann das Lehm zusehen, wo es seine Opfer herkriegt! Dann wären wir frei. Warum stehen wir nicht auf und gehen fort? Er kannte die Antwort. Es war schlicht unmöglich. Das Lehm würde sie nicht ziehen lassen. Es würde die Menschen verschlingen. Das Lehm ließ nicht los, was ihm gehörte. Tante Brilla hatte ihm erzählt, dass zwei Generationen zuvor eine größere Gruppe Menschen auswandern wollte. Sie wollten das Lehm verlassen. Sie kamen bis zum Rand des Lehms. Dann verschlang sie der Boden. Alle, ohne Ausnahme. Männer, Frauen und Kinder. Keiner überlebte. Das Lehm ließ niemanden ziehen. Nur gelegentlich gelang einzelnen Menschen die Flucht. Von drei Flüchtlingen erreichte höchstens einer das rettende Draußen. Selbst in den Neumondnächten erwischte das Lehm die meisten, die fliehen wollten, und brachte sie um.

Trischa zitterte noch immer. Er drückte sie ein wenig fester, um sie zu trösten. Sie blickte ihn an. „Egal wie es ausgeht, diesmal wird es nicht ohne eine Extragabe abgehen." Sie sprach nicht laut, weil Leute in der Nähe standen. Sie flüsterte nur. „Das Lehm ist außer sich vor Zorn. Sieh doch!" Sie zeigte die Straße hoch, die am Haus der Errlings vorbeiführte, wo es ins offene Land vorm Dorf hinausging.

Dort warf die Oberfläche des Lehms Falten. Dünen, fast zwei Meter hoch, glitten mit der Geschwindigkeit eines galoppierenden Kamels über die Heide. Sie verschwanden so schnell, wie sie gekommen waren, und tauchten ein Dutzend Schritte weiter wieder aus dem Sand auf. Fontänen aus Sand und Lehm spritzten aus dem in Bewegung geratenen Untergrund. Dicke Lehmbrocken flogen umher.

Momentan war es keine gute Idee, das sichere Dorf zu verlassen und die Sandfelder zu betreten. Der Untergrund war nicht sicher.

Die Leute sahen sich an. Nackte Furcht stand in ihren Augen. „Das wird schlimm!“, sagte die alte Naddy Treml. „Glaubt mir, das wird schlimm! Ich weiß es!“

*

Am späten Nachmittag stand Themas am Dorfrand. Er schaute die Dammstraße entlang, die an der Statue der Lehma vorbei nach Landsweiler führte. Rechts und links der Straße war das Lehm in Aufruhr. Der gesamte Boden schien in permanenter Bewegung zu sein. Überall wanderten kleine Sanddünen umher. Wannenförmige Vertiefungen bildeten sich und füllten sich mit Wasser. Heidekrautbüschel wurden in die Höhe gedrückt und im nächsten Moment vom lehmigen Boden verschlungen. Auf den Wiesen sackten ganze Grasbeete weg und verschwanden. Nur Sand blieb zurück, Sand, der Wellen schlug.

Zur Mittagszeit waren die Ärlemons mit ihrer Herde ins Dorf gekommen. „Da draußen ist es nicht geheuer“, hatte Mork Ärlemon berichtet. „Gleich zwei unserer Schafe wurden vom Boden verschlungen, als sie sich ein Stück weit von der Herde entfernten.“

Themas betrachtete die Landschaft vorm Dorf. Sie hatte nichts Heimeliges mehr an sich. Der rote Sand wirkte trügerisch und gefährlich. Die Heidekrautpolster schienen Unmengen von kurzen Fangarmen in die Luft zu recken, bereit, jeden Unvorsichtigen festzuhalten, der durch sie hindurchschritt. Die Knorrenbüsche wedelten mit ihren hölzernen Ästen. An manchen Stellen öffneten sich Löcher im Lehm und Wasserfontänen spritzten in die Höhe. Es gurgelte und blubberte.

Zum ersten Mal in seinem Leben wurde Themas sich der Tatsache bewusst, dass er und seine Leute auf der Oberfläche eines gefährlichen Sumpfes lebten. Sie konnten jederzeit in diesem Sumpf versinken. Und das Schrecklichste war, dass es ihnen verwehrt war, diesen bösartigen Sumpf zu verlassen und draußen auf festem Boden zu leben. Die Keplacks scheinen es geschafft zu haben, dachte er. Sonst wäre das Lehm nicht so aufgebracht.

Es freute ihn, dass es vier Menschen gelungen war, dem Lehm zu entkommen.

Er wünschte sich von ganzem Herzen, seine Eltern würden ebenfalls fliehen, zusammen mit ihm und seinem Zwillingsbruder.

Jemand trat neben ihn. Es war Trischa Banbirk. Sie sah ihn mit ihren honigfarbenen Augen an. „Sie sind entkommen", flüsterte sie. „Sonst wäre das Lehm nicht so aufgebracht. Es ist außer sich vor Zorn. Themas, ich habe Angst. Du weißt, um wen!"

„Ja", sagte er. „Ich weiß es. Ich habe auch Angst und du weißt, um wen." Er presste die Lippen zusammen und schluckte. „Aber ich freue mich, dass die Keplacks entwischt sind. Ich wünschte ..." Er ließ den Satz unbeendet.

Trischa wurde blass. „Themas!" Sie flüsterte nur.

„Doch!", beharrte er. Er schaute auf das Grasland und die Heide hinaus, wo der Boden sich wölbte und wieder senkte, als bewegte sich das Lehm in einem Fieberanfall. Was seine Augen sahen, hatte mit Heimat nichts mehr zu tun. Es war fremdartig und erschreckend. Es war bösartig. Er fürchtete sich. „Ich möchte weg von hier!" Er schaute Trischa in die Augen: „Und du auch!"

„Nein!", wisperte sie.

„Doch!", gab er ebenso leise zurück. „Du würdest gerne wegkommen vom Lehm. Mit deiner Schwester. Du traust dich bloß nicht, darüber nachzudenken. Ich traue mich auch erst seit ein paar Tagen, Trischa. Es sind erschreckende Gedanken und traurige dazu." Auf der Dammstraße näherte sich eine große Gruppe Männer.

„Die Suchmannschaft ist zurück!", rief Trischa. Sie machte den Hals lang und schaute angestrengt: „Sie scheinen niemanden gefunden zu haben."

„Wie denn auch?", flüsterte Themas. „Wenn sie ins Draußen entwischt sind, konnten sie niemanden finden und wenn sie es nicht geschafft haben, hat das Lehm sie sich geholt."

Die Männer kamen beim Dorf an. Vorneweg schritt Helger Badin: „Ihre Kleidung ist an den Damm gespült worden." Mit hängenden Köpfen gingen die Männer an Themas und Trischa vorbei. Sie sahen müde aus.

Die Dorfbewohner erwarteten sie voller Furcht. Als sie hörten, dass es den

Keplacks nicht gelungen war, zu entkommen, atmeten die meisten auf. Das Lehm hatte die Flüchtenden geholt. Vielleicht würde es sich mit diesen vier Personen zufriedengeben. Vielleicht würde es keine Extra-Gabe verlangen.

Trischa blickte zwischen den Häusern ins offene Land hinaus. Dort wand und wölbte sich das Lehm noch immer. „Es wird Extra-Gaben verlangen", wisperte sie. „Mehr als nur eine Gabe!"

Themas sah, wie sie mit Gewalt die Tränen zurückhielt. Er wusste, dass sie recht hatte. Er fühlte sich entsetzlich hilflos.

*

Die Dorfglocke schlug an. Bürgermeister Prick Holfer rief die Nachricht aus: „Die Lehma kommt! Die Lehma besucht Lehmborn! Die Lehma beehrt uns mit ihrem Besuch!" Die Leute verließen ihre Häuser. Sie standen auf den Plätzen davor und sahen der Prozession, die ins Dorf kam, mit gemischten Gefühlen entgegen.

Themas war bei seinem Freund Mirkus im Garten, als die Glocke die Ankunft der Lehma meldete. Er lief nach Hause. Er fand seine Eltern vorm Haus vor. Seine Mutter umarmte ihn stumm. Er sah die Furcht in ihren Augen. Er wusste, warum sie Angst hatte. Jeder wusste es. Die Lehma war gekommen, um eine Gabe für das Lehm auszuwählen.

Themas sah die Straße hinauf. Oben auf dem Hügel drehten sich die Flügel der Windmühle. Gerade kam Trischas Vater Hobert zur Tür heraus. Er begab sich eilig zum Haus der Familie Banbirk, das schräg gegenüber von Irrluchts Haus stand. Dort warteten bereits seine Frau Jemphie und seine Tochter Trischa.

Themas sah die Angst in den Augen von Trischas Eltern. Auch Trischa fürchtete sich. Die Lehma kam! Jedermann wusste, was das zu bedeuten hatte. Sie würde eine Gabe auswählen - eine Gabe an das Lehm. Eines der Kinder, die unter den Treppen eingesperrt waren, würde dem Lehm geopfert werden. Wie hatte Trischa noch gesagt? „Es wird Extra-Gaben verlangen. Mehr als nur eine Gabe!" Themas spürte, wie ihm ein kalter Schauder den Rücken hinunter lief. Er dachte an seinen Bruder Thimas, der kurz davor stand, die Altersgrenze zu erreichen. Würde Grutie Umpfbeetl ihn erwählen? Bitte nicht!, betete Themas in Gedanken.

Bitte nimm mir nicht meinen Bruder weg, wo ich ihn doch gerade erst kennengelernt habe!

Die Lehma kam die Dorfstraße herauf. Sämtliche Lehmpriester folgten ihr. Zwei von ihnen trugen zusätzlich zu ihren kleinen Rucksäcken das Gepäck der Lehma. Grutie Umpfbeetl belastete sich nicht mit solchen Sachen. Hinter den Priestern schritten Leute. Es waren die Glücklichen, an deren Häusern Grutie Umpfbeetl bereits vorbeigegangen war, ohne eins *„Derer-unter-den-Treppen"* ausgewählt zu haben. Themas sah seinen Freund Mirkus mit seinen Eltern und seiner kleinen Schwester Hurckie unter den Menschen, die der Lehma folgten. Hurckie klammerte sich an die Hand ihrer Mutter. Er erkannte die Erleichterung in den Augen der Familie Karmeck. Du hast es gut, Mirkus, dachte Themas. Hurckies Zweitling ist nicht erwählt worden.

Die kleine Lehma wanderte über Straßen und Plätze. Sie wirkte konzentriert, als lausche sie angestrengt nach innen. Schau! Nichts als Schau!, dachte Themas. Die kleine Zicke macht doch bloß Schau! Nie im Leben spricht das Lehm zu ihr! Keiner kann das Lehm hören!

Doch dann betrachtete er das Haar des Mädchens. Es war ziegelrot. Es hatte exakt die gleiche Farbe wie Lehm. Früher war Grutie Umpfbeetl blond gewesen. Ihr Haar hatte die Farbe reifen Weizens gehabt. Nachdem das Lehm sie erwählt hatte, war ihr Haar innerhalb weniger Wochen lehmfarbig geworden. Auch die Haare von Bescha Birkendruff, der alten Lehma, waren lehmfarbig gewesen. Und es war nicht allein das Haar. Auch die Augen der Lehma hatten die Farbe von Lehm. Grutie hatte blaue Augen gehabt. Heute waren sie lehmfarbig.

Plötzlich fuhr Grutie herum. Sie visierte ihn mit ihren stechenden Augen an. Themas schluckte. Es war, als hätte sie seine rebellischen Gedanken gehört. Der Blick der kleinen Lehma gefiel ihm nicht. Es war nicht gut, die Aufmerksamkeit Grutie Umpfbeetls zu wecken. Das Mädchen liebte es, die Menschen zu gängeln und ihnen Befehle zu geben. Er dachte an Thimas unter der Treppe. Bitte nicht Thimas!, dachte er. Sie soll weitergehen! Sie soll jemand anderen aussuchen! Er schämte sich für seinen Wunsch, aber er konnte nicht anders.

Grutie wandte den Blick ab. Sie lief mit kleinen, zierlichen Schritten über den

Sand. Es sah aus, als überdenke sie jeden einzelnen Schritt, den sie machte. Sie war schon am Haus der Badins vorbei, als sie abrupt stehen blieb und sich umdrehte. Helder und Keldry Badin hielten den Atem an. Sie hatten bereits einen Zweitling ans Lehm verloren, den Bruder ihres Sohnes Lupit. Nun hockte nur noch die Zwillingsschwester ihrer achtjährigen Tochter Muline unter der Treppe. Die Badins hatten einige Jahre lang einen Sonderfall dargestellt, hatten sie doch gleich zwei von *„Denen-unter-der-Treppe"*. Das gab es so gut wie nie.

Themas sah die Angst in den Augen von Keldry Badin. Die Frau fürchtete den Spruch der Lehma. Grutie Umpfbeetl konnte ihr mit einer Handbewegung auch noch das zweite Kind unter der Treppe wegnehmen.

Sie tat es. Sie blieb vor den Badins stehen und hob die Arme: „Höret, was das Lehm verkündet hat! Das Lehm erbittet eine Gabe von uns. Die Badins haben die Ehre, die Gabe zu spenden."

Keldry gab ein trockenes Schluchzen von sich. Ihr Mann presste sie an sich, sichtlich bemüht, die Fassung zu wahren. „So soll es sein", sagte er. Seine Stimme bebte verdächtig. Die kleine Muline verbarg ihr Gesicht in den Rockschößen ihrer Mutter. Themas erkannte, dass sie weinte.

Grutie Umpfbeetl focht das nicht an. Sie wandte sich an die umstehenden Leute: „Das Lehm hat einen großen Verlust erlitten. Ein großer Schmerz kam über das Lehm. Es dankt euch für eure Gabe. Vielleicht möchte es sogar um eine zweite Gabe bitten." Also doch!, dachte Themas. Genau wie Trischa sagte! Diesmal müssen zwei Kinder sterben! Verfluchtes Lehm! Verfluchte Lehma! Warum gehst du nicht selbst ins Lehm, Grutie Umpfbeetl? Er sah die Verzweiflung in den Augen der Menschen. Er fühlte ohnmächtige Wut. Was sich hier abspielte, war nicht richtig. Er war erst vierzehn, aber er wusste, dass er recht hatte.

Die kleine Lehma drehte sich um. Sie schaute Themas direkt in die Augen. Er fühlte sich unwohl unter diesem Blick. Grutie setzte sich in Bewegung. Sie kam genau auf ihn zu. Oh nein!, dachte Themas. Bitte nicht! Ich bringe ihm doch gerade Lesen bei! Er sah die Lehma auf sich zukommen. Mit nackten Füßen schritt sie über den Sand. Die schweren Eisenketten an ihren Knöcheln klirrten leise.

Themas wurde übel bei dem Gedanken, dass dieses verzogene kleine Ding in der Lage war, über erwachsene Menschen zu herrschen. Sie konnte ihm den Bruder nehmen, einfach aus einer Laune heraus. Mit dem Willen des Lehms musste das nichts zu tun haben. Grutie konnte tun, was sie wollte. Niemand gebot ihr Einhalt. Weil es niemand wagte. Alle hatten Angst vor dem hochnäsigen Biest.

Grutie blieb genau vor Themas stehen. Sein Magen zog sich zu einem kleinen, heißen Ball zusammen. „Themas Irrlucht", sprach die Lehma mit ihrer dünnen, erstaunlich weit tragenden Kinderstimme. „Ich kenne dich. Du hast bei den Fischern in Lehmingen am Mittensee gelernt, wie man Krebsreusen flicht. Man teilte mir mit, dass du dich äußerst geschickt angestellt hast." Sie tat, als denke sie angestrengt nach. Das Herz von Themas verkrampfte sich schmerzlich. Jetzt wählt sie Thimas! Oh, bitte nicht!

Grutie wandte sich ab. „Das Lehm spricht zu mir", verkündete sie. Sie schritt über den Sandplatz zu den Banbirks hinüber. Themas hatte keine Zeit, aufzuatmen. Er sah den Schrecken in den Augen von Trischa und ihren Eltern. Grutie Umpfbeetl ging zu Trischa. Sie sah sie an. „Trischa Banbirk", sagte sie. Trischa schaffte es nicht, die Angst in ihrem Gesicht zu unterdrücken. Man sah, dass sie sich fürchtete. Die kleine Lehma schien es zu genießen. Sie liebte die Macht über die Menschen im Lehm. Unter halb gesenkten Lidern betrachtete sie Trischas Vater und Mutter.

„Ihr nicht", sprach sie. „Noch nicht. Aber bald. Das Lehm hat es mir gesagt." Sie wandte sich ab und schritt weiter die Straße hinauf.

Themas atmete auf. Die schmerzhafte Verkrampfung seines Herzens löste sich. Grutie Umpfbeetl suchte sich ein anderes Opfer. Eine Weile hatte es so ausgesehen, als wüsste die kleine Lehma Bescheid über die rebellischen Reden, die er mit Trischa Banbirk führte. Themas hatte wahnsinnige Angst gehabt.

Er setzte sich in Bewegung und folgte seinen Eltern, die sich der Prozession angeschlossen hatten. So war es Sitte. Man folgte der Lehma auf ihrem Weg durchs Dorf.

Grutie lief hierhin und dorthin. Sie verbreitete Angst und Schrecken bei den Menschen, die vor ihren Häusern standen und hilflos auf ihr Urteil warteten. Oft ging das Mädchen zu einem Menschen und blieb direkt vor ihm stehen, um ihn mit stechenden Augen anzublicken. Die Angst, die über dem Dorf lag, war beinahe mit Händen greifbar.

Irgendwann waren alle Dorfstraßen abgeschritten. Keine zweite Gabe war erwählt worden. Schon wollten die Menschen aufatmen, da hielt Grutie mitten auf einem Platz inne. Sie stand mit geschlossenen Augen da. Ihre bloßen Füße begannen, im Boden zu versinken. Alle hielten den Atem an.

Grutie öffnete die Augen. „Es ist noch eine Gabe zu bestimmen", rief sie. Die Leute stöhnten unhörbar. Also doch! Grutie zog die Füße aus dem Boden und ging weiter. Sie lief den Weg, den sie gekommen war, zurück. Die Priester folgten ihr wie Hunde.

Das macht sie mit Absicht!, dachte Themas. Um den Menschen Angst einzujagen! Um sich an ihrer Macht über uns zu weiden. Die miese, kleine Kröte!

Doch auch das Lehm konnte dahinterstecken. War nicht auch das Lehm rachsüchtig? Mit einem flauen Gefühl im Magen beobachtete Themas, wie die Lehma in den Weg einbog, der zu seinem Elternhaus führte. Grutie drehte den Kopf und schaute ihn einen Augenblick an. Spielte etwa ein kleines Lächeln um ihre Mundwinkel?

Jemand trat neben ihn, fasste seine Hand und drückte sie. Es war Trischa. Er warf ihr einen dankbaren Blick zu. Sie folgten der Lehma und den Priestern. Als sie am Haus der Familie Banbirk vorbeikamen, warf Grutie einen Blick in das Verlies unter der Treppe. Trischas Hand krallte sich in der von Themas fest. Er sah, wie das Mädchen dort unten hinter dem Eisengitter zurückwich, bis es mit den Schultern gegen die Rückwand seines Kerkers prallte.

Grutie wandte sich ab. Sie ging weiter. Vorm Haus der Irrluchts blieb sie stehen. Auch dort schaute sie ins Verlies hinein. Themas zog scharf die Luft ein. Was, wenn das fiese kleine Ding seinen Bruder wählte? Die Angst kam zurück. Wie ein unsichtbares Raubtier fiel sie ihn an. Er konnte nicht verhindern, dass er anfing zu zittern. Seine Mutter schlug eine Hand vor den Mund.

„Nein. Du bist es nicht", sprach die Lehma. Sie ging weiter. Themas wurde es vor Erleichterung flau im Magen.

Grutie Umpfbeetl schritt weiter durchs Dorf. Schließlich entschied sie sich für die Familie Karmeck. Themas sah seinen Freund Mirkus zusammenzucken, als *„Das-unter-der-Treppe"* seiner Familie erwählt wurde, der Zweitling seiner neunjährigen Schwester Hurckie.

Miststück!, dachte er. Er hätte Grutie Umpfbeetl am liebsten gepackt und geschüttelt. Läuft kreuz und quer durchs Dorf und genießt ihre Tour des Schreckens. Was für ein ekelhaftes Biest!

Im gleichen Moment fiel der Blick der kleinen Lehma auf ihn. Themas erschrak. Hatte sie gesehen, dass er wütend war? Hatte er sein Gesicht nicht genügend unter Kontrolle gehabt? Ihm wurde heiß.

„Zwei Gaben hat das Lehm durch meinen Mund von euch erbeten", verkündete Grutie. „Es hat mir mitgeteilt, dass es morgen noch einmal zu mir sprechen möchte. Ich werde in Lehmborn übernachten."

Die Leute sahen einander mit blanker Verzweiflung an. Das konnte nur eines bedeuten: Das Lehm würde am nächsten Tag noch ein drittes Opfer verlangen!

Themas warf Trischa einen sprechenden Blick zu. Sie nickte unmerklich. Sie wusste, was er meinte. Grutie Umpfbeetl war eine ekelhafte Zicke. Anders konnte man es nicht ausdrücken. Die junge Lehma genoss das Gefühl der Macht, die in ihren Händen lag. Nun würden alle im Dorf Angst haben bis zum nächsten Tag.

Wie kann man nur so sein?, fragte sich Themas. Sie ist eklig! Warum hat das Lehm ausgerechnet sie erwählt?

Er sah die Antwort auf seine Frage in Trischas honigfarbenen Augen: Das Lehm hatte Grutie mit Absicht erwählt, weil es spürte, dass das Mädchen eine gehässige Ader hatte und auf Macht stand. Schon vor ihrer Erwählung war Grutie eingebildet und herrschsüchtig gewesen. Sie hatte ihre Spielkameraden herumgehetzt und die Anführerin gespielt. Damit war sie nicht immer durchgekommen. Wenn das Mädchen es übertrieb, hatten die anderen Kinder sie links liegen lassen. Nachdem sie zur Lehma geworden war, konnte sie ihre Herrschsucht nach Lust und Laune ausleben. Sie konnte Menschen herumscheuchen und drangsalieren. Sie konnte alle nach ihrer Pfeife tanzen lassen.

Die alte Lehma Bescha Birkendruff hatte meist in einem Haus in Lehmberg beim Steilkliff gelebt. Sie war nur durch die Dörfer gezogen, wenn sie eine wichtige Mitteilung zu machen hatte, die das Lehm ihr eingegeben hatte. Selbst das hatte sie häufig nicht persönlich getan, sondern die Lehmpriester geschickt.

Grutie Umpfbeetl hingegen streifte ständig durchs Lehm. Sie wanderte von Dorf zu Dorf und ließ sich hofieren. Sie liebte es, Macht über Menschen auszuüben. In den Dörfern nistete sie sich meistens in den geräumigen Häusern der Bürgermeister ein und verbrachte einige Tage mit Predigen und der Erteilung von Ratschlägen. Gelegentlich nahm sie bei Privatleuten Quartier und ließ sich dort von vorne bis hinten bedienen. Sie war die Erwählte. Das Lehm hatte sie unter all den kleinen Mädchen ausgesucht, sein Sprachrohr zu sein. Das ließ Grutie die Menschen stets spüren.

Themas fühlte, wie sich die feinen Härchen in seinem Nacken aufrichteten. Jemand starrte ihn an. Als er den Blick hob, blickte er in die stechenden Augen der jungen Lehma. Wieder schaute Grutie ihn an. Themas bemühte sich, ein neutrales Gesicht aufzusetzen.

Grutie lächelte ihn an. Er sah die Verschlagenheit hinter diesem Lächeln. „Das Lehm hat zu mir gesprochen", verkündete die Lehma. „Ich werde nicht im Haus des Bürgermeisters von Lehmborn leben. Ich werde ein bescheidenes Quartier bei der Familie Irrlucht nehmen."

Das hat gerade noch gefehlt!, dachte Themas. Wahrscheinlich werde ich wegen ihr aus meinem Zimmer geschmissen. Tatsächlich kam es so. Grutie Umpfbeetl bestimmte, dass sie im Zimmer von Themas leben würde, so lange sie in Lehmborn weilte. Themas musste auf den Dachboden umziehen und auf einer einfachen Strohmatratze nächtigen. Es störte ihn nicht. Auf dem Dachboden hatte er seine Ruhe. Doch Grutie störte ihn. Es fing damit an, dass die Lehma sich die Füße waschen ließ. Warmes Wasser musste bereitet werden und dann musste die Mutter von Themas vor dem Mädchen knien und seine schmutzigen Füße waschen.

Die Küche der Irrluchts war voller Menschen. Während seine Mutter auf Knien vor der Lehma lag, gab die verwöhnte Göre Befehle und erteilte Ratschläge. Sie fragte die Leute aus und verteilte Lob und Tadel.

Themas war wütend. Es passte ihm nicht, dass seine Mutter vor dem eingebildeten Ding kniete, und er musste daran denken, welche Angst die beiden erwählten Kinder in ihren Verliesen unter den Treppen hatten.

Gruties Kopf schnellte hoch. Wieder starrte sie Themas mit ihren lehmfarbenen Augen an. Themas gefiel dieser Blick nicht. Er konnte fühlen, dass Grutie nach einem Grund suchte, ihm eins auszuwischen, ihn unterzubuttern. Er hatte nicht vor, ihr einen solchen Grund zu liefern. Er schaute teilnahmslos zurück. Glotz doch, du eingebildete kleine Gans!

„Themas Irrlucht", sprach die kleine Lehma. Das ungute kleine Lächeln, das er bereits kannte, umspielte ihre schmalen Kinderlippen. „Bist du ein guter Sohn?" Gruties Blick bohrte sich in seine Augen. Alle Leute schauten ihn an. „Sag", begann die Lehma, „liebst du deine Eltern?"

„Ja", antwortete Themas. Mehr sagte er nicht. Was ging das diese Ziege an?

Gruties Lächeln verbreiterte sich: „Und liebst du auch deinen Bruder, Themas Irrlucht?" Darauf war Themas nicht gefasst. Er zuckte zusammen. Was sollte die Frage? Er hatte keine Ahnung, was er antworten sollte. Offiziell war Thimas nicht sein Bruder. Er war *„Eins-unter-der-Treppe"*. Er war des Lehms.

Mook Orpek, der oberste Lehmpriester, erkannte, dass Themas nicht recht wusste, wie er antworten sollte. „Was soll Themas sagen?", fragte er. „Er ist ein Erstgeborener und damit nicht des Lehms. Er ist der Sohn seiner Eltern."

„Aber er kann mir doch eine Antwort geben, lieber Mook", säuselte Grutie. Sie starrte Themas an: „Also?"

Themas hielt ihrem Blick stand. Er gab Antwort: „Kann man lieben, was man nicht kennt? Kann man lieben, was nicht ist?" Er imitierte Mook Orpeks geschwollenes Drumherum-Reden.

Grutie ließ nicht locker. „Dann hasst du deinen Bruder?"

Themas musste sich beherrschen, der kleinen Kröte nicht an die Kehle zu gehen. „Warum sollte ich hassen, was ich nicht kenne? Wie kann ich hassen, was nicht ist?“ Er sah das unterdrückte Grinsen Mook Orpeks. Der Priester war auf seiner Seite. Schön. „Ich liebe meine Mutter“, fuhr Themas fort. „Ich liebe meinen Vater. Ich liebe meine Heimat.“

„Und wie steht es mit deiner Tante Brilla und deinem Onkel Jidler?“, hakte Grutie nach.

Themas erkannte die Falle. „Ich verstehe nicht, von wem du sprichst, ehrwürdige Lehma.“ Elende Mistbiene!, dachte er aufgebracht. Du weißt ganz genau, dass es bei Strafe verboten ist, von geflohenen Menschen zu sprechen! Dreckbiest!

Seine Mutter war mit dem Waschen der Füße der kleinen Lehma fertig. Sie räumte die Waschschüssel weg. „Gleich gibt es Essen, ehrwürdige Lehma“, sagte sie.

Die Ablenkung funktionierte. Grutie ließ Themas in Ruhe. Sie erkundigte sich, was es denn gäbe. Als sie hörte, dass zu Gemüseeintopf eine süße Nachspeise gereicht wurde, war sie voller Freude. Grutie Umpfbeetl liebte Süßes.

Später am Abend verzog sich Themas auf den Speicher, wo er in einer Ecke auf einer Strohmatratze sein Lager aufschlug. Drunten redeten sie immer noch. Das Haus der Irrluchts war gerammelt voll mit Menschen. Deutlich hörte er die helle, bisweilen schrill klingende Stimme der kleinen Lehma heraus. Wichtigtuerin!, dachte er, als er unter die Decke kroch. Wie gemein von ihr, morgen noch ein Kerkerkind auszusuchen! Deinetwegen werden viele Lehmborner eine schlaflose Nacht haben.

*

Am nächsten Tag wollte Grutie Umpfbeetl wieder eine Runde durchs Dorf machen. Sie wollte allen Ernstes ein drittes Kind aussuchen. Die Leute standen stumm herum und schauten zu Boden. Als die kleine Lehma loslief, folgten sie ihr durch die Straßen. Grutie schaute hier und da in die Kerker. Die eingesperrten Kinder zogen sich vor ihr bis in den hintersten Winkel ihrer Gefängnisse zurück. An der höchsten Stelle des Dorfes blieb Grutie stehen, direkt bei Banbirks Windmühle. Die Flügel der Mühle standen still. Trischas Vater arbeitete nicht. Er folgte, wie alle Menschen des Dorfes, der Lehma.

Grutie stand still und tat, als lausche sie in sich hinein. „Ah!“, sagte sie. „Ich bin daran vorbeigelaufen. Das Lehm hat es mir gerade mitgeteilt.“ Sie starrte Themas an. „Ich muss wieder zurück.“ Sie nahm die Straße, die zum Elternhaus von Themas führte.

Themas fuhr ein eisiger Schreck in die Glieder. Er wusste, was Grutie vorhatte. Sie hatte sich einen grausamen Scherz mit ihm erlaubt. Sie würde seinen Bruder auswählen. Aus irgendeinem Grund war sie nicht gut auf ihn zu sprechen. Wahrscheinlich war sie eingeschnappt, weil er ihr am Tag zuvor so kühl geantwortet hatte. Das darf doch nicht wahr sein!, dachte Themas. Sie kann das nicht machen! Das ist irrsinnig! Sie will mir nur eins auswischen! Und dafür soll Thimas sterben! Kann denn niemand dieses ekelhafte Mädchen stoppen?

Grutie marschierte die Straße hinunter. Die Priester und die Dorfleute folgten ihr. Direkt beim Haus von Irrluchts blieb die kleine Lehma stehen. Sie warf Themas einen Blick zu. Sie lächelte siegesgewiss. „Ich weiß jetzt, was das Lehm wünscht“, begann sie. „Das Lehm ...“ Plötzlich zuckte sie zusammen wie unter einem Peitschenschlag. Ein erschrockener Laut quoll aus ihrer Kehle hervor. Es hörte sich an wie ein schrilles Froschquaken. Die nackten Füße des Mädchens wurden in den Boden gesogen. Grutie wollte sich dagegen wehren. Sie versuchte, ihre Füße zu befreien. Es gelang ihr nicht. Sie sank bis zu den Knöcheln ein. Erst als ihre eisernen Fußketten den Boden berührten, hörte es auf. Doch der vordere Teil ihrer Füße, der mit den Zehen, wurde unbarmherzig in die Tiefe gesogen. Die Lehma stand quasi auf Zehenspitzen im Sand. Der feste Boden um sie herum schlug Falten und wölbte und senkte sich. Grutie Umpfbeetl schnappte nach Luft. Blanke Angst stand in ihren Augen. Von ihrer gehässigen Freude war nichts mehr zu sehen. Sie war nur ein Kind, das sich zu Tode fürchtete.

Das Lehm holt sie!, dachte Themas voller Unglaube. Trüge sie nicht ihre eisernen Knöchelketten, würde es sie in sich hineinsaugen! Konnte das sein? Konnte das wirklich sein?! Themas war fassungslos. Das Lehm hatte die kleine Lehma gepackt. Das Lehm selbst hatte Grutie Umpfbeetl aufgehalten.

Das Mädchen stand im Sand wie festgewachsen. Der Untergrund gab sie nicht frei, so sehr sie auch versuchte, sich zu befreien. Sie begann zu zittern. Themas sah genauer hin. Lehm kroch an Grutie Umpfbeetls Waden hoch. Die schmierige Masse bog sich nach außen, um nicht mit den Eisenketten in Berührung zu kommen, die das Mädchen an den Knöcheln trug, und saugte sich an den Beinen des Mädchens in die Höhe.

Gruties Zittern verstärkte sich. Nackte Panik leuchtete aus ihren aufgerissenen Augen. Sie versuchte zu sprechen. Sie brachte nur ein paar gestammelte Laute hervor. Der Boden hob und senkte sich und schüttelte die kleine Lehma durch.

Themas sah an dem Mädchen vorbei zur Treppe seines Elternhauses hin. Er erkannte seinen Bruder hinter dem Gitter. Thimas schaute aus der Dunkelheit seines Verlieses heraus. Auch in seinen Augen stand Angst.

Mook Orpek trat vor: „Ehrwürdige Lehma? Was ist mit euch?" Er machte einen Schritt auf Grutie Umpfbeetl zu und fasste sie bei der Schulter. Er zuckte zurück, als hätte er einen Peitschenschlag erhalten. Der Boden unter den Füßen der Menschen bebte. Ein dunkles Grollen erklang aus der Tiefe der Erde.

Dann war Grutie Umpfbeetl frei. Das Lehm sackte an ihren Beinen herunter. Ihre bloßen Füße standen wieder auf fester Erde. Der Boden hörte auf, sich zu wölben. Heftig atmend schlug sie die Hände vor die Brust. Sie gab ein trockenes Schluchzen von sich. Eine Weile stand sie da und rührte sich nicht. Dann wandte sie sich den Dorfbewohnern zu: „Das Lehm hat zu mir gesprochen." Ihre Stimme war hoch und kieksig.

Das Lehm hat wirklich zu ihr gesprochen, dachte Themas. Es hat sie an den Füßen gepackt und ist in sie hineingefahren. Es hat sie durchgeschüttelt. Er war fassungslos. Ihm war mit einem Mal klar, was sich vor seinen Augen abgespielt hatte. Grutie Umpfbeetl hatte seinen Zwillingsbruder auswählen wollen, um Themas zu bestrafen. Sie hatte ihren Unwillen an ihm auslassen wollen. Sie hätte Thimas ausgewählt und behauptet, das Lehm hätte ihn als dritte Gabe verlangt. Wenn sie gedurft hätte!

Das Lehm hatte es nicht zugelassen. Es hatte die Lehma gepackt und sie zu Tode geängstigt. Themas schaute das Mädchen an. Es wirkte nicht mehr hochnäsig und eingebildet. Es war nur ein kleines Mädchen, das Angst hatte. Das Lehm hatte sie gepackt und durchgeschüttelt. Das Lehm hatte Grutie eine Lektion erteilt. Konnte es sein, dass das Lehm Gerechtigkeit übte? Dass es nicht nur voller Machtgier war?

Grutie hob die Arme. „Das Lehm hat zu mir gesprochen“, wiederholte sie. Noch immer zitterte ihre Stimme. „Das Lehm dankt euch, ihr Menschen von Lehmborn, dass ihr ihm zwei Gaben schenken wollt. Noch heute soll es geschehen. Wir sollen nicht ins Zentrum des Lehms gehen. Gleich hier bei Lehmborn sollen die Gaben gereicht werden, auf dass das Lehm besänftigt werde.“ Themas fing einen Blick des Mädchens auf. Alle Gehässigkeit war aus Gruties Augen verschwunden. Sie lächelte nicht mehr ihr hinterhältiges Lächeln. Sie war ein verängstigtes Kind, das dem Lehm gehorchte.

Schön für dich!, dachte Themas. Das Lehm hat dir also gezeigt, wo es langgeht. Es hat dir auf die Finger geklopft. Du bist zu weit gegangen in deiner Herrschsucht. Noch immer konnte er es nicht fassen. Das Lehm hatte für Gerechtigkeit gesorgt. Es hatte Grutie Umpfbeetl aufgehalten. Ihm war ganz sonderbar zumute.

„Gleich jetzt soll es sein“, rief die kleine Lehma. Noch immer zitterte ihre Stimme. „Ohne große Zeremonie.“

„So soll es sein“, rief Mook Orpek. „Lasst uns tun, um was das Lehm uns bittet.“

Sie taten es vorm Dorf auf einer der Schafweiden.

Themas wäre am liebsten im Dorf geblieben, aber das war nicht möglich. Alle mussten teilnehmen. Das ganze Dorf stand im Lehm. Nach allen Seiten erstreckte sich die rötliche Fläche, nur von Heidekrautpolstern und etwas Gestrüpp unterbrochen.

Die auserwählten Kinder standen vor den Menschen. Man hatte sie in einfache Leinentuniken gekleidet. Sie trugen nicht den üblichen Blumenschmuck. Die zwei Mädchen hielten sich an der Hand. Sie hatten Angst.

Themas sah die Badins und die Karmecks da stehen. Mirkus´ kleine Schwester Hurckie klammerte sich an der Hand ihrer Mutter fest. Sie wollte das Gesicht in ihren Rockschößen verbergen. Die Mutter hinderte sie. Man musste zusehen, wenn eine Gabe ins Lehm ging. Jeder musste zuschauen, auch die Kinder.

Die achtjährige Muline Badin schaute starren Blickes in die rötliche Landschaft. Ihre fünfzehnjährige Schwester Sanja hielt sie von hinten mit den Armen umfangen.

Die beiden erwählten Mädchen schauten die Menschen mit großen Augen an. Ihr Blick war ein einziges Flehen. Themas zog es das Herz zusammen. Er hätte schreien können. Es ist nicht recht!, dachte er. Das dürfte es nicht geben! Das Lehm ist grausam! Es fordert Menschenopfer! Er schloss für einen Moment die Augen. Wenn es nur schnell ging!

Es ging schnell. Der oberste Lehmpriester hielt eine sehr kurze Ansprache und schickte die zwei Mädchen ins Lehm. Die Kinder schauten ein letztes Mal zu den Dorfbewohnern hin. Themas wusste, dass er ihre ängstlichen Blicke nie vergessen würde, egal wie lange er lebte. Dann gingen sie. Hand in Hand schritten sie über den Sandboden. Sie hatten kaum ein Dutzend Schritte getan, als sich die Erde unter ihnen öffnete und sie in weniger als zwei Sekunden verschlang. Alles fand in völliger Stille statt.

Themas fühlte Dankbarkeit. Wenigstens war es schnell gegangen. Das Lehm hatte sich gnädig gezeigt. Er erinnerte sich genau an jenen Tag vor vielen Jahren, als ein elfjähriges Mädchen geopfert worden war. Sie hatte pausenlos um Gnade gefleht. Sie hatte die Menschen weinend gebeten, sie nicht ins Lehm zu schicken. Es hatte ewig gedauert. Immer wieder war sie im Lehm eingesunken und wieder hervorgekommen. Das Lehm hatte sie grausam zu Tode gequält. Ein kleiner Junge von fünf Jahren, der dicht neben Themas stand, hatte vor Angst erbrochen, während das Opfer, halb im Sandboden steckend, gurgelnd und schreiend gegen den langsamen Erstickungstod kämpfte.

Diesmal war es schnell gegangen. Wenigstens das. Aber es ist nicht recht!, dachte Themas trotzig. Es ist nicht recht, dass die Menschen vom Lehm geknechtet und in Angst und Schrecken gehalten werden! Es ist nicht recht! Wenn ich nur weg könnte! Wie Tante Brilla und Onkel Jidler! Weg von diesem grausamen Lehm! Weg! Weg! Weg! Nur weg!

*

„Wie lief es ab?“ Thimas hockte ganz vorne am Gitter, Themas direkt vor ihm auf der anderen Seite. Frei anstatt eingesperrt und doch nicht frei. Themas war ebenfalls ein Gefangener; ein Gefangener des Lehms. Sein Gefängnis war nur größer als das seines Zwillingsbruders.

„Es ging schnell“, sagte er. „Sie hielten einander bei den Händen, liefen los und nach wenigen Schritten hat der Boden sie verschluckt. Sie mussten nicht leiden.“ Mussten sie nicht?, fragte Themas sich in Gedanken. Wie sind sie gestorben? Hat das Lehm sie innerhalb eine halben Sekunde zu Tode gequetscht? Sie auf andere Art getötet? Oder zog es sie unter die Oberfläche und tat ihnen nichts an? Dann sind sie qualvoll erstickt, erfüllt von irrsinniger Todesangst. Ihm wurde schlecht, wenn er daran dachte.

„Hatten sie Angst?“, wollte Thimas wissen.

Themas nickte: „Natürlich! Sie wussten, was ihnen bevorstand. Ihr Blick war ein einziges Flehen. Ich hasse das Lehm! Es schützt uns nicht! Es mordet!“

„Ja“, sagte sein Bruder leise. „Das tut es. Warum sind unsere Vorfahren nur in dieses Gebiet gezogen?“

„Sie wussten es nicht“, gab Themas zurück. „Onkel Jidler sagte mir, sie seien arglos in eine riesige Falle getappt. Einmal drin, gab es kein Entkommen.“

„Werden die Menschen für alle Zeit Gefangene des Lehms sein?“

„Ja, ich denke schon. Außer, sie fliehen. Aber das ist nicht einfach. Die meisten Flüchtlinge schaffen es nicht. Das Lehm erwischt sie und bringt sie um.“

„Bringst du mir weitere Buchstaben bei? Bald kann ich das ganze Alphabet.“

Themas fing mit dem Unterricht an. Er war voller Bitterkeit. Da brachte er seinem Zwillingsbruder das Lesen bei, nur damit der das neu erworbene Wissen mit in den sicheren Tod nahm. Es kotzte ihn an. Es machte ihn wütend und traurig zugleich. Nach dem Unterricht erzählte er, wie das Lehm Grutie Umpfbeetl zur Räson gebracht hatte.

„Es ist Zeit, Themas. Du musst gleich gehen. Die Eltern kommen von der Versammlung zurück.“ Immer war es Thimas, der ihn zum Gehen aufforderte. Thimas hatte ein unglaubliches Zeitgefühl.

Themas stand auf. Er klopfte sich den Sand vom Hosenboden.

„Ich würde gerne hinausgehen", kam es von unten. Er sah die bleichen Finger seines Zwillingsbruders, die die Gitterstäbe umfasst hielten. „Ich möchte umherwandern und frei sein, wenn auch nur für kurze Zeit. Wenn es mich zum Schluss erwischen würde, wäre ich eine Zeitlang frei gewesen."

Themas spürte, wie eine Faust aus Eisen sein Herz zusammenquetschte. Er musste tief durchatmen, bevor er antworten konnte. „Es würde kein leichter Tod sein. Ich bin mir sicher, dass das Lehm in seiner Wut alles tun würde, um es so lange wie möglich hinauszuzögern." Er machte eine Pause und wartete auf Antwort. Es kam keine. „Ich weiß nicht, wo der Schlüssel ist", sagte er.

Schweigen. Dann: „Wenn du ihn findest, lässt du mich heraus?"

Themas presste die Augen zu, wie um alles auszusperren. „Ja", sagte er. Dann ging er. Wieder einmal weinte er.

*

Sie zogen ins Zentrum des Lehms. Alles war auf den Beinen. Es ging zum großen Sommerfest. Themas fühlte sich gut. Diesmal würde es keine Gabe ans Lehm geben. Es hatte keine „erbeten". Trischa Banbirk ging neben ihm. Er hätte gerne mit ihr über den Vorfall im Dorf gesprochen, als das Lehm die kleine Lehma gerüffelt hatte. Er wagte es nicht. Es waren zu viele Menschen um sie herum und es war unmöglich, sich abzusetzen. Sie mussten alle beieinander bleiben.

Bei Südlehmingen stieß die Lehma mit einigen der Priester zu ihnen. Grutie Umpfbeetl setzte sich ungefragt an die Spitze des Zuges und spielte Anführerin. Sie trug die Nase längst wieder hoch. Themas fragte sich, ob das Lehm sie nur geschüttelt hatte oder ob es wirklich zu Grutie gesprochen hatte. Konnte das Mädchen Worte hören, wenn es mit dem Lehm in Verbindung stand? Oder wurden nur verschwommene Bilder übertragen? Noch nie hatte eine Lehma darüber gesprochen.

Weiter vorne sah Themas seinen Freund Mirkus laufen. Seine kleine Schwester Hurckie hing an seiner Hand, als suchte sie Schutz. Seit ihr Zweitling ins Lehm gegangen war, war Hurckie still und in sich gekehrt. Mirkus ebenfalls. Themas hatte ihn seit der Opferung nicht mehr lachen gehört. Dabei hatte sein Freund einen ansteckenden Humor gehabt. Nun schritt er dahin wie eine Aufziehpuppe. Er wirkte leblos und bedrückt. Wirklich seltsam war, dass Mirkus´ Eltern noch immer treue Gläubige waren. Sie glaubten ans Lehm und seine Gesetze. Oder taten sie nur so, weil sie Angst hatten? Themas konnte es nicht sagen.

Sie kamen zum Mittensee. Themas schaute den kleinen Fischerbooten zu, die über das Wasser segelten. Fischer zu werden würde ihm gefallen. Nur den Beruf des Schäfers fand er noch erstrebenswerter. „Ich mag die Boote", sagte Trischa neben ihm. „Sieh nur, es sind immer zwei Leute in einem Boot." Sie schaute ihn mit ihren honigfarbenen Augen an, dass er gleich wieder Herzklopfen bekam. „Würde es dir gefallen, Fischer zu sein, Themas?" Er nickte. „Mir auch", sagte Trischa. „Vielleicht ... könntest du dir vorstellen, mit mir zu fischen?"

Themas hielt die Luft an. Ihm wurde warm. „Ääh ... ja", sagte er lahm. Trischa wollte mit ihm ...? Hatte sie das gerade wirklich gesagt? Auf einmal war der Tag viel schöner für ihn.

Trischa fasste nach seiner Hand. „Ob wir das dürfen? Wir könnten die Priester fragen. Warum sollte das Lehm etwas dagegen haben?"

Themas´ Ohren begannen zu summen. Sie wollte mit ihm zusammen sein!

„Das Lehm vielleicht nicht", flüsterte er, „aber Grutie Umpfbeetl."

„Die kann sich auch nicht alles erlauben", wisperte Trischa. „Du hast ja gesehen, wie das Lehm reagiert hat, als sie es übertrieb."

Themas sah sich hastig um. Niemand war nahe genug, um Trischas Flüstern zu verstehen. „Es war das erste Mal, dass das Lehm das getan hat", flüsterte er. „Verlass dich nicht darauf, dass es immer eingreift, wenn Grutie sich zu viel herausnimmt." Er zog sie nahe an sich: „Wir sollten mit diesen Gesprächen warten, bis wir ungestört sind." Sie schaute ihm in die Augen und nickte. Schweigend setzten sie ihren Weg fort.

*

In Lehmingen teilte sich der Zug auf. Ein Teil der Leute blieb im Dorf am Mittensee, der andere Teil wanderte nach Lehmberg am Steilkliff. Für die Dauer des Sommerfestes kamen die Leute in den Häusern der Dorfbewohner unter. Für die jungen Leute waren Zelte aufgestellt worden, streng getrennt nach Jungen und Mädchen. Für den Rest des Tages machte man sich eine schöne Zeit. Freundschaften mit Leuten aus anderen Dörfern wurden erneuert, Neuigkeiten ausgetauscht, Pläne gemacht und durchdiskutiert. Zarte Bande wurden von jungen Leuten geknüpft - während des Sommerfestes wurden etliche Ehen vorbereitet. Die Kinder und Jugendlichen streiften umher und erkundeten die Gegend. Besonders beliebt waren der See und das Steilkliff. Themas stieg mit Trischa und anderen Jugendlichen auf das Kliff hinauf, um die Aussicht zu genießen. Sein Freund Mirkus mochte nicht mitkommen. Er blieb bei seiner Familie und kümmerte sich um seine kleine Schwester. Hurckie war immer noch verstört und ängstlich.

Es könnte so schön sein, dachte Themas, als er Hand in Hand mit Trischa auf dem Kliff stand und sich seine Heimat von oben anschaute, wenn das Lehm nicht von bösem Leben erfüllt wäre. Wenn es einfach nur eine besondere Landschaft inmitten weiter Wälder wäre, wäre es uns eine wundervolle Heimat. Aber so leben alle in ständiger Furcht. Ich bin sicher, dass niemand von dieser Furcht frei ist. Alle haben Angst. Niemand traut sich, das Lehm zu verlassen, und alle geben sie ihre Zweitgeborenen her für dieses ekelhafte Opferritual. Es ist widernatürlich! Das Lehm ist nicht gut! Das Lehm schützt uns nicht! Es kam von außerhalb der Erde aus dem Weltall, ein Samen, der aufging und sich zu einer bösartigen Lebensform entwickelte. Das Lehm wurde zu einer riesigen Falle, die darauf lauerte, dass Menschen hineingerieten. Einmal drinnen, gab es kein Entrinnen. Onkel und Tante haben es mir erzählt. Sie wussten so viel. Sie wussten sogar, wie man entkommen kann.

Themas glaubte nicht, dass es Zufall war, dass Onkel Jidler und Tante Brilla es geschafft hatten, das Lehm zu verlassen. Sie mussten einen Trick gekannt haben. Er hatte keine Ahnung, was dieser Trick war, aber es musste eine Möglichkeit geben, das Lehm hereinzulegen. Wenn ich rauskriege, wie es funktioniert, haue ich ab, dachte er. Ich muss nur den Schlüssel zum Verlies finden, damit ich Thimas mitnehmen kann. Dann dachte er daran, wie seine Eltern sich fühlen würden, wenn er die Heimat auf immer verließ. Das verdarb ihm den Spaß an den Gedanken über eine mögliche Flucht.

*

Am nächsten Tag fand eine Messe vor der heiligen Grotte am Steilkliff statt. Mook Orpek hielt die Predigt. Danach meldete sich die Lehma zu Wort.

„Das Lehm hat zu mir gesprochen", verkündete sie, „und ich soll euch sagen: Es wünscht, dass ein neues Dorf gegründet werde, und zwar im Osten. Der Name des Dorfes soll Ostheim sein und alle, die gerne eine neue Heimat mit aufbauen möchten, sollen sich melden." Das war eine tolle Neuigkeit. Die Menschen redeten wild durcheinander. Viele wollten gerne dabei helfen, das neue Dorf zu gründen. Sie priesen die kleine Lehma und dankten ihr für die gute Nachricht. Grutie Umpfbeetl suhlte sich in dem Lob. Dabei hatte sie lediglich einen Wunsch des Lehms mitgeteilt. Sie konnte kaum selbst entschieden haben, dass ein neues Dorf aufgebaut werden sollte.

Oder doch?, fragte sich Themas. Nein, glaube ich nicht. Das Lehm würde ihr wieder einen Rüffel verpassen wie letztens bei uns im Dorf. Aber das war nur ein einziges Mal geschehen. Sonst hatte das Lehm die Lehma nicht zurückgehalten. Doch mussten nicht Hügel aus dem Lehm wachsen, auf denen die Häuser erbaut werden konnten? Ohne die Zustimmung des Lehms gab es kein neues Dorf.

Es folgten die Berufszuteilungen an die jungen Leute, die in diesem Jahr sechzehn Jahre alt geworden waren. Die meisten sollten die Berufe erlernen, die sie sich ausgesucht hatten. Das galt allerdings nicht für alle. Als Jark Delften aus Lehmtal vortrat und seinen Berufswunsch äußerte, erlebte er eine Enttäuschung. Alle im Lehm wussten, dass Jark seit seiner Kindheit Bronzegießer werden wollte. Immerzu trieb er sich in den Gießereien herum und er hatte bereits viel übers Bronzegießen gelernt.

Doch es kam anders. „Es tut mir leid, lieber Jark", sprach Grutie Umpfbeetl mit zuckersüßer Stimme, „aber das Lehm sagt mir, dass du ein Fischer werden wirst."

Jark Delften stand da wie erschlagen. Fischer? Jeder wusste, dass das genau der Beruf war, den er auf keinen Fall lernen wollte. Jark mochte kein tiefes Wasser und er stieg niemals freiwillig in ein Boot. Alles, was er wollte, war, Bronzegießer zu werden.

„Es geht wirklich nicht anders“, säuselte die kleine Lehma. „Es ist der Wille des Lehms.“

Themas sah die boshafte Freude in den Augen des Mädchens. Im fiel ein, dass Jark Delften vor einigen Wochen einen Streit mit der Lehma gehabt hatte. Es war um etwas ganz Banales gegangen, aber Grutie hatte sich den Vorfall gemerkt. Nun rächte sie sich an Jark. Themas war sicher, dass das Lehm keinen Piep von sich gegeben hatte. Es war Gruties Wunsch, Jark unterzubuttern und ihm das Leben schwer zu machen. Er wartete darauf, dass das Lehm Grutie zurechtweisen würde, doch nichts geschah. Diesmal ließ es seiner kleinen Priesterin die Gemeinheit durchgehen.

Du mieses kleines Aas!, dachte Themas. Du bist ekelhaft! Aber er konnte nichts gegen Grutie Umpfbeetl ausrichten. Das Wort der Lehma war Gesetz. Man musste Grutie gehorchen. Das Lehm unternahm nichts. Grutie bekam ihren Willen. Das kleine, nachtragende Biest kam mit seinen Machenschaften durch. Jark Delften musste Fischer werden.

Themas schaute Grutie wütend an. Er stellte sich vor, wie die kleine Zicke aufs Kliff hinaufstieg, um sich das Lehm von oben anzuschauen, und an der Steilkante stolperte und hinunterfiel und sich dabei das Genick brach.

Er war nicht der Einzige, der sauer war. Als er sich umsah, erkannte er, dass viele Leute die Verkündigung der Lehma mit großem Missfallen aufnahmen. Doch niemand wagte es, zu widersprechen. Gehässiges Dreckbiest!, dachte Themas. Der Tag war ihm verdorben. Er wollte nur noch nach Hause. Das Sommerfest machte ihm keinen Spaß mehr.

*

Themas hockte am Seeufer. Ab und zu warf er kleine Steine ins Wasser. Er hatte auf nichts Lust. Nachdem Grutie Umpfbeetl so gemein zu Jark Delften gewesen war, war ihm die Freude an dem Fest vergällt. Er vertrödelte halbe Tage am Seeufer, anstatt mit seinen Altersgenossen umherzustreifen, aufs hohe Kliff zu steigen oder zur Musik der Spielleute zu tanzen.

„Tach!“ Themas schaute auf. Mirkus stand neben ihm. „Kann man sich dazusetzen?“

Themas tat, als suche er etwas: „Ich seh jedenfalls kein Schild, das das verbietet."

Der kleine Scherz zeigte keine Wirkung. Mirkus lachte nicht. Nicht einmal ein kleines Lächeln erschien auf seinem Gesicht. Er hockte sich neben ihn in den Sand und starrte aufs Wasser hinaus. Mehrere Minuten lang saß er stumm da und rührte sich nicht. Themas schwieg ebenfalls. Er wartete geduldig. Wenn Mirkus ihm etwas zu sagen hatte, würde er irgendwann den Mund aufmachen.

„Nichts ist mehr gut", presste Mirkus hervor. „Alles ist schlecht." Er blickte weiter auf den See hinaus, als gäbe es dort etwas ungeheuer Interessantes zu sehen. „Weil es immer schlecht war! Das Lehm ist böse! Böse und gemein und grausam! Es ist keine Heimat! Es ist ein Gefängnis! Es schützt uns nicht! Es mordet unsere Geschwister!" Mirkus wandte den Kopf und schaute Themas an: „Das Lehm ist Dreck!"

„Stimmt genau", erwiderte Themas. „Das denke ich schon eine ganze Weile." Er schaute sich um. Es war niemand in der Nähe. Das war auch besser so. Für das, was Mirkus und er gerade gesagt hatten, konnten sie vor Gericht gestellt werden.

„Sie verstellen sich alle", sagte Mirkus. Themas hörte die Bitterkeit aus der Stimme seines Freundes heraus. „Ich kann nicht glauben, dass sie alle so gläubig sind, wie sie tun, auch meine Eltern nicht. Es kann nicht sein!"

„Das Blöde ist, dass man es keinem ansehen kann, ob er nur so tut oder ob er an den ganzen Mist glaubt", sagte Themas. „Wenn man in aller Offenheit mit dem Falschen spricht, kann es einem Kopf und Kragen kosten. Man muss immer Angst haben, dass einen jemand verrät."

Mirkus gab ein schnaubendes Geräusch von sich. Er starrte wieder aufs Wasser hinaus. Volle fünf Minuten gab er keinen Ton von sich. Dann schaute er zu Boden: „Sie ist vollkommen fertig. Sie ist kaputt. Ich weiß nicht, was ich machen soll. Wenn ich mit ihr rede, sieht sie durch mich hindurch. Sie antwortet nicht. Zu Hause hockt sie nur noch herum und starrt Löcher in die Luft. Sie ist wie tot. Kaputt eben."

Themas wusste, dass Mirkus von seiner kleinen Schwester Hurckie sprach.

Wieder schwieg Mirkus lange, bevor er weitersprach: „Sie hatte Kontakt zu ihrer Schwester. Seit zwei Jahren schon. Heimlich natürlich. Außer mir wusste es keiner. Ich kam zufällig dahinter. Immer wenn die Eltern zur Versammlung gingen, war sie draußen vor der Treppe und sie ist manchmal nachts nach draußen geschlichen. Sie hat ihr Essen gebracht und mit ihr gesprochen. Sie haben sich durchs Gitter umarmt. Sie haben davon geträumt, fortzugehen." Mirkus atmete tief ein und aus. Er schnaufte heftig. „Sie ... Sie hat es sich nicht ausreden lassen. Als ich sie hindern wollte, zu ihr zu gehen, hat sich mich gebissen." Er hielt Themas seine rechte Hand hin: „Voll zugebissen! Ihren Blick hättest du sehen sollen, Mann! Wild, sag ich dir! Da habe ich nichts mehr gesagt. Auch wenn ich die ganze Zeit Angst hatte, dass man sie erwischt."

Mirkus hob den Kopf. Er schaute Themas in die Augen: „Sie hat mich gefragt, ob es nicht einen Weg gäbe ... raus aus dem Lehm ... fort. Natürlich ging das nicht. Wie hätten wir das Gitter aufkriegen sollen? Keiner weiß, wo der Schlüssel aufbewahrt wird. Und selbst wenn ..." Mirkus machte eine hilflose Geste. „Selbst wenn ich den Schlüssel hätte auftreiben können, was dann? Nachts heimlich abhauen? Allein? Ohne Eltern und Geschwister? Durchs Lehm? Dann ergeht es einem wie Rallie Hoekker und all den anderen." Mirkus presste die Hände an die Schläfen. „Aber heute denke ich, ich hätte den Schlüssel suchen sollen. Sie ist wie tot. Sie ist kaputt. Das Lehm hat sie kaputt gemacht! Es hat nicht nur ihre Zwillingsschwester umgebracht. Ein Stück weit hat es auch Hurckie umgebracht. Es hat sie kaputt gemacht! Total kaputt!" Eine einzelne Träne rann über Mirkus´ Wange. „Kaputt! Meine kleine Schwester ist kaputt gemacht worden!"

„Ich suche auch den Schlüssel", sagte Themas. Er sah die Überraschung in den Augen seines Freundes. „Denkst du, du bist der Einzige? Ich habe seit einigen Wochen Kontakt zu meinem Bruder und ich kenne noch jemanden, der es genauso hält. Da ist ..."

Mirkus trat ihm unauffällig gegen den Knöchel. Er machte mit den Augen Signale. Themas merkte auf. Jemand näherte sich ihnen. Es war Mook Orpek, der oberste Lehmpriester.

Ausgerechnet der!, dachte Themas. Mirkus wischte sich hastig die Träne aus dem Gesicht.

„Was macht ihr beide ganz allein am Wasser?", fragte der Lehmpriester. „Wieso seid ihr nicht bei den anderen jungen Leuten und amüsiert euch?"

Themas zeigte hinaus auf den See: „Wir schauen uns die Fischerboote an. Ich möchte später einmal Schäfer werden. Aber Fischer würde ich auch gerne." Er schaute Mook an: „Im Gegensatz zu anderen Leuten." Er konnte sich die Worte nicht verkneifen. Sollte der Priester mit ihm schimpfen! Es war ihm egal.

Mook Orpek überraschte ihn: „Jark Delften wird kein Fischer. Er wird Bronzegießer werden, Themas Irrlucht." Er sah Themas ernst an. „Grutie hat sich geirrt. Sie hat nicht richtig hingehört. Heute Abend noch wird sie ihren Irrtum verkünden. Bei der Abschiedsmesse. Wenn ihr morgen alle in eure Dörfer zurückkehrt, wird Jark sich auf seine Zukunft freuen." Jetzt lächelte Mook.

Themas war baff. Sollte das bedeuten, dass der Oberpriester der zickigen Lehma auf die Finger geklopft hatte? Konnte Orpek das? Offensichtlich ja. Ihm war ganz sonderbar zumute. Einerseits war er gegen die Priester eingestellt, weil sie dem Lehm dienten, und dann das! Nun hatte einer von ihnen eingegriffen und Grutie Umpfbeetl Einhalt geboten. Er konnte nicht anders, als Dankbarkeit gegenüber Mook Orpek zu empfinden.

Der oberste Lehmpriester reckte und streckte sich: „Wollt ihr zwei nun nicht doch mitkommen zu den anderen?"

Mirkus schüttelte den Kopf: „Nein." Mehr sagte er nicht. Themas gab überhaupt keine Antwort. Er wusste schlicht und ergreifend nicht, was er sagen sollte. Was sollte er von Mook Orpek halten? War der Priester böse und ein eifriger Diener des Lehms oder hatte er auch andere Seiten?

„Dann lasse ich euch mal allein", sagte Mook. Er schlug den Jungen leicht auf die Schulter und wandte sich zum Gehen. „Mir gefällt das Ritual auch nicht", sagte er. Seine Stimme war so leise, dass man ihn fast nicht verstand. „Niemand mag das Ritual. Aber wir sind es dem Lehm schuldig. Wenn wir ihm keine Gaben darbringen, vernichtet es uns alle."

Themas war durcheinander. Er sah Mook weggehen und wusste nicht, ob er den Mann hassen oder mögen sollte. Hatte Mook Orpek das wirklich gesagt? Und hatte er es ernst gemeint oder hatte er Sprüche geklopft, um ihm und Mirkus Honig um den Mund zu schmieren?

„Ich glaube, der wollte uns dazu verleiten, Sachen auszusprechen, die uns Kopf und Kragen gekostet hätten“, flüsterte Mirkus.

Themas war nicht sicher. Er war verwirrt. Wusste Mook Orpek um die Situation? Wusste er, dass die Menschen damals vor vielen hundert Jahren in eine riesige Falle getappt waren?

*

Sie waren auf dem Nachhauseweg. Themas lief neben Trischa her. Sie folgten Mork und Preta Ärlemon, dem Schäferehepaar, und halfen, die Herde neben dem breiten Weg zu treiben. Themas war nicht recht bei der Sache. Immer wieder schweiften seine Gedanken ab. Er musste an das denken, was sein Freund Mirkus ihm erzählt hatte, und an das ungewöhnliche Verhalten von Mook Orpek, dem obersten Lehmpriester. Mook hatte tatsächlich durchgesetzt, dass die Lehma ihre Bekanntmachung zurücknahm. Jark Delften durfte Bronzegießer werden. Bei der Verkündung der Neuigkeit hatte Grutie Umpfbeetl ziemlich säuerlich dreingeschaut. Es passte dem boshaften Ding nicht, klein beigeben zu müssen.

Mook hat sie dazu gebracht, Jark zu einem Bronzegießer werden zu lassen, dachte Themas. Wie er das wohl geschafft hat? Sonst katzbuckeln die Priester stets vor der Lehma. Hat Grutie vielleicht gar nicht so viel Macht, wie es scheint? Ist das ehrfürchtige Bedienen der Priester nur Schau für die Gemeinde? Jedenfalls hatte es ihm ausnehmend gut gefallen, dass die verwöhnte Göre die Kröte hatte schlucken müssen. Er konnte Grutie nicht ausstehen.

Sie ist genau wie die erste Lehma. Onkel Jidler hat es mir erzählt. Bloß, dass Grutie keine Zwillingsschwester hat. Ich würde ihr zutrauen, dass sie mit boshaftem Vergnügen zuschauen würde, wie das Lehm ihren Zweitling holt.

Reba Derber war elf Jahre alt gewesen, als sie zur ersten Lehma der Gemeinde wurde. Sie war die Erstgeborene von Zwillingen und man sagte, dass ihre Schwester sie oft gepiesackt hatte, weil sie ein Simpel und etwas schwer von Begriff war. Themas konnte sich gut vorstellen, wie es damals vor einigen Jahrhunderten gegangen war, als das Lehm Reba ansprach: „Schenke mir auf alle Zeit die Zweitlinge und ich will dich von deiner Schwester befreien.“ Reba war darauf eingegangen. Das hatte dafür gesorgt, dass ihre Schwester nie wieder auf ihr herumhacken konnte, und es hatte Reba Macht in die Hände gelegt, große Macht. Sie hatte den Menschen die Gesetze des Lehms gepredigt und sie damit dem Lehm ausgeliefert. Genauso war es damals, überlegte Themas. Das Lehm sprach sie an der Stelle an, an der heute die große Lehma-Statue steht. Hätte Reba Derber die Menschen nicht tiefer ins Lehm geführt, hätten sie vielleicht im letzten Moment entkommen können. Reba hat sie mitten hinein in die Falle geführt.

War es so gewesen? Onkel Jidler glaubte das. Aber Tante Brilla hatte Themas erzählt, dass die Gemeinde auf der Flucht war. Menschen, die gegen den Glauben der Gemeinde waren, hatten sie verfolgt und das Lehm hatte dafür gesorgt, dass die Verfolger seinen neuen Schützlingen nichts antun konnten. Es hatte sie, als sie hinter den Flüchtlingen herliefen, alle verschlungen.

Themas konnte sich ein solches Szenario nur schwer vorstellen. Angeblich kam die Gemeinde von weit her. Waren wirklich Verfolger hinter ihnen her gewesen? Waren sie der Gemeinde all die vielen Kilometer auf den Fersen gewesen? Nur, weil sie den Glauben der Menschen nicht mochten? Das machte keinen Sinn.

Ob ich Mook Orpek fragen könnte? Vielleicht weiß er mehr? Aber konnte er dem Priester vertrauen? Mirkus hatte gesagt, Mook hätte sich nur so verständnisvoll benommen, weil er wollte, dass sie sich verrieten. Dann hätte Mook sie vors Lehmgericht gebracht. Konnte es sein, dass Mirkus recht hatte? Themas hatte keine Ahnung. Reden konnte er mit seinem Freund momentan nicht. Es waren zu viele Leute um sie herum, die jedes Wort gehört hätten. Er nahm sich vor, in den nächsten Tagen mit Mirkus das Dorf zu verlassen, um ungestört mit ihm zu reden.

Er half Mork Ärlemon, ein Schaf zur Herde zurückzutreiben, das sich abgesondert hatte. Sie liefen nebeneinander her. Trischa stand neben einem Hügel im Lehm und pflückte eine Blume. Themas spürte, wie eine Gänsehaut seinen gesamten Körper überlief. Etwas stimmte nicht. Die feinen Härchen in seinem Nacken richteten sich auf. Der Hügel! Er wollte Trischa zurufen, sofort zu verschwinden. Auf der Stelle!

Genau in diesem Moment explodierte der Sandhügel. Ein riesiges rotes Monster brach aus dem Boden hervor, den geifernden Fang weit aufgerissen. Der Horro schoss aus dem Sand und fiel Trischa an.

Themas schrie auf: „Trischa!"

Das Mädchen stand wie erstarrt. Mit weit aufgerissenen Augen schaute sie das riesige Raubtier an.

Nur der Umstand, dass das verirrte Schaf keine zwei Meter von ihr entfernt stand und ängstlich blökte, rettete ihr das Leben. Der Horro zögerte einen Moment. Halb blinde, milchige Augen starrten zwischen Trischa und dem Schaf hin und her. Dann entschied die Bestie, dass Trischa die lohnendere Beute war. Aufbrüllend warf sich der riesige Sandhund auf das Mädchen. „Horrorrorrorrrll!", grollte er.

„Nein!", brüllte Themas. Er riss dem verdutzten Mork Ärlemon den Schäferstab aus den Händen und sprang zu Trischa ins Lehm. Mitten im Lauf drehte er den Stab, sodass die lange Bronzespitze nach vorne zeigte.

„Zur Seite, Trischa!", schrie Themas. Er stieß, neben dem Mädchen stehend, nach dem Horro. Genau als die Bronzespitze ihn treffen sollte, wandte der Sandhund den Kopf und starrte zu dem Schaf hin. Der Stoß von Themas lief ins Leere. Er stolperte gegen den Horro. Der warf den Kopf herum und versetzte Themas einen solch harten Stoß, dass er rückwärts zu Boden ging.

„Horrl! Horroorrorroool!", brüllte das Raubtier. Es wandte sich Themas zu.

„Trischa, lauf!", schrie er und versuchte, auf die Beine zu kommen. Schon war der Horro über ihm. Themas stieß mit dem Stab zu. Er traf den Sandhund am Hals. Blut spritzte hervor. Aufjaulend warf sich der Horro zur Seite. Themas sprang auf. Den Stab wie einen Speer haltend, wartete er auf den neuen Angriff des Raubtiers. Der Horro musterte ihn. Er knurrte. Pure Mordlust leuchtete aus den kleinen, boshaften Augen. Mit gesenktem Kopf ging er auf Themas los.

Themas wich gedankenschnell aus. Dabei geriet er tiefer ins Lehm hinein, weg von der Dammstraße. Hier war der Sandhund im Vorteil. Wieder griff er an, den Kopf gesenkt. Themas sprang zur Seite. Es war zwecklos, mit dem Schäferstab auf das Genick des Horro zu zielen. Dort befanden sich eisenharte Muskeln unter einem Schild aus dickem Knorpel. Es war nicht möglich, einen Horro an dieser Stelle zu verletzen.

Themas machte einen Ausfall nach vorne, um den Sandhund abzulenken. Als der Horro einen ungeschickten Satz auf seinen dicken, kurzen Grabpranken nach vorne machte, wich Themas nach rechts aus. Er machte zwei Schritte zur Seite und hob den Stab. Mit aller Kraft stieß er ihn in den Hinterleib des Horro, genau vor der Stelle, an der das Hinterbein herausragte. Die bronzene Spitze drang tief ein. Der Horro stieß ein ohrenbetäubendes Kreischen aus.

Themas riss seine Stichwaffe aus dem Leib des Raubtiers. Er wirbelte herum und brachte sich in Angriffstellung. Genau wie er erwartet hatte, fuhr der Horro herum und ging mit weit aufgerissenem Maul auf ihn los. Diesmal trug er den Kopf hoch aufgerichtet. Themas wusste, dass er nur diese einzige Chance hatte. Mit aller Kraft stieß er zu. Die lange bronzene Spitze des Schäferstabes fuhr dem Sandhund durchs aufgesperrte Maul in den Schlund und bohrte sich tief in den Gaumen des Tieres. Themas stieß mit aller Kraft. Er spürte einen Widerstand und dann fuhr der Speer mit einem Knacken ins Hirn der Bestie. Der Horro erstarrte mitten in der Bewegung. Er stieß ein blubberndes Röcheln aus und brach zusammen. Blut spritzte aus seinem zähnestarrenden Maul. Die milchigen Augen erloschen.

Thomas ließ den Schäferstab los. „Trischa!“ Er drehte sich im Kreis. Seine Augen suchten das Mädchen.

„Themas!“ Mit wenigen Schritten war sie bei ihm und warf sich in seine Arme. „Themas!“

Er umarmte sie. Er spürte ihren rasenden Herzschlag über seinem eigenen. „Trischa! Trischa!“ Er zog sie von dem Horro weg zur Dammstraße.

Mork Ärlemon ging zu dem Sandhund. Er zog seinen Schäferstab aus dem Maul des Tiers.

„Ist er tot?“, fragten die Leute von der Straße aus.

„Mausetot!“, bestätigte Mork. Er stieß den Horro mit seinem Stab an. „Der geht auf keinen mehr los. Was für ein Riesenvieh. Einen so großen habe ich noch nie gesehen. Der ist gut und gerne drei Meter lang.“

Die Menschen kamen heran. Ehrfürchtig bestaunten sie den toten Horro, seinen langgestreckten massigen Leib, die kurzen Stummelbeine mit den riesigen Grabklauen, den großen kantigen Schädel, die langen Zähne im Maul, die halb durchsichtig waren und grünlich schimmerten wie Waldglas.

„Ich kann mich nicht erinnern, wann einer zum letzten Mal einen Horro getötet hat", sagte Mork Ärlemon zu Themas. „Aus dir wird einmal ein guter Schäfer."

Themas schaute zu Grutie Umpfbeetl hinüber, die ihn von der Dammstraße aus ansah. Da wäre ich an deiner Stelle nicht so sicher, lieber Mork, dachte er. Nicht, solange Grutie die Lehma ist. Doch dann sah er zu Mook Orpek, dem obersten Priester, und als er dessen Lächeln wahrnahm, dachte er, es könnte doch etwas daraus werden.

Trischa beruhigte sich. Sie schaute zu ihm auf. „Du hast mir das Leben gerettet, Themas. Ohne dich wäre ich tot."

Er strich ihr eine Haarsträhne aus dem Gesicht: „Bist du aber nicht." Er ließ sie nicht los, sondern drückte sie noch fester an sich. Sie ließ sich das gerne gefallen und kuschelte sich an ihn. Das war das Beste an der Sache, fand Themas. Das Lob und die Bewunderung der Leute waren ihm nicht wichtig. Nur Trischa. Sie war das Wichtigste auf der Welt für ihn. Mehr denn je.

*

Die Eltern waren auf der Bürgerversammlung. Themas saß vor dem Verlies seines Zwillingsbruders. Er erzählte Thimas vom Sommerfest - auch von Mirkus und dem seltsamen Verhalten von Mook Orpek. Themas war immer noch hin- und hergerissen. Er wusste nicht, ob er dem obersten Lehmpriester trauen sollte oder nicht. „Mirkus hat gesagt, Mook wollte versuchen, uns dazu zu bringen, uns zu verraten und uns die Schlinge selbst um den Hals zu legen. Aber Mook sah ehrlich aus, als er uns sagte, er könne das Ritual auch nicht leiden. Ich weiß nicht, was ich davon halten soll."

„Vielleicht stimmt es", sagte Thimas. „Vielleicht würde der Mann sogar gerne mit den Opferungen aufhören. Aber das geht nicht. Das Lehm würde die Menschen vernichten. Nur eine Flucht würde helfen, doch auch das würde das Lehm verhindern. Wir alle sind Gefangene des Lehms."

„Ja“, sagte Themas düster. „Das Lehm ist böse und grausam. Es hat sogar zugelassen, dass ein Horro mitten im Lehm neben der Dammstraße lauerte. Um ein Haar hätte das Vieh Trischa getötet.“ Er erzählte seinem Zwilling, wie er den Sandhund erlegt hatte und dass das Lob der Menschen an ihm abgeperlt war. „Mir war das gleich“, meinte er. „Mich interessierte nur, dass Trischa nichts passiert ist.“

„Du magst sie“, stellte sein Bruder fest.

„Ja“, sagte Themas. „Sehr.“

„Am nächsten Samstag geht wieder eine Karawane nach Landsweiler“, sagte Thimas. „Kaufst du ihr wieder eine Tüte Bonbons?“

Themas nickte. „Und dir auch.“ Er stand auf: „Ich muss ins Haus. Die Eltern kommen gleich.“

„Schau dir die Lokomotiven an und erzähle mir davon“, kam es aus dem Verlies unter der Treppe. „Ich liebe es, davon zu hören.“

„Mach ich“, versprach Themas.

*

Themas spazierte die Hauptstraße in Landsweiler entlang. Er hatte seinen Rötel verkauft und wollte zum Bahnhof, um die Lokomotiven anzuschauen, damit er seinem Bruder davon erzählen konnte. Vielleicht sollte ich meinen Zeichenblock und Stifte mitbringen, wenn ich das nächste Mal ins Draußen komme, überlegte er. Dann könnte ich Bilder für Thimas zeichnen. Ein Bild sagt mehr als tausend Worte. Zu dumm, dass mir das jetzt erst einfällt. Wer weiß, ob er noch lebt, wenn ich das nächste Mal mit der Karawane ins Draußen ziehe. Der Gedanke schnitt wie ein Messer in sein Herz. Dass sein Bruder bald dem Lehm geopfert werden sollte, verursachte ein schlimmes Ziehen in seinem Innern. Es tat weh, daran zu denken.

Themas musste an seinen Freund Mirkus denken und an dessen Schwester Hurckie. „Sie ist kaputt“, hatte Mirkus gesagt. „Das Lehm hat sie kaputt gemacht.“

Würde er auch so kaputt sein, nachdem Thimas tot war?

Während er an den Geschäften vorbeispazierte, schaute Themas sich vorsichtig um, ob ihm jemand folgte. Tatsächlich erkannte er nach einiger Zeit Homil Perker und Jindrich Lebug aus Lehmtal, gespiegelt in der Scheibe eines Haushaltswarenladens. Sie spitzten aus einer Seitengasse hervor und beobachteten ihn. Es war kein schönes Gefühl, zu wissen, dass man belauert wurde. Die zwei Männer würden ihn schnappen, wenn er versuchte, abzuhauen.

Themas kam beim Bahnhof an. Gerade fuhr ein Personenzug ab - fünf kleine Waggons, gezogen von einer kleinen dreiachsigen Dampflok. Die Lokomotive war dunkelrot lackiert und hatte Kesselbänder aus funkelndem Messing.

Was wäre, wenn ich mir unauffällig eine Fahrkarte kaufe und im allerletzten Moment in einen Zug einsteige, der wegfährt?, überlegte Themas. Er schaute sich um. Die beiden Verfolger waren nicht zu sehen, aber er war sich sicher, dass sie irgendwo in der Nähe lauerten. Der kleine Zug schnaufte hurtig von dannen. Den konnte jemand zu Fuß kaum verfolgen. Auf die Art könnte ich entwischen. Doch dann könnte ich Thimas nicht mitnehmen. Der darf ja nicht aus seinem Kerker. Mist! Und ich weiß nicht mal, wo der Schlüssel zum Verlies ist. Ohne Schlüssel kann ich nichts unternehmen. Und Trischa? Was ist mit der?

Würde Trischa mitkommen, wenn er aus dem Lehm floh? Er beschloss, demnächst mit dem Mädchen zu sprechen. Er konnte Trischa vertrauen. Der Gedanke, mit dem Mädchen im Draußen zusammenzuleben, gefiel Themas außerordentlich.

Aus dem Südosten kam ein Zug zum Bahnhof. Eine Garrattlokomotive zog eine endlose Reihe leerer Holzwaggons hinter sich her. Die Lok war dunkelblau lackiert. Themas erinnerte sich an die Erklärungen des freundlichen Eisenbahners, den er bei seinem letzten Besuch getroffen hatte. Der hatte ihm erklärt, dass die Lokomotiven in den unterschiedlichsten Farben lackiert waren, weil sie meist zu Privatbahnen gehörten, und jede Gesellschaft hatte eine eigene Farbkombination für ihre Loks. Es gab die schweren Garratts in Dunkelrot, Dunkelblau, hellem und dunklem Grün und in Kastanienbraun.

Sie waren extra für die kurvigen Schmalspurstrecken gebaut worden. Der Kessel ruhte mitsamt Feuerbüchse auf einem Rahmen und vorne und hinten hatten diese Loks je ein Triebwerk. Dadurch hatten sie einen tief liegenden Schwerpunkt und eine unglaubliche Kurvengängigkeit.

Themas setzte sich auf eine Bank und schaute den Zügen zu. Er versuchte, sich so viele Einzelheiten zu merken wie nur möglich, um seinem Bruder davon zu erzählen. Zu dumm, dass ich nicht an meine Zeichensachen gedacht habe, dachte er. Vielleicht gibt es Postkarten? Er stand auf und ging in den Bahnhof. Auf seine Frage verneinte der Schalterbeamte. „Aber in der Hauptstraße hat es ein Schreibwarengeschäft", sagte er. „Die haben alle Arten von Postkarten, auch welche mit Loks drauf. Es gibt sie sogar als Farblithographien." Themas bedankte sich. Er verließ den Bahnhof und wanderte in aller Ruhe die Hauptstraße hinunter. Bald sah er seine beiden Verfolger wieder.

Nachdem Themas zwei Tüten Bonbons gekauft hatte, eine für Trischa und eine für Thimas, ging er ins Schreibwarengeschäft. Tatsächlich hatten sie Postkarten von Lokomotiven. Es gab Schwarz-Weiß-Fotografien und Farbpostkarten. Er kaufte gleich ein ganzes Dutzend. Für seinen Zwillingsbruder war ihm nichts zu teuer. Draußen stellte er sich ans Schaufenster, um zu schauen, ob Jindrich und Homil ihn immer noch verfolgten. Gleich neben dem Laden zweigte eine enge Seitengasse ab.

Plötzlich hörte er, wie jemand leise seinen Namen rief. „Themas?"

Er wollte herumfahren, da warnte ihn die Stimme: „Nicht umdrehen! Schau dich nicht um! Du wirst beobachtet! Wenn die merken, dass du auf etwas aufmerksam wurdest, werden sie misstrauisch. Steh einfach still und tu so, als ob du die Auslagen anschaust."

Themas hatte heftiges Herzklopfen. „Tante Brilla!", sagte er. Sie war es wirklich. Er hatte ihre Stimme erkannt. „Mensch, Tante Brilla! Ich würde dich so gerne umarmen!"

„Denk nicht mal dran!", kam es aus der Seitengasse. „Benimm dich unauffällig!"

„Letztes Mal war Onkel Jidler hier", sagte Themas. „Stimmt's?"

„Er ist auch jetzt hier. Wir kommen immer beide, wenn die Karawane sich nach Landsweiler aufmacht. Zu Hause passt jemand auf unsere Kleinen auf. Wir leben in Rodental, achtzig Kilometer von hier. Es ist eine Kleinstadt, die an einem See mitten in den Ostwäldern liegt. Wir haben ein gutes Leben. Jidler arbeitet als Bronzegießer, denn es gibt dort Kupfer und Zinn. Momentan steht er ein paar Meter hinter mir und beobachtet die Hintergassen. Themas? Habt ihr das Heft gefunden, das wir auf eurem Dachboden deponiert haben?"

„Keine Ahnung", sagte Themas. Er brachte sein Gesicht ganz nahe an die Schaufensterscheibe und beschattete es mit der Hand, um besser hindurchschauen zu können. Jedenfalls tat er so. In Wirklichkeit sah er überhaupt nichts. Tante Brilla! Seine geliebte Tante war hier! Er musste nur zwei Schritte machen, um sie zu umarmen.

„Ich habe es unter die Wintersachen gesteckt", sagte die Tante. „Ganz unten unter die Strickjacken."

„Wir haben kein Heft gefunden", sagte Themas.

„Wer weiß?", sagte die Tante. „Vielleicht hat deine Mutter es entdeckt und weggeworfen, aus Angst, es könnte rauskommen. Für den Besitz dieses Heftes kann man vors Lehmgericht gestellt werden."

„Oder Mutter hat es wirklich nicht gefunden", meinte Themas. „Ich werde das überprüfen, wenn ich nach Hause komme."

„Pass auf, Themas, ich habe hier für dich ein neues Heft. Darin findest du viele wertvolle Informationen über das Lehm. Ich lege es auf einen kleinen Steinsockel direkt um die Ecke. Tu so, als müsstest du deine Schuhe binden, und stecke es unauffällig ein."

Themas tat, als mache er ein paar Schritte zum nächsten Laden auf der anderen Seite der Gasse, die in die Hauptstraße einmündete. Er schaute auf seine Füße und bückte sich. Direkt vor sich sah er ein kleines Heft auf einem Steinsockel liegen. Während er so tat, als binde er seine Schuhe, steckte er es unter seine Kleidung.

Als er aufstand, sah er seine Tante in zwei Metern Entfernung stehen. Er musste all seine Beherrschung aufwenden, um ihr nicht um den Hals zu fallen.

„Tante!", flüsterte er.

„Lies das Heft!", sagte Brilla. „Wir haben ein schönes und freies Leben in

Rodental. Wenn du das Lehm verlassen möchtest, helfen wir dir. Wir werden nächsten Vollmond wieder in Landsweiler sein. Sag deinen Eltern nichts. Sie könnten dich melden. Es ist hart, Themas, aber wenn du fliehst, lass nur ein Heft für sie zurück und sie können dann selbst entscheiden, ob sie dir folgen wollen."

„Ich will auf alle Fälle das Lehm verlassen", begann Themas. „Aber ich gehe nicht, ohne ..."

„Achtung!", rief es vom Ende der Gasse. „Sie kommen! Sie schleichen sich von hinten an! Sag ihm, er soll abhauen und wir beide müssen uns ebenfalls sofort verdünnisieren!"

„Themas, geh!", sagte seine Tante. „Man darf uns nicht zusammen sehen! Geh! Rasch!"

„Aber ...", setzte Themas an.

„Geh!", rief seine Tante. Sie drehte sich um und lief zu ihrem Mann, der am hinteren Ende der Gasse um eine Ecke spähte.

Themas ging zur Hauptstraße zurück. Er schlenderte an den Läden vorbei und betrachtete die Auslagen in den Schaufenstern. Ihm schlug das Herz. Tante Brilla und Onkel Jidler! Er hatte seinen Onkel erkannt, auch wenn er fast zwanzig Meter von ihm entfernt gestanden hatte. Er fühlte das Heft an seiner Brust. Am liebsten hätte er es hervorgeholt und auf der Stelle gelesen.

Den ganzen Weg nach Hause ins Lehm brannte das Heft an seiner Brust. Themas hatte das Gefühl, dass jeder ihm ansehen konnte, dass er etwas Verbotenes mit sich herumtrug. Er wartete darauf, dass Mook Orpek ihn auf die Begegnung mit seiner Tante ansprach.

Solange sie draußen waren, geschah nichts. Doch kaum waren sie zurück im Lehm, kam der oberste Priester zu ihm: „Themas?"

Themas erschrak. Jetzt war er reif. Der Priester würde ihn auffordern, das Heft hervorzuholen. Man würde ihn des Verrats am Lehm bezichtigen. Man würde ihn vors Lehmgericht stellen. Man würde ihn aburteilen. Man würde ihn ins Lehm schicken! Wie die Zweitlinge!

Er schaute den Priester an. Mook lächelte freundlich. Er sah nicht aus wie einer, der gerade einen Missetäter überführen wollte.

„Wie war es draußen?“, wollte Mook wissen. „Hast du dir wieder vieles angeschaut?“

Themas atmete auf. Mook Orpek wusste nichts von dem Heft unter seiner Kleidung. Er nickte eifrig: „Ja, ich war wieder am Bahnhof. Diese riesigen Kolosse von Lokomotiven faszinieren mich. Man stelle sich vor: Sie holen all ihre Kraft aus simplem Dampf! Ich frage mich, ob man eine solche Bahn im Lehm bauen könnte - natürlich aus Bronze.“ Er lachte. „Aber das geht wohl nicht. Das Lehm verändert sich ständig. Wo heute noch bronzene Schienen liegen, kann morgen ein bodenloser Sumpf sein, der alles verschlingt.“

Mook Orpek stimmte in Themas´ Lachen ein. „Hast du wieder Bonbons für deine kleine Freundin gekauft?“

„Sogar zwei Tütchen“, antwortete Themas. Er tat, als wäre er schuldbewusst. „Weil … die kleinen Dinger schmecken so gut, da wollte ich diesmal auch welche für mich.“

Mook grinste: „Schon in Ordnung, Junge. Du brauchst nicht immer nur an andere zu denken. Gönn dir ruhig eine Kleinigkeit. Hat man dich gut bezahlt?“

„Ja“, sagte Themas. „Die sagen, mein Rötel sei von ausgesucht guter Qualität. Ich habe halt ein Auge dafür. Ich kann einem Hügel im Lehm ansehen, ob besonders feiner Rötel drinsteckt. Gleich morgen gehe ich wieder los und suche welchen. Den besten findet man meist mitten in einem Knorrengebüsch.“

*

Themas kam vor Ungeduld schier um. Es juckte ihn in den Fingern, das Heft gleich zu lesen, doch war die Gefahr zu groß, dabei erwischt zu werden. Er hatte keine Ahnung, wie seine Eltern reagieren würden. Also versteckte er es auf dem Dachboden an einer Stelle, wo seine Mutter es gewiss nicht entdecken würde. Bei der Gelegenheit untersuchte er die Stelle, die seine Tante ihm genannt hatte. Er fand ein Heft, das seinem aufs Haar glich. „Sie hat es nicht gefunden, Tante“, flüsterte er. „Du hast es umsonst hier hinterlassen.“ Er fühlte unendliche Traurigkeit in sich aufsteigen. Seine Tante war ein hohes Risiko eingegangen, vor ihrer Flucht dieses Heft auf dem Dachboden der Irrluchts zu deponieren. Wenn seine Mutter es zufällig gefunden hätte, hätte es sein können, dass sie den Fund beim Lehmpriester gemeldet hätte. Aber vielleicht wäre auch alles ganz anders gekommen.

Wer weiß, überlegte Themas, vielleicht wären wir alle, Vater, Mutter, Thimas und ich damals mit Onkel und Tante und ihren Zwillingen geflohen.

*

Am nächsten Tag steckte er sein Heft ein und machte sich ins Lehm davon. Er nahm seine kleine bronzene Handschaufel mit und zwei Säckchen und gab an, nach Rötel suchen zu wollen. Er wanderte los und sah zu, dass er weit genug vom Dorf entfernt war, bevor er sich in ein Knorrengebüsch verzog. Er kannte die Stelle. Es gab dort besten Rötel. Bevor er das Heft las, füllte er eins seiner Säckchen mit dem roten Mineral. Keiner sollte ihm auf die Schliche kommen.

Dann holte er das Heft hervor. Er schaute sich um. War wirklich niemand in der Nähe? Ihm schlug das Herz. Er war aufgeregt wie noch nie und er hatte Angst. Wenn man ihn mit diesem Heft erwischte, würde er vorm Lehmgericht landen.

Er war allein. Nur ein paar Vögel sangen in den Zweigen des Gebüschs. Themas setzte sich. Er schlug das Heft auf. Mit Bleistift von Hand geschrieben stand da: *„Lieber Leser, schlage dieses Heft nicht gleich wieder zu und lauf damit nicht zum nächstbesten Priester! Bitte tue es nicht! Stattdessen lies es und du wirst verstehen! Dieses Heft will dir helfen, das Lehm zu verstehen und, so du willst, dir zur Flucht verhelfen. Denn das Lehm ist nicht gut und es schützt uns Menschen nicht! Das Lehm ist von bösartigem Leben erfüllt und es hält uns gefangen! Es liebt die Macht, die es über uns hat, und es verlangt Menschenopfer! Wie kann etwas gut sein, das unsere Kinder von uns verlangt?!*

Das Lehm ist böse!

Deshalb wurde dieses Heft geschrieben. Um Menschen zu helfen, aus dem Lehm zu entkommen. Es wurde von Menschen geschrieben, denen die Flucht gelang und die ihr Wissen an diejenigen weitergeben wollen, die ebenfalls fliehen wollen.

Bitte lies dieses Heft und wenn du damit fertig bist, verstecke es irgendwo, wo andere Menschen es finden können; Menschen, von denen du annimmst, dass sie ebenfalls willig sind, die Flucht aus dem Lehm anzutreten. Eine Flucht ist möglich und sie kann gelingen, glaube mir!

Lies nun bitte alles, was niedergeschrieben steht über das Lehm!"

Themas blickte auf. Wer immer das geschrieben hatte, ging gleich in die Vollen. Der hielt sich nicht mit Geplänkel auf. Der kam gleich auf den Punkt. Gleich hier auf der ersten Seite musste sich entscheiden, ob der Finder des Heftes damit laut schreiend zum Lehmpriester rannte, um die „Ketzerei" zu melden, oder ob er still bleiben und weiterlesen würde. Ich werde lesen, dachte Themas. Und ob!

Er blätterte um. Auch die folgende Seite war mit Handschrift bedeckt. Themas blätterte das Heft durch. Es war komplett von Hand geschrieben. Es gab sogar Zeichnungen. Er blätterte wieder zum Anfang zurück und begann zu lesen.

„Zur allgemeinen Information folgt nun ein Auszug aus den Schulbüchern des Königreichs Bayern, in dessen Staatsgebiet das Lehm liegt. Dies hier steht in jenen Büchern gedruckt:

Das Lehm liegt inmitten weit ausgedehnter Urwälder in der Ostmark östlich des Harzes, wo die Wälder so dicht sind, dass man sie kaum durchqueren kann. Vor der industriellen Revolution lebten nur wenige Menschen in diesen Wäldern. Es waren Holzfäller und Köhler und es gab einige Siedlungen auf gerodetem Land. Mit dem Aufkommen der Eisenbahn begann man, Schneisen in die Wälder zu treiben, um das riesige Holzvorkommen zu nutzen. Es entstanden weitere Siedlungen und kleine Städte.

Vom Lehm wusste man nur aus wunderlich klingenden Berichten der Waldläufer und Köhler. Pelzjäger, die die Ostwälder durchstreiften, erzählten von Menschen, die in einem riesigen roten Sumpfgebiet lebten und dass man diesen Sumpf nicht betreten könne, da er einen jeden verschlinge.

Erst die Expedition von Professor Eisenstein im Jahre 1883 lehrte uns mehr über dieses ungewöhnliche Gebiet inmitten der Ostwälder. Damals umrundete die Expedition das gesamte Lehm und vermaß seinen Umfang.

Das Lehm ist eine annähernd kreisrunde, leicht zur Mitte abfallende Senke aus rotem Sand und Lehm mit ausgedehnten Lehmsümpfen. Am Rand gibt es keine Bäume, doch hat man mittels starker Fernrohre im Inneren kleinere Baumhaine entdecken können. Ansonsten besteht die Vegetation aus Schilf und Sumpfgräsern und niedrigem Buschwerk. Große Flächen liegen fast kahl, nur von kleinen Polsterpflanzen und Gräsern bewachsen.

Der Legende nach hat ein „Stürzender Himmelsbote" das Lehm geformt. Möglicherweise handelte es sich um einen Meteoriten oder einen kleinen Kometen. Er muss kleiner gewesen sein als der Komet, der im Jahre 1568 in Lothringen einschlug und das große Erdbeben hervorrief.

Die Legende berichtet davon, dass der Himmelsbote die Erde aufriss und die Wälder niederlegte und alles im großen Umkreis verbrannte. Zurück blieb die runde Senke, die zum Lehm wurde.

Was immer vom Himmel gefallen war, es brachte ein reiches Mineralvorkommen zustande. Die Wälder rund ums Lehm geben das beste und härteste Holz der Welt ab. Es wird zum Bau von Schiffen und zum Hausbau verwendet.

Das Lehm hat einen Durchmesser von annähernd fünfzig Kilometern. Das Gebiet mit dem mineralisierten Boden misst an die neunzig Kilometer im Durchmesser. Es umgibt das Lehm in einem vierzig Kilometer breiten Gürtel.

Eine genaue Kartographierung des Lehms ist nicht möglich, da es Menschen verwehrt ist, das Gebiet zu betreten. Der trügerische Sumpfboden verschlingt alle, die versuchen, in das Gebiet vorzudringen. Dem Boden in diesem Gebiet ist nicht zu trauen. Wo eben noch fester, trockener Sandboden zu sein schien, kann dieser Boden sich binnen Sekunden in weichen, sumpfigen Lehm-Morast verwandeln, in dem Mann und Maus versinken.

Es wurde auch beobachtet, dass Tiere dem sumpfigen Boden zum Opfer fallen, sowohl große Geschöpfe wie Bären und Hirsche als auch kleinere wie

Kaninchen.

Der Wissenschaft zufolge handelt es sich beim Lehm wahrscheinlich um einen riesigen Superorganismus. Sein Same kam mit dem Meteoriten zur Erde und nun liegt dort in den Ostwäldern eine Art Riesenamöbe im Walde, die aus Myriaden sandkorngroßer Miniaturorganismen aufgebaut ist, erfüllt von teuflischem Leben. Sämtliche Bäche fließen sanft mäandernd zum Zentrum des Lehmlandes. Dort im Inneren gibt es einen zentralen, flachen See. Von dort aus pumpen unterirdische Wasseradern das Wasser wie bei einem Blutkreislauf zum Rande des Lehms und zu anderen Stellen, wo es in Form kleiner Quellen wieder ans Tageslicht tritt.

Es leben Menschen im Lehm. Seltsamerweise versinken diese nicht im roten Sumpfe, im Gegenteil. Sie haben in jenem Gebiet ihre Siedlungen errichtet und leben anscheinend von Gartenwirtschaft und Viehzucht.

Gelegentlich kommen Menschen aus dem Lehm zu uns und verbleiben hier. Es sind Flüchtlinge, die ihre strenge Glaubensgemeinschaft verlassen haben und nie mehr zurück können. Sie fürchten das Lehm. Anscheinend haben sie Angst vor der Vergeltung der Sekte, denn sie nähern sich dem Lehm nie mehr.

Sie reden nicht viel über ihr Leben im Sumpfland; so ist wenig bekannt über die Menschen im Lehm. Diese leben von Gartenbau, Fischfang und Tierzucht. Sie halten Schafe und Kamele, die eine ganz vorzügliche Wolle abgeben. Alles im Lehm wird aus Bronze gefertigt. Die dazu nötigen Metalle gräbt man im Innersten des Gebietes aus. Eisen gibt es dort fast keines. Es wird von außen eingeführt und scheint lediglich zu rituellen Zwecken genutzt zu werden.

Die Menschen im Lehm treiben Handel mit unserer Zivilisation. Regelmäßig liefern kleine Karawanen in eine Siedlung nahe des Gebietes Dinge, die im Lehm hergestellt werden. Die kleine isolierte Glaubensgemeinschaft hat restriktive Regeln. Wenn sie das Lehm verlassen, bleiben sie unter sich und sie reden so wenig wie möglich mit unsereinem. Niemals erzählen sie von ihrem Leben im Lehm und sie nehmen unter keinen Umständen einen Außenstehenden mit in das Gebiet hinein. Sie nähern sich uns nur des Handels wegen.

Das Lehm gibt den Werkstoff für besonders leichte und haltbare Ziegel ab sowie einen ganz hervorragenden Rötel. Des Weiteren ist die Wolle der Schafe und Kamele von ausgesuchter Qualität. Sie ist sehr leicht und ergibt ein wasserfestes Gewand, so man sie ordentlich filzt.

Weiter handelt das seltsame Volk des Lehms mit seinen Bronze- und Kupfersachen. Laternen aus getriebenem Kupfer, Bestecke, Werkzeuge aus Bronze und Ähnliches sind im Deutschen Lande sehr beliebt.

Sie selbst nehmen von uns gerne Waren des täglichen Gebrauchs in Zahlung. Als da wären Stoffe, Seife, Schuhwerk, Fensterglas, aber auch Getreide und Bau- und Brennholz. Jedoch lehnen die Menschen im Lehm alles Moderne strikt ab. Sie nehmen keine Nähmaschinen oder Fahrräder; erst recht keine Dampfmaschinen in ihr Gebiet mit hinein.

Der Handel findet ausschließlich in der kleinen Stadt Landsweiler am Rande des Lehms statt. Dort sammelt man das in den Wäldern um das Lehm geschlagene Holz, welches von ganz und gar außergewöhnlicher Qualität ist. Es ist härter und haltbarer als alles Holz, das man auf Erden kennt, und darob äußerst beliebt bei Schiffsbauern und als Bauholz. In einem Streifen von gut und gerne vierzig Kilometern rund ums Lehm wächst das spezielle Holz. Die Wissenschaft gibt als Erklärung an, dass der Boden durch den Einschlag des Himmelsboten auf spezielle Weise mineralisiert wurde, was das Holz der Bäume besonders haltbar macht.

Eine kreisförmig angelegte Bahnstrecke verläuft außen um das Lehmland herum; mit Abzweigungen in die Wälder ringsum. Das gesamte Holz wird in Landsweiler gesammelt und über eine zweigleisige Bahnstrecke ausgeführt. Diese Bahnen sind schmalspurige Feldbahnen mit der Spurweite 600 mm. Erst draußen vor den Urwäldern trifft die Schmalspur auf die Regelspur und die Hölzer werden umgeladen und ins gesamte Reich abtransportiert.

Es gab einige Überfahrten mit Luftschiffen über das Lehm. Jedoch ist wenig zu erkennen, da über dem Gebiet oft eine Lufttrübung liegt, ähnlich einem leichten Nebel. Man konnte den zentralen See erkennen und die kleinen Siedlungen im Lehm, aber Einzelheiten waren nicht auszumachen.

Seit dem großen Dammunglück im Jahre 1906 hat niemand mehr versucht, das Lehm von außerhalb zu betreten. Damals versuchte man, einen aufgeschütteten Damm in das Gebiet voranzutreiben, auf dem die Eisenbahn fahren sollte. Die Lehmleute warnten davor. Das Lehm würde solches nicht dulden. Tatsächlich gelang es, den Damm über dreihundert Meter weit in das Sumpfgebiet hinein zu bauen, aber dann wurde das Bauwerk vom Boden verschlungen, und zwar, als man anfangen wollte, Schienen auf dem Damme zu verlegen. Viele Arbeiter, die sich zum Zeitpunkt des Ereignisses auf dem Damm aufhielten, versanken im roten Morast.

Zeugen berichteten, dass die Männer unter Qualen starben. Das Lehm zog sie in die Tiefe und erstickte sie. Bevor die Erde sie verschlang, wurden sie grausam gequält. Immer wieder schob sich der Morast wie etwas Lebendiges an den armen Menschen hoch und drang in Nase und Mund, nur um sich alsbald wieder zurückzuziehen und dann, nachdem die Unglücklichen einige Atemzüge getan hatten, wiederzukehren. Einige Arbeiter jedoch entkamen dem abscheulichen Sumpf. Sie konnten den Boden überqueren und sogar ihre Werkzeuge mitbringen, ihre Spaten und Hacken.

Das teuflische Sumpfland scheint sich von Fleisch und Angst zu nähren. Man beobachtete auch, wie große Tiere von dem eklen Schlamme auf gleiche Weise gepeinigt wurden, ehe sie von der Erde verschlungen wurden und nicht wieder auftauchten.

Warum den Bewohnern des Lehms solches nicht widerfährt, weiß niemand. Die Flüchtlinge schweigen sich darüber aus.

So kommt es, dass wir inmitten unserer weiten Wälder in der Ostmark ein Stück Land haben, das uns fremd und äußerst feindselig gegenübersteht und das ein Mensch mit Herz und Verstand zu meiden sucht. Das Lehm existiert. Man kann nichts dagegen tun. Man meidet es, weil es gefährlich ist."

Themas hob den Kopf. „Das ist nichts Neues", murmelte er. „Was da geschrieben steht, weiß doch jeder!" Er erschrak vom Klang seiner eigenen Stimme und schlug eine Hand vor den Mund. Er war erstaunt, weil er normalerweise nicht laut mit sich selbst sprach.

Gewöhne dir das ganz schnell wieder ab, Themas Irrlucht!, dachte er, sonst verplapperst du dich noch ungewollt! Klappe halten und lesen!

„Määäh!", machte es neben ihm.

Themas machte vor Schreck einen Satz. Keine zwei Meter von ihm entfernt stand ein Schaf draußen vor dem Gebüsch. Mist! Schäfer! Was soll ich machen? Themas geriet in Panik. Er blickte sich um. Hatte ihn jemand beim Lesen beobachtet? Er sah niemanden. Dann hörte er Stimmen. „Es muss hier irgendwo sein! Da ist die Fährte!" Das war Kethrin, die vierzehnjährige Tochter von Mork und Preta Ärlemon, dem Schäfer-Ehepaar.

„Ich geh da nicht hin! Sieh doch den Boden an! Da kann man versinken!" Das war die elfjährige Teele, Kethrins Schwester.

Themas steckte das Heft ein. Er packte seine Rötelsäckchen und die kleine Schippe und arbeitete sich aus dem Knorrengebüsch heraus. Vorsichtig näherte er sich dem Schaf. Es stand direkt beim Gebüsch und schaute ihn an. „Määäh!"

„Hast du dich verirrt, Schäfchen?", sprach er mit sanft lockender Stimme. „Komm zu mir, Liebes. Ich bringe dich zur Herde zurück." Vorsichtig ging er auf das Tier zu.

Zwei Kinder kamen von links um das Gebüsch herum. „Da ist Themas", rief Teele. „Guck doch, Kethrin!"

„Dann wirst du nicht versinken", sagte ihre ältere Schwester. Sie lächelte Themas entgegen: „Der Boden ist sicher, nicht wahr?"

Themas nickte. Er hielt sein gefülltes Stoffsäckchen hoch: „So sicher wie die Dammstraße. Ich habe Rötel gesucht." Er war froh, dass seine Stimme normal klang. Sein Herzschlag beruhigte sich. Man hatte ihn nicht beim Lesen des Heftes erwischt.

Teele zeigte auf das Schaf: „Das Schaf hat sich von der Herde getrennt und sich verirrt. Manchmal sind sie so richtig dumm! Selbst ein Schaf sollte wissen, dass es bei seiner Herde bleiben muss!“

„Du hast recht“, sagte Themas. „Wie gut, dass du es gefunden hast, bevor etwas Schlimmes passierte.“

Er half Kethrin und Teele, das verirrte Schaf zur Herde zurückzubringen. Das Tier folgte ihnen willig. Themas war sauer. Mit dem Lesen war es erst mal vorbei. Er konnte sich nicht absetzen. Das hätte auffällig gewirkt. Er musste mit zur Herde, ob er wollte oder nicht. Während sie über die sandige Ebene schritten und kleine, flache Bachläufe überquerten, überlegte er, wie er am schnellsten verschwinden konnte. Er wollte unbedingt weiterlesen.

Aber bei der Herde waren nicht nur die Ärlemons, sondern auch Trischa Banbirk und es wurde nichts mit Lesen. Trischa fiel gleich über ihn her und bedankte sich für die Bonbons, die er ihr aus Landsweiler mitgebracht hatte.

„Die schmecken ja sooo gut!“, rief sie und umarmte ihn, was Themas gut gefiel, so gut, dass er sogar das Heft in seiner Kleidung für eine Weile vergaß. Trischa zeigte auf seinen Rötelbeutel: „Musst du gleich nach Hause? Oder bleibst du ein bisschen bei mir? Ich helfe den Schäfern. Das Gelände hat sich verändert. Man muss gut aufpassen, wohin die Tiere laufen.“ Sie zeigte auf das Schaf, das Themas, Kethrin und Teele mitgebracht hatten: „Das ist schon das zweite, das sich heute verlaufen hat. Sie kennen sich nicht mehr aus. Man muss gut auf sie achtgeben.“

Themas band sein Rötelsäckchen am Gürtel fest. Ins zweite steckte er die kleine Schaufel und er band es daneben fest. „Ist recht“, sagte er, wobei er sich Mühe gab, ganz gelassen zu klingen, obwohl Trischas Aufmerksamkeit das Blut in seinen Ohren rauschen ließ. „Ich helfe euch.“

Die nächsten Stunden verbrachte er bei den Schäfern und half ihnen, die Herde zusammenzuhalten. Trischa war stets an seiner Seite. Das tröstete ihn darüber hinweg, dass er das Heft nicht lesen konnte. Morgen geh ich wieder ins Lehm hinaus und dann lese ich es zu Ende, nahm er sich vor.

Als sie mit der Herde nahe bei Lehmborn waren, wartete Themas einen Moment ab, in dem er mit Trischa allein war.

„Du, Trischa", begann er.

Sie schaute ihn an: „Ja, Themas?" Sie sah angespannt aus. Hatte sie seiner Stimme angehört, dass er über etwas reden wollte, das man nicht laut aussprechen durfte? Themas war unsicher. Sollte er es sagen? Oder doch besser schweigen?

„Trischa, ich möchte dich etwas fragen." Er senkte die Stimme, obwohl die Ärlemons mindestens dreißig Meter weit entfernt waren. „Wenn es eine Möglichkeit gäbe, zusammen mit deiner Zwillingsschwester aus dem Lehm zu fliehen, würdest du sie nutzen?"

Trischa riss die Augen auf: „Themas!" Ihre Stimme war ein heiseres Wispern. „Was sagst du da?" Sie sah sich um. Er erkannte die Angst in ihrem Gesicht. Er wartete still ab. Trischa rang mit sich. „Weißt du, wie es geht?", fragte sie schließlich.

„Ich glaube, ich werde es bald wissen", gab er zur Antwort. „Sag, würdest du fortgehen?"

Trischa schluckte heftig. Rote Flecken bildeten sich auf ihren Wangen. Sie sah ihn an. Sie wirkte verzweifelt. „Themas, warum fragst du mich so etwas?"

Er fasste sie bei den Schultern und sah ihr tief in die Augen: „Würdest du?"

Sie schaute ihn lange wortlos an. Wieder fiel ihm auf, wie schön ihre honigfarbenen Augen waren. „Ich glaube, ja", wisperte sie.

„Gut", sagte er. „Genau das wollte ich wissen, Trischa."

„Themas, du machst mir Angst!"

Er nahm sie in die Arme: „Das wollte ich nicht. Bitte fürchte dich nicht, Trischa."

*

Am nächsten Tag bat Clometsch Borkruther, der Ziegelmacher, Themas um Unterstützung. Seine Frau Moehnie hatte Kreuzweh und konnte nicht arbeiten.

„Stuffar und Ulbert sind nicht da", erklärte der Ziegelmacher, als Themas bei ihm anrückte. „Sie sind beide bei Moehnies Cousin in Südlehmingen und lernen alles über Bienenhaltung. Vielleicht werden sie später im Nebenerwerb Imker.

Bienen sind wichtig. Sie bestäuben unsere Nahrungspflanzen in den Gärten und erst recht die Obstbäume. Leider bin ich jetzt ganz allein, denn Tithra ist mit ihren acht Jahren zu klein, um richtig mit anzupacken. Ich möchte aber noch eine Extraladung Ziegel brennen, um sie beim nächsten Mal mit nach Landsweiler zu transportieren. Ein Händler hat eine große Marge geordert. Er zahlt gut. Ich habe ihm versprochen, zu liefern."

„Geht klar, Clometsch", sagte Themas. „Ich helfe gerne." Er half dem Ziegelmacher dabei, Ziegel zu formen und zum Trocknen auszulegen und fertig getrocknete Rohlinge im Brennofen aufzuschichten. Er kam vor Ungeduld schier um, aber er konnte es sich nicht leisten, Clometsch seine Hilfe zu verweigern. Das wäre sofort aufgefallen. Ein solches Verhalten gehörte sich nicht. Das gab es nicht im Lehm. Man half einander. Man stand einander bei, egal um was es sich handelte.

Während er Brennholz heranschaffte und im Ofen aufsetzte, dachte Themas daran. Es ist nicht alles schlecht im Lehm. Die Menschen halten zusammen. Man hilft sich gegenseitig. Niemand steht allein da. Bei dem Gedanken war ihm ganz sonderbar zumute. Wenn ich fortgehe, lasse ich all das hinter mir. Wird es im Draußen auch so sein? Helfen die Menschen einander? Oder bleibt jeder für sich?

Themas hatte keine Ahnung. Er wünschte sich, mit seiner Tante darüber reden zu können. Vielleicht beim nächsten Ausflug ins Draußen? Vorerst musste er sich in Geduld üben.

Clometsch freute sich über seine Hilfe. Der Ziegelmacher bedankte sich überschwänglich bei Themas und die achtjährige Tithra wurde vor Freude rot, als Themas den Gemüseeintopf lobte, den die Kleine für die beiden wackeren Ziegelmacher gekocht hatte. Tag für Tag arbeitete Themas in der Ziegelei. Er war von morgens bis abends beschäftigt und kam nicht dazu, das Heft von Tante Brilla zu lesen. Abends hätte er es heimlich auf dem Dachboden lesen können, aber er traute sich nicht, da oben eine Kerze anzuzünden, aus Angst, dass man das sehen konnte. Außerdem war er hundemüde, wenn er nach einem harten Arbeitstag nach Hause kam. Also übte er sich in Geduld, auch wenn es ihm schwerfiel.

Ich habe Zeit bis zum nächsten Vollmond, dachte er. Vorher kann ich sowieso nicht mit Tante Brilla oder Onkel Jidler sprechen. Die Angelegenheit brannte ihm unter den Nägeln. Er konnte es kaum erwarten, von der Arbeit in der Ziegelei freizukommen. Gut war, dass er danach erst mal ein paar Tage lang nicht woanders angeheuert werden konnte. Jeder wusste, wie anstrengend die Arbeit bei Clometsch Borkruther war, und niemand würde sich wundern, wenn Themas sich ein paar Tage freinehmen würde.

Trischa sah er in jenen arbeitsreichen Tagen nur selten. Einmal kam sie in der Ziegelei vorbei und half der kleinen Tithra beim Kochen des Mittagessens und sie erledigte die Wäsche für Moehnie, weil sie sich immer noch nicht gut bücken und nichts Schweres heben konnte. Beim Essen leistete sie ihnen Gesellschaft. Themas freute sich, das Mädchen zu sehen. Sie hilft, wo sie kann, dachte er. So geht es im Lehm zu. Wird das im Draußen auch so sein? Helfen sich die Menschen dort gegenseitig?

Als er sah, wie Trischa der kleinen Tithra eines ihrer letzten Bonbons schenkte, die er ihr aus Landsweiler mitgebracht hatte, fühlte Themas einen Stich im Herzen. Nein, im Lehm war nicht alles schlecht. Die Menschen waren gut. Es waren herzliche, hilfsbereite Leute, die zusammenhielten und sich gegenseitig unterstützten.

Schließlich kam der Tag, an dem Themas und Clometsch den letzten Brennofen voller Ziegelrohlinge in Betrieb nahmen. Am selben Tag kamen Stuffar und Ulbert aus Südlehmingen zurück. Themas fiel auf, wie still der dreizehnjährige Stuffar war. Der Junge hatte einen Zweitling gehabt, der unter der Treppe gelebt hatte. Ein Jahr zuvor war er zur Gabe erwählt worden und ins Lehm geschickt worden. Ob Stuffar auch Kontakt zu seinem Zwillingsbruder hatte, als er noch lebte?, überlegte Themas. Dann hat es ihn hart getroffen, ihn zu verlieren.

*

Tags darauf konnte Themas endlich ausreißen, um das Heft zu Ende zu lesen. Er begab sich zu einer anderen Rötelfundstelle und verzog sich ins Gebüsch, um in Ruhe zu lesen.

„Was über das Lehm sonst noch bekannt ist“, stand da geschrieben.

„Niemand weiß genau, wann es begann. Es ist Jahrhunderte her. Sicher ist, dass das Lehm recht schnell aus dem Einschlagkrater hervorwuchs und sich ausbreitete, solange die Wälder ringsum noch vom Einschlag niedergelegt waren. Wo der Same aus den Weiten des Alls einschlug, bildeten sich der Mittensee und das Steilkliff mit der großen Höhle.

Von dort aus kamen auch die Beigaben, die im Samenkorn schlummerten, denn im Lehm gibt es Lebensformen, die es im Draußen nicht gibt. Da wären die großen blauen Krebse im zentralen See, die die Fischer in Reusen fangen, der schreckliche Horro und der Knorrenbusch, den es sonst nirgends auf der Erde gibt. Selbst das Heidekraut und das Gras sind in dieser Form nur im Lehm zu finden. Nichts von diesen Lebensformen wächst und gedeiht draußen in der Welt.

Ein Lehm wuchs rasch aus seinem Einschlagkrater und kontrollierte dann das ganze Land, das es überwuchert hatte. Es kontrolliert alles, sogar das Wetter. Im Sommer ist es nie heiß und niemand bekommt einen Sonnenbrand durch die starke Strahlung des Zentralgestirns. Im Winter ist es niemals eisig kalt. Es friert niemals. Regen kommt, wenn überhaupt, nur nachts durch die Sperre, die das Lehm in der Atmosphäre errichtet hat, und nur so viel, wie das Lehm braucht. Dieses Wasser verteilt das Lehm durch unterirdische Adern und hält damit das Land fruchtbar.

Das Lehm ernährt sich von Abfällen und pflanzlichen Überresten und von lebenden Kreaturen. Jedes Lehm lauert dort, wo es entsteht, auf intelligentes Leben, denn es liebt die Macht über intelligente Lebensformen.

Eisen scheint dem Lehm nicht zuträglich. Es meidet dieses Metall. Eisen, auch in Form von Erz, hindert es am Wachsen. Darum ist unser Lehm hier draußen in den unendlichen Wäldern eher klein. Man hat herausgefunden, dass diese Wälder reich an Erzen sind. Wären sie es nicht, wüchse das Lehm vielleicht immer weiter."

Themas schauderte bei dem Gedanken an ein unendliches Lehm, das immer weiter wuchs und schließlich den gesamten Planeten überzog, eine weltumspannende rote Einöde, die alle Menschen der Erde gefangen hielt. Alles war rot. Alles lebte unter der Herrschaft einer halb intelligenten Landschaft, die ständig Menschenopfer verlangte. Wenn er nur daran dachte, spürte Themas Übelkeit in sich aufsteigen.

„Es gibt auch die Meinung, dass ein Mineral, welches der fliegende Himmelsbote mitbrachte, daran Schuld hat, wenn ein Lehm nicht über fünfzig Kilometer Durchmesser hinauswachsen kann. Dieses Mineral ist ein spezieller Bodendünger. Es macht das Holz der umliegenden Wälder besonders hart und wertvoll. Fehlt dieses Mineral auf einem Planeten vollständig, kann das entstehende Lehm nicht groß werden. Dies scheint auf unserer lieben Erde der Fall zu sein. Hier gibt es nur die Menge an Mineral, die der fliegende Same mitbrachte.

Ein Lehm, das aus einem Samen entsteht, ist also zwei Wachstumsfaktoren unterworfen: Es braucht auf der einen Seite das spezielle Mineral zur Ausbreitung und es darf kein Eisen geben, welches diese Ausbreitung verhindert."

Themas versuchte, die Information zu verdauen. Das Lehm war nicht einmalig. Es konnte überall in den Weiten des Alls weitere Gebiete geben, die intelligentes Leben gefangen hielten. Wenn ein durchs Weltenall treibender Same einen Planeten traf, der geeignete Bedingungen bot, keimte er und ein Lehm entstand. Es wuchs und dann lauerte es auf denkfähiges Leben, um es zu beherrschen.

Er las weiter.

„Es könnte irgendwo auf der Erde weitere Lehmgebiete geben. Wer weiß das schon?

Die Menschen, die vor Jahrhunderten ins Lehm einwanderten, tappten arglos in eine riesige Falle. Das Lehm ließ sie ein, verweigerte ihnen aber das Fortgehen. Wer fliehen wollte, der wurde gnadenlos getötet. Das ist auch heute noch so und wird immer so bleiben. Was das Lehm einmal hat, lässt es nicht mehr los.

Wo kam das Lehm her? Wie lange reiste der Samen durchs All? Woher stammt er? Keiner kann es sagen.

Fest steht: Ist ein Lehmgebiet 'erwachsen' und hat eine Lebensform gefangen, die es beherrschen kann, sendet es Samen aus. Bei uns kam es vor zwei Jahrhunderten zum ersten Mal dazu. Seitdem findet der Samenauswurf im Abstand von etwa fünfzig Jahren regelmäßig statt.

Es kommt des Nachts zu starken, erdbebenartigen Erschütterungen. An drei Stellen rund um den zentralen See öffnet sich die Erde und große Brocken werden emporgeschleudert. Diese fliegen so schnell, dass sie durch die Reibung an der Luft zu glühen beginnen. Sie sehen aus wie Sternschnuppen, nur dass sie nicht zur Erde fallen, sondern aufsteigen und ins Weltenall hinausfliegen. Das ist die Art des Lehms, Samen zu verstreuen.

Noch zu der Tatsache, dass das Lehm Eisen meidet: Dies stellte man fest, als die ersten Kontakte zum Draußen entstanden. Früher waren die Gitter vor den Verliesen der armen Opferkinder aus Bronze. Man sagt, das Lehm holte sich in den Vollmondnächten so manche Gabe vor der Zeit. Seit die Gitter aus Eisen sind, ist dem ein Riegel vorgeschoben.

Auch tragen seither die Lehmpriester eiserne Ketten an Hand- und Fußgelenken. Heilig nennen sie dies. Ein Schuft, wer Böses dabei denkt!"

Hinter den letzten Satz hatte der Schreiber ein kleines grinsendes Gesicht gezeichnet.

„Wir empfehlen jedem, der die Flucht wagen möchte, zum Schutz Eisenketten zu tragen, wenigstens an den Knöcheln. Dies könnte einen zusätzlichen Schutz bedeuten. Bis heute ist kein Fall bekannt, dass einer dem Lehm zum Opfer fiel, der solchen Schutz trug.

Nun zur Flucht:

Solltest du es wagen wollen, so tue es niemals in den Nächten zur Zeit des Vollmondes. Dann ist das Lehm auch des Nachts wach und es würde spüren, dass sich jemand auf seiner Oberfläche davonmachen will. Gehe nur in den

Nächten um Neumond nach draußen.

Das Wichtigste aber ist, dass du niemals der breiten Dammstraße ins Draußen folgen darfst! Nie sollst du auf ihr gehen! Meide die Straße, an der die große Lehma-Statue steht! Denn dort ist das Lehm selbst während der Neumondnächte wach genug, um einen Flüchtling zu spüren. Es würde dir den sicheren Tod bereiten!"

Rallie!, dachte Themas. Rallie Hoekker hat das nicht gewusst. Sie ist der Dammstraße gefolgt. Das hat sie das Leben gekostet. Er las weiter.

„Nebenwege sollst du nutzen! Laufe durch Gebiete abseits der Dörfer. Gehe mitten durch die Wildnis und folge schmalen, kaum sichtbaren Pfaden! Bewege dich nicht zu schnell! Gehe langsam, als ob du einen Spaziergang unternähmest! Das ist die beste Garantie dafür, das Lehm nicht zu wecken. Tust du, wie dir gesagt, so hast du eine gute Chance, dem Lehm zu entrinnen."

Themas fühlte ein Würgen im Hals. Wie viele Menschen waren dem Lehm zum Opfer gefallen, weil sie den Trick mit den Nebenwegen nicht kannten? So viele hatten sterben müssen! So viele waren ermordet worden! Beinahe jedes Jahr versuchten Menschen, dem Lehm zu entfliehen.

Onkel Jidler und Tante Brilla hatten offensichtlich Bescheid gewusst. Sie waren entwischt. Sie mussten ein Heft gefunden haben, in dem geschrieben stand, wie man dem Lehm entkommen konnte. Er sah sich sein eigenes Heft an. Es kamen nur noch wenige Seiten. Themas las sie.

„Es soll an dieser Stelle eine Empfehlung ausgesprochen werden. Sie ist ein zweischneidiges Schwert. Folgst du ihr, hilft sie dir, denn sie wird dich vor Verfolgung schützen. Den armen Menschen, die weiterhin im Lehm gefangen sind, wird hingegen damit Angst gemacht. Dadurch mag es sein, dass so mancher, der willens zur Flucht war, sich dieses noch einmal überlegte. Das ist ungeheuer traurig, doch bedenke, dass du dich schützen musst, wenn du das rettende Draußen erst einmal erreicht hast.

Es ist kaum bekannt, aber das Lehm fordert von seinen Leuten, nach

Flüchtlingen Ausschau zu halten, wenn die Karawane einmal im Monat nach draußen geht. Man wird jedoch nach keinem suchen, der als tot gilt.

Nimm also Ersatzkleidung mit, wenn du fliehst. Bist du draußen, so entledige dich deiner Kleidung und wirf sie aus sicherer Entfernung ins Lehm. Das Lehm in seiner boshaften Gier wird sie ergreifen und zur Dammstraße spülen, damit die Menschen sie finden und annehmen, es sei wieder jemand vom Lehm getötet worden, der ins Draußen entfliehen wollte.

Du aber ziehe deine Ersatzkleidung an und gehe deiner Wege. Gehe rasch! Zaudere nicht! Lauf, bis du die ums Lehm herumlaufende Eisenbahn erreichst! Es gibt einen Fußweg neben dem Gleisen. Diesem folge, bis du Landsweiler erreichst.

Ehe du fliehst, solltest du vielleicht Münzen sammeln, denn dann kannst du in der Frühe den ersten Zug nehmen, der von Landsweiler wegfährt. Die flinken Dampflokomotiven der Leute im Draußen werden dich schnell davontragen. Fehlen dir die Münzen, folge dem Lauf der Schienen. Es hat einen Weg direkt neben den Gleisen, wo Wanderer und Pferdefuhrwerke verkehren.

Gehe rasch! Halte dich nicht auf! Es gilt, schnellstens vom Lehm fortzukommen, denn es wird Verfolger hinter dir herschicken! Du musst laufen! Wenn du erwischt wirst, bringt man dich ins Lehm zurück. Man wird im Geheimen über dich zu Gericht sitzen. Das Urteil lautet stets gleich: Du wirst zur Strafe für deine Tat dem Lehm übergeben. Es gibt kein Entkommen.

Also eile dich! Je eher du vom Lehm fortkommst, desto besser!"

Ach nee! Es gehen sogar Sucher nach draußen?!? Themas war baff. Das hatte er nicht gewusst. Da hielten die Priester wohl den Deckel drauf. Und all die erwachsenen Männer, die zu den Suchmannschaften gehörten.

Ob Papa auch …?

Sein Vater hatte oft mitmachen müssen, wenn jemand gesucht wurde, der sich „verirrt" hatte. Wusste er? Und hatte er seiner Frau etwas davon gesagt oder hatte man ihn gezwungen, es für sich zu behalten?

Das Lehm ist böse, dachte Themas. Spätestens an dieser Stelle war klar, dass seine Heimat nichts anderes war als ein gigantisches, von halb intelligentem Leben erfülltes Spinnennetz, das seine Opfer nicht mehr hergeben mochte. Das Lehm war nicht gut. Es war nie gut zu seinen Menschen gewesen. Es wollte nur herrschen und töten!

Er blätterte um. Es kam noch eine Seite, dann war das Heft zu Ende.

„Nun hast du alles gelesen. Das Lehm ist nicht gut. Es knechtet seine Menschen und raubt ihnen die Kinder. Es reißt ihnen das Herz aus der Brust. Es labt sich an Angst und Furcht. Niemand kann in einer solchen Gegend wahre Heimat finden. Es gibt nur einen Weg: die Flucht!

Ergreife sie! Fasse Mut und geh fort! Es wird dir im Draußen besser ergehen. Die, die bereits entronnen sind, werden dir das bestätigen. Fürchtest du, alle Lieben zu verlieren und in der Fremde ganz und gar allein dazustehen? Die Menschen in der Welt sind gut und freundlich. Man wird dich mit offenen Armen aufnehmen. Und so du die Gesellschaft derer suchst, die ein Leben lang um dich waren, gehe nach Rodental. Es ist eine kleine Stadt, die achtzig Kilometer weit weg vom Lehm liegt. Dort hat es ein Viertel, in dem viele Geflüchtete leben. Man wird dir ein warmes Willkommen bereiten. Du wirst viele Bekannte und Verwandte treffen. Du wirst nicht allein sein.

Zum Schluss noch eine Bitte an dich: Jemand hat sich große Mühe gemacht, um dieses Heft für dich zu schreiben. Wirf es bitte nicht weg. Wenn du es wagst, gehe hin und machte Kopien davon, so viele du möchtest. Sei vorsichtig! Wenn man dich dabei erwischt, kann das schreckliche Folgen für dich haben.

Bevor du fliehst, lege die Kopien an Plätzen aus, wo sie früher oder später gefunden werden - vielleicht auf dem Dachboden unter den Wintersachen oder an Stellen im Hause, wo man irgendwann darauf stoßen muss. Gehe damit in die Häuser deiner Freunde und Verwandten. Damit verschaffst du anderen Menschen, die im Lehm gefangen sind, die Chance auf Flucht.

Dieses Heft wurde schon oft und an vielen Stellen ausgelegt. Wir wissen nicht, wie viele Menschen im Lehm Bescheid wissen. Es mag sein, dass manche es aus Angst wegwerfen. Andere übergeben es gar einem Lehmpriester. Doch es wird immer Leute geben, die für dieses Heft dankbar sind. Viele Geflohene haben uns erzählt, dass erst dieses Heft ihnen die Möglichkeit zur Flucht aufzeigte. Tue auch du bitte deinen Anteil daran, noch mehr Menschen zu befreien.

Und nun: Steh auf und fasse dir ein Herz! Fliehe! Verlasse das verderbte Lehm. Es ist kein guter Platz für Menschen. Es ist bösartig und mörderisch. Es hält unschuldige Kinder ein Leben lang in Todesangst gefangen, bevor es sie grausam umbringt. Etwas, das Menschenopfer verlangt, kann nicht gut sein!

Verlasse das Lehm! Du wirst es nicht bereuen! Viele werden dir folgen!

Mit der Zeit werden es immer mehr sein, die gehen. Je mehr Hefte wir hinterlassen, desto mehr Menschen bekommen die Möglichkeit, zu wählen, ob sie unter der Herrschaft von etwas unendlich Bösem leben wollen oder in Freiheit. Lass das Lehm hinter dir! Es ist ganz leicht.

Unsere guten Wünsche sind mit dir."

Themas klappte das Heft zu. Er starrte blicklos ins Gebüsch. „Das ist ja ein Ding!", flüsterte er. Er lief ins Dorf zurück. Er musste mit Trischa sprechen. Auf der Stelle! Er war aufgeregt wie noch nie. Man konnte das Lehm verlassen! Es war möglich! Beim Gedanken an all die vielen angespülten Kleidungsstücke musste er grinsen. Die Geflohenen hatten ihr Zeug ins Lehm geworfen und waren abgehauen. Das Lehm hatte sie keineswegs erwischt. Er schätzte die Rate der Durchgekommenen auf gut neunzig Prozent.

Sein Herz jauchzte. Frei! Endlich frei! Er und Thimas würden frei sein. Und Trischa und ihre Zwillingsschwester. Frei! Ohne Angst vor dem Lehm. Thimas und Truschka würden sich nicht mehr davor fürchten, als Gabe für das Lehm ausgewählt zu werden.

Themas lief über den Windmühlenhügel zum Haus der Banbirks. Er sah Trischas Zweitling unter der Treppe hervorlugen. Die Ähnlichkeit des Mädchens unter der Treppe mit Trischa war geradezu erschreckend. Themas musste heftig schlucken. Im Vorbeigehen winkte er dem Mädchen zu. Es winkte zurück.

Themas betrat das Haus der Banbirks. Dort erlebte er eine Enttäuschung.

„Trischa ist nicht da", sagte ihre Mutter. „Sie ist bei Verwandten in Lehmingen am See. Sie wird bei den Fischern lernen. Davon spricht sie doch seit Monaten. Heute hat es sich ganz kurzfristig ergeben. Nelder Borkruther, unser lieber Lehmpriester, machte sich heute in der Frühe auf, ins Zentrum zu ziehen. Er hat Trischa mitgenommen. Sie wird eine Weile in Lehmingen bleiben."

Themas schaffte es nicht, seine Enttäuschung zu verbergen. Trischa war weg. Das passte ihm ganz und gar nicht.

Frau Banbirk lächelte ihm freundlich zu: „Gräme dich nicht, mein Lieber. Du siehst sie ja bei der nächsten Messe wieder. Dann kommt sie mit uns zurück nach Hause."

Themas war entsetzt. „Bei der nächsten Messe?" Bis dahin würde eine Ewigkeit vergehen. Er seufzte abgrundtief. Er bedankte sich bei Trischas Mutter und ging. In seinem Innern tobte ein Sturm von Gefühlen. Trischa war fort. Ausgerechnet jetzt! Am Morgen mit Nelder Borkruther aufgebrochen. Der Priester hatte sie abgeholt und mitgenommen. Themas fühlte, wie eine Gänsehaut seinen Rücken hinaufkroch. Hatte der Priester Verdacht geschöpft? Hatte jemand etwas gemerkt und bei Nelder gemeldet? Hatten er und Trischa sich zu auffällig benommen?

Ich kann nichts machen, dachte Themas. Er fühlte sich niedergeschlagen. Ich muss warten, bis sie wieder zu Hause ist. Ich kann nicht einfach losmarschieren und nach Lehmingen wandern. Das würde auffallen. Oh, Mist! Was soll ich tun? Es kann doch nicht sein, dass sie ausgerechnet jetzt nicht hier ist! Mist, verflixter! Mist! Mist! Mist!

Er lief durchs Dorf. Er konnte nicht still sitzen. Er tigerte über die Sandplätze, kickte hier und da einen Stein über die Straße und bemühte sich, nicht grimmig dreinzuschauen. Am anderen Ende der Siedlung verließ er Lehmborn wieder. Er wanderte an einem Bachlauf entlang und tat, als suche er nach Rötel.

Er haderte mit seinem Schicksal. Trischa war fort. Ausgerechnet jetzt!. Und der Schlüssel! Der verfluchte Schlüssel zum Verlies unter der Treppe! Den hatte er bislang nicht finden können und im Heft stand nichts darüber.

Warum nicht?, fragte er sich. Die Antwort kannte er: Würden die Priester ein solches Heft in die Hände bekommen, würden sie dafür sorgen, dass die Schlüssel zu den Kerkern unter den Treppen an anderer Stelle verwahrt wurden.

Die Priester.

Themas blieb stehen. Es durchfuhr ihn wie ein Schock. Die Priester! Hatten die Priester die Schlüssel? Bewahrten sie die Schlüssel in ihren Häusern auf? Trugen sie sie immer bei sich? Holten die Frauen des Dorfes sich ihren Schlüssel beim Priester ab, wenn sie ihr *„Unter-der-Treppe"* waschen wollten?

„Oh nein!", wisperte Themas. Er spürte, wie ein saurer Geschmack in seiner Kehle aufstieg. Er dachte angestrengt nach. War nicht immer Nelder Borkruther im Dorf, wenn seine Mutter seinen Zwillingsbruder aus dem Verlies herausließ und ihn wusch? „Doch!", flüsterte er. „Immer!"

Oder doch nicht? Vor zwei Monaten war der Priester nicht anwesend gewesen, als seine Mutter Thimas aus dem Verlies herausgelassen hatte. Oder? Themas war unsicher. Er zermarterte sich das Hirn. Auf diese Dinge hatte er nie geachtet. Hatte der Priester die Schlüssel? Oder bewahrte seine Mutter ihren Schlüssel auf? Fragen konnte er nicht.

Was jetzt? Was kann ich tun? Ich kann nur warten, bis ich mit der nächsten Karawane ins Draußen gehe. Dann frage ich Tante Brilla. Warum sind uns auch die zwei Dödel dazwischengekommen, als ich sie gerade fragen wollte! Mist! Vielleicht wissen Onkel und Tante, was zu tun ist. Ich muss warten, bis ich wieder nach Landsweiler komme.

Thimas bleibt eingesperrt. Er kann schon zur nächsten Messe als Gabe erwählt werden, wenn es der Lehma einfällt. Ich kann überhaupt nichts dagegen machen. Ich …

Themas brach in die Knie. „Das darf doch nicht wahr sein!", presste er hervor. Er schlug die Hände vors Gesicht und brach in Tränen aus. Er war geschockt und zutiefst aufgewühlt. Er fühlte sich entsetzlich hilflos. „Nein! Nein!", sagte er. Seine Kehle brannte. Er fühlte sich vollkommen verlassen und ohne Mut. Er schluchzte wie ein kleines Kind. Es schüttelte ihn durch.

Als er sich beruhigt hatte, schaute er sich hastig um. Hatte jemand gesehen, wie er weinte? Hatte man ihn beobachtet? Bei dem Gedanken wurde ihm heiß und kalt zugleich.

Er sah niemanden. Er war allein in der Heidelandschaft. Nur ein paar Vögel schwirrten über den Himmel. Themas atmete auf. Also gut, sagte er zu sich selbst. Ich muss abwarten. Ich werde das Heft kopieren. Beim nächsten Besuch in Landsweiler werde ich mehrere Hefte kaufen. Ich schreibe den Bericht von Tante Brilla ab, und zwar so oft wie möglich. Zuerst nach Landsweiler, dann nach Lehmingen und Trischa mit nach Hause nehmen. Herrjeh! Das dauert! Er musste sich beherrschen, um nicht vor Ungeduld mit den Zähnen zu knirschen. Warten war nicht seine Sache.

*

Themas saß in seinem kleinen Zimmer am Schreibtisch. Er machte eine Zeichnung von der Lehmborner Windmühle. Er hatte die Mühle der Banbirks am Nachmittag von der Straße aus in groben Strichen aufs Papier geworfen und war jetzt mit der Feinarbeit beschäftigt. Er zeichnete die kleinen Vierecke der Hölzer, die die Windmühlenflügel bildeten, akribisch genau nach.

Tante Brillas Heft lag in einem Buch versteckt auf dem Regal. Er konnte es nicht kopieren, bevor er in Landsweiler Hefte erstanden hatte. Beim Papiermacher welche zu holen, wagte er nicht. Es wäre aufgefallen, hätte er mehr als eines erbeten. Dann lieber gar keins.

Drunten wurde die Haustür geöffnet. Themas horchte genau hin. Sie wurde geschlossen. Vorsichtig linste er zum Fenster hinaus. Er sah seine Eltern in Richtung Dorfmitte davongehen. Sie gingen zur Bürgerversammlung. Gut! Der Weg war frei. Er lief nach unten und ging zu seinem Zwillingsbruder. Er hatte ein kleines Buch dabei, das Kinder im Schulunterricht benutzten, um Lesen zu lernen. Es erklärte in einfachen Worten das Leben im Lehm. Künstlerisch veranlagte Menschen hatten Illustrationen dazu gemalt.

Thimas freute sich über das Buch.

„Du kannst es leider nicht lange behalten", sagte Themas. „Ich muss es mir in ein paar Tagen wieder holen. Wenn Mutter dich rauslässt, um dein Verlies zu putzen, könnte sie es entdecken."

„Das macht nichts“, sagte sein Bruder. „Für ein paar Tage wird es mir gehören und ich kann darin lesen, so viel ich möchte. Du glaubst nicht, wie schön das für mich ist.“

Themas musste hart schlucken, als er seinen Zwilling so reden hörte. Es juckte ihn, Thimas von Tante Brillas Heft zu erzählen, aber er beherrschte sich. Es wäre grausam, Thimas Hoffnung zu machen. Wenn sich herausstellen sollte, dass er nicht an den Schlüssel rankam, hatte sein Bruder keine Chance zur Flucht.

Also unterhielt er ihn mit Berichten über das Dorfleben und seine Zeit in der Ziegelmacherei. Von der Möglichkeit einer Flucht sagte er nichts. Es zerriss ihn innerlich, aber er musste schweigen.

*

Karawanentag! Endlich! Themas durfte mit ins Draußen. Er konnte es nicht erwarten, seine Tante wiederzusehen. Und morgen geht's ins Zentrum nach Lehmberg, wo ich Trischa wiedersehe. Themas freute sich. Aber die Möglichkeit, dass sein Zwillingsbruder als Gabe auserwählt werden konnte, schwebte wie ein Damoklesschwert über ihm.

In Landsweiler seilte er sich möglichst schnell ab. Am liebsten wäre er gleich zum Treffpunkt gelaufen, doch das hätte Misstrauen erwecken können. Also marschierte er schnurstracks zum Bahnhof und tat so, als schaue er den Zügen zu. Er trieb sich eine Dreiviertelstunde bei den Gleisen herum, bevor er zur Hauptstraße ging und die Läden abschritt. Er blickte in die Schaufenster und tat recht interessiert. Gleichzeitig hielt er Ausschau nach Verfolgern. Er konnte keine Beobachter entdecken. Er linste in jede Seitengasse, an der er vorbeikam. Würde seine Tante auf ihn warten?

Es war die fünfte! Themas sah Brilla ein paar Meter entfernt stehen. Als er auf sie zugehen wollte, machte sie eine Geste: Nein! Zurück!

Themas musste sich beherrschen, um nicht laut zu protestieren. Er wollte zu Brilla. Er wollte sie umarmen und an sich drücken. Er liebte seine Tante und seinen Onkel über alles; fast mehr als seine Eltern. Brilla nahe zu sein und sie nicht berühren zu dürfen, war eine Qual für ihn.

Er machte zwei Schritte und warf einen Blick ins Schaufenster des Ladens direkt neben der Gasse. Dort war Spielzeug für Kinder jeden Alters ausgestellt. Das war gut. Hier brauchte er sich nicht zu verstellen. Was er sah, gefiel ihm. Er nahm alles in Augenschein. Sollten die Beobachter glotzen, bis ihnen die Augen aus dem Kopf fielen.

„Themas?“

„Ich bin hier. Tante, ich will zu dir! Ich will dich umarmen!“

„Untersteh dich!“

„Aber heute werde ich nicht überwacht! Ich habe genau achtgegeben. Niemand ist mir gefolgt!“

„Das haben Jidler und ich ebenfalls festgestellt.“

„Dann können wir doch ...“ Themas setzte sich in Bewegung.

„Nein! Themas, bleib vor dem Schaufenster stehen!“

„Aber ...“

„Bleib da stehen! Es ist gefährlich! Wir denken, sie beobachten dich diesmal von weiter weg, um keinen Verdacht zu erregen. Es könnte sein, dass sie letztes Mal etwas bemerkt haben und uns eine Falle stellen.“

„Mensch, Tante Brilla! Ich werde verrückt, wenn ich dich nicht …!“

„Du darfst nicht!“

„Tante?“ Themas musste schlucken. „Weinst du?“

„Nein!“, schluchzte Brilla. „Themas, bleib um Himmels willen da vorne stehen! Sie dürfen dich nicht erwischen! Ach, Junge! Ich würde sterben, wenn dir etwas zustößt! Ich kann den Gedanken nicht ertragen! Bitte, ich flehe dich an, bleib da vorne stehen! Wenn sie dich drankriegen, landest du vor einem geheimen Lehmgericht! Themas, das bedeutet dein Todesurteil! Das Lehm wird dich holen!“

„Tante!“ Nun musste Themas selbst mit den Tränen kämpfen. Es schnitt ihm wie ein Messer ins Herz, seine geliebte Brilla weinen zu hören. „Oh, Tante!“

„Hör zu!“ Brilla putzte sich geräuschvoll die Nase. „Hast du nachgedacht? Hast du eine Entscheidung getroffen, Themas?“

„Ich will raus aus dem Lehm!“, sagte Themas. „Aber alleine gehe ich nicht. Ich gehe nicht ohne Thimas!“

„Thimas?“

„Mein Bruder!“

„Oh Gott!“ Neuerliches Schluchzen drang aus der Seitengasse. „Oh Gott, Themas! Junge!“

„Sag nicht, dass es nicht geht!“, presste Themas hervor. Er beugte sich zur Schaufensterscheibe und näherte sich der Seitengasse ein Stück. „Ich werde auf keinen Fall meinen Zwillingsbruder zurücklassen. Er wird dieses Jahr nicht überleben. Das dreckige Lehm wird ihn bald haben wollen. Ich muss den Schlüssel zu seinem Verlies haben! Wo ist er? Doch nicht etwa im Haus des Priesters?“

„Nein, Themas“, kam es aus der Gasse neben ihm. Die Stimme seiner Tante klang verändert. „Er steckt in der Statue der heiligen Lehma. Deshalb darf in jedem Haus nur die Hausfrau diese Statue anfassen und ihren Standpunkt verändern. Im Sockel der Figur gibt es einen kleinen Deckel. Man kann ihn aufdrehen. Der Schlüssel steckt in der hohlen Statuette.“

„Oh Mann!“, keuchte Themas. „Dem Himmel sei Dank!“ Ihm wurde ganz flau vor Erleichterung. Es war möglich! Und es war so einfach! Himmel-Sakra-Donnerlehm! So simpel! Er hatte das Haus von oben bis unten durchsucht und in jede Lade und jedes Fach gespäht. Aber auf die Idee, die kleine Lehmastatue zu überprüfen, war er nicht gekommen.

„Themas? Junge?“ Das kam von ganz nah. Er blickte nach rechts und sah eine kleine Frauenhand an der Hauskante. Er konnte nicht anders, er machte einen Schritt nach rechts und streckte die Hand aus und dann lag sie in Tante Brillas kleinen, kräftigen Händen. „Themas! Oh, Themas!“ Er hörte sie weinen.

„Tante!“ Er drückte ihre Hände. Seine Finger streichelten die ihren.

„Seit wann?“, fragte Brilla. Sie nuschelte. Ihre Nase war vom Weinen verstopft.

„Ein paar Monate“, gab er zur Antwort, während er ihre Hände mit seinen Fingern liebkoste. „Ich habe es nicht mehr ausgehalten. Ich konnte nicht anders.

Als die Eltern in der Versammlung waren, bin ich vors Haus und habe meinen Bruder kennengelernt. Ich bin nicht der Einzige." Er schaffte es nicht, den Trotz aus seiner Stimme herauszuhalten.

„Ach Themas! Themas, Themas, Themas!" Er spürte, wie sie seine Hand küsste, fühlte ihre Tränen über seine Finger laufen.

„Ich werde ihn mitnehmen", sagte er, während er sich größte Mühe gab, so zu tun, als betrachte er die Auslagen hinter der hohen Glasscheibe. Sein Blick fiel auf ein kleines Instrument aus Messing. Es war eine Mundharmonika. Philka Kahleg aus Lehmtal hatte so eine. Wenn alle Lehmer sich am Messesonntag im Zentrum des Lehms trafen, spielte sie auf dem Instrument.

„Du bist ein guter Junge", sagte Brilla mit erstickter Stimme. „Ja, nimm deinen Bruder mit, damit das Lehm ihn nicht ermorden kann."

„Und Trischa!"

„Trischa? Trischa Banbirk, die Müllerstochter?"

„Und ihre Schwester Truschka! Die beiden haben seit Jahren heimlich Kontakt miteinander. Auch Truschkas Leben hängt am seidenen Faden. Ihr bleibt nicht mehr viel Zeit, bis sie ins Lehm gehen muss."

„Hast du schon mit Trischa gesprochen? Will sie mitkommen?"

„Nein", sagte Themas und drückte Brillas Hand. „Sie ist auswärts, aber morgen sehe ich sie wieder und nächste Woche werde ich sie fragen. Ich muss halt zusehen, dass ich mit ihr allein bin. Sie kommt mit, dessen bin ich mir sicher. Sie hat schreckliche Angst um ihre Schwester." Er atmete tief ein und aus. „Ist halt blöd, dass wir nicht mit unseren Eltern reden dürfen."

„Das dürft ihr auf keinen Fall, Themas! Zu gefährlich! Alles, was ihr tun könnt, ist, ihnen ein kopiertes Heft zu hinterlassen. Sie werden selbst entscheiden müssen, ob sie die Flucht wagen wollen. Jetzt hör mir bitte genau zu! Hast du den alten Baum kurz vor Landsweiler gesehen? Der mit dem verkohlten Ast, in den vor Jahren ein Blitz eingeschlagen ist?"

„Ja", antwortete Themas. „Der ist mir gleich beim ersten Mal aufgefallen."

„Auf der Rückseite hat er eine kleine Höhlung über dem zweiten Seitenast. Dort halten wir stets einen Vorrat an Geld bereit für Menschen, die fliehen. Wenn ihr flieht, Themas, müsst ihr so schnell wie möglich fort aus Landsweiler! Ihr müsst den ersten Frühzug nehmen. Denn die Sucher gehen auch nach Landsweiler. Sie würden euch einfangen und ins Lehm zurückschleppen. Das mit dem hohlen Baum steht nicht im Heft, denn falls Gläubige ein Heft finden, könnten sie es den Priestern melden und das Versteck würde vielleicht ausgeraubt. Genau deshalb wird auch der Schlüssel für das Verlies im Heft nicht erwähnt."

„Der Trick mit den Klamotten", sagte Themas. „Das ist echt toll! Sind wirklich viele rausgekommen, deren Kleider an der Dammstraße angeschwemmt wurden?"

„Ja, Themas. Viele. Sehr viele."

„Auch Rallie Hoekker?"

Seine Tante stöhnte: „Nein. Sie ist nicht bei uns. Es könnte natürlich sein, dass sie rauskam und alleine weglief, aber das ist unwahrscheinlich. Wir hätten davon erfahren."

„Dann ist sie tot", sagte Themas. „Sie und die Zwillinge."

„Ja", sagte Brilla leise.

Plötzlich hörte Themas eine andere Stimme: „Lass mich auch mal!" Eine große starke Hand fasste die seine. Ihm schlug das Herz. Sein Onkel Jidler war in der Gasse. Er stand keine zwei Schritte von ihm entfernt. „Onkel!", hauchte er. Er spürte ein Würgen im Hals.

„Jidler!", zischte Brilla. „Du darfst nicht herkommen! Du musst aufpassen!"

„Es ist niemand zu sehen. Sie überwachen ihn nicht mehr!", brummte der Onkel. „Ich will wenigstens einmal seine Hand halten."

Themas schaute sich rasch um. Er ließ seine Augen überall herumhuschen. Er sah niemanden. Es war keiner da. Drauf gepfiffen! Er hielt es nicht mehr aus. Mit einem Satz war er in der Nebengasse. Onkel und Tante standen vor ihm, erschrocken und doch blitzte helle Freude in ihren Augen auf.

„Onkel!" Themas warf sich in Jidlers Arme. „Onkel Jidler!"

„Themas! Themas, mein Junge!" Jidler erdrückte ihn schier. Er bedeckte sein

Gesicht mit Küssen und weinte. „Themas!“

„Tante!“ Nun war Brilla an der Reihe. Er umarmte sie stürmisch und drückte sie an sich. Verwundert stellte er fest, dass sie kleiner war als er. Er war gewachsen, seit sie einander das letzte Mal umarmt hatten.

„Themas!“ Weinend drückte sie ihn an sich, bedeckte sein Gesicht mit Küssen. „Oh, Themas! Du darfst nicht! Das darfst du nicht! Geh wieder …!“

„Nein!“ Themas umarmte Tante und Onkel gleichzeitig. „Nein!“ Nun musste auch er weinen. „Ich habe euch so vermisst! Ich habe euch doch lieb!“ Sie standen in der engen Gasse und umarmten einander.

Tante Brilla löste sich als Erste von Themas. „Du musst jetzt gehen, Junge, sonst schöpft man Verdacht.“ Sie holte ihr Taschentuch hervor und wischte ihm die Tränen ab. „Geh! Bitte! Ich komme um vor Sorge um dich! Es darf dir nichts passieren!“

„Ja“, sagte Themas. Noch einmal umarmte er seine Tante und küsste sie auf die Wange, dann den Onkel. Anschließend stellte er sich wieder vor das Schaufenster. „Nächsten Neumond kommen wir raus“, sagte er.

„Gut“, sagte Onkel Jidler. „Geh jetzt, Junge. Unsere guten Wünsche sind mit euch.“

„Auf Wiedersehen.“ Themas wandte sich ab. Es fiel ihm unendlich schwer, fortzugehen. Nur das Wissen, dass er seine beiden Lieben bald wiedersehen würde, gab ihm Trost.

Er betrat den Laden und kaufte die Mundharmonika. Man versicherte ihm, dass das Instrument komplett aus Messing gefertigt war. Es enthielt nicht das kleinste Eisenstückchen.

Auf dem Weg zurück zum Markt kaufte er zehn Hefte im Schreibwarengeschäft und ein paar Häuser weiter zwei Tüten Bonbons. Niemand schien ihn zu beobachten. Anscheinend vertraute man ihm inzwischen. Themas war es egal. Es war nicht mehr wichtig, ob man ihn beobachtete, wenn er im Draußen war. Es würde keinen nächsten Besuch in Landsweiler geben, nicht mit der Karawane aus dem Lehm.

*

Am Tag der Messe wanderte Themas mit seinen Eltern ins Zentrum des Lehms wie immer. Den ganzen Weg über dachte er über sein Zusammentreffen mit Tante Brilla und Onkel Jidler nach. In seinem Kopf war für nichts anderes Platz als für die geplante Flucht. Und für Trischa Banbirk.

Als er sie endlich sah, hätte er sie am liebsten fest in die Arme geschlossen. Er traute sich nicht, weil so viele Leute um sie herum waren. Sie fassten einander an den Händen und begrüßten sich. Themas konnte den Blick nicht von Trischa lösen. Seit dem Horro-Angriff hatten sich seine Gefühle für das Mädchen noch intensiviert. Auch Trischa war anders geworden. Sie war näher an ihn herangerückt. Als Themas in ihre Augen schaute, wusste er, dass er nicht ohne das Mädchen fortgehen konnte.

Es brannte ihm unter den Nägeln, Trischa sofort in seine Fluchtpläne einzuweihen, aber sie waren nie allein. Es war zu gefährlich. Themas musste sich gedulden. Er musste abwarten, bis er mit Trischa allein war.

Nach dem gemeinsamen Essen setzte sich Philka Kahleg aus Lehmtal auf eine Erhebung im Gelände und spielte auf ihrer Mundharmonika. Themas stand Hand in Hand mit Trischa da und lauschte. Viele Leute standen dabei und hörten dem Mädchen beim Spielen zu.

Philka war erst zwölf, ein schmales Ding in rotbraun kariertem Wollrock und grau-beiger Häkelbluse, die braunen Haare zu Affenschaukeln geflochten. Sie saß da, die Augen halb geschlossen und entlockte dem kleinen Musikinstrument die unglaublichsten Töne. Sie ließ die Mundharmonika gellen und schluchzen. Es klang, als lebe das Messinginstrument. Von einem Freund wusste Themas, dass Philka sich von ihrem Großvater ein Lehrheft aus Landsweiler hatte mitbringen lassen, das die verschiedenen Spieltechniken auf der Mundharmonika erklärte.

Das sollte ich auch machen, überlegte Themas, während er der klagenden Melodie lauschte, die von hellen Trillern und tiefen Seufzern unterbrochen wurde. So möchte ich auch spielen können. Wenn ich das nächste Mal mit der Karawane ins Draußen …

Der Gedanke stoppte mittendrin.

Es wird kein nächstes Mal geben, dachte Themas. In zwei Wochen werde ich das Lehm verlassen. Entweder es gelingt mir oder ich werde ums Leben kommen. Wenn ich es schaffe, kann ich mir im Draußen so viele Lehrhefte übers Mundharmonikaspiel kaufen, wie ich nur will. Und Mundharmonikas! Der Händler hatte ihm erklärt, dass es auch Instrumente aus Eisenblech gab mit Stimmzungen aus Edelstahl. Die klangen besser und sie hielten länger.

„Die kleine Messingharmonika ist eine Sonderanfertigung", hatte er Themas mit einem Augenzwinkern erklärt. „Nicht nur die Stimmplatten und die Stimmzungen sind aus Messing, auch die Schalldeckel sind daraus gemacht. Die sind normalerweise immer aus Stahlblech. Aber ihr Leute aus dem Lehm kauft ja nichts aus Stahl und Eisen." Er hatte Themas die Mundharmonika im stabilen Pappkästchen gereicht: „Auf die Art kann auch ein Junge wie du ein Instrument erwerben, das er immer und überall dabeihaben kann. Ich wünsche dir viel Freude damit."

Die werde ich haben, dachte Themas. Er beschloss, fleißig auf dem Instrument zu üben. Und das Heft von Tante Brilla zu kopieren. Er schaute zu Trischa und lächelte. Sie erwiderte das Lächeln. Am liebsten hätte er sie geschnappt und raus vors Dorf geschleppt, um ihr von der Flucht zu erzählen. Leider war das nicht möglich. Er musste sich gedulden, bis sie zu Hause in Lehmborn waren.

*

Die Geduld von Themas wurde auf eine harte Probe gestellt. Zurück in Lehmborn, wollte er Trischa so schnell als möglich allein sprechen, doch das war ein Ding der Unmöglichkeit. Weil sie so lange fort gewesen war, hing ständig eine Blase von Freundinnen an Trischa und ihre Eltern und die nahen Verwandten waren immerzu um sie herum. Themas platzte schier vor Ungeduld, aber er konnte nichts machen. Er musste warten.

Weil er nichts Besseres zu tun hatte, verzog er sich mit seiner neuen Mundharmonika weit hinaus ins Lehm und übte fern der Ortschaft auf dem kleinen Instrument. Nebenbei kopierte er heimlich das Heft von Tante Brilla. Auf seinen Touren hatte er stets ein leeres Heft und einen Bleistift bei sich. Versteckt in einem Knorrengebüsch, schrieb er Wort für Wort aus dem Heft seiner Tante ab. Er bemühte sich um eine saubere Schrift. Schließlich sollte die Botschaft lesbar sein. Tag für Tag schaffte er eine Kopie. Nebenbei übte er auf der Mundharmonika und auf dem Nachhauseweg hielt er Ausschau nach Wurzeln und Knollen und Kräutern, die er seiner Mutter für die Küche mitbrachte.

Die fertigen Hefte versteckte er auf dem Dachboden. Es war ein Risiko, aber Themas mochte sie nicht draußen lassen. Das Lehm veränderte sich oft und er wollte nicht, dass eine seiner kostbaren Kopien vom Sumpf verschlungen wurde.

Vier Tage, nachdem Trischa wieder nach Hause gekommen war, wanderte Themas weit nach Süden. Er folgte nicht der Dammstraße. Er lief mitten durchs Lehm und folgte kaum sichtbaren Pfaden durch Heidekrautfelder und Sandflächen. Er wollte zu der kleinen Insel, die ihm Onkel Jidler zwei Jahre zuvor gezeigt hatte. Dort gab es ausgesucht guten Rötel. Auch wenn er vorhatte, das Lehm zu verlassen, musste Themas so tun, als führe er sein normales Leben weiter. Wenn er abends ein Säckchen besten Rötel mit nach Hause brachte, sah das gut aus.

Überm Wandern überlegte Themas, wem er eine Kopie zukommen lassen wollte. Sein Freund Mirkus musste auf alle Fälle ein Heft bekommen. Fitchell Derber ebenfalls. Fitchell war ausgesprochen rebellisch. Für den war die Schrift genau richtig. Für Imriff Sorbel, Themas´ dritten Freund, eher nicht. Imriff war ein Simpel und ebenso gläubig wie seine Eltern.

Stuffar wird eine Kopie kriegen! Der Sohn des Ziegelmachers. Themas nickte, als er den Entschluss fasste. Er machte sich keine Sorgen. Ihm würden schon Leute einfallen, die er mit einer Kopie der Schrift beglücken konnte. Er wollte auf alle Fälle sämtliche zehn Hefte, die er besorgt hatte, vollschreiben.

Themas schaute auf. Überm Nachdenken war er ganz nahe an den Rand des Lehms geraten.

Da war die kleine Insel inmitten eines kahlen Sandfeldes, ein Buckel, der ihm bis zum Bauch reichte. Oben drauf stand ein kleines Bäumchen. Ansonsten war der Hügel so kahl wie die nähere Umgebung.

Etwas stach Themas ins Auge. Er brauchte einige Sekunden, bis er verstand.

„Uff!“ Er starrte über den kleinen Hügel hinweg zum Rand. Dort war ein breiter Grasstreifen, der das Lehm vom Wald trennte. Mitten auf der Wiese hatte jemand einen Stock in den Boden gerammt. Ein Schild aus Pappe hing an dem Stock. „Hallo“, stand in großen Druckbuchstaben auf dem Schild.

Themas starrte die Pappe an. Ganz offensichtlich hatte man das Ding mit Absicht mitten auf der Wiese aufgestellt. Man wollte Aufmerksamkeit erregen. *Seine* Aufmerksamkeit! Er erkannte die Schrift. Es waren die leicht schräg gestellten Lettern, wie sein Onkel Jidler sie schrieb.

„Onkel!“, flüsterte Themas. „Du warst hier! Direkt am Rand des Lehms!“

Sein Onkel war ein hohes Risiko eingegangen, so nahe ans Lehm zu kommen. Es hätte passieren können, dass es ihn erwischte. Das Lehm hasste Flüchtlinge.

Wozu?, überlegte Themas. Da sah er das Stoffbündel auf dem kleinen Hügel. Er erkannte das Muster. Es war die Bluse, die Tante Brilla getragen hatte, als sie einander in Landsweiler trafen.

Themas trat näher und nahm das Bündel in Augenschein. Nein, das war keine Bluse. Es war nur ein Stück Ärmel, das jemand zu einem kleinen Säckchen genäht hatte. Er hob es auf. Es wog schwer. In seinem Innern klirrte es leise. Neugierig öffnete er das Säckchen und ließ seinen Inhalt in seine Hand fallen. Als er sah, um was sich handelte, erschrak er. Er war froh, dass er das Zeug nicht auf den Boden geschüttet hatte. Das Lehm hätte glatt durchgedreht, wenn es das gespürt hätte. Es waren schmale Ketten aus Eisengliedern - acht insgesamt.

„Eisenketten“, flüsterte Themas. Er starrte die Dinger an. „Für jeden von uns zwei Stück. Eine für jedes Fußgelenk. Als Schutz gegen das Lehm!“

Tante Brilla und Onkel Jidler hatten das hier für ihn deponiert. Sein Onkel musste ganz nahe an den Rand des Lehms getreten sein und dann hatte er das Säckchen auf den kleinen Hügel geworfen, in der Hoffnung, dass Themas vielleicht hier vorbeikommen würde. Die Eisenketten waren ein zusätzlicher Schutz für ihre Flucht.

Themas steckte die Ketten in das Säckchen und band es zu. Er schob es unter seine Kleidung. Hastig grub er etwas Rötel aus und füllte ein Stoffsäckchen damit. Zu Hause würde er es seinen Eltern zeigen und davon sprechen, es beim nächsten Karawanenzug ins Draußen zu verkaufen und sich ein Lehrheft für die Mundharmonika zu kaufen. Er musste auf seine Tarnung achten.

Dann stand er still da und schaute auf die Wiese hinaus. Dort, keine fünf Schritte entfernt, war die Freiheit. Sie war zum Greifen nahe. Wie oft hatte er hier schon gestanden und geschaut. Es wäre ein Leichtes, ein paar Sätze zu machen und auf das Gras hinauszuspringen, überlegte er. Würde es das sein? Er spürte förmlich, wie das Lehm lauerte. Eine seltsame, unwirkliche Stille herrschte. Kein Vogel sang. Nicht einmal eine Grille zirpte. Das Lehm lag auf der Lauer. Würde er auch nur einen einzigen Schritt weiter in Richtung Rand tun, würde sich der Boden unter seinen Füßen öffnen und ihn verschlingen.

Themas drehte sich um. Langsam ging er zurück ins Lehm. Er lief nach Hause. Er musste mit Trischa sprechen.

Als er in Lehmborn ankam, fand er das Mädchen zusammen mit Freundinnen. Sie begrüßte ihn freundlich.

Themas wartete einen Moment ab, in dem niemand Trischa Aufmerksamkeit schenkte.

„Morgen muss ich dich allein sprechen!“, flüsterte er.

„Ist gut“, antwortete sie, ohne zu fragen, warum.

„Mittags, draußen am Knorrengebüsch, wo es nach Lehmkaul geht“, wisperte er. „Sieh zu, dass dir niemand folgt!“

Sie nickte stumm.

*

Themas saß auf dem Rand eines kleinen Hügels inmitten von Grasflächen und Heidekrautpolstern. Der Hügel war mit Knorrengebüsch und niedrigen Bäumen bewachsen. Er spielte auf der Mundharmonika.

„Das klingt schon sehr gut.“ Themas schaute auf. Trischa stand vor ihm. „Du machst das prima.“

Er winkte ab: „Bis ich es Philka Kahleg aus Lehmtal nachtun kann, braucht es noch seine Zeit.“

„Sie hat ein Lehrheft“, sagte Trischa. „Kauf dir eins, wenn du das nächste Mal nach draußen gehst."

„Es wird kein nächstes Mal geben, Trischa."

Sie schaute ihn an. „Wie? Kein nächstes Mal? Darfst du nicht mehr ins Draußen?"

Themas sah sich um. Sie waren ganz allein. Niemand war zu sehen. Jetzt, wo es so weit war, fiel es ihm schwer, mit Trischa zu sprechen. Er blickte ihr in die Augen. Ohne dich kann ich nicht gehen! Wie könnte ich fortgehen und du nicht? Ihm war elend zumute. Was, wenn Trischa Nein sagte? Wenn sie zu viel Angst hatte? Was, wenn sie ihn bei den Priestern meldete?

„Trischa, ich muss dir etwas zeigen", fing er an. „Du musst mir schwören, keiner Menschenseele davon zu erzählen!"

Sie schaute ihn misstrauisch an: „Wieso nicht?"

„Weil es gefährlich ist. Lebensgefährlich! Ich besitze etwas, das mich vors Lehmgericht bringen kann." Er sah die Angst in ihren Augen; aber auch die Neugier.

„Ich sage nichts", versprach sie. „Ehrenwort!"

„Trischa? Was würdest du sagen, wenn es einen Weg gäbe, wie wir das Lehm verlassen können? Wir könnten unsere Zwillinge mitnehmen. Dann wären sie außer Gefahr."

„Themas! Was sagst du da?" Hektische rote Flecke erschienen auf Trischas Wangen. Sie schaute sich um.

„Es ist keiner in der Nähe", sagte Themas. „Ich habe aufgepasst." Er holte das Heft hervor: „Hier. Lies das. Dann wirst du verstehen. Ich spiele auf der Mundharmonika und achte auf die Umgebung. Wenn ich dich warne, musst du mir das Heft sofort geben, damit ich es einstecken kann. Wir dürfen auf keinen Fall damit erwischt werden, sonst ergeht es uns übel." Er hielt ihr das Heft hin.

Trischa sah es an, als wäre es etwas Gefährliches; eine giftige Schlange etwa.

„Lies es", bat Themas. „Es dauert nicht lange. Bitte, Trischa!"

„Was steht da drin?", wollte sie wissen. Sie wirkte äußerst misstrauisch.

„Die Wahrheit über das Lehm und wie man ihm entkommen kann. Viele habe vor uns den Weg ins Draußen geschafft. Die angespülten Kleider der Flüchtlinge waren nichts als ein Trick. In Wirklichkeit ist den Leuten die Flucht fast immer gelungen. Lies, Trischa. Dann weißt du, was ich weiß."

Trischa nahm das Heft entgegen. Sie setzte sich neben Themas und schlug es auf. Themas begann, auf seiner Mundharmonika zu spielen. Während Trischa las, ließ er den Blick übers Lehm schweifen. Wenn jemand kam, mussten sie das Heft sofort verstecken.

Es fiel Themas schwer, sich auf sein Mundharmonikaspiel zu konzentrieren. Immer wieder warf er Trischa einen Seitenblick zu. Wie würde das Mädchen reagieren? Er hatte Angst, dass sie rundherum ablehnen würde, ihn ins Draußen zu begleiten. Der Gedanke tat weh. Wenn sie nicht mitkam, würde er sie nie wiedersehen. Ohne dass er es mit Absicht tat, klangen die kleinen Melodien, die er spielte, immer trauriger.

Es dauerte mehr als eine halbe Stunde, bis Trischa das Heft durch hatte. Themas hörte auf zu musizieren. Trischa schloss das Heft und saß still da. Sie starrte in weite Fernen und rührte sich nicht. Themas musste schlucken. Das sah nicht gut aus. Er konnte Trischas Furcht beinahe mit Händen greifen. Sie kommt nicht mit. Sie wagt es nicht. Sie hat zu viel Angst. Oh nein!

Plötzlich wandte sie sich ihm zu. Sie hielt ihm das Heft hin. Ihre Hand zitterte. „Mach das weg! Auf der Stelle! Mach es weg! Ich will das nicht länger sehen! Mach's weg!"

Themas nahm das Heft und steckte es unter seine Kleidung. Oh nein!, dachte er niedergeschlagen. Sie ist außer sich vor Angst. Sie kommt nicht mit! Er hätte weinen können. Das Herz wurde ihm schwer. Er hatte fest damit gerechnet, dass Trischa mitkommen würde. Sie liebte doch ihre Zwillingsschwester. Wollte sie Truschka denn nicht vorm sicheren Tod retten? Er hatte das Gefühl, als hätte ihm einer ein Messer ins Herz gerammt und würde dieses nun genüsslich hin und her drehen. Trischa! Trischa, ohne dich kann ich nicht sein! Ich habe dich so gern! Ich will dich nicht verlieren!

Sie saß da, die Augen aufgerissen, und starrte auf den Boden vor ihren Füßen. Ihr Mund war halb geöffnet. Sie atmete hastig. Sie war blass geworden. Er hätte gerne einen Arm um sie gelegt, aber er war plötzlich total gehemmt. Er konnte sich nicht rühren.

Sie erwachte mit einem Ruck aus ihrer Starre. Sie schaute ihn an. „Themas!“, flüsterte sie. Wieder atmete sie hektisch ein und aus. „Themas! Ist das wahr, was in diesem Heft steht?“

Er nickte: „Wort für Wort, Trischa. Meine Tante hat es mir gegeben; meine Tante Brilla, die vor einem Jahr aus dem Lehm geflohen ist, zusammen mit ihrem Mann Jidler und ihren kleinen Zwillingen.“

„Deine Tante? Wo?“

„In Landsweiler.“ Themas berichtete von den geheimen Treffen im Draußen. „Wir können sie retten“, sagte er zum Schluss. „Truschka und Thimas müssen nicht sterben. Wir beide können dafür sorgen, dass unsere Zwillinge am Leben bleiben.“

Trischa blickte ihn an. Sie sah erbarmungswürdig aus. „Glaubst du, wir können es schaffen?“

Themas nickte. „Ja“, sagte er. „Wir schaffen das. Ich werde auf alle Fälle gehen. Ich bleibe nicht länger hier. Tante Brilla hat versprochen, uns aufzunehmen. Trischa, wir gehen nicht ins Nirgendwo. Wir werden Freunde und Bekannte wiedersehen. Wir müssen unsere Zwillinge rausbringen! Sie sollen nicht länger in Todesangst leben. Sie sollen nicht enden wie ...“ Er brach ab. Er musste tief Luft holen, um es auszusprechen: „Sie sollen nicht enden wie Olreks Zweitling vor zwei Jahren. Und das Mädchen aus Rötelheim. Und all die anderen. Du weißt, was ich meine. Die Kinder, die als Gabe erwählt werden, werden nicht immer schnell vom Lehm aufgenommen. Es geht nicht immer leicht und selbst wenn, ist es Mord.“

Olrek Holfers Zwilling war nicht innerhalb einer Sekunde im Lehm verschwunden. Der Junge hatte sich weinend dagegen gesträubt, ins Lehm geschickt zu werden. Er hatte die Leute laut schluchzend gebeten, ihn nicht ans Lehm auszuliefern. Er hatte sich auf die Knie geworfen und gebettelt. Themas sah alles genau vor sich, als sei es erst gestern passiert.

„Bitte! Bitte!“, flehte der Zehnjährige unter Tränen. „Schickt mich nicht ins Lehm!

Bitte nicht! Es wird mich töten! Ich habe so Angst! Bitte!" Der Junge bettelte pausenlos, ein atemloses Jammern und Flehen. Die Leute standen mit steinernen Gesichtern herum und taten, als sähen und hörten sie nichts. Schließlich hatten die Priester den kleinen Jungen gepackt und von der breiten Dammstraße gestoßen. Zusammen mit ein paar Männern aus den Dörfern trieben sie ihn mit Steinwürfen fort.

„Nein! Nein!", schrie Olreks Zwilling. „Oh, bitte nicht! Lasst mich zurückkommen! Ich will nicht sterben! Ich habe so Angst! Helft mir!" Er versuchte, zurückzukommen. Ein Stein traf ihn an der Stirn. Aufheulend schlug er die Hand vors Gesicht. „Nein! Nein! Bitte nicht!"

Dann begann er zu versinken. Er sank ins Lehm ein. Als er bis zu den Knien im roten Boden steckte, schlug die Oberfläche des Lehms Wellen. Es zog den Jungen langsam, aber erbarmungslos von der Dammstraße weg. Olreks Zweitling schrie und schluchzte. Er flehte ohne Unterlass um Hilfe. Die Leute standen still und stumm auf dem Damm. Sie starrten ins Lehm. Es war verboten, wegzuschauen.

Jemand gab ein röchelndes Geräusch von sich und kippte um. Es war Olreks Mutter. Sie war ohnmächtig geworden. So blieb ihr erspart, mitanzusehen, wie ihr namenlos gebliebener Sohn einen schrecklichen Tod starb. Das Lehm kannte keine Gnade. Es zog den Jungen nach unten. Als er tief genug im Sumpf steckte, krochen lebende Ranken aus Lehm an ihm hoch und in seinen Mund hinein. Die Augen des Jungen weiteten sich in Todesangst, als er erstickt wurde.

Das Lehm erstickte ihn langsam und mit geradezu diabolischer Freude. Immer wieder zogen sich die schmierigen, feuchten Ranken zurück und ließen zu, dass das Opfer nach Luft schnappen konnte, nur um gleich darauf wieder in seinen Mund einzudringen und es zu ersticken. Der Junge hatte schreiend und schluchzend um sich geschlagen und gefleht und gebettelt. Es hatte lange gedauert, schrecklich lange.

„Willst du, dass Truschka das Gleiche widerfährt wie Olreks Zweitling?", fragte Themas.

„Nein!", wisperte Trischa. Sie begann zu weinen. „Nein!"

„Dann musst du mitkommen ins Draußen!"

„Ich … ich habe so Angst, Themas! Wir werden sterben!“

Er nahm sie in die Arme und drückte sie an sich. „Nein, werden wir nicht, Trischa. All die Leute vor uns sind rausgekommen. So viele. Wir werden auch rauskommen.“

„Ich will nicht, dass sie so schrecklich sterben muss“, schluchzte Trischa. „Ich will nicht! Ich will weg! Weg von diesem grausamen, schrecklichen Lehm! Es schützt uns nicht! Es ist böse!“

Er hielt sie fest in seinen Armen. Er fühlte ihr Herz schlagen und spürte ihr Zittern. Sie weinte eine Zeit lang.

„Wir würden unsere Familie verlieren“, sagte sie, als sie sich beruhigt hatte. Sie hob den Kopf: „Mutter und Vater!“

„Ja“, sagte Themas. „Tante Brilla hat von mir verlangt, Stillschweigen zu wahren. Trischa, wir dürfen unseren Eltern nichts sagen!“

Sie sah aus, als würde sie jeden Moment wieder mit Weinen anfangen. „Aber … sie sind unsere Eltern! Unsere Familie!“

„Ich weiß. Meine Tante hat vorgeschlagen, ihnen eine Kopie des Heftes zu hinterlassen. Man muss es verstecken, damit es erst gefunden wird, wenn wir längst weg sind. Dann können die Eltern entscheiden, ob sie uns folgen wollen.“

Trischa sah mit einem Mal viel jünger aus als dreizehn. Sie wirkte wie ein kleines Kind: „Und wenn sie nicht wollen? Wenn sie es nicht wagen? Dann sind wir allein in der Fremde! Ganz allein!“

Themas schüttelte den Kopf: „Nein. Allein werden wir nicht sein. In Rodental gibt es ein Stadtviertel, in dem fast nur Flüchtlinge aus dem Lehm wohnen. Wir werden Bekannte und Freunde um uns haben. Es wird schwer werden ohne Vater und Mutter, aber wir werden nicht verlassen sein.“

Trischa schaute zu Boden. Sie wirkte niedergeschlagen. „Ganz allein! Ohne Mama und Papa!“ Sie blickte ihn an: „Ich war wochenlang im Zentrum des Lehms. Ich habe meine Mutter und meinen Vater schrecklich vermisst, Themas. So vermisst!“ Ihre Stimme wurde zu einem hellen Fiepen. „Das hat wehgetan. Richtig weh! Ich bin doch erst dreizehn!“

Er drückte sie an sich. „Ich bin bei dir, Trischa. Und deine Schwester wird bei dir sein. Mir tut es auch weh, meine Eltern zu verlieren, glaub mir."

„Da ist noch etwas", sagte Trischa mit dieser seltsamen, kraftlosen Fiepstimme. „Du weißt, dass das Lehm wütend sein wird, wenn uns die Flucht gelingt. Es wird eine Gabe zur Besänftigung verlangen; vielleicht sogar mehrere. Themas, es werden unschuldige Kinder sterben, wenn wir fortgehen!"

„Ich weiß", flüsterte Themas. Er war todunglücklich. „Das ist ja das Dreckige! Es ist perfide. Das Lehm macht den Flüchtlingen Angst, erwischt zu werden, und es ängstigt sie zusätzlich mit dem Wissen, dass Unschuldige sterben müssen, wenn sie fliehen. Damit will das Lehm uns zurückhalten. Es will niemanden freigeben."

„Sie sterben sowieso", sagte Trischa. Ihre Stimme klang wieder normal. „So oder so müssen sie alle sterben - alle *„Die-unter-der-Treppe-leben"*. Es würde sogar ihre Angst abkürzen. Denn Angst haben sie alle. Schreckliche Angst. Manchmal weint Truschka in meinen Armen, wenn wir uns durchs Gitter berühren. Sie kann dann gar nicht mehr aufhören."

„Mein Bruder hat auch Angst. Er gibt es nicht gerne zu, aber er fürchtet sich vor dem gewaltsamen Tod. Alle haben sie Angst. Aber sie klammern sich an das elende bisschen Leben, das sie haben in ihren dunklen, engen Verliesen. Es ist ... es ist ..." Themas presste die Augen zu: „Ich könnte schreien! Schreien, bis mir die Stimmbänder platzen!"

„Können wir nicht alle retten?", fragte Trischa. Sie beantwortete ihre Frage selbst: „Nein. Wir kämen nicht an die Schlüssel heran und es würde nicht klappen, alle in einer einzigen Nacht mit ins Draußen zu nehmen. Wir können nichts tun. Das ist das Schrecklichste! Wir sind völlig hilflos."

„Sind wir nicht!" Themas nahm Trischas Gesicht zwischen seine Hände: „Trischa, hör zu! Ich habe Kopien gemacht. Ich habe zehn Hefte gekauft. Die werde ich alle vollschreiben und sie überall deponieren, wo Menschen sie finden können. Jedes Heft bedeutet eine Chance, vom Lehm loszukommen. Ganze Familien können fliehen, wenn sie es wagen.

Ich wünschte, ich hätte mehr Hefte in Landsweiler gekauft! Aber mehr als zehn

Kopien schaffe ich sowieso nicht bis Neumond."

Trischa richtete sich auf: „Ich helfe dir, Themas! Ich kann schnell schreiben. Ich schaffe mindestens eine Kopie pro Tag, wenn nicht sogar zwei!"

„Aber ich habe bloß zehn Hefte", sagte Themas zerknirscht.

Sie lächelte ihn an: „Ich habe Papier! Habe ich mir beim Papiermacher besorgt, um mir Notizen über Fischfang und Reusenherstellung und all das zu machen. Ich wollte mir damit Hefte basteln. Man faltet jeden Bogen und näht die gefalteten Blätter in der Mitte zusammen." Ihre Augen blitzten: „Ich habe genug Papier für zehn Hefte, Themas! Wir werden die frohe Botschaft überall verbreiten! Wir werden dafür sorgen, dass viele Menschen erfahren, dass es leicht ist, zu fliehen. Man muss sich nur von der Dammstraße fernhalten."

„Genau", sagte Themas. Er war erleichtert. Trischa würde mitkommen. Er hatte große Angst gehabt, sie zu verlieren.

„Themas?"

„Hmm?"

„Sag … s-sollen … können wir es ihnen sagen?"

Er wusste genau, was sie meinte. „Ich weiß nicht, Trischa. Ich würde es gerne tun, aber wir würden Hoffnung wecken, die sich vielleicht nicht erfüllt." Es zog ihm das Herz zusammen. „Wir dürfen nicht! Trischa, wir dürfen es ihnen nicht sagen! Bis Neumond könnte ..." Er beendete den Satz nicht.

„... könnte das Lehm eine Gabe fordern", vervollständigte Trischa den Satz. „Und es könnte meine Schwester oder deinen Bruder treffen."

„Wir sagen es ihnen erst unmittelbar, bevor wir gehen", sagte Themas. „Es ist besser so."

„Ja", sagte Trischa und lehnte sich an ihn. „So machen wir es." Sie schnaufte hörbar. „Themas?"

„Ja?"

„Ich habe Angst! Furchtbare Angst!"

„Ich auch, Trischa."

*

Die Tage vergingen. Themas und Trischa machten Kopien des geheimen Heftes. Sie kamen gut voran und jeder hatte Pläne, wo die Hefte kurz vor ihrer Flucht deponiert werden sollten. Trischa gab ihre kopierten Hefte Themas mit. Sie hatte zu viel Angst, ihre Mutter könne sie finden, wenn sie in Trischas Zimmer aufbewahrt wurden. Das Mädchen fürchtete sich. Je näher der Fluchttermin rückte, desto schlimmer wurde ihre Angst.

„Es wird Zeit, dass du Kleidung aus dem Haus schmuggelst", sagte Themas eine Woche vor Neumond.

Trischa sah ihn mit aufgerissenen Augen an. Sie wirkte ertappt.

„Trischa? Hast du gehört? Du musst Kleidung für dich und deine Schwester in einen Rucksack packen und mitbringen."

Sie saßen draußen beim Knorrengebüsch, wo sie ihre Kopien machten. Man hatte von dem Hügel aus einen guten Rundumblick und konnte frühzeitig erkennen, wenn jemand kam.

Trischa blickte zu Boden. Als sie sprach, verstand er sie fast nicht, so leise war ihre Stimme: „Ich habe Angst. Meine Mutter räumt oft in meinen Sachen herum. Was, wenn sie etwas merkt?" Sie sah unglücklich aus und sehr klein und verletzlich.

Themas legte ihr einen Arm um die Schultern: „Bring in den nächsten Tagen immer eine Kleinigkeit mit. Einen Rock, eine Bluse, ein Paar Schuhe, Unterwäsche, egal was. Immer nur ein Stück. Das wirst du schaffen, Trischa. Ich bewahre alles auf unserem Dachboden auf. Ich habe eine Ecke für mich. Dort befinden sich meine eigenen Sachen, mein Drachen, den ich im Herbst steigen lasse, meine Spielsachen von früher und so Zeug."

Sie schaute ihn furchtsam an. „Ich wage nicht, einen Rucksack aus dem Haus zu tragen. Meine Mutter würde sofort fragen, was ich damit will. Ich weiß nicht, was ich dann sagen soll."

„Ich packe dein Zeugs in einen Rucksack von uns", sagte Themas. „Denke bitte daran, dass du auch Kleidung für deine Schwester besorgen musst. Eine

Garnitur reicht. Wir werden in Rodental zusätzliche Klamotten erhalten. Meine Tante hat es versprochen."

Trischa seufzte. „Ich fürchte mich, Themas", sagte sie. „Ich habe Angst, dass meine Mutter etwas merkt. Sie räumt ständig meine Kleider um. Wenn sie nur nichts merkt!" Sie schaute ihn aus großen Augen an: „Themas, ich fürchte mich ja so! Wenn ich erwischt werde, was dann? Bitte geh nicht ohne mich fort!" Ein fiepender Laut brach aus ihr hervor. „Lass mich nicht allein zurück!"

Er nahm sie in die Arme. Sie kuschelte sich eng an ihn. „Werde ich nicht, Trischa. Wenn alle Stricke reißen, dann kommt ihr beiden halt ohne Ersatzklamotten mit raus. Hauptsache, wir können dem Lehm entfliehen."

„Wann sollen wir es ihnen sagen?", fragte Trischa.

„Während der Bürgerversammlung einen Tag vor Neumond", bestimmte er. „Keinen Tag eher! Du weißt, warum."

*

Wenige Tage vor Vollmond läutete die Glocke am Haus des Bürgermeisters. Prick Holfer, der mit seinem Fernrohr ins Lehm geschaut hatte, verkündete, dass die Lehma dem Dorf einen Besuch abstattete. „In einer halben Stunde sind sie hier. Wir wollen ihnen einen warmen Empfang bereiten." Themas, der seiner Mutter half, die trockene Wäsche von der Leine zu nehmen, schaute auf. Die Lehma kam. Auch das noch! Was wollte Grutie Umpfbeetl in Lehmborn?

Kaum hatte die kleine Prozession mit der Lehma das Dorf erreicht, liefen Boten überall herum, ausgeschickt von den Priestern. Teele Ärlemon kam die Straße heruntergerannt: „Alle Bürger mögen sich beim Haus von Prick Holfer versammeln! Die Lehma will es so! Kommt alle zum Bürgermeisterhaus!"

Die Einwohner Lehmborns begaben sich zum Holfer-Haus. Bald war der freie Platz vor dem Gebäude mit Menschen bevölkert. Themas stand Hand in Hand mit Trischa und wartete. Die kleine Lehma stand oben auf der Treppe, umgeben von den Priestern. Das sah nach einer hochoffiziellen Angelegenheit aus.

Themas schaute sich Grutie Umpfbeetl an. Das Mädchen war ein Stück gewachsen. Sie hatte einen Schuss gemacht, wie man so sagte. Es gereichte

Grutie nicht zum Vorteil. Nun sah sie noch dünner und schlaksiger aus. Man konnte ihre mageren X-Beine unter ihrem rotwollenen Kamelhaarrock sehen. Ihre bloßen Füße standen schief und einwärts gedreht und ihr Gesicht war hagerer geworden, was sie schlecht gelaunt aussehen ließ.

Die Lehma stand hocherhobenen Hauptes auf der Treppe und ließ ihren Blick über die versammelten Menschen schweifen. Sie hob die Stimme: „Menschen von Lehmborn! Ich bin gekommen, um euch zu berichten, was sich zugetragen hat."

„Tatsächlich? Wär ich von selbst nie im Leben drauf gekommen." Themas warf einen Blick zur Seite. Da stand sein Freund Fitchell mit vor der Brust verschränkten Armen und schaute Löcher in den Himmel. „Wie gut, dass unsere hochehrwürdige Lehma uns nun sagen wird, was passiert ist. Ich möchte wetten, dass sie als Erstes meldet, dass es heute Morgen hell wurde."

Themas hielt die Luft an. Fitchell, der Rebell! Sein Freund sprach nicht besonders leise. Etliche Leute um ihn herum hatten jedes Wort verstanden, das der Sohn der Familie Derber von sich gegeben hatte. Themas sah, dass sich so mancher ein Grinsen verkneifen musste.

„Ich habe Wichtiges zu vermelden", sprach die Lehma. Ihre Stimme trug weit über den Versammlungsplatz.

„Liebe Lehmborner. Ich bin die dünne Lehma und meine dünne Stimme klingt wie eine ungeschmierte Windmühle", lästerte Fitchell ungerührt. „Eigentlich wollte ich keine Lehma werden, sondern eine bronzene Radnabe, der das Fett ausgegangen ist. So quietschen kann ich schon; ich muss nur noch runder werden." Die Leute grinsten - auch Themas.

Ja, dachte Themas, du wirst eins der Hefte bekommen, lieber Freund. So frech und rebellisch, wie du bist, wirst du garantiert noch welche mitnehmen, wenn du abhaust aus dem Lehm. Den Mut dazu hast du.

Als er die Verkündigung der Lehma vernahm, verging ihm das Grinsen.

„Im Draußen sind Abtrünnige gesehen worden", rief Grutie Umpfbeetl. „Leute, die für uns im Lehm nicht mehr existieren. Ketzer, die Schande über sich geladen haben!"

Themas´ Magen zog sich zu einem kleinen heißen Ball zusammen. Das konnte nur bedeuten, dass man seinen Onkel und seine Tante gesehen hatte. Wie konnte das sein?

„Ein paar Männer waren außerhalb der festen Termine im Draußen", fuhr die Lehma fort. „Sie brachten eine Extralieferung Ziegel zur Siedlung am Rand des Lehms. Sie haben die Abtrünnigen gesehen, wie sie durch die Gassen Landsweilers strichen." Der Blick Gruties wurde stechend: „Sie lauern dort, um Gläubige zum Straucheln zu bringen! Sie wollen Menschen, die reinen Herzens sind, verderben! Ihr werdet doch nicht dem Geschwätz dieser Aussätzigen lauschen, Bürger von Lehmborn?"

Themas konnte förmlich spüren, wie alle sich unter dem Blick Gruties duckten.

„Ich werde für eine Weile in Lehmborn bleiben", verkündete die Lehma. „Das Lehm will es so. Ich will bei euch sein und euch stärken gegen üble Einflüsterungen. Wer das Lehm nicht ehrt, ist des Lehms nicht wert. Das wisst ihr alle. Wer im Lehm geboren ist, der gehört dem Lehm. So geht die Regel. Wir gehen nur ins Draußen, um Handel zu treiben. Wir gehören ins Lehm. Wir gehören dem Lehm. Wir sind nicht wie die da draußen. Ein Leben außerhalb des Lehms ist kein Leben!" Grutie starrte die versammelten Menschen an. „Das Lehm ist ewig. Wer gegen die Regeln des Lehms verstößt, der fällt dem Lehm anheim!" Grutie richtete sich noch höher auf. Es sah grotesk aus, wie das dünne Ding sich aufspielte, aber das Mädchen hatte Macht über alle Leute auf dem Platz. Sie hatte Macht über Leben und Tod. „Ich habe vom Lehm gehört, dass es eventuell um eine Gabe bitten wird."

Es wurde totenstill auf dem Platz.

Themas musste schlucken. War das ernst gemeint oder nur Gruties übliches überhebliches Geschwätz? Hatte nicht das Lehm selbst ihr Einhalt geboten, als sie es übertrieb?

„Noch höre ich die Stimme des Lehms nicht laut und deutlich", fuhr Grutie fort. „Aber es wird zu mir sprechen. Deswegen bleibe ich in Lehmborn. Ich kann fühlen, dass es hier eine Botschaft für mich hat."

Verflixt!, dachte Themas. Das hat noch gefehlt, dass sie hier herumlungert! In ein paar Tagen wollen wir abhauen. Nun sah es so aus, als würde das Lehm eine Gabe außerhalb der Reihe fordern. Nicht Thimas!, dachte Themas. Oh nein! Ihm war bange. Trischa auch. Er spürte, wie ihre Hand zitterte. Es konnte ihre Zwillingsschwester ebenso treffen wie seinen Bruder.

„Nein! Nicht!" Ein unterdrücktes Flüstern direkt neben Themas. Er warf einen Blick zur Seite. Dort stand Drisie Honick, die kleinen Hände zu Fäusten geballt. Die Neunjährige biss sich auf die Unterlippe und starrte die Lehma auf der Treppe mit wildem Blick an. Von seinem Zwillingsbruder wusste Themas, dass Drisie seit Jahren Kontakt mit ihrer eingekerkerten Zwillingsschwester hatte. Es gab etliche Kinder, die heimlich ihre Zweitlinge besuchten und um ihr Leben fürchteten.

Tante Brilla und Onkel Jidler sind in Landsweiler gewesen, um unsere Flucht vorzubereiten, dachte Themas. Sie haben Geld in dem hohlen Baum deponiert und ... Ja, was eigentlich? Themas runzelte die Stirn. Das war doch längst abgesprochen. Waren vielleicht andere Geflohene in der Ortschaft am Rand des Lehms gewesen? Leute, die versuchen wollten, Kontakt zu ihren Familien im Lehm aufzunehmen? Aber doch nicht zu dieser Zeit! Die nächste Karawane ging doch erst bei Vollmond ins Draußen. Wozu sollten sie sich ausgerechnet jetzt in Landsweiler aufhalten? Ihm kam die Sache komisch vor.

Er spürte, dass ihn jemand ansah. Es war Grutie Umpfbeetl. Sie blickte ihn mit ihren lehmfarbenen Augen an. Schon wieder! Was will sie von mir? Warum glotzt sie mich jedes Mal an?

„Themas Irrlucht", sagte die Lehma, „hast du gehört, was ich gesagt habe?" Ihr Blick wirkte lauernd.

Themas wurde der Kragen eng. Wusste das kleine Biest etwas? War es das? War sie deswegen nach Lehmborn gekommen? Konnte es sein, dass man ihn mit seiner Tante und seinem Onkel gesehen hatte? Aber das wäre doch sofort gemeldet worden. Doch wenn jemand nur eine Kleinigkeit gesehen hatte; etwas im Augenwinkel erkannt hatte. Wenn er sich nicht sicher war, aber Verdacht geschöpft und diesen Verdacht Grutie Umpfbeetl gemeldet hatte? Ein bloßer Verdacht reichte nicht für ein Gerichtsverfahren, wohl aber zu

Überwachungsmaßnahmen. War Grutie ins Dorf gekommen, um ihm und Trischa hinterher zu spionieren?

„Ich habe gehört, was du sagtest“, antwortete Themas. Er tat möglichst unbeteiligt.

„Themas Irrlucht und Trischa Banbirk, die Tochter des Windmüllers von Lehmborn“, sagte die Lehma. „Ihr seid befreundet, nicht wahr?“ Was fragst du so blöd?!, dachte Themas. Das weiß ja wohl jeder! „Schön“, sagte Grutie. „Ihr zwei seid ein hübsches Paar.“ Sie wandte sich an Mook Orpek: „Ich möchte im Haus des Bürgermeisters wohnen, lieber Mook. Wir werden einige Tage in Lehmborn bleiben.“ Sie schaute in die Menge. Themas kam es so vor, als sehe das Mädchen ihn und Trischa an. „Bis nach Neumond.“ Grutie schaute zum Himmel, als suche sie etwas: „Es ist ja bald Neumond, nicht wahr?“

Zum Lehm noch mal!, dachte Themas. Weiß sie etwas? Oder hat sie eine Ahnung? Er wusste es nicht. Er wusste nur, dass Gruties Anwesenheit im Dorf eine Gefahr darstellte. Die geplante Flucht würde dadurch gewiss nicht einfacher werden.

*

In den darauffolgenden Tagen war Themas nervös. Ihm kam es vor, als ob Grutie Umpfbeetl ihn belauerte. Immer wieder tauchte sie an Orten auf, an denen er sich aufhielt. Das konnte natürlich Zufall sein, denn die Lehma streifte häufig durchs Dorf und sie wanderte die nähere Umgebung ab, aber Themas kam es vor, als hätte Grutie es auf ihn abgesehen.

Dass Trischas Angst mit jedem Tag, der verstrich, größer wurde, machte es nicht einfacher. Sie war zu einem Nervenbündel geworden. Schließlich traute sie sich nicht länger, ihm dabei zu helfen, Kopien von Tante Brillas Heft zu machen. Themas erledigte die Arbeit alleine.

„Pass wenigstens auf, dass mich keiner erwischt“, bat er Trischa. Sie benutzten weiter das Knorrengebüsch für ihre illegalen Tätigkeiten. „Noch zwei Hefte, dann bin ich fertig.“

Als er das letzte Heft gerade zu Ende geschrieben hatte, gab Trischa Alarm: „Aufpassen, Themas! Es kommt jemand!"

Hastig ließ Themas das Heft unter seiner Bekleidung verschwinden. Er holte die Mundharmonika hervor und fing an zu spielen. Inzwischen war er recht gut auf dem Instrument. Fünf Personen kamen über die Heide heran. Es war Grutie Umpfbeetl, die von vier Priestern begleitet wurde. Die Lehma hielt genau auf Themas und Trischa zu. Trischa warf Themas einen gehetzten Blick zu.

Er unterbrach sein Spiel: „Bleib ganz ruhig! Wir sitzen hier und ich spiel dir was vor. Das ist nicht verboten." Er setzte die Mundharmonika wieder an die Lippen und begann ein neues Lied.

Die kleine Prozession war heran. Grutie lauschte der Musik. Was sie hörte, schien ihr zu gefallen. „Du kannst sehr gut spielen", sagte sie, als Themas das Lied beendet hatte.

Er grinste schief: „Mit Philka Kahleg kann ich es nicht aufnehmen. Wo die ist, will ich auch hin. Ich muss fleißig üben. Ich werde mir nächstes Mal in Landsweiler dieses Büchlein kaufen, das sie benutzt. Da stehen viele Tricks und Tipps drin. Ich weiß noch gar nicht, was man alles aus dem Instrument herausholen kann."

„Du gehst gerne ins Draußen, nicht wahr?", fragte die Lehma.

„Es geht", meinte Themas. Warum war Grutie dermaßen neugierig? Dauernd quetschte sie ihn aus. Sie fragte ihn ständig nach allem Möglichen. Bei anderen Leuten machte sie das nicht. Themas hatte sich seine Antwort gut überlegt. Rundweg Nein sagen konnte er nicht. Das wäre ein Fehler gewesen. Doch er durfte nicht zu begeistert klingen. „Das Gewurle in der Stadt mag ich nicht. Das ist mir zu viel. All die vielen Leute! Und wie die angezogen sind! Bunt wie Distelfinken! Aber ich mag es, am Bahnhof der Eisenbahn zuzuschauen. Es fasziniert mich irgendwie."

„Was gefällt dir an der Eisenbahn?"

„Alles", antwortete er. „Die Lokomotiven sind unglaublich! Diese Kraft! Man kocht Dampf und der treibt die Maschinen an."

Grutie fragte ihn noch einiges. Sie kam vom Hundertsten ins Tausendste. Endlich gab sie Ruhe. Doch statt abzuziehen, ließ sie sich im Sand nieder. „Spiel für uns, Themas Irrlucht“, bat sie und sah ihn mit ihren lehmfarbenen Augen an. „Ich mag dein Mundharmonikaspiel.“ Die vier Priester standen schweigend neben Grutie. Wohl oder übel musste Themas gehorchen. Das Ketzerheft brannte ihm unter der Kleidung ein Loch in die Brust. Wenn er erwischt wurde, war er reif! Er spürte Trischas Angst und versuchte, sie mit aufmunternden Blicken zu beruhigen.

Fast eine Stunde lang saß die kleine Lehma bei Themas und Trischa. Sie lauschte der Musik von Themas mit verträumten Augen, während ihre Zehen im Sand spielten. Sie wirkte wie ein normales Mädchen ihres Alters, das Musik mochte. Themas hätte nicht sagen können, ob Gruties Benehmen Schau war oder echt. Er schwitzte Blut und Wasser, während er musizierte. Schließlich setzte er das Instrument ab: „Das war alles für heute. Mein Repertoire ist nicht größer. Wie gesagt: Ich muss noch viel üben.“

„Du spielst sehr schön“, sagte Grutie. Sie schaute ihn mit schief gelegtem Kopf an: „Sag, Themas, wie lange hat es gedauert, bis du dein erstes Lied vortragen konntest?“

Themas zuckte die Achseln: „Keine Ahnung. Es ging von Anfang an, aber es klang nicht gut. Man muss die einzelnen Töne genau treffen. Dazu spitzt man die Lippen. Man kann aber auch den Mund breit öffnen und mit der Zunge welche von den Löchern zudecken. Das habe ich von Philka. Die hat dieses Lehrheft. Das will ich mir ja auch kaufen. Bei meinem Instrument war nur ein gefalteter Zettel dabei mit ein paar Erklärungen.“

Er öffnete das Pappkästchen, in dem die Mundharmonika aufbewahrt wurde, holte den Zettel hervor und zeigte ihn Grutie: „Es ist ein Soloinstrument. Siehst du? Es hat drei Oktaven. Komischerweise wechselt es ein paarmal zwischen Ziehen und Blasen.“

Grutie betrachtete die gedruckte Zeichnung auf dem Zettel neugierig. „Die Pfeile stehen für Blasen und Ziehen?“

„Ja.“ Themas nahm das Instrument zur Hand. „Links sind die tiefen Töne und nach rechts werden sie immer heller. Man beginnt mit Blasen und Ziehen auf den ersten drei Löchern, dann liegen die Töne umgekehrt. Im vierten Loch kommt der richtige Ton auf Ziehen und dann auf Blasen. Dann geht es wieder mit Blasen und Ziehen weiter." Er setzte das Instrument an die Lippen. Wenn er in eine Kanzelle hineinblies, wippte er mit dem Oberkörper nach vorne, wenn er zog, wippte er nach hinten. Er spielte drei Tonleitern.

„Der Wechsel in der vierten Kanzelle irritiert am Anfang sehr", erklärte er. „Man muss sich daran gewöhnen. Es ist wegen der Harmonien, sagt Philka. Ich verstehe es nicht. Deswegen will ich ja das Lehrheft besorgen. Dort steht viel drin. Philka hat mir gezeigt, wie man solche Harmonien spielen kann. Man kann zum Beispiel vier Löcher auf einmal in den Mund nehmen. Dann streckt man die Zungenspitze vor und deckt die zwei Löcher in der Mitte damit ab. So!" Er spielte einen Doppelton.

Grutie lächelte ihn an: „Das klingt, als ob zwei Leute singen - einer mit einer tiefen Stimme und einer mit einer hellen Stimme."

„Man nennt es Oktavieren", erklärte Themas. Er spielte eine Tonfolge mit Doppeltönen.

„Wie schön das klingt!", sagte Grutie. Sie betrachtete die Mundharmonika. „Darf ich sie mal haben?"

Themas reichte ihr das kleine Instrument. Er war irritiert. Grutie benahm sich entschieden anders als sonst. Er sah zu, wie sie die Mundharmonika in die Hände nahm. Neugierig besah sie das kleine Ding. Das polierte Messing funkelte im Sonnenlicht. „So klein, und doch macht sie die allerschönste Musik." Grutie blickte zu ihm auf: „Sag, Themas, wie viel kostet eine?"

Themas nannte den Preis.

Grutie ließ ihre schmalen Finger über die polierte Oberfläche der Schalldeckel streichen. „Sie ist schön." Sie blickte ganz versonnen vor sich hin. Dann schaute sie Themas an: „Themas Irrlucht? Wenn ich dir Geld gebe, könntest du mir eine kaufen? In Landsweiler, meine ich."

„Ja doch", meinte Themas. Nun war er erst recht irritiert. So hatte er Grutie Umpfbeetl noch nie erlebt. Sie saß vor ihm im Sand und wirkte einfach nur wie ein kleines Mädchen, das sich eine Mundharmonika wünschte. Von ihrem verwöhnten Gebaren war nichts zu spüren. Sie wirkte weder herrschsüchtig noch eingebildet. Und kein bisschen boshaft. Themas war verwirrt. Spielte Grutie ein falsches Spiel mit ihm oder war sie einfach sie selbst?

„Willst du mal drauf spielen?“, fragte er, um seine Befangenheit zu überwinden.

„Nein.“ Grutie reichte ihm das Instrument. „Das ist deine.“ Themas wurde nicht schlau aus ihr. Was war los? Grutie wirkte irgendwie traurig. Er sah die versteckte Sehnsucht in ihrem Blick, in diesen seltsamen lehmfarbigen Augen. „Themas?“

„Ja, Lehma?“, fragte er.

„Wenn du dein Lehrheft hast ... darf ... darf ich es mir vielleicht mal von dir ausborgen? Oder mit dir gemeinsam darin lesen?“

„Geht klar“, sagte Themas. Er fragte sich, warum Grutie sich nicht gleich ein eigenes Lehrheft zu ihrer Mundharmonika bestellte. Die Priester würden ihr das Geld geben.

„Bringst du mir auch wirklich eine mit?“, fragte Grutie. Sie wirkte beinahe ängstlich.

„Sicher“, antwortete Themas. „Kein Problem.“

„Man wird dir Geld geben, Themas Irrlucht.“ Grutie schaute zu Mook Orpek, dem obersten Lehmpriester. „Nicht wahr, lieber Mook?“

Der Priester verbeugte sich: „Natürlich, ehrwürdige Lehma. Ich werde Themas das Geld persönlich aushändigen, damit er die Mundharmonika erstehen kann.“

Die Lehma schaute auf den Sandboden zwischen ihren bloßen Füßen. Sie sagte etwas. Sie sprach so leise, dass keiner sie verstehen konnte. Nur Themas hörte ihre Worte: „Ich bin doch die Grutie; nur die Grutie.“

Sie stand auf: „Wir werden jetzt gehen und euch zwei allein lassen. Ihr wollt bestimmt unter euch sein.“ Grutie sah traurig aus. Dann lächelte sie Themas an: „Auf bald, Themas. Ich freue mich auf meine Mundharmonika.“ Sie zog mit ihrem Gefolge davon. Als sie schon weit draußen in der Heide waren, drehte sich Grutie noch einmal um und schaute zu Themas hin. Sie blickte ihn stumm an. Er konnte ihren Blick nicht deuten.

Sie wandte sich ab und führte ihre Priesterschar zum Dorf zurück.

Neben Themas stieß Trischa einen zittrigen Seufzer aus. „Um Himmels willen! Ich dachte, die geht nie mehr weg!“ Sie schnaufte. „Ich hatte die ganze Zeit Angst, dass sie etwas merkt. Ist dir aufgefallen, wie sie dich angestarrt hat? Die ganze Zeit über! Die ahnt was, glaube mir! Die ist hinter uns her! Und was sollte das mit der Mundharmonika?!“

Themas stand auf. Er zog Trischa an der Hand: „Komm. Steh auf. Lass uns nach Hause gehen. Ich muss das Heft verstecken. Ich muss es loswerden. Ich will nicht damit in der Gegend herumlaufen.“

Trischa drängte sich an ihn: „Themas, ich habe Angst! Grutie spielt ein falsches Spiel! Die plant irgendwas! Sie lauert wie die Spinne in ihrem Netz.“

Sie liefen ins Dorf zurück. Trischa erzählte, dass sie demnächst noch einmal für zwei Tage ins Innere des Lehms gehen sollte. Sie plante, ein paar ihrer Kopien mitzunehmen und in Lehmingen zu verstecken.

Themas war nicht bei der Sache. Er musste dauernd daran denken, wie die kleine Lehma zu Boden geschaut hatte. „Ich bin doch die Grutie; nur die Grutie.“ Das Mädchen hatte traurig ausgesehen; traurig und verlassen.

*

Es waren nur noch wenige Tage bis Neumond. Themas wurde mit jedem Tag, der verging, nervöser. Trischa war nach Lehmingen am Mittensee gegangen. Sie würde erst kurz vor Neumond zurückkehren. Er machte sich daran, seine Kopien zu verteilen. Er besuchte Freunde und Bekannte und sah zu, dass er in einem unbeobachteten Moment ein Heft an einem Platz deponieren konnte, wo man es irgendwann finden musste.

Themas hoffte inständig, dass die Beschenkten ihre Kopie erst finden würden, wenn er das Lehm verlassen hatte. Wenn einer sein Heft früher entdeckte, bestand die Gefahr, dass er den Fund den Priestern meldete und ein Verdacht auf Themas fiel. Themas lebte in beständiger Angst vor Entdeckung. Doch er hatte die Kopien machen müssen. Er wollte möglichst vielen Menschen die

Chance schenken, das Lehm hinter sich zu lassen. Das Lehm war bösartig und grausam. Das Lehm verlangte Menschenopfer. Etwas, das das Leben von Kindern forderte, konnte nicht gut sein. Es war jedermanns Recht, dem Lehm zu entfliehen.

Themas hätte sich freuen müssen. Stattdessen wurde ihm schwer ums Herz. Er würde in Kürze seine Heimat verlieren und zwar auf immer. Er war erstaunt, wie hart ihn das traf. Am schlimmsten war für ihn, dass er Vater und Mutter zurücklassen musste. Wann immer er daran dachte, tat es weh. Er liebte seine Eltern von ganzem Herzen. Hätte er nicht ganz sicher gewusst, dass er im Draußen zu seiner geliebten Tante und seinem geliebten Onkel kommen würde, hätte er die Flucht womöglich nicht gewagt.

Als er nach dem Mittagessen das Dorf verlassen wollte, um draußen auf seiner Mundharmonika zu spielen, kam plötzlich Remie Karmeck aus ihrer Haustür gelaufen. „Kommt alle her!“, rief sie. „Das müsst ihr euch ansehen! Ich kann es nicht glauben! Das ist ungeheuerlich!“

Themas erschrak. Es überlief ihn siedend heiß. Remie war die Mutter von Mirkus und Hurckie. Sie und ihr Mann galten als sehr gläubig. Sie waren eine Stütze der Gemeinde, wie sich der Dorfpriester ausdrückte. Sie hat es entdeckt!, dachte Themas. Sie hat das Heft gefunden, das ich auf ihrem Speicher deponiert habe! Himmel! Was soll ich machen? Er fühlte Panik in sich aufsteigen. Von überallher liefen die Nachbarn zusammen.

„Kommt alle her!“, rief Remie. Sie fuchtelte mit den Armen. „Kommt und seht! Ihr werdet es nicht glauben!“

Verflixt noch mal!, dachte Themas. Das darf doch nicht wahr sein! Jetzt falle ich auf!

Von rechts kam eine kleine Gestalt in wadenlanger Tunika angelaufen. Themas hörte das leise Klirren von eisernen Knöchelketten. Es war Grutie Umpfbeetl.

Themas lief ein kalter Schauder über den Rücken. Die Lehma! Was soll ich nur tun?, fragte er sich, während eisiges Entsetzen in ihm hochkroch.

Sie würden ihn festnehmen und vors Lehmgericht stellen. Er würde dem Lehm anheimfallen! Sie würden ihn dem Lehm übergeben. Das Lehm würde ihn verschlingen. Es würde nicht schnell gehen. Themas wusste ganz genau, dass das Lehm ihn schrecklich lange leiden lassen würde. Er dachte an den armen Zweitling von Olrek Holfer. Das Lehm hatte ihn grausam zu Tode gequält. Er sah die weit aufgerissenen Augen des Jungen vor sich, sah, wie die Lehmranken in seinen Mund eindrangen und den Jungen erstickten, sah vor seinem innerem Auge, wie sie sich immer wieder zurückzogen und das arme Opfer einatmen ließen, nur um sofort wieder seine Kehle zu verstopfen. Es hatte entsetzlich lange gedauert, bis der arme Junge endlich erstickt war.

Themas begann zu zittern. Er hatte Todesangst. Er blickte sich um. Sollte er versuchen, fortzulaufen? Vielleicht konnte er sich draußen im Knorrengebüsch verstecken und in der Nacht versuchen zu fliehen. Doch das war sinnlos. Grutie Umpfbeetl würde das Lehm warnen. Das Lehm würde ihn sich holen.

Mittlerweile waren rund zwei Dutzend Leute vorm Haus der Karmecks versammelt. „Hier!", rief Remie Karmeck und hielt ihnen etwas hin. „Schaut, was ich gefunden habe! Darf es so etwas geben?!"

Themas zitterte so sehr, dass sein Blick verschwamm. Er sah etwas Gelbliches in Remies Hand. Das Heft! Sie hatte es auf dem Dachboden entdeckt! Es war aus! Er war des Todes!

„Seht nur!", rief Remie. „Es war unter den anderen Kartoffeln, die ich im Garten geerntet habe."

„Ach du liebes Lehm!", rief Trinka Stuffke, die Frau des stellvertretenden Bürgermeisters. „Ist denn das zu glauben?!"

„Beim Lehm!", rief Moehnie Borkruther. „Unfassbar!"

Grutie Umpfbeetl quetschte sich zwischen den Menschen hindurch: „Lasst mich vorbei! Macht Platz!" Sie drängelte sich vor, bis sie Remie Karmeck gegenüberstand. „Was ist denn?"

Remie hielt ihr das Heft hin: „Sieh nur, liebe Lehma, was ich gefunden habe. Ist das nicht außergewöhnlich?"

Themas war näher getreten. Er konnte nicht davonlaufen. Ihm war schlecht. Seine Beine fühlten sich an, als seien sie mit wabbeliger Gallerte gefüllt. Er sah das Ding in Remies Hand. Es war klein und rundlich. Das war kein Heft aus Papier.

Themas sah, wie Grutie Umpfbeetl es in die Hand nahm und anschaute. Sie fing an zu lachen. „Das stammt aus deinem Garten, Remie Karmeck?"

„Aber ja, ehrwürdige Lehma", beeilte sich Remie zu sagen. „Ist das nicht unglaublich? Ich denke, das Lehm hat das hervorgebracht. Ein Zeichen vielleicht?"

Wieder lachte Grutie laut auf. „Das sollten wir allen Leuten im Dorf zeigen, liebe Remie. In Karmecks Garten wachsen Schildkröten!" Die Leute rundum stimmten in ihr Lachen ein.

Themas glotzte dümmlich auf das Ding in Gruties Hand. Es war kein Heft, es war eine Kartoffel. Sie sah aus wie eine fette, kleine Schildkröte mit vier Stummelbeinchen und einem dicken Kopf. Der Kopf hatte sogar Augen in Form von Keimspitzen.

Die Leute drängten sich um die kleine Lehma. Jeder wollte die außergewöhnliche Kartoffel anschauen. Themas wurde schwindlig vor Erleichterung. Kein Heft! Nur eine Kartoffel, die komisch gewachsen war. Er war gerettet. Ihm würde nichts passieren.

Erst jetzt fiel ihm ein, dass er sowieso nicht in allzu großer Gefahr geschwebt hatte. Keiner hatte bemerkt, wie er sein Heft auf den Dachboden der Karmecks geschmuggelt hatte. Er war mit Mirkus und Hurckie oben gewesen, um das kleine Holzschiffchen von Mirkus zu holen. Sie wollten es in einem Bach schwimmen lassen. Weder Mirkus noch Hurckie hatten mitbekommen, wie Themas die Kopie unter den Sachen von Mirkus versteckt hatte.

Themas atmete auf. Er war außer Gefahr. Ihm wurde ganz leicht zumute. Keine Gefahr! Gerettet! Noch einmal davongekommen! Dem Himmel sei Dank!

Er spürte, dass ihn jemand anschaute. Als er den Kopf hob, sah er in die lehmfarbenen Augen von Grutie Umpfbeetl. Die Lehma blickte ihn an. Schon wieder!

Was will sie von mir?, fragte er sich. Immerzu starrt sie mich an. Immer nur mich! Als ob sie etwas ahnt!

*

Später half er seiner Mutter beim Schnippeln von grünen Bohnen. Die wurden in tönernen Gefäßen eingesäuert. Themas liebte saure Bohnen über alles. Ob es im Draußen welche geben würde? Würde er wenigstens saure Bohnen haben? Er fühlte, wie sich ihm der Hals zuschnürte. Seine Mutter blickte von ihrer Arbeit auf. „Themas? Hast du etwas?"

Er schüttelte den Kopf: „Nein, Mama. Es ist nichts."

Sie legte ihr Messer hin, wischte sich die Hände an der Schürze ab und kam um den Küchentisch herum. „Themas? Was ist mit dir? Seit Tagen benimmst du dich komisch. Du hast doch etwas, Junge!"

„Nein, Mama", sagte er. Voller Entsetzen spürte er, wie sich Tränen aus seinen Augen drängen wollten. Nein! Bloß nicht! Nicht vor Mama weinen!

Er stand auf. Seine Mutter nahm ihn in die Arme und drückte ihn fest an sich. „Du weißt, dass du zu mir kommen kannst. Mit allem, egal was es ist, Themas!"

„Ich weiß, Mutter", würgte er hervor und erwiderte die Umarmung. Es schnitt ihm ins Herz. Er bekam fast keine Luft mehr. Er würde seine Mutter verlieren. Vielleicht auf immer. Die Chancen, dass sie und sein Vater fliehen würden, wenn sie das Heft entdeckten, standen nicht besonders gut. Seine Eltern waren konservativ. Themas glaubte nicht daran, dass sie das Lehm verlassen würden. Er würde in der Fremde fast ganz allein sein.

Er musste an seinen Vater denken. Der hatte ihm alles gezeigt, was er konnte, und Themas alles gelehrt, was ein Junge im Lehm wissen musste; sein großer, starker Vater, der immer für ihn da war.

Nur wenn Themas *„Das-unter-der-Treppe"* erwähnte, hatte sein Vater abgewehrt. „Darüber dürfen wir nicht sprechen, Themas! So will es das Gesetz des Lehms." Er erinnerte sich an den Schmerz in den Augen seines Vaters, als er das gesagt hatte.

Seine Mutter klopfte Themas auf den Rücken. „Warum gehst du nicht ein wenig raus, Junge? Geh an die frische Luft. Die wird dir guttun. Nimm deine

Mundharmonika mit und spiel den Kindern etwas vor." Sie hielt ihn an den Schultern und schaute ihn an. Sie musste zu ihm aufschauen. Themas war gewachsen und überragte seine Mutter eine Handbreit. „Deine Trischa kommt ja bald wieder, mein Lieber. Gräme dich nicht."

Wenn du wüsstest!, dachte Themas, als er durchs Dorf ging. Er hatte vorgehabt, draußen vorm Dorf zu musizieren. Stattdessen drehte er eine Tour durch Lehmborn und schaute sich alles an. Ihm wurde klar, dass er das nie wiedersehen würde, wenn er floh. Er spazierte an Banbirks Mühle vorbei und am Haus des Lehmpriesters mit den hellblau blühenden Rankpflanzen. Er besuchte die Bienenstöcke der Familie Bestar und ging an der Bronzegießerei vorbei, wo Onkel Jidler und Tante Brilla bis vor einem Jahr gelebt hatten.

Ohne dass er sie eingeladen hatte, schlossen sich ihm mehrere Kinder an. Sie liefen mit ihm durchs Dorf und fragten, ob er auf seiner Mundharmonika spielen wollte.

„Ja, bald", versprach er. „Ich muss nur einmal kreuz und quer durch Lehmborn wandern."

„Warum denn?", fragte die fünfjährige Arlie Badin. Sie ging an der Hand ihrer achtjährigen Schwester Muline. „Weißt du nicht mehr, wie alles aussehen tut, Themas?"

Er lächelte das kleine Mädchen freundlich an: „Ich will mir mein Dorf ansehen, liebe Arlie, um Eindrücke zu sammeln; Ansichten und Gefühle und Einzelheiten wie die schönen himmelblauen Rankblüten am Haus von Nelder Borkruther, unserem Lehmpriester, oder die weiß gestrichenen Fensterläden der Stuffkes und der Apfelbaum im Vorgarten der Familie Holfer. Aus diesen Eindrücken kann ich Melodien gewinnen."

Arlie schaute ihn mit großen Augen an. „In echt?"

„Aber ja", bestätigte Themas. „Den Trick habe ich von Philka Kahleg aus Lehmtal. Die kann viel besser Mundharmonika spielen als ich. Sie hat mir verraten, dass sie oft loszieht und sich ihr Dorf anschaut und das Lehm draußen vor der Ortschaft. Sie hat Lieder über die weite Heide komponiert und über den im Wind fliegenden Sand und die klaren Bäche und das blaue Wasser des Mittensees. Das will ich auch lernen."

Arlies Augen wurden noch größer: „Man kann Häuser und Heidekraut zu Musik machen?!" Das kleine Mädchen war baff.

„So könnte man sagen", meinte Themas. Sie waren in der Dorfmitte angekommen auf dem großen Platz vorm Bürgermeisterhaus. Er setze sich in den Sand und holte die Mundharmonika hervor. Die Kinder setzten sich in einem Halbkreis um ihn herum. Ein paar legten sich auf den Bauch. Themas begann zu spielen. Er fing mit ein paar einfachen Kinderliedern an. Bei manchen sangen seine kleinen Zuhörer mit.

Themas nahm eine Bewegung im Augenwinkel wahr. Jemand kam aus dem Bürgermeisterhaus. Es war Grutie Umpfbeetl. Die Lehma setzte sich dazu. Themas sah, wie die Kinder, die ihr am nächsten saßen, ein Stück vor Grutie zurückwichen. Sie taten es so, dass man es fast nicht merkte, aber sie nahmen Abstand von der kleinen Lehma.

Überm Spielen sah Themas das Mädchen mit dem lehmfarbenen Haar und den lehmfarbenen Augen an. Hatte Grutie etwas gemerkt? Sie tat, als wäre alles bestens, doch Themas glaubte, tief in ihren Augen eine versteckte Traurigkeit zu sehen. Was mochte das für ein Gefühl sein, wenn einen alle Menschen verehrten und gleichzeitig fürchteten? Bestimmt war das nicht leicht zu ertragen. Wie sich Grutie wohl fühlte?

Als er sein Kinderliedchen beendet hatte, hockte sich Arlie neben ihn. Sie zupfte ihn am Ärmel: „Tust du jetzt Musik über das Dorf kompostieren?"

Themas unterdrückte ein Lachen. „Ja, Arlie. Jetzt werde ich etwas komponieren. Das sagt man so. Das ist ein Angeberwort und es bedeutet: sich was ausdenken." Er schaute zu Grutie Umpfbeetl hinüber, die still und in sich gekehrt im Sand saß. Sie saß auf dem Po und hatte die Beine angewinkelt, sodass ihre bloßen Füße auf den Sohlen standen. Sie lag nicht ausgestreckt auf dem Boden. Sie streckte nicht mal die Beine aus. Sie hatte die Arme um ihre Knie geschlungen.

Themas wurde klar, warum. Das Mädchen trug Eisenketten an den Hand- und Fußgelenken. Hätte sie sich auf den Bauch gelegt, die Arme vor sich und die

Beine hinter sich ausgestreckt, hätten die Ketten den Boden berührt und das Lehm an seiner Oberfläche verbrannt. Themas wurde sonderbar zumute, als er Gruties Blick sah, die Traurigkeit und Sehnsucht in diesen fremdartig aussehenden Augen. Grutie war eine Ausgeschlossene. Sie war allein unter Erwachsenen. Sie konnte nicht mehr mit Kindern ihres Alters spielen. Sie musste ständig im Lehm herumreisen und repräsentieren. Sie konnte nicht mal am Boden fläzen. Sie musste aufrecht sitzen, damit ihre Eisenketten den Boden nicht berührten.

Themas schaute die bloßen Füße des Mädchens an. Seit Grutie zur Lehma erwählt worden war, ging sie barfuß, damit sie in direktem Kontakt mit dem Lehm war. Das war bestimmt nicht immer angenehm. Das Heidekraut war teilweise knorrig und hatte harte Holzteile, die böse zwickten, wenn man barfuß drauftrat. Und die Nebenpfade waren teilweise mit spitzigen Steinen gespickt. Ohne Schuhe waren das recht unangenehme Wege.

Grutie bemerkte seinen Blick. Sie schaute ihn an. In ihren Augen stand nichts von der Eingebildetheit, die er so hasste. Er erkannte eine Sehnsucht in diesen lehmfarbenen Augen, die sein Herz anrührte. Grutie war ganz allein, begriff er. Sie hatte niemanden mehr, an den sie sich mal ankuscheln konnte. Sie konnte keine Freundin umarmen und mit ihr im Kreis herumtanzen. Die Priester schenkten ihr keinerlei Zärtlichkeit und sie lebte von ihren Eltern getrennt. Grutie war allein - ganz allein.

„Themas Irrlucht?“, fragte die kleine Lehma. Ihre Stimme war nicht hoch und schrill wie sonst, wenn sie irgendwelche Verkündigungen vom Stapel ließ. Sie war hell wie ein Glöckchen und leise. „Spielst du bitte?“ Hör nicht auf, weil ich mich dazugesetzt habe!, flehten ihre Augen. Bitte nicht! Oh, bitte spiele, Themas! Bitte-bitte!

Themas war perplex. So kannte er Grutie Umpfbeetl nicht. Zum ersten Mal nahm er den Menschen in der kleinen Lehma wahr. Grutie war ein zutiefst einsames Mädchen, das sich verzweifelt nach Gesellschaft und Zuneigung sehnte. Sie war ganz allein und alle ehrten und fürchteten sie. Was musste das für ein Gefühl sein?!

Er setzte die Mundharmonika an die Lippen und legte los. Er begann mit einem Ziehton. Er wusste, dass das kleine Instrument dann traurig klingen würde. Philka hatte es ihm erklärt. Wenn man ein Lied mit Ziehen anfing, spielte man auf der unteren Stimmplatte die Hauptmelodie und unten befanden sich etliche Mollakkorde.

Themas schaute Grutie Umpfbeetl an, ihre lehmfarbenen Haare, ihr schmales weißes Gesicht, in dem die lehmfarbigen Augen brannten wie Kerzen, ihre Tunika, die aus Kamelwolle gewebt war, und ihre kleinen Füße, die vom Sand schmutzig waren. Vor ihm saß ein kleines Mädchen, das allein war und sich bittersehnlichst wünschte, dazugehören zu dürfen.

Er spielte eine traurige Melodie, eine, die er nie zuvor gespielt hatte. Sie kam direkt aus seinem Herzen. Die Kinder lauschten gebannt. Grutie schaute ihm die ganze Zeit in die Augen. Themas sah in die ihren. Er erkannte ungeweinte Tränen darin. Er ließ die Mundharmonika schluchzen und flehen. Er legte seine ganze Seele in das Spiel. Mehrere Minuten lang spielte er ein Lied, das von Grutie Umpfbeetl erzählte, einem kleinen, einsamen Mädchen, dem das Herz wehtat, weil es von allen und allem ausgeschlossen war, einem Mädchen, das sich nichts sehnlicher wünschte, als einfach nur dazuzugehören, und das doch immer nur abgewiesen wurde, einem Mädchen, vor dem die Menschen zurückschreckten, weil es Angst und Tod verkündete, einem Mädchen, das entsetzlich allein war auf der Welt.

Als er das Instrument von den Lippen nahm, herrschte Stille auf dem Platz. Die Kinder schauten ihn stumm an. Die kleine Arlie Badin fand als Erste ihre Stimme wieder. „War *das* schön!", rief sie. „Das war ja *so* schön, Themas!" Die Kleine schaute ihn aus großen Augen an: „Hast du den Dorfplatz verkomponiert?"

„Nein", sagte ihre Schwester. „Das war unser Dorf. Alles! Themas hat unser Dorf zu Musik gemacht."

Themas korrigierte Muline nicht. Er sah zu Grutie hinüber. Sie blickte ihn auf eine Art an, dass ihm ganz anders wurde. Es war ein bisschen so, wie wenn er Trischa in die Augen schaute. In seinem Innern regte sich etwas. Er konnte erkennen, dass Grutie wusste, was sein Lied bedeutete, dass er ein Lied für sie allein gespielt hatte.

„Danke, Themas Irrlucht", sprach sie mit dieser ungewohnt leisen Stimme. „Vielen Dank für dein wundervolles Spiel. Kannst du noch ein bisschen spielen?" Ihre Augen waren ein einziges Flehen. „Bitte, Themas!"

Er nickte und setzte das Instrument an die Lippen. Vor seinem inneren Auge erstand ein Bild der weiten Heide draußen vorm Dorf. Die Sonne ließ den Sand aufblitzen und der Wind zauste an den verdrehten Knorrenbüschen. Vögel flogen über den blauen Himmel. Themas fing an zu spielen. Die Kinder lauschten gebannt. Grutie saß still da. Ihre Augen ließen seine nicht eine Sekunde los.

*

Trischa war zurück. Sie hatte drei Kopien in Lehmingen hinterlassen. „Ich hatte vielleicht Angst", sagte sie und schmiegte sich an Themas. Sie versteckte ihr Gesicht an seiner Schulter. „Halt mich! Halt mich fest!"

Er drückte sie. „Das hast du gut gemacht. Du warst sehr tapfer, Trischa."

Sie schüttelte den Kopf. „Ich bin kein bisschen tapfer. Ich habe schreckliche Angst, Themas! Ich fürchte mich zu Tode!"

„Es wird klappen", sagte er und drückte sie noch fester. „Trischa, wir schaffen das!"

„Hoffentlich", fiepte sie.

*

Abends war Bürgerversammlung. Die letzte Nacht im Lehm. In der Nacht nach dem folgenden Tag würden sie fortgehen. Themas war zappelig vor Ungeduld. Er war nervös und ängstlich. Je näher der Termin rückte, desto mehr Furcht empfand er. Er konnte Trischa gut verstehen. Die fürchtete sich noch mehr als er. Sie würden ihr Leben aufs Spiel setzen und das ihrer Geschwister.

Aber wir werden frei sein!, dachte Themas. Wenn ich bloß nicht so viel Schiss hätte! Gleichzeitig drückte es ihm das Herz ab, wenn er daran dachte, Vater und Mutter zu verlieren.

Er lief quer über die Straße und wartete vor Banbirks Haus, bis Trischa herauskam. Sie kuschelte sich an ihn. „Halt mich!“, bat sie. Er fühlte ihr Herz schlagen.

„Angst?“, fragte er.

Sie nickte: „Ja, und wie!“

„Ich auch.“ Er drückte sie. „Sei stark! Wir packen es, Trischa. Du musst ganz fest daran glauben. Komm jetzt, wir wollen es unseren Zweitlingen sagen. Geh du zu Truschka. Ich sage es Thimas. Morgen Abend gegen Mitternacht verlassen wir das Lehm.“

Er ging zu seinem Elternhaus und setzte sich vor den Kerker unter der Treppe. Thimas kam ans Gitter: „Hallo, Themas. Hast du mir ein neues Buch mitgebracht?“

Themas schüttelte den Kopf: „Nein. Heute habe ich nichts für dich außer einer Nachricht. Morgen Nacht werde ich dein Verlies aufsperren und wir werden aus dem Lehm fliehen. Trischa und ihre Schwester werden uns begleiten.“

Sein Bruder starrte ihn durch das Gitter an. „Themas! Ist das dein Ernst?“

„Mein voller Ernst. Vor einiger Zeit habe ich Tante Brilla und Onkel Jidler in Landsweiler getroffen. Sie gaben mir wertvolle Tipps für die Flucht. Ich habe dir nichts gesagt, weil ich ...“ Themas stockte. „Ich wollte nicht ...“

„Du wolltest mir keine unnötige Hoffnung machen“, sagte Thimas. „Für den Fall, dass ich vor dem Fluchttermin als Gabe erwählt würde.“

„Ich brachte es nicht übers Herz“, sagte Themas. „Bitte verzeih mir.“

„Es gibt nichts zu verzeihen, Bruder.“ Die Stimme von Thimas klang weich. „Erzähl mir alles, bitte.“

Themas erzählte seinem Zwilling alles. Zum Schluss weinte Thimas.

„Frei!“, flüsterte er. „Wir werden frei sein! Frei und ohne Todesangst!“

„Ja“, sagte Themas. „Vielleicht solltest du es nicht den anderen eingesperrten Kindern sagen. Es wäre grausam, denn sie müssen alle zurückbleiben in ihren Gefängnissen.“

„Es wäre grausam, es ihnen nicht zu sagen“, sagte Thimas. „Sie bekommen eh mit, wenn wir geflohen sind. Die Suchmannschaften und all das; die große

Aufregung. Sie müssen es erfahren, Themas. So haben sie wenigstens ein kleines bisschen Hoffnung. Sie können träumen und uns in Gedanken begleiten."

„Ist gut", sagte Themas. „Lass es sie wissen." Er holte etwas aus seiner Hosentasche: „Hier, zieh die morgen Abend an. Trage sie an den Knöcheln. Es sind Eisenketten. Sie werden uns schützen. Das Lehm fürchtet Eisen. Du musst die Knöchelketten so anlegen, dass sie beim Gehen nicht den Boden berühren, sonst würde das Lehm erwachen."

„Ich habe oft genug gesehen, wie die Lehma ihre Fußketten trägt", sagte Thimas. „Ich weiß, was du meinst. Ich werde es richtig machen." Er schaute Themas durch das Eisengitter an: „Glaubst du, wir werden es schaffen?"

„Ja", antwortete Themas. „Ich glaube fest daran, dass wir durchkommen, wenn wir uns an Tante Brillas Rat halten und die Dammstraße meiden. Draußen in der weglosen Wildnis schläft das Lehm bei Neumond tief und fest. Man darf es nicht wecken. Wir müssen leise sein."

*

Am nächsten Tag war Themas zappelig vor Nervosität. Er hatte alles vorbereitet. In seinem Rucksack steckten die Klamotten für alle vier Flüchtlinge. Er hatte all seine Hefte im Dorf verteilt. Eins steckte in einem Kleiderstapel seiner Mutter, zwischen den dickeren Blusen, die sie im Herbst immer trug. Wenn das Wetter kühler wurde, würde sie das Heft finden. Er hatte in einem unbeobachteten Moment den Schlüssel zum Verlies aus der Lehmastatue stibitzt und eingesteckt.

Nun streifte er ruhelos durch Lehmborn. Trischa war nicht da. Sie musste ihrer Mutter beim Einkochen von Marmelade helfen. Themas war allein.

Er beschloss, draußen vorm Dorf ein wenig auf der Mundharmonika zu spielen, um sich abzulenken. Die Musik würde ihn entspannen.

Er marschierte am Priesterhaus vorbei und nahm den Weg hinaus in die Sandebene. Hinter einem kleinen Baumhain setzte er sich auf einen kniehohen Sandhügel, der mit Gras bewachsen war. Er setzte die Mundharmonika an die Lippen und begann zu spielen.

Er saß noch nicht lange dort, als jemand zu ihm kam und einige Schritte vor ihm im Sand stehen blieb. Es war Grutie Umpfbeetl, die Lehma.

Die schon wieder, dachte Themas. Man könnte meinen, sie sei hinter mir her. Lauert sie mir auf? Ahnt sie etwas? Will sie mir eine Falle stellen? Oder hat sie ehrliches Interesse an meiner Musik?

Er schaute Grutie an, blickte in ihre Augen, Augen von fremdartiger Farbe und doch die Augen eines zutiefst einsamen Kindes.

„Themas Irrlucht“, sagte Grutie. „Darf ich dir zuhören, wenn du spielst?“ Sie klang schüchtern, beinahe ängstlich.

Nein, entschied Themas, sie will mir nichts Böses. „Sicher darfst du zuhören“, sagte er und lächelte sie aufmunternd an.

Sie setzte sich vor ihm in den Sand und schaute zu ihm auf: „Danke, Themas.“

Er sah sie da sitzen. Wieder hielt sie sich aufrecht und sie hatte die Beine so angewinkelt, dass ihre bloßen Füße auf den Sohlen standen. Die Arme schlang sie um die Knie.

Sie muss aufpassen, wie sie sich hinsetzt, überlegte er, damit ihre Eisenketten den Boden nicht berühren.

Grutie saß da und schaute zu ihm hoch. Sie sah klein und verlassen aus. Von ihrer sonstigen hochnäsigen Art war nichts zu spüren. „Wie ist es draußen?“

Ihre Frage überraschte ihn. „Wie soll es schon sein?“

Grutie schaute ihn an. „Ist es dort ...“ Sie machte eine vage Geste, „... schön?“

Er zuckte die Achseln: „Kommt drauf an, was man unter schön versteht.“

„Kann man dort gut leben?“

Themas war auf der Hut. Jedes Wort konnte ihn Kopf und Kragen kosten. „Es leben eine Menge Menschen dort draußen und offensichtlich führen sie ein gutes Leben.“

Sie schaute ihn mit schief gelegtem Kopf an: „Erzählst du mir davon? Bitte!“

Er wurde nicht schlau aus ihr. Sie war vollkommen anders als sonst. Es war, als wäre sie komplett umgedreht worden. Nun … warum nicht die Wahrheit sagen? Wenn sie danach fragte?

„Viel habe ich nicht gesehen", begann er. „Nur Landsweiler und davon auch nicht viel. Meistens treibe ich mich auf der Hauptstraße herum, wo all die Ladengeschäfte sind, und natürlich am Bahnhof, wegen der Eisenbahn."

„Ist es wahr, dass die Häuser dort alle mehrstöckig sind?"

„Die meisten sind zweistöckig, ein paar dreistöckig", antwortete er. „Die Ladeninhaber wohnen oft über ihren Geschäften im oberen Stockwerk. Die Häuser sind schön. Viele sind aus Sandstein errichtet, andere aus Ziegelsteinen. Hinter den großen Schaufenstern stellen die Händler ihre Waren aus. Die Hauptstraße hat ein Kopfsteinpflaster."

„Erzählst du, bitte?", bat Grutie. Ihre Stimme war ganz leise.

Themas erzählte. Es war ein seltsames Gefühl, über all die Dinge im Draußen zu sprechen, während Grutie vor ihm im Sand saß und ihm andächtig zuhörte.

„Neben dem Laden mit Töpferwaren und Geschirr ist das Schaufenster von Meyer. Ein Sandsteinhaus", erzählte er.

„Dort hast du die Mundharmonika gekauft, stimmt's?", fragte Grutie.

Er nickte. „Ja, genau."

Sie lächelte ihn an. Sie sah richtig lieb aus. Nicht wie sonst. Alle halten sich von ihr fern, dachte er. Er erinnerte sich daran, wie die Kinder vor Grutie zurückgewichen waren, als die kleine Lehma sich dazusetzte, um seinem Mundharmonikaspiel zu lauschen. Was muss das für ein Leben sein, so allein und isoliert, von allen gleichzeitig verehrt und gefürchtet? Kein Wunder, wenn sie manchmal so eklig und bockig ist. Und so verwöhnt und herrschsüchtig. Ich glaube nicht, dass sie sich wirklich wohlfühlt. Niemand hat sie gefragt, ob sie die neue Lehma werden will. Sie wurde ausgesucht. Es wurde ihr befohlen. Das Lehm selbst hat es ihr mitgeteilt und sie vereinnahmt. Vielleicht gefällt es ihr überhaupt nicht.

Grutie schaute zu ihm auf, sie blickte ihn aus ihren lehmfarbenen Augen an. „Es ist immer bei mir", sagte sie, als hätte sie seine Gedanken gehört. „Immer. Ich bin nie allein. Es spürt mich und ich spüre das Lehm. Ich kann es sogar fühlen, wenn ich im Innern eines Hauses bin; durch die Sohlen meiner Füße. Es steigt in mir auf. Es ergreift Besitz von mir. Es ist in mir. Manchmal lenkt es mich und ich kann nichts dagegen tun."

„Spricht es wirklich zu dir?", fragte Themas. „Kannst du hören, was es sagt?"

Gruties Blick senkte sich. „Keine richtigen Worte. Es ... es sind eher Bilder und Gefühle, die mir übermittelt werden. Es ist schwer zu erklären. Manchmal sehe ich alles deutlich. Dann wieder ist es undeutlich und verwischt. Gelegentlich kann ich auch etwas wie Sprache wahrnehmen." Sie schaute ihn an. „Das Lehm ist so fremdartig. Ich kann es nicht verstehen. Nicht wirklich. Es ist so anders als wir Menschen. Oft fürchte ich mich. Ich begreife nicht, warum es unbedingt Gaben haben will. Es will alles Zweitgeborene. Es will immerzu haben. Es will immerzu herrschen. Es will alles kontrollieren und bewachen.

Auch mich überwacht es ständig. Es kommt aus dem Boden in mich hinein. Ich muss immer barfuß laufen, damit es Kontakt zu mir aufnehmen kann, wenn ihm danach ist. Ich darf niemals Schuhe tragen. Auch im Winter nicht. Dann ist es oft kalt. Das ist nicht schön." Sie schüttelte den Kopf. „Nein. Nicht schön. Es ... die Gaben, die es verlangt ..." Grutie schaute auf ihre Füße im Sand. „Es versteht uns nicht. Uns Menschen. Wir sind ganz anders als das Lehm. Es hält es für normal, dass ein oder mehrere Teile eines Ganzen sich für das Gesamte aufgeben. Das Lehm versteht unser Sterben nicht, glaube ich, und ich weiß nicht, wie ich es ihm zeigen könnte. Es scheint nicht zu merken, wie schrecklich für unsereins der Tod sein kann, wenn man leiden muss. Dann wieder kommt es mir vor, als wüsste das Lehm das ganz genau und als ob es mit Absicht die Opfer quält." Gruties Blick wurde leer. „Es ist kalt. Es ist grausam. Es ist ohne Erbarmen. Es will haben. Es will besitzen. Es will beherrschen. Was es besitzt, gibt es nicht mehr her. Auch mich nicht. Ich bin die Lehma. Die Leute glauben, das bedeutet, ich sei eine Priesterin, eine Herrscherin, aber in Wirklichkeit bin ich eine Sklavin. Eine Gefangene. Und alle weichen vor mir zurück. Alle."

Themas schluckte. Er lauschte mit angehaltenem Atem. Wie traurig die kleine Lehma klang.

„Alle verehren mich", sagte Grutie. „Das Lehm hat es mir vorausgesagt, als es mich erwählte. Sie werden dich verehren und dir dienen. Sie werden dir gehorchen und deinen Befehlen folgen. Befiel, und alle werden tun, was du verlangst. Du wirst über sie herrschen." Sie presste die Lippen aufeinander. „Wenn ich zu Besuch bei meinen Eltern bin, behandeln sie mich mit Ehrfurcht." Sie schaute Themas an. Er sah blanke Verzweiflung in ihren Augen stehen. „Ehrfurcht, Themas Irrlucht! Ehrfurcht kommt von Furcht. Sie fürchten mich. Meine Eltern fürchten sich vor mir. Seit ich die Lehma bin, haben meine Mama und mein Papa mich nicht mehr in die Arme genommen. Nie mehr! Sie fürchten mich, weil ich die Lehma bin, die höchste Priesterin im Lehm, die Botschafterin des Lehms, die Überbringerin seiner Nachrichten und Wünsche und diejenige, die die Gaben für das Lehm auswählt."

Grutie stieß einen zittrigen Seufzer aus. „Ich war doch noch so klein, als das Lehm mich erwählte! Seitdem bin ich allein. Ganz allein. Niemand nimmt mich in die Arme. Die Priester sowieso nicht. Die verehren mich und sie dienen mir. Sie machen mir das Essen. Sie waschen meine Kleider. Sie machen mein Bett. Wenn wir durchs Lehm wandern, tragen sie mein Gepäck. Aber sie nehmen mich nicht in die Arme. Niemand tut das. Weil sie Angst vor mir haben. Ich habe gesehen, wie die Kinder vor mir zurückwichen; gestern, als du Mundharmonika gespielt hast."

Grutie atmete heftig ein und aus. „Das Lehm hat mich erwählt, weil ich ... weil ich ... ich habe immer gerne bestimmt, wenn ich mit den anderen Kindern spielte. Ich wollte gerne die Anführerin sein und sagen, was jeder tun muss. Das Lehm hat mir Einflüsterungen gegeben von Macht und Herrschaft. Das Lehm weiß genau, wen es auswählen muss."

Themas starrte das Mädchen an. Er konnte nicht glauben, was er gerade gehört hatte. War das wirklich Grutie Umpfbeetl?

Sie ist elf!, dachte er. Gerade mal elf!

Sie war noch ein Kind. Elf Jahre alt. Er selbst ging stramm auf die fünfzehn zu. Er kam sich Grutie gegenüber sehr erwachsen vor. Doch vor ihm saß kein Kind im Sand. Die Augen Gruties waren die Augen eines alten Menschen, eines Menschen, der müde und unglücklich war.

„Themas Irrlucht?", sagte Grutie leise. „Bitte, lass uns aufhören, von diesen

Dingen zu sprechen. Spielst du für mich?"

Er nickte stumm und setzte die Mundharmonika an die Lippen. Er spielte eine Stunde lang. Die ganze Zeit saß Grutie still vor ihm im Sand und hörte zu. Ganz zum Schluss spielte er das Lied, das er für sie erfunden hatte. Er sah, wie ihre Augen größer wurden und einen Glanz annahmen. Sie hob eine Hand. Es sah aus, als wolle sie die Melodie anfassen. Sie lauschte andächtig.

Schließlich hörte Themas auf zu spielen. Er war mit seinem Repertoire durch. „Das war alles, was ich kann", sagte er und steckte die Mundharmonika ein.

Grutie sah zu ihm auf. „Danke, Themas Irrlucht." Sie stand auf. Ihre eisernen Ketten klirrten leise. Themas erhob sich ebenfalls. Grutie stand vor ihm. Sie war viel kleiner als er.

„Danke", sagte sie noch einmal. „Danke, dass du für mich gespielt hast. Danke, dass du nicht vor mir zurückgewichen bist." Sie stand da mit hängenden Armen und schaute zu ihm auf: „Themas. Ich … ich will nicht mehr so sein. Ich … ich werde mich ändern. Ich werde nicht mehr herrschsüchtig sein. Ich werde keine Befehle mehr geben. Ich will nett sein. Ich will den Menschen danken, wenn sie etwas für mich tun. Ich will nicht mehr eklig sein. Ich werde mich ändern. Ich verspreche es." Sie schaute ihn aus großen Augen an. „Aber Themas, ich muss … ich kann nicht … was das Lehm verlangt, das muss ich tun. Ich muss in seinem Namen sprechen und ..." Ihre Stimme erstarb.

Themas konnte nicht anders. Er hob die Hand und streichelte ihr über die Wange. Sie legte den Kopf schief und lehnte sich an seine Hand, um die kleine Zärtlichkeit so lange wie möglich auszukosten. Ihre Augen wollten ihn schier auffressen.

„Danke, Themas Irrlucht", sagte sie noch einmal. „Es ist so lieb von dir, dass du mir eine Mundharmonika mitbringen und mit mir üben willst. Ich freue mich auf meine eigene Mundharmonika und darauf, mit dir das Heft zu studieren. Ich freue mich darauf, mit dir zu lernen. Danke, dass du mit mir … danke! Es bedeutet mir sehr viel, Themas. Du bist sehr lieb. Vielen Dank."

Themas wusste nicht, was er sagen sollte. Grutie tat ihm leid. Sie würden nie zusammen auf der Mundharmonika üben. Er würde in der folgenden Nacht das

Lehm verlassen. Sie würden einander nie wiedersehen. Er schämte sich, weil das Mädchen so dankbar war.

„Themas?“ Sie schaute ihn aus ihren fremdartig gefärbten Augen an. Er sah Zweifel und Angst in diesen Augen stehen. Ahnte sie etwas? Hatte er sich unbewusst verraten? „Themas Irrlucht?“

„Ja, Grutie?“

„Wirst du wirklich mit mir auf der Mundharmonika üben?“

Jetzt steckte er in der Klemme. Die Wahrheit konnte er nicht sagen, ohne sich zu verraten. Doch er wollte sie nicht anlügen. Er wollte ihr nicht wehtun.

„Wirst du, Themas?“, bohrte sie nach. Sie sah sehr klein und sehr verletzlich aus.

Er gab sich einen Ruck. „Ja, Grutie“, sagte er. „Wenn du zu mir kommst, werde ich mit dir üben. Jederzeit, Grutie. Wann immer du möchtest.“

Plötzlich umarmte sie ihn heftig. Sie presste ihr Gesicht an seine Brust und drängte sich an ihn. „Danke, Themas“, sagte sie. „Danke. Danke. Danke!“

Er legte die Arme um sie und drückte sie. Sie gab einen Seufzer von sich, einen Laut von solcher Verzweiflung und Einsamkeit, dass es ihm ins Herz schnitt.

„Themas! Themas!“, sagte sie und drängte sich ganz fest an ihn. Er hielt sie fest. So standen sie fast eine Minute lang.

Dann löste sich Grutie von ihm. Sie schaute zu ihm auf und blickte ihm tief in die Augen. „Danke, Themas“, flüsterte sie. „Du bist lieb. Danke.“ Sie drehte sich um und lief weg. In langen Sätzen eilte sie über den Sand. Sie sprang leichtfüßig über Heidekrautpolster. Sie flog dahin. Ihre bloßen Füße schienen den Boden nicht zu berühren.

Er schaute ihr nach. Er fühlte sich nicht gut. Am liebsten wäre er hinter ihr her gerannt und hätte sie eingefangen, um ihr die Wahrheit zu sagen.

*

Sie saßen beim Abendessen. Themas war still und in sich gekehrt. Immer wieder warf er seinen Eltern Blicke zu. Er wusste, dass er sie zum letzten Mal sah. Ihm war eigenartig zumute. Er war euphorisch, weil er sich darauf freute, dem Lehm zu entkommen und seine geliebte Tante und den geliebten Onkel wiederzusehen und für immer mit ihnen zusammen zu sein. Gleichzeitig drückte es ihm das Herz ab, zu wissen, dass er seine Eltern verlieren würde.

Ob sie ihm ins Draußen folgen würden, wenn sie das geheime Heft gelesen hatten? Themas hoffte es von ganzem Herzen, aber er schätzte die Chancen darauf nicht sehr hoch ein. Seine Eltern waren gehorsame Gemeindemitglieder.

Themas ging früh zu Bett, um wenigstens ein paar Stunden Schlaf zu bekommen. Er lag unter der Decke und wälzte Gedanken. Er dachte an Grutie Umpfbeetl. Die kleine Lehma hatte ihn in den vergangenen Tagen überrascht. Sie hatte sich um hundertachtzig Grad gedreht. Konnte es wirklich sein, dass Grutie sich ändern wollte?

Themas kaute auf seiner Unterlippe. Was, wenn sie etwas ahnt? Wenn sie denkt, ich wolle abhauen? Hat sie sich so aufgeführt, um mich umzustimmen? Um mich dazu zu überreden, das Lehm nicht zu verlassen? Spielt sie ein falsches Spiel?

Er kannte Grutie Umpfbeetl nur als herrschsüchtiges, hochnäsiges Ding, das voller Hinterlist steckte. Jedenfalls hatte Grutie sich meist so benommen. Und nun sollte das alles vorüber sein? Es war schwer zu glauben. Aber Grutie hatte ihm nichts vorgespielt, als sie ihn draußen vorm Dorf umarmt hatte; oder besser: als sie sich an ihn geklammert hatte. Sie hatte sich wieder und wieder bei ihm bedankt, weil er nicht vor ihr zurückwich wie die anderen. Weil er sich mit ihr abgab. Er hatte kein intrigantes, durchtriebenes Biest in den Armen gehalten, sondern ein einsames Kind, das sich verzweifelt nach Zuwendung sehnte, ein Kind, das einfach nur als Mensch wahrgenommen werden wollte, ein Kind, das Anschluss wünschte, das dazugehören wollte. Themas dachte, er sei zu aufgeregt, um einzuschlafen. Doch er schlief über diesen Gedanken ein.

Als er mit einem Ruck aufwachte, war er orientierungslos. Wo war er? Wie spät war es? Er fuhr hoch. Hatte er verschlafen? Er stand auf und tappte zu der kleinen Luke in der Dachschräge. Er schaute hinaus. Weiter vorne erkannte er das Bürgermeisterhaus. Oben in dem kleinen Turm auf dem Haus von Prick Holfer brannte das Nachtlicht.

Themas zog sich an. Er holte den Rucksack unter seinem Bett hervor und zog ihn über. So leise er konnte, verließ er das Haus. Mit weichen Knien schlich er die

Treppe hinunter zum Kerker seines Zwillingsbruders: „Thimas?“

„Ich bin wach, Themas.“

„Hast du eine Ahnung, wie spät es ist?“

„Kurz vor Mitternacht. Du bist pünktlich.“

Themas atmete auf. Er holte den Schlüssel aus der Tasche und steckte ihn ins Schloss. In der Dunkelheit der Neumondnacht war das nicht leicht. Der Himmel war voller Sterne, doch ihr Licht war zu schwach, um Einzelheiten zu erkennen. Themas wünschte, er hätte eine kleine Laterne zur Verfügung, aber es war viel zu gefährlich, Licht zu machen. Er drehte den Schlüssel im Schloss und zog die Gittertür auf. Sie quietschte hörbar.

„Mist!“, wisperte Themas. Er hob die Tür an und zog sie langsam auf. Das Quietschen wurde leiser, aber es hörte nicht auf. Er meinte sogar, ein zweifaches Quietschen und Knarren zu hören, als würde eine weitere Tür am Haus geöffnet. Wenn man die Haustür aufstieß und dabei nicht die Klinke anhob, knarrte die Tür in ihren Angeln. Ich sehe Gespenster, dachte Themas. Ich höre Geräusche, die nicht wirklich sind. Das Herz schlug ihm hart gegen die Rippen. Er war vor Aufregung ganz zittrig.

Endlich war das Gitter offen. „Komm raus, Thimas.“

Sein Bruder kroch aus der Öffnung unter der Treppe. Sie erhoben sich. Thimas stand unsicher auf den Beinen. Er kann nicht gut stehen, weil er in seinem Gefängnis immer nur saß und lag, überlegte Themas. Hoffentlich kann er einigermaßen laufen. Sie standen voreinander und schauten sich im Sternenlicht an. Unvermittelt fielen sie sich in die Arme.

„Danke!“, murmelte Thimas. „Danke, dass du mich rettest!“

Themas sah sich um. Wo waren Trischa und ihre Schwester? „Lass uns rüber zu Banbirks gehen. Sie müssten jeden Moment kommen. Sie sollten ...“ Er brach ab. Eine Gestalt kam über die Straße auf sie zu; eine einzelne Gestalt. Themas starrte in die Finsternis. Wer kam? Er erkannte Trischa.

„Trischa!“, wisperte er. „Wo ist Truschka?“

Sie kam zu ihm und warf sich in seine Arme. Sie zitterte am ganzen Leib, als hätte sie schlimmes Fieber. Er hielt sie fest.

„Trischa!", flüsterte er. „Trischa, was ist los? Ist etwas passiert? Hast du die Tür nicht aufbekommen?"

„Ich … ich ...", flüsterte Trischa. Ihre Stimme bebte. „Themas, ich kann nicht! Ich kann nicht mitkommen!"

„Trischa! Was sagst du da?!"

„Ich kann nicht!", wimmerte das Mädchen. „Ich habe zu viel Angst. Das Lehm wird uns töten! Ich kann nicht! Themas, ich kann nicht mitkommen!"

Themas fühlte, wie eine kalte Hand nach seinem Herzen griff. „Trischa", flüsterte er. „Es wird schon klappen. Wir werden entwischen. Komm mit uns!"

Sie fing an zu weinen. „Ich kann nicht!", schluchzte sie. „Ich habe solche Angst, dass mir schlecht wird."

Er packte sie bei den Schultern. „Nein, Trischa! Hör auf! Du machst dich selbst verrückt! Reiß dich zusammen! Du musst es nur wollen!"

Plötzlich vernahm er eine Stimme hinter sich: „Hör auf, Themas! Du kannst sie nicht zwingen. Lass sie! Sie hat zu viel Angst. Wenn sie dermaßen verängstigt ist, wird sie es nicht nach draußen schaffen."

Themas fuhr herum. Seine Mutter stand hinter ihm. Ihr Nachthemd leuchtete im schwachen Licht der Sterne. „Mama!"

Sie kam zu ihm: „Ich wusste, dass du es tun wirst! Ich habe es die ganze Zeit gespürt!" Sie umarmte ihn und drückte ihn an sich.

„Mama, ich ...", fing er an.

Sie ließ ihn los und legte ihm den Zeigefinger auf die Lippen: „Scht! Es ist gut, Themas. Es ist gut, was du tust." Sie wandte sich Thimas zu: „Ich verliere dich lieber auf diese Art als auf die andere! Statt ins Lehm gehst du aus dem Lehm, mein verlorener Sohn." Sie umarmte Thimas.

„Mama", flüsterte Thimas. „Mama!" Er fing an zu weinen. Die Mutter ebenfalls.

Themas wandte sich an Trischa: „Trischa, bitte! Gib dir einen Ruck! Ich kann nicht ohne dich fortgehen." Er fasste ihre Hände: „Trischa! Du und ich …! Bitte, Trischa!"

„Ich habe solche Angst", wisperte sie. „I-I-Ich kann nicht z-z-zum Haus g-g-gehen. Ich kann n-n-nicht!"

„Hast du den Schlüssel? Gib ihn mir, Trischa. Ich hole deine Schwester."

Sie schüttelte den Kopf: „Ich habe mich nicht g-g-getraut, ihn aus der Statue zu holen."

Themas zischte einen Fluch. Was sollte er tun?

„Nimm unseren Schlüssel", sagte seine Mutter. „Sie sind alle gleich. Sie passen überall." Sie ließ seinen Zwillingsbruder los und strich Themas über den Kopf: „Geh, Junge! Eile dich! Ihr müsst fort, ehe das Lehm aufmerksam wird."

Themas überquerte die Straße in geduckter Haltung. Er kniete vor dem Verlies unter der Treppe von Banbirks Haus: „Truschka? Bist du wach?"

„Ja", kiekste es von drinnen. Er hörte die Angst aus der Stimme des Mädchens heraus. Sie musste halb irre vor Furcht sein, weil Trischa sie nicht befreit hatte. Sie steckte in ihrem Gefängnis fest, aus dem man sie nur herauslassen würde, um sie vom Lehm ermorden zu lassen.

„Ich hole dich raus. Du musst ganz leise sein!" Er schloss auf und zog an der Gittertür. Auch diese quietschte grässlich laut in den Angeln. War das Absicht? Sollte das ein Alarmzeichen sein? Themas verfluchte die Tür. Er öffnete sie möglichst langsam. Wenn er sie nicht zu schnell bewegte, kreischte sie nicht so aufdringlich. Endlich war sie offen. Truschka kam herausgekrochen. Sie krallte sich an ihm fest und schluchzte trocken. Er fühlte ihr Herz schlagen.

„Es ist gut, Truschka", murmelte er. „Beruhige dich. Es wird alles gut."

„Sie hat mich nicht herausgelassen!", wisperte das Mädchen. Ihre Stimme zitterte ebenso wie ihr Körper. „Nicht herausgelassen! Sie ist einfach vorbeigelaufen und hat mich zurückgelassen!"

„Jetzt bist du draußen." Themas half ihr aufzustehen und stützte sie, während sie zum Irrlucht-Haus liefen. Sie kamen am Haus der Honicks vorbei. Ein bleiches, kleines Gesicht schwebte in der Dunkelheit hinter der Gittertür. Große Augen schauten zu ihnen heraus. Es war Drisies Zwillingsschwester. Das neunjährige Mädchen saß in seinem Kerker fest, ohne Chance, seinem entsetzlichen Schicksal zu entgehen. Eines Tages würde man es aus dem Gefängnis herauszerren und dem Lehm übergeben. Das Mädchen wusste das. Es wusste, dass es nur lebte, um irgendwann einen grausigen Tod zu sterben. Themas blieb stehen. Alle Schlüssel waren gleich, hatte seine Mutter gesagt. Sie passten überall. Das hatte er gerade bewiesen, als er mit dem Schlüssel seiner Mutter das Verlies der Banbirks aufgeschlossen hatte.

„Warte hier!", wisperte er Truschka ins Ohr. Mit einigen schnellen Schritten war er beim Haus der Honicks. Er bückte sich und schaute zu dem kleinen Mädchen im Kerker hinein: „Du musst ganz still sein, hörst du?"

Sie nickte stumm und schaute ihn aus großen Augen an. Themas probierte den Schlüssel. Er passte. Auch diese Gittertür kreischte in den Angeln. Themas gab nichts darauf. Er öffnete sie.

„Komm!", flüsterte er. „Rasch!" Er half dem Kind beim Aufstehen und führte es zu Trischas Zwillingsschwester. Zu dritt liefen sie zu den Anderen.

Trischa riss ihre Zwillingsschwester in die Arme. „Truschka! Truschka, es tut mir leid! Ich hatte solche Angst! Ich wollte im Lehm bleiben. Ich ..." Schluchzend umklammerte sie ihre Schwester. „Truschka, vergib mir! Bitte verzeih mir! Ich wollte dich nicht zurücklassen! Ich hatte Angst! Oh Truschka! Meine Schwester!" Truschka sagte nichts. Sie drängte sich nur an Trischa und weinte still.

„Kinder, ihr müsst gehen!", flüsterte die Mutter von Themas. Sie umarmte Thimas, als wolle sie ihn nie wieder loslassen, und bedeckte sein Gesicht mit Küssen. „Mein verlorener Sohn!"

„Mama, hör zu", sagte Themas. „Oben unterm Dach ist ein Heft versteckt, in dem aufgeschrieben ist, wie man dem Lehm entkommen kann. Ich habe es von Tante Brilla und Onkel Jidler. Sie leben in einer kleinen Stadt im Draußen zusammen mit vielen Menschen, die das Lehm verlassen haben."

Er beschrieb mit knappen Worten, dass die vielen angespülten Kleider keineswegs bedeuteten, dass ihre Besitzer dem Lehm zum Opfer gefallen waren. Die Flüchtlinge hatten sie hinterlassen, um zu verhindern, dass man sie im Draußen suchte und verfolgte.

„Wir werden ebenfalls Kleider hinterlassen", wisperte Themas. „Ich werde nicht das rotwollene Hemd ins Lehm werfen, das ich trage, sondern das alte helle, das mir zu klein geworden ist; das mit dem kleinen Flicken auf der rechten Schulter. Wenn das angeschwemmt wird, weißt du, dass wir entkommen sind. Wir werden nicht die Dammstraße benutzen. Dort ist das Lehm sogar bei Neumond ein wenig wach und lauert. Wir gehen querfeldein durch die Wildnis.

Mama, lest das Heft! Es zeigt den Weg aus dem Lehm." Themas beschrieb den hohlen Baum an der Straße nach Landsweiler und dass dort stets etwas Geld hinterlegt war, damit Flüchtlinge eine Fahrkarte für den Frühzug kaufen konnten. „Sobald man draußen ist, muss man so schnell wie möglich weg von Landsweiler, Mutter! Sie suchen einen überall! Dem Lehm ergebene Männer verfolgen die Flüchtlinge, um sie zurückzubringen. Man muss fort vom Lehm, damit sie einen nicht kriegen."

Die Mutter umarmte ihn und gab ihm einen Kuss. „Ich werde dieses Heft zusammen mit deinem Vater lesen, Themas. Geht jetzt, Kinder! Das Lehm kann jeden Moment auf euch aufmerksam werden."

„Auf Wiedersehen, Mama", flüsterte Themas. „Bitte kommt uns hinterher ins Draußen! In Rodental gibt es ein Stadtviertel, in dem fast nur Menschen leben, die dem Lehm entkommen sind. Bitte kommt!" Er wandte sich um und winkte seinen Freunden: „Gehen wir! Dort entlang! Am Haus des Lehmpriesters vorbei vors Dorf."

Sie setzten sich in Bewegung. Trischa und Truschka hielten sich aneinander fest wie Ertrinkende. Sie stützten einander. Thimas nahm Drisies Schwester an die Hand und führte sie. Themas setzte sich an die Spitze der Gruppe. Themas drehte sich noch einmal um. Seine Mutter stand in der Dunkelheit vorm Haus und winkte ihm. Themas winkte zurück. Er hatte das Gefühl, als reiße sein Herz entzwei. Mama!, dachte er voller Trauer und Schmerz. Mama, bitte kommt uns nach, du und Papa! Bitte! Er wandte sich ab und versuchte, die aufkommenden Tränen zurückzuhalten. Er ging. Er konnte die Blicke seiner Mutter auf seinem Rücken spüren. Er hätte schreien können, so weh tat es, die Mutter zu verlassen.

Bitte bleibt nicht im Lehm! Bitte nicht!

Er führte seine kleine Schar die Straße hinauf zum Ortsrand.

Sie kamen am Haus des Bürgermeisters vorbei. Hoch droben in dem kleinen Turm auf dem Dach leuchtete das einsame Nachtlicht. So klein die Laterne war, ihr Licht war heller als das diffuse Sternenlicht. Die Laterne würde ihnen hinterherleuchten, wenn sie ins Lehm gingen und sich dort Richtung äußerer Grenze bewegten, langsam und vorsichtig, damit das Lehm nicht aufwachte.

Als sie auf Höhe des zweistöckigen Gebäudes waren, löste sich eine kleine Gestalt aus den Schatten und verstellte ihnen den Weg. Es traf Themas wie ein Schock. Im fahlen Licht der Turmlaterne erkannte er eine rotwollene Tunika und bloße Füße. Vor ihnen stand Grutie Umpfbeetl, die Lehma.

Sie hat hier auf uns gewartet!, schoss es Themas durch den Kopf. Also doch! Sie hat etwas geahnt und uns aufgelauert! Gleich wird sie das ganze Dorf zusammenschreien. Er hörte, wie Trischa entsetzt die Luft einzog. Drisies Schwester gab einen feinen Jammerlaut von sich. Er hörte das blanke Entsetzen heraus. Themas rutschte das Herz in die Hose. Es war aus. Sie waren entdeckt. Es war vorbei. Sie hat gespürt, dass was im Busch ist, überlegte er voll Bitterkeit. Sie hat versucht, mich umzustimmen, damit ich im Lehm bleibe. Sie wollte mit mir gemeinsam Mundharmonika spielen lernen. Aber jetzt verliert sie mich. Sie wird unsere Flucht verhindern. Sie wird nicht zulassen, dass wir das Lehm verlassen. Sie ist die Lehma. Sie muss tun, was das Lehm verlangt.

Themas wartete auf den Alarmschrei Gruties, doch es kam keiner. Das Mädchen stand still auf der Straße. Ihr Gesicht hing wie ein kleines weißes Oval in der Dunkelheit. Etwas schimmerte dort im schwachen Sternenlicht. Das sind Tränen, dachte er. Sie weint. Grutie Umpfbeetl stand mit hängenden Armen in der Düsternis der Neumondnacht und weinte still.

Themas setzte sich in Bewegung. Die anderen folgten ihm auf dem Fuß. Grutie sah ihnen entgegen. Sie hatte nur Augen für Themas. Zwei Schritte vor ihr blieb er stehen. Er sah die Tränen über ihre Wangen fließen. Grutie weinte lautlos. Sie schaute ihn an. Sie nahm sonst niemanden wahr.

„Themas Irrlucht, du gehst fort“, sagte sie. Sie klang unendlich traurig. Man hörte den Schmerz aus ihrer Stimme heraus. „Du gehst fort.“ Grutie schluchzte erstickt. Sie gab sich Mühe, nicht laut loszuweinen. „Du gehst fort. Du wirst nicht auf der Mundharmonika mit mir üben." Grutie sah klein und zusammengesunken aus. Sie weinte ohne Unterlass. „Themas! Oh, Themas! Du lässt mich allein! Ich habe mich so gefreut. Du bist der Einzige, der je gut zu mir war. Du bist nicht vor mir zurückgewichen. Du hast mich wie einen Menschen behandelt. Du hast mich nicht verabscheut."

Sie trat zu ihm und hob die Hände. Sie packte sein Hemd, verkrallte sich geradezu in den Stoff, den Kopf gesenkt und die Stirn gegen seine Brust gepresst. „Du bist nicht zurückgewichen. Du warst gut zu mir. Ich habe mich so gefreut, endlich jemanden zu haben. Ich habe mich auf die Mundharmonikastunden gefreut. Das einzig Schöne in meinem Leben. Themas! Oh, Themas!" Sie schluchzte laut auf, zuckte zusammen, als erschräke sie, und erstickte ihr Schluchzen. Sie drückte sich an ihn. Er spürte, dass sie zitterte.

Seine Furcht löste sich auf. Grutie hatte nicht auf sie gewartet, um ihre Flucht zu vereiteln. Die Lehma würde ihnen nicht schaden. Vorsichtig löste er sich aus dem Griff ihrer Hände. „Es tut mir leid, Grutie", flüsterte er. „Ich kann nicht im Lehm bleiben, wo ich jeden Tag damit rechnen muss, dass mein Zwillingsbruder ermordet wird. Ich muss gehen." Er hielt ihre kleinen Hände in seinen. „Es muss sein, Grutie." Er ließ sie los und wandte sich ab. Er lief los. Die anderen folgten ihm. Er hörte Gruties leises Schluchzen.

„Themas", weinte sie. „Themas Irrlucht!"

Er drehte sich noch einmal um. Er sah sie da stehen im schwachen Licht der Sterne. Ihr helles Gesicht schwebte in der Dunkelheit. Er sah die Tränen schimmern. Gruties Arme hingen herunter wie die gebrochenen Flügel eines Vögelchens. Ihre bloßen Füße leuchteten unnatürlich weiß auf dem dunklen Erdboden. „Ich wünsche euch alles Gute", sagte sie. „Ich wünsche euch, dass ihr durchkommt, Themas." Nun weinte sie noch mehr.

Themas machte kehrt. Mit einigen schnellen Schritten war er bei ihr. Er schloss sie in die Arme und drückte sie an sich. Sie schmiegte sich an ihn, immer noch heftig weinend. „Oh, Themas! Du gehst fort! Ich habe doch nur dich! Nur dich! Du bist der einzige Mensch, der jemals gut zu mir war! Du wolltest als Einziger etwas mit mir zu tun haben! Ich bin allein! Ganz allein! Ich bin eine

Ausgestoßene! Niemand will etwas mit einem Todesengel zu tun haben! Ich bin ganz und gar allein! Ich habe niemanden! Oh, Themas!" Weinend drängte sie sich an ihn. „Themas! Oh, Themas!"

Er hielt sie fest. „Grutie", fing er an. „Hör zu! Warum kommst du nicht mit?"

Ihr Schluchzer blieb mittendrin stecken. Sie hob ihm ihr Gesicht entgegen. Es war tränennass. Ihr kleiner Mund stand offen. „Themas?"

Er drückte sie ganz fest: „Komm mit! Komm einfach mit uns, Grutie!"

„Themas!" Jetzt weinte sie noch heftiger als zuvor. „Was sagst du da?"

„Komm mit uns!", bat er. Er hob die Hand und strich ihr durchs Haar. „Lass das Lehm hinter dir. Du kannst frei sein; frei wie wir anderen. Das Lehm wird keine Herrschaft mehr über dich ausüben."

Sie lehnte sich an ihn, das Gesicht gegen seine Brust gedrückt. „Themas! Ach, Themas! Du willst mich mitnehmen? Mich? Den Todesengel des Lehms? Das Mädchen, das Angst und Schrecken über die Menschen im Lehm bringt? Mich?" Er fühlte ihr Herz schlagen. Eine Weile drückte Grutie sich an ihn. „Themas!", sagte sie. Sie klang selig. „Ach, Themas!"

Sie hob den Kopf: „Willst du wirklich, dass ich mitkomme, Themas Irrlucht? Sag die Wahrheit! Bitte!"

Er nickte: „Ja, das will ich, Grutie. Komm mit uns. Du wirst frei sein. Ganz und gar frei. Du kannst im Draußen ein neues Leben anfangen."

Grutie schaute aus großen Augen zu ihm auf. „Themas", sagte sie. Noch immer klang ihre Stimme selig. „Oh, Themas!" Dann wurde ihre Stimme schwer vor Traurigkeit: „Ich kann nicht. Es würde mich niemals gehen lassen. Niemals! Ich bin eine Sklavin. Ich bin eine Gefangene. Ich werde nie loskommen. Das Lehm lässt mich nicht frei - mein ganzes Leben nicht."

Sie richtete sich auf und zog seinen Kopf zu sich herunter. Sie bedeckte sein Gesicht mit Küssen. „Pass gut auf dich auf, Themas Irrlucht! Das Lehm ist böse. Es wird alles tun, euch zu hindern. Du darfst auf keinen Fall der Dammstraße folgen! Nimm den Weg mitten durch die Wildnis! Geh langsam und ohne Eile. Spaziere, marschiere nicht! So kannst du es überqueren, ohne es aufzuwecken.

Halte dich von den Hauptwegen fern! Sie sind die Nervenbahnen des Lehms."

Sie küsste ihn wieder und wieder. Dann schmiegte sie sich an ihn. „Themas Irrlucht! Ach, Themas! Du wolltest mich mitnehmen. Mich. Mich!" Sie seufzte selig.

Wieder sah sie zu ihm auf: „Wirst du manchmal an mich denken, Themas?"

Er fühlte, wie sich seine Kehle zusammenschnürte. „Ja, Grutie", sagte er. „Heute Abend bei Sonnenuntergang werde ich für dich auf der Mundharmonika spielen. Jeden Abend bei Sonnenuntergang, von heute an. Ich verspreche es, Grutie." Er drückte sie ganz fest.

„Ich werde draußen sein und an dich denken, Themas", sagte sie. Wieder seufzte sie. „Nun werde ich nie lernen, auf der Mundharmonika zu spielen."

Themas holte sein Instrument aus der Tasche und reichte es ihr: „Hier, Grutie. Ich schenke sie dir."

Sie starrte ihn an. „Themas! Aber wie willst du dann heute Abend ...?"

„Ich kaufe mir eine neue", sagte er. „Entweder in Landsweiler, wenn der Laden bereits so früh geöffnet hat, oder an unserem Ziel."

Sie nahm das kleine Instrument aus Messing entgegen. Andächtig fuhren ihre schmalen Finger über die polierte Oberfläche. „Danke, Themas. Vielen Dank." Sie sah ihn an: „Du bist lieb. Sehr lieb! Danke!" Sie legte ihm die kleine Rechte auf die Brust: „Du musst jetzt gehen, Themas Irrlucht. Ich muss euch morgen früh die Männer hinterherschicken. Die Priester wollen es so haben. Und das Lehm. Geh, Themas. Und hüte dich vor dem Lehm." Sie ließ ihn los. Wortlos drehte er sich um und ging zu seinen wartenden Kameraden. Sie sagte etwas, so leise, dass er sie fast nicht verstand. „Ich habe dich lieb, Themas."

Noch einmal drehte er sich um und schaute zu ihr zurück. „Ich habe dich auch lieb, Grutie."

Dann ging er, gefolgt von seinem Zwillingsbruder, Trischa, Truschka und der kleinen Zwillingsschwester von Drisie Honick. Als sie am Ende der Straße in den Nebenweg einbogen, der sie ins offene Lehm vorm Dorf bringen würde, blickte er sich noch einmal um. Grutie Umpfbeetl stand mitten auf der Straße und schaute ihnen hinterher. Die Mundharmonika in ihrer Linken schimmerte im Sternenlicht. Er hob die Hand zu einem letzten Gruß. Grutie grüßte zurück.

Sie verließen das Dorf und wanderten hinaus in die nachtstille Heide. Themas bemühte sich, im schwachen Licht der Sterne einen Weg zu finden, der über glatten, weichen Sand führte, damit Truschka, Thimas und Drisies Schwester nicht mit bloßen Füßen über das knorrige Heidekraut gehen mussten.

Sie gingen schweigend und sie gingen ohne Eile. Themas musste ständig an Grutie Umpfbeetl denken. Sie war nicht mitgekommen, aus Angst, das Lehm auf sich aufmerksam zu machen und damit ihrer aller Leben zu gefährden. Sie war zurückgeblieben, traurig und mit wundem Herzen. Sie tat ihm unendlich leid. Sie war hilflos dem Lehm ausgeliefert und gezwungen, schreckliche Dinge zu verkünden. Sie wollte das nicht; nicht mehr. Sie war nur ein armes, einsames, kleines Mädchen, das niemanden hatte. Er hätte sie gerne mitgenommen.

*

Sie liefen durch die Dunkelheit. Themas gab sich redliche Mühe, die Richtung zu halten und im schwachen Sternenlicht auf den Weg zu achten. Alle schritten sie schweigend dahin. Niemand sprach ein Wort. Die Angst schnürte ihnen die Kehle zu. Themas spürte die Furcht der kleinen Gruppe beinahe körperlich. Je länger sie unterwegs waren, desto stärker wurde das Gefühl. Sie hatten Angst, auch nur einen Piep von sich zu geben. Das Lehm schlief. Gut und schön, aber was, wenn es aufwachte? Davor hatten sie Angst; unendliche Angst. Wenn das geschah, würde sich der feste Boden unter ihren Füßen in einen weichen, nachgiebigen Abgrund verwandeln.

Themas zählte seine Schritte, um sich abzulenken. Es nützte nichts. Obwohl sie seit Stunden unterwegs waren, kam es ihm vor, als wären sie dem Rand des Lehms um keinen Schritt näher gekommen. Der Weg war so weit, so unendlich weit. Er versuchte, sich zu erinnern, ob es wirklich so weit war bis zum Ende der Welt, in der er sein ganzes Leben verbracht hatte. Wie lange bin ich marschiert, wenn ich zum Lehmrand lief? Wenn ich dort den besten Löwenzahn für Mutter ernten wollte? Er rechnete in Gedanken nach. Jedes Mal war er morgens nach dem Frühstück aufgebrochen und erst am späten Nachmittag heimgekehrt. Ja, es dauerte Stunden, den Rand zu erreichen. Es ist alles bestens, Themas, sprach er in Gedanken zu sich selbst. Du machst dich selbst verrückt. Es ist die Dunkelheit, die dich durcheinanderbringt. Du erkennst keine Anhaltspunkte im Gelände. Es gibt keinen Horizont. Deshalb kommt es dir vor, als …

„Achtung!“, zischte er. „Halt! Nicht weitergehen!“ Er musste sich zusammenreißen, um nicht laut zu rufen.

Die kleine Gruppe blieb stehen. Drisies Zwillingsschwester fasste nach der rechten Hand von Themas. Ihre Hand lag klein und kalt in seiner.

„Themas? Was ist?“, fragte Trischa. Ihre Stimme war zittrig vor Furcht.

Themas schlug das Herz bis zum Hals. Ihm wurde schlecht vor Angst. Sein Magen zog sich zu einem heißen, kleinen Ball zusammen. Um ein Haar hätte er das Schreckliche übersehen. Sie wären beinahe darüber gestolpert. „Dreht euch um und dann gehen wir ganz langsam zurück!“, wisperte er. „Keine schnellen Bewegungen! Tut, was ich sage!“ Er drehte sich um und führte Drisies Schwester den Weg zurück, den sie gekommen waren. Hinter sich hörte er leises Schnaufen. Man konnte es für nächtliche Windgeräusche halten, doch das war kein Wind. Die Nacht war windstill. Es wehte nicht das leiseste Lüftchen.

„Themas?“, flüsterte Trischa. „Was ist los?“

„Sei still! Weitergehen!“, gab er ebenso leise zurück. Er lauschte voller Furcht, wartete auf das Geräusch berstenden Sandes und auf das Gebrüll. „Da hinten liegt ein Horro auf der Lauer!“

„Himmel!“ Trischas Stimme war ein leises Mäusefiepen.

„Einfach weitergehen“, flüsterte Themas. Ihm brach der Schweiß aus.

Mit weichen Knien schlich er dahin, Schritt für Schritt weg von der tödlichen Gefahr. Noch immer vernahm er das unterdrückte Schnaufen des Sandhundes. Er vergaß, auf den Weg zu achten, und geriet in dichtes Heidekraut. Neben ihm knickte Drisies Schwester mit einem leisen Wehlaut ein, als sie mit bloßem Fuß auf einen verholzten Stengel trat. Themas fing das Mädchen auf, bevor es hinfallen konnte. Er hob sie hoch und schritt aus dem Heidekrautpolster hinaus auf die freie Sandfläche. Er rechnete jeden Augenblick mit dem Angriff. Wenn der Horro über sie kam, hatten sie keine Chance. Der Sandhund brauchte kein helles Tageslicht, um anzugreifen. Er verließ sich auf sein Gehör und seine Tastorgane. Sie waren leichte Beute für das Raubtier.

Es dauerte eine Ewigkeit, bis sie außer Reichweite des Sandhundes waren.

„Bei den Weiten des Lehms!", keuchte Themas, als sie in Sicherheit waren. „Ich habe das Vieh viel zu spät bemerkt. Noch zehn Schritte weiter, und wir wären ihm direkt in den aufgerissenen Fang gelaufen!" Er schnaufte heftig. Vorsichtig setzte er Drisies Schwester ab. Sie hielt sich an seiner Hand fest und weigerte sich, sie loszulassen.

„Themas?" Die Stimme von Trischa zitterte verräterisch. „Sind wir jetzt sicher?"

„Ja", gab er zurück. „Wir müssen den Horro weiträumig umgehen. Kommt mit!" Sein Herzschlag beruhigte sich. Er wählte einen Weg, der sie von dem versteckt lauernden Raubtier wegführte.

„Sollen wir nicht lieber zurückgehen?", fiepte Trischa.

„Auf keinen Fall!", sagte er. „Wir sind fast am Ziel! Folgt mir!"

Schweigend setzten sie ihren Weg fort. Themas starrte angestrengt in die Dunkelheit, um auftauchende Gefahren früh genug zu erkennen. Der Zwischenfall mit dem Sandhund hatte seine Instinkte geweckt. Er war hellwach und aufmerksam. Er hatte noch immer Angst, aber er unterdrückte sie. „Es ist nicht mehr weit. Wir sind gleich da." Er war froh, dass er es schaffte, das Zittern aus seiner Stimme herauszuhalten. Die Landschaft um sie herum veränderte sich. Es gab keine Knorrenbüsche mehr und die Heidekrautpolster wurden kleiner und spärlicher. Schließlich liefen sie über eine weite Sandfläche.

„Da vorne", sagte Themas. „Könnt ihr es sehen? Die Wiese?"

„Ja", sagte sein Bruder. „Das ist die Grenze."

„Die Wiese vor dem Wald gehört bereits zum Draußen. Geht einfach weiter."

Sie gingen auf die Grasfläche zu. Themas hielt die Luft an. Wenn das Lehm erwacht war, würde es sie nun verschlingen. Sein Herz schlug hart gegen die Rippen. Er wartete darauf, dass sich der Boden unter seinen Füßen auftat. Der Rucksack auf seinem Rücken fühlte sich plötzlich sehr schwer an. Das Gewicht würde ihn nach unten ziehen. Er zählte seine Schritte: Eins, zwei, drei ... Als er bei fünfzehn ankam, stand er auf der Wiese. Nichts war geschehen. Das Lehm hatte nicht bemerkt, wie sie sich davonmachten. Themas blies vernehmlich Luft ab. Das war alles? So leicht? Er konnte es kaum glauben. Doch sie standen mitten im Gras. Er schaute seine Freunde an. „Wir sind draußen! Wir haben es geschafft!"

Drisies Schwester zog an seiner Hand: „Der Boden macht so komisch!"

„Was? Wie?" Themas schaute nach unten. Er sah die bloßen Füße des Mädchens im Dunkel hell schimmern. Sie standen in dunkelrotem Gras. Dort unten schien sich etwas zu bewegen.

„Themas?", flüsterte Trischa. „Hier stimmt etwas nicht! Das ist nicht geheuer!"

Ein Gedanke blitzte in Themas´ Kopf auf. Wieder schaute er nach unten. Er sah die nackten Füße von Drisies Schwester im dunkelroten Gras stehen. Dunkelrot. Rot?! „Weg hier! Es ist ein Trugbild!", schrie er. „Los! Vorwärts! Das ist keine Wiese! Es ist ein vom Lehm geschaffenes Trugbild!" Er riss das kleine Mädchen hoch und lief mit weiten Schritten los. „Beeilt euch! Rasch! Es will uns fassen!"

Trischa stieß einen schrillen Schrei aus. „Es kriecht an mir hoch!"

„Du trägst Eisen an den Knöcheln!", bellte Themas. „Lauf einfach weiter! Es kann dich nicht festhalten! Weitergehen!" Er schritt voran. Der Boden unter seinen Schuhen verwandelte sich in weichen Morast. Das falsche Gras war verschwunden. Er lief durch roten Matsch. Rund um sie erwachte der Untergrund. Knarrend und blubbernd floss weicher Lehm über die Oberfläche. Er schwappte auf sie zu und floss zwischen sie und die wirkliche Wiese, die nur wenige Schritte entfernt lag.

Drisies Zwillingsschwester krallte sich wimmernd an Themas fest. Er lief weiter. Bei jedem Schritt musste er seinen Fuß mit Gewalt aus dem schmatzenden Lehm ziehen. Das Lehm versuchte, ihn festzuhalten. Doch es wagte nicht, höher als bis zu den eisernen Ketten an seinen Knöcheln zu steigen. Er hörte Trischa und Truschka schreien und sah seinen Bruder in langen Sätzen über den Boden eilen.

Oh Himmel! Hoffentlich fällt niemand hin! Wenn einer hinfällt, ist es aus!

Themas stapfte weiter. Sein Herz hämmerte wild. In seinen Ohren rauschte das Blut. Drisies Schwester wimmerte pausenlos in seinen Armen. Der Boden unter seinen Füßen wölbte und senkte sich. Er schlug Wellen und schwappte gegen seine Beine. Wo Lehm mit dem Eisen an seinen Fußgelenken in Berührung kam, zischte es und ein brenzliger Geruch stieg auf.

Themas geriet ins Straucheln. Er stolperte. Oh nein! Ich darf nicht fallen! Ich darf nicht …! Er stolperte weiter, mehrere Schritte weit. Dann begriff er: Er stapfte nicht länger durch weichen, nachgiebigen Lehm. Er schritt über festen Boden. Er sah nach unten. Im fahlen Sternenlicht erkannte er Gras. Es war dunkelgrün. Diesmal war er wirklich draußen. Er stand auf dem Wiesenstreifen.

Hektisch sah er sich um. Wo waren die anderen? Thimas erschien neben ihm: „Wir sind raus! Diesmal haben wir es wirklich gepackt!"

Trischa und Truschka stolperten auf sie zu. Sie hielten einander umfangen.

„Weiter!", befahl Themas. Er traute der Situation nicht. Als er einen Blick hinter sich warf, sah er, dass das Lehm tobte. Es schlug Wellen, die wild gegen die Wiese anbrandeten. Wer konnte sagen, ob nicht eine solche Welle bis zu ihnen hin schwappen konnte? Sie liefen weiter, bis sie am Waldrand ankamen. Dort machten sie Halt.

„Hier sind wir in Sicherheit", verkündete Themas. Er setzte Drisies Schwester ab und umarmte Trischa: „Alles ist gut, Trischa. Wir sind entkommen. Das Lehm kann uns nichts mehr antun."

„Ich will weg!", wimmerte Trischa. „Ich will weg! Themas, bring mich weg!" Das Mädchen war außer sich vor Angst. Hinter ihnen schmatzte und brodelte das Lehm. Themas sah ein, dass er Trischa beruhigen musste. Er führte sie zwischen die Bäume.

Trischa schüttelte den Kopf. „Nein, Themas! Weitergehen! Weg! Weg vom Lehm!"

„Wir sind in Sicherheit", sagte er. „Trischa, bitte beruhige dich."

Sie hing zitternd an ihm. Sie klammerte sich an ihm fest. Themas drückte sie an sich: „Es ist alles gut, Trischa. Bitte beruhige dich. Wir sind im Draußen. Das

Lehm kann uns nichts mehr antun. Sieh selbst."

Trischa drehte den Kopf. Sie schaute zum Lehm hin. Es war heller geworden. Der neue Tag war nicht mehr fern. Im fahlen Frühlicht konnte man sehen, wie Lehmwellen gegen die Wiese schwappten. Lehm versuchte, in die Wiese hineinzukriechen. Weit kamen die lehmigen Auswüchse nicht. Nach wenigen Handspannen zogen sie sich zurück.

„Es hätte uns beinahe geholt!", wisperte Trischa. „Himmel! Es hat versucht, uns zurückzuziehen! Mitten in sich hinein!"

„Ja, hat es", sagte Themas. „Aber da war es zu spät. Wir konnten entkommen. Es ist nicht früh genug auf uns aufmerksam geworden."

„Ich dachte, das Lehm schläft bei Neumond", sagte Truschka. „Zumindest abseits der - wie sagt ihr - Dammstraße?"

Themas schaute Trischas Zwillingsschwester an. Im Licht des erwachenden Tages erkannte er die geradezu bestürzende Ähnlichkeit mit seiner Freundin Trischa. „Es wurde aufgeweckt. Erstens haben wir ziemlich lange bis zum Rand gebraucht und der Tag zieht auf. Tagsüber ist das Lehm wach. Zweitens will mir scheinen, hat jemand nachgeholfen. Jemand hat Alarm geschlagen. Ich frage mich, ob die Lehmpriester vielleicht Möglichkeiten haben, mit dem Lehm in direkten Kontakt zu treten."

„Grutie Umpfbeetl war es nicht", sagte Thimas.

„Nein", gab Themas seinem Zwilling recht. „Grutie war es auf keinen Fall. Vielleicht war es Nelder Borkruther, unser gläubiger Dorfpriester." Er schüttelte den Kopf: „Ich Rindvieh! Ich bin schuld daran, dass man unsere Flucht so früh entdeckt hat!"

Trischa sah ihn an: „Du? Wieso denn? Du hast nichts getan, Themas."

„Das ist ja das Schlimme", brummte er. „Ich hätte etwas tun sollen. Nämlich die Tür zu Honicks Kerker schließen und absperren. Ich habe die Gittertür sperrangelweit offen stehen lassen, ich Hornochse! Weil ich es eilig hatte. Jemand hat das bemerkt und Alarm geschlagen."

Er schaute Drisies Zwillingsschwester an. Das Mädchen stand wie ein Häufchen

Elend da. „Dich trifft keine Schuld." Er strich ihr übers Haar. „Ich bin der Trottel. Egal, wir müssen fort, und zwar schleunigst. Aber bevor wir abhauen, müssen wir sterben."

Trischa blickte ihn fragend an: „Was?"

Themas zupfte an ihrer Weste: „Sterben, Trischa. Wir müssen unsere Klamotten ins Lehm werfen, damit die Leutchen in Lehmborn denken, wir wurden vom Lehm erwischt." Er holte den Rucksack vom Rücken und stellte ihn vor sich: „Hier drin sind die Ersatzkleider. Und das Hemd, das mir zu klein geworden ist. Wenn dieses Hemd an die Dammstraße geschwemmt wird, wird meine Mutter wissen, dass alles gut gegangen ist."

Er wandte sich an Thimas, Truschka und das Honickmädchen: „Zieht eure Lumpen aus und anständige Sachen an. Auch Schuhe." Er schaute Drisies Schwester an: „Was machen wir mit dir? Es ist notwendig, dass deine Lumpenkleider im Lehm landen, aber du kannst ja schlecht nackt herumlaufen." Er rieb seine Unterarme: „Es ist kalt hier draußen."

„Sie kann die Weste haben, die du für mich eingepackt hast", sagte Trischa. Sie sah zu, wie das kleine Mädchen sich seiner Lumpenbekleidung entledigte. Inzwischen war es heller geworden. „Ich gebe ihr eins meiner Unterkleidchen. Das kann man mit Bändeln anpassen und festbinden. Damit sie nicht untenrum blank gehen muss."

„In Rodental besorgen wir neue Kleider", versprach Themas. Er holte die Kleidungsstücke aus seinem Rucksack und verteilte sie. Nach ein paar Minuten standen sie neu eingekleidet zwischen den Bäumen. Themas hob den Kleiderballen vom Boden auf: „Das muss ins Lehm."

„Themas?" Trischas Stimme war hoch und zittrig. „Muss das sein? Bitte, ich will nicht dahin zurück!" Sie zeigte über die Wiese. Am Rand des Grases lag das Lehm in trügerischer Stille. Nichts bewegte sich mehr. Nichts schwappte und gluckste. Man konnte meinen, das Lehm schliefe. Themas wusste es besser. „Ich kann da nicht hin!", wimmerte Trischa.

„Geht klar", sagte Themas. Er bemühte sich, kühl und gefasst zu klingen, obwohl ihm das Herz bis zum Hals schlug, wenn er nur daran dachte, die Kleider über die Wiese zu tragen und dem Lehm gefährlich nahe zu kommen.

Trischa klammerte sich an ihn: „Nicht! Bleib da, Themas! Geh nicht dorthin! Es wird sich auf dich werfen und dich in sich hineinziehen."

„Ich passe auf", versprach er.

„Das ist es nicht wert", rief Trischa. „Lass doch die dummen Kleider! Es ist zu gefährlich! Geh nicht!"

„Trischa, es ist zu unserem Schutz. Wenn die Suchmannschaft unsere angeschwemmten Kleider an der Dammstraße findet, denken sie, das Lehm hätte uns erwischt, und sie lassen uns in Ruhe. Dann geht keiner hinaus und durchkämmt die Straßen von Landsweiler. Denk auch an unsere Familien. Wenn meine Mutter erfährt, dass mein helles Hemd angeschwemmt wurde, wird sie wissen, dass wir gerettet sind. Sie wird es deinen Eltern sagen. Ich muss die Kleider ins Lehm werfen."

„Nein! Nein!", schrie Trischa. „Geh nicht, Themas! Ich ... ich könnte es nicht ertragen, wenn dir etwas passiert. Ich habe dich doch so lieb!" Schluchzend drängte sie sich an ihn.

„Ich mache es!" Thimas hob den Kleiderknäuel auf, den Themas fallen gelassen hatte. Er hatte das Kinn grimmig vorgeschoben. „Ich tue es mit dem allergrößten Vergnügen. Das Lehm soll sehen, dass es mich nicht bekommt. Alles, was es bekommt, sind ein paar Kleiderfetzen!"

„Ich auch!" Truschka erschien neben Thimas. Sie raffte Kleider zusammen und drückte sie gegen ihre Brust. „Komm, Thimas! Gehen wir!" Ihre Augen hatten einen Glanz bekommen. „Wir gehen es ärgern. Es wird wütend werden." Sie grinste boshaft. „Aber es wird die Kleider brav zur Dammstraße bringen und anschwemmen, weil es viel zu eingebildet ist. Es kann nicht anders. Es wird den Menschen im Lehm vorlügen, es hätte uns erwischt."

Gemeinsam gingen Thimas und Truschka über die Wiese. In respektvollem Abstand blieben sie stehen. Kleidungsstück für Kleidungsstück wickelten sie zu Bällen zusammen und warfen sie in hohem Bogen ins Lehm. Die Kleider flatterten durch die Morgenluft. Sie landeten im Sand, nicht weit vom Rand der Wiese entfernt.

Schon als das erste Kleidungsstück das Lehm traf, erwachte es erneut zum Leben. Der Boden erzitterte. Der Sand wölbte sich auf. Zischend und brodelnd öffneten sich Löcher, nur um gleich wieder zu verschwinden. Wellen aus Sand und nassem Lehm schwappten umher. Im Umkreis von hundert Metern zappelte und wand sich die Oberfläche des Lehms. Es gluckste und schmatzte. Von weiter draußen kam ein tiefer, grollender Ton aus sumpfigen Untiefen. Es klang wie ein riesenhafter Horro. Das Lehm tobte in sinnloser Wut. Es riss die Kleider weit hinaus in die offene Sandfläche.

Thimas hob die Faust gegen das Lehm: „Ja, hol sie dir! Friss sie und ersticke daran, du Mörderland! Du Kindermörderland! Mehr bekommst du nicht von uns! Uns bekommst du nicht! Du machst uns keine Todesangst mehr!"

Truschka fing an zu lachen. „Ja, reg dich nur schön auf! Tobe und schäume vor Wut! Du widerliches Land! Du Kinder-zu-Tode-ängstigendes Mordland!" Sie lachte und lachte. Sie konnte gar nicht mehr aufhören. Bis aus dem Lachen ein lautes Schluchzen wurde. Thimas hielt sie umarmt und ließ sie weinen. Er hielt sie fest und gab ihr Halt.

Es dauerte lange, bis Trischas Schwester sich beruhigte. „Lass uns gehen", sagte Thimas. Er führte Truschka über die Wiese zu den anderen. „Wir sind hier fertig. Gehen wir!" Sie drangen in den dichten Wald ein, der das Lehm umgab.

„Meine Tante hat gesagt, es ist nicht weit bis zur Bahnlinie", sagte Themas. „Die verläuft rund ums Lehm. Von überallher wird das geschlagene Holz nach Landsweiler transportiert und von dort aus weiter ins Königreich Bayern verbracht. Neben den Bahnschienen verläuft ein Weg für Fußgänger, Radler und Fuhrwerke."

Tante Brillas Beschreibung erwies sich als korrekt. Nach zwanzig Minuten erreichten sie eine breite Schneise. Mittendrin lief die 600 mm-Bahnlinie und daneben gab es einen breiten Weg, auf dem man gut gehen konnte. Sie wandten sich nach rechts. Bis Landsweiler waren es nur wenige Kilometer.

Während sie dem Weg neben den Gleisen folgten, wurde es Tag. Als sie zu der Stelle kamen, an der die Karawanenstraße aus dem Lehm kommend die Trasse kreuzte, schauten sie nach rechts, ob vielleicht eine Suchmannschaft zu sehen war. Der kaum erkennbare Weg, der durch den Wald zur Bahnstrecke führte, war menschenleer.

„Vielleicht haben wir Glück und es kommt niemand", meinte Themas. „Wenn sie der Dammstraße folgen, kann es sein, dass sie unsere Klamotten auf Höhe der Lehma-Statue am Wegesrand finden. Dann gelten wir als tot."

„Wenn nicht, gelten wir als entkommen", meinte Trischa düster. „Wenn sie die Kleider nicht finden, müssen sie annehmen, dass es uns gelungen ist, dem Lehm zu entwischen. Wir müssen in Landsweiler gleich in den ersten Zug einsteigen." Sie blickte Themas von der Seite an: „Weißt du, wie man das macht?"

„Tantchen hat es mir erklärt", antwortete Themas. „Keine Angst, ich bringe uns sicher in den ersten Frühzug nach Rodental."

Drisies Schwester war die ganze Zeit still neben ihnen hergelaufen. Jetzt sprach sie zum ersten Mal laut: „Das Lehm wird wütend sein. Das ist furchtbar. Wir werden frei sein, aber die gefangen gehaltenen Kinder sind es nicht. Bestimmt will das Lehm besänftigt werden."

Sie schauten einander betroffen an. Jeder wusste, was das Mädchen meinte. In der Vergangenheit hatte das Lehm nach der Flucht von Bürgern oft Gaben gefordert. Heute würde die Angst umgehen im ganzen Lehm. Kinder, die in ihren Verliesen unter den Treppen lebten, würden um ihr jämmerliches Leben zittern. Der Tod würde umgehen im Lehm. Es würden Opfer auserkoren werden.

Bei dem Gedanken, dass unschuldige Kinder im Sumpf erstickt werden sollten, weil eine Handvoll Menschen geflohen waren, wurde es Themas speiübel. Das Schrecklichste war, dass er absolut nichts daran ändern konnte. Es war perfide. Es war eine Strategie des Lehms, mit der Drohung, Kinder zu töten, Leute von der Flucht abzuhalten.

„Wenn ich wüsste, wie es geht, würde ich es töten!" Das kam von Thimas. „Es müsste ein Gift geben, das man in die Bäche schütten kann, eine Substanz, die das Lehm umbringt. Ich würde keinen Augenblick zögern, dieses Gift anzuwenden."

„Ich auch nicht", sagte Truschka. „Wenn es doch möglich wäre! All die armen

Kinder, die ein Leben in Todesangst führen! Es ist entsetzlich!"

Themas wurde noch mehr schlecht. Er wusste, dass es ein solches Gift nicht gab. Eisen hielt das Lehm zurück, aber es tötete es nicht. „Wir können nichts machen", sagte er. „Nur hoffen, dass unsere kopierten Hefte gefunden werden und weitere Menschen das Lehm verlassen. Wenn die ebenfalls Kopien hinterlassen, werden im Lauf der Zeit immer mehr Leute dem Lehm den Rücken kehren." Er ließ den Kopf hängen. „Doch bis dahin werden viele Kinder einen elenden Tod sterben, als Opfer für eine bösartige, dämonische Lebensform, die aus einer anderen Welt in die unsere kam."

Kurz darauf erreichten sie den Baum, den Onkel und Tante ihm beschrieben hatten. Themas fasste in die Höhlung und fand eine hübsche Summe Geld darin. Es war mehr als genug für Fahrkarten nach Rodental. Er steckte das Geld ein und sie setzten ihren Weg fort. Sie waren langsam. Themas wäre viel schneller gewandert, wäre er allein gewesen. Aber die drei Kinder, die ein Leben lang in Verliesen unter den Treppen eingekerkert gewesen waren, waren das Gehen nicht gewohnt. Sie waren inzwischen sehr müde. Sie waren den weiten Weg durchs Lehm gelaufen und mussten nun noch bis Landsweiler durchhalten. Erst im Zug konnten sie sich ausruhen.

Was sollen wir machen, wenn die aus dem Lehm eine Suchmannschaft schicken?, fragte sich Themas. Ich könnte ihnen davonlaufen; Trischa auch. Aber unsere Geschwister und die Kleine von Honicks nicht. Die können sich kaum noch auf den Beinen halten. Er war froh, als sie endlich in Landsweiler eintrafen. Es war hell geworden. Themas führte die kleine Schar die Hauptstraße hinauf zum Bahnhof. Unterwegs probierte er die Tür eines Kleiderladens. Sie war abgeschlossen.

„Schade", sagte er. „Es ist noch zu früh. Ich hätte gerne Kleider und Schuhe für Drisies Schwester gekauft. Unser Geld würde dafür reichen. Ich habe ja auch noch meine eigenen Münzen mit, die ich mit dem Verkauf von Rötel verdient habe." Er zuckte die Achseln. „Nichts zu machen. Gehen wir zum Geschäft, wo ich eine neue Mundharmonika bekomme."

Trischa war nervös. „Wäre es nicht besser, gleich zum Bahnhof zu gehen?" fragte sie. Immer wieder warf sie ängstliche Blicke um sich. Es waren kaum Menschen unterwegs, so früh am Morgen. Die fünf Lehmkinder waren auffällig in ihren ungewöhnlichen Kleidern. Eine Suchmannschaft würde sie sofort entdecken. „Es ist nicht weit. Da drüben liegt der Bahnhof. Ich kann das Schild lesen."

„Der Frühzug geht erst in einer Stunde", sagte Themas. „Meine Tante hat es mir erklärt. Es ist mehr als genug Zeit." Er ging zu dem Laden, in dem er seine Mundharmonika gekauft hatte. Die Tür war abgesperrt. „Ach, Mist!" Er rüttelte frustriert am Türgriff.

Über ihnen wurde ein Fenster geöffnet. Ein Mann beugte sich heraus: „Nanu! Kundschaft, so früh am Morgen? Wartet einen Moment, Kinder. Ich mache euch auf."

Kurz darauf drehte sich ein Schlüssel im Schloss und die Tür des Ladens schwang nach innen. Der Besitzer des Geschäfts lächelte sie an: „Ich wünsche einen guten Morgen. Hereinspaziert, die Herrschaften. Immer herein. Was darf's denn sein?"

„Eine Mundharmonika", antwortete Themas. „Ihnen auch einen guten Morgen."

Der Mann schaute sie alle fünf an. „Es soll wohl eine aus Messing sein, schätze ich. Ihr seid aus dem Lehmland, richtig?"

Sie nickten. Sah man das so deutlich?

„Eure Kleider", meinte der Mann. „Keiner außer euch trägt solche Farben. Eigentlich sind es ja keine. Alles ist naturfarben, die Wolle hell oder braun, und dann dieses ungewöhnliche Ziegelrot. Das gibt es bei uns nicht. Haben eure Schafe rote Wolle?"

„Die Kamele", antwortete Themas. „Sie geben eine feine rötliche Wolle."

„Bei euch gibt es keine gefärbten Stoffe?"

Themas schüttelte den Kopf: „Färben gilt als Hochmut. So sagen es die Priester."

„Ah ja", sagte der Ladeninhaber. „Eine Glaubensangelegenheit. Nun denn." Er machte eine einladende Geste: „Kommt zur Theke. Die Mundharmonika habe ich im Regal liegen. Vielleicht möchtet ihr ja noch ein paar Sachen mitnehmen?"

„Ein Lehrheft für Mundharmonikaspiel", sagte Themas.

„Haben Sie Vergrößerungsgläser?" fragte Truschka. „Meine Schwester hat eins. Es ist toll. Wenn man durchschaut, wird alles größer."

„Ich habe Lupen da", meinte der Mann. „Nicht die teuren wie im Optikladen, aber ganz anständige Qualität." Er legte Truschka ein Vergrößerungsglas vor, das in ein Lederetui eingeklappt werden konnte. „Zweifache Vergrößerung."

Thimas fragte nach einer Mundharmonika.

„Leider habe ich keine mehr aus Messing da", sagte der Ladenbesitzer. „Dein Bruder bekommt die Letzte. Ich müsste sie für dich bestellen. Die anderen Instrumente haben Schalldeckel aus Stahl und stählerne Stimmzungen."

„Das macht nichts", sagte Thimas. Er ließ sich von dem Mann verschiedene Instrumente zeigen.

Trischa lief die ganze Zeit nervös im Laden herum. Immer wieder ging sie zu dem großen Schaufenster und warf ängstliche Blicke hinaus. „Macht schneller!", bettelte sie. „Wir müssen zum Bahnhof. Nun macht schon!"

Thimas wählte eine Mundharmonika aus.

„Und die junge Dame?", fragte der Ladenbesitzer. „Auch eine Kleinigkeit?" Drisies Zwillingsschwester schaute ihn aus großen Augen an. „Zu einem kleinen Mädchen wie dir gehört eine Puppe", sagte der Mann lächelnd. „Ich habe welche da." Er holte ein kleines Püppchen aus dem Regal und legte es dem Mädchen in die Hände. „Wie wäre es mit der? Kostet nicht viel."

Das Mädchen brachte kein Wort hervor, aber ihr Blick sprach Bände.

„Wir nehmen sie", sagte Themas. Er holte das Geld hervor und bezahlte.

Am Schaufenster stieß Trischa einen erschrockenen Schrei aus. „Sie kommen!", rief sie. „Sie sind da!" Sie kam zu Themas gelaufen. „Prick Holfer und Nelder Borkruther! Und Relf Kulling, der Bronzegießer! Und Männer aus Lehmkaul! Sie müssen die Glocken geläutet haben! Sie kommen! Sie sind am Bahnhof!"

„Rasch! Hinter die Theke!", rief der Ladeninhaber. „Versteckt euch, Kinder!" Er ging zur Tür und schaute hinaus. „Sie sind am Bahnhof und schnüffeln herum."

„Woher ...?", fragte Themas aus ihrem Versteck hinter der Ladentheke hervor.

„Die gleichen Kleider", antwortete der Mann. „Man erkennt die Lehmländer sofort. Bleibt unten! Ich gebe euch Bescheid, wenn sie weg sind."

Trischa kauerte neben Themas. Sie hielt sich an ihm fest. „Was sollen wir machen, wenn sie hierherkommen?"

„Wenn sie kommen, schließe ich die Tür vor ihrer Nase zu", sagte der Ladenbesitzer. Er holte eine Taschenuhr hervor und klappte sie auf: „Eine halbe Stunde, bis der Frühzug geht." Er wandte sich an die Kinder: „Den wollt ihr doch nehmen, habe ich recht? Ihr seid ausgerissen."

„Ja", sagte Themas.

„Keine Sorge, mein Junge. Hier wird niemand Leuten helfen, die Kinder einfangen wollen. Ihr seid nicht die ersten Flüchtlinge. Ich weiß ja nicht, was in diesem Lehmland los ist, aber es laufen alle naslang Menschen von dort weg. Das ist jedermanns gutes Recht. Wir helfen den Suchmannschaften nicht. Wir helfen denen, die fliehen." Er spähte zur Tür hinaus. „Die sind da drüben festgewachsen. Ich habe eine Idee, Kinder. Gebt mir Geld. Ich gehe rüber und kaufe Fahrkarten für euch. Bei mir schöpfen sie keinen Verdacht."

Themas gab dem Mann ein paar Münzen. „Danke, dass Sie uns helfen", sagte er.

„Ehrensache", meinte der Ladenbesitzer. „Man hilft Menschen in Not. Das gehört sich so. Bleibt hinter der Theke, damit man euch nicht sieht. Ich sperre die Tür hinter mir zu, damit keiner in den Laden kommt, solange ich unterwegs bin." Er verließ das Geschäft.

„Oh du lieber Himmel!", jammerte Trischa. „Themas, ich habe Angst!"

Er legte den Arm um ihre Schultern: „Ich auch. Aber wir schaffen es. Der Mann hilft uns."

„Die Zeit wird knapp! Was sollen wir tun, wenn die Suchmänner nicht weggehen?" Trischa klang verzweifelt. „Wir können nicht zum Bahnhof, solange Prick Holfer und die anderen dort sind!" Sie zuckte zusammen, als ein lauter Pfiff ertönte. Sie lugte hinter der Theke hervor. Zwischen zwei Häusern auf der gegenüberliegenden Straßenseite sah man einen Zug zum Bahnhof fahren. Er wurde von einer Garrattlokomotive gezogen. „Oh nein! Da kommt der Zug! Wir werden ihn verpassen!"

Themas wurde es warm. Er musste heftig schlucken. Das sah nicht gut aus. Von seiner Tante wusste er, dass der Frühzug zwanzig Minuten Aufenthalt in Landsweiler hatte. Man lud Post und andere Fracht in den Gepäckwagen hinter der Lok. Sie hatten nur noch wenige Minuten. Wenn die Suchmannschaft am Bahnhof blieb, hatten sie keine Chance, in den Zug zu steigen.

Es rasselte an der Tür. Sie schwang auf. Der Ladenbesitzer war zurück. „Kinder? Rasch! Kommt mit nach hinten!" Er steckte Themas die Fahrkarten zu und lief durchs Haus. Er öffnete eine Tür, die hinten hinausging, und geleitete sie durch einen großen Garten zu einem schmalen Weg, der hinter den Häusern entlangführte.

„Hört zu, Kinder!", sagte der Mann. „Diese Lehmmänner sind immer noch am Bahnhof. Ihr könnt dort nicht in den Zug steigen." Er deutete nach rechts. „Ihr müsst da lang! Die Straße läuft parallel zur Hauptstraße und hinter der Ortschaft kommt ihr zu einer Kreuzung. Haltet euch rechts und ihr gelangt zu dem Weg, der neben der Bahnlinie aus Landsweiler hinausführt. Ich habe mit dem Lokomotivführer gesprochen. Wenn der Zug kommt, stellt ihr euch neben die Gleise und winkt. Dann hält er an und ihr könnt einsteigen. Danach fährt er sofort wieder an. Rasch jetzt, Kinder! Ihr müsst schnell laufen! Der Zug fährt gleich ab!"

„Vielen Dank", sagte Themas. „Danke, dass Sie uns helfen."

„Gern geschehen", sagte der Ladeninhaber. „Lauft! Beeilt euch!"

Sie rannten los. „Nicht so schnell!", rief Drisies Zweitling. Sie versuchte verzweifelt, Schritt zu halten. „Ich kann nicht so schnell. Mir tun die Beine weh!"

Themas riss sie hoch und trug sie: „Weiter! Beeilt euch!" Keuchend stürmte er voran. Hinter ihnen ertönte ein doppelter Pfiff. Die Lokomotive fuhr an.

Sie kamen zur Kreuzung. „Rechts!", schnaufte Themas. Er schleppte seine lebende Last, so schnell er konnte. Da waren die Gleise. Der Zug kam auf sie zu. Eine grüne Garratt zog die Personenwagen.

Sie blieben stehen und winkten. Zischend schloss sich die Zugbremse. Der eiserne Lindwurm kam direkt neben ihnen zum Stehen. Ein Mann in Eisenbahneruniform schaute aus dem Führerhaus: „Steigt ein, Kinder! Rasch! In den Wagen gleich hinter dem Gepäckwagen!"

Sie sprinteten an der Lok entlang und stiegen in den ersten Personenwaggon. Themas stieg als Letzter ein. Er warf einen Blick zum Bahnhof. Er sah Prick Holfer mit jemandem aus Lehmkaul auf dem Bahnsteig stehen. Die beiden beachteten den haltenden Zug nicht. Themas stieg ein. Er schloss die Tür hinter sich.

Sie fanden eine Sitzgruppe, wo sie einander gegenübersitzen konnten. Trischa saß neben Themas, Truschka und Thimas nahmen Drisies Schwester in die Mitte.

Erneut erklang der doppelte Pfeifton. Die Lok begann zu stampfen. Mit einem sanften Ruck setzte sich der Zug in Bewegung.

Thimas sprang auf. Er zog das Fenster herunter und schaute hinaus.

„Der Bürgermeister steht da und schaut den Bahnhof an", meldete er. „Die warten alle, dass wir durchs Bahnhofsgebäude kommen." Er schloss das Fenster und ließ sich auf den Sitz fallen. „Wenn wir unsere Fahrkarten selbst gekauft hätten, wären wir ihnen direkt in die Arme gelaufen. Die hätten uns eingefangen und ins Lehm zurückgebracht."

Sie schauten sich an. Alle wussten, was die Worte von Thimas bedeuteten. Trischa und Themas wären vors Lehmgericht gestellt worden und mit höchster Wahrscheinlichkeit ins Lehm geschickt worden. Die drei Kerkerkinder hätte man wieder unter der Treppe eingesperrt, um sie demnächst hervorzuzerren und dem Lehm zu opfern.

Drisies Schwester fing an zu weinen. Sie presste ihre Puppe an sich und schluchzte haltlos.

Truschka nahm sie in den Arm: „Ist ja gut, Honickmädchen. Sie können uns nicht kriegen."

„I-Ist das w-w-wahr?", fragte das Mädchen unter Tränen. „Ich habe so A-Angst!"

Truschka drückte sie an sich. „Wir sind in Sicherheit. Der Zug fährt zu schnell für die Männer aus dem Lehm. So schnell können die nicht rennen, dass sie uns einholen. Es kann dir nichts passieren."

„Wirklich nicht?", piepste die Kleine.

„Wirklich nicht", antwortete Truschka. „Willst du mal aus dem Fenster gucken? Wir sind schon ganz weit weg von Landsweiler. Und weiter als dorthin dürfen Leute aus dem Lehm nicht. Sie können uns nicht nach Rodental folgen."

„Ist das weit weg vom Lehm?", fragte das Mädchen.

„Und ob!", mischte sich Themas ein. „Zu Fuß braucht man fünf oder sechs Tage bis dorthin."

Drisies Schwester schaute Themas aus verweinten Augen an. „Du hast mich rausgelassen. Du hast mich befreit. Danke!"

„Ich konnte nicht an deinem Gefängnis vorbeigehen und nichts tun", sagte Themas. „Du hast rausgeschaut. Dein Gesicht werde ich nicht vergessen, und wenn ich hundert Jahre alt werde."

„Angst!", sagte das Mädchen. „Ich hatte immer Angst. Mein ganzes Leben. Wir alle haben Angst. Immer! Das ist schrecklich. Man fürchtet sich den ganzen Tag lang. Man hat dauernd Angst. Man weiß, was einem passiert, wenn man erwählt wird." Sie schluchzte laut auf. „Sie schicken einen ins Lehm und das Lehm verschlingt einen. Es bringt einen um. Ganz langsam! Man wird qualvoll erstickt. Ich ha-ha-hatte immer Angst! Die ganze Zeit. Wenn die Lehma ins Dorf kam, war es am schlimmsten! Wir alle haben in unseren Gefängnissen gezittert. Jeder hat sich gefürchtet. Jeder hat gewusst: Wenn dich die Lehma ansieht, kommen sie dich holen. Dann musst du ins Lehm. Dann wirst du erstickt." Das Mädchen fing wieder an zu weinen. „Können sie uns wirklich nicht fangen?", schluchzte sie.

„Wirklich nicht", sagte Truschka. „Frag Themas!"

„Sie können uns nichts mehr antun", sagte Themas. „Du brauchst keine Angst zu haben … Wie heißt du eigentlich?"

Das Mädchen blickte ihn aus rot geweinten Augen an: „Schwester. So hat Drisie mich immer genannt. Die anderen Kinder sagen Honickmädchen zu mir."

„Möchtest du nicht einen richtigen Namen?", fragte Themas. „Ich bin der Themas und mein Zwillingsbruder heißt Thimas. Trischas Schwester heißt Truschka. Deine Schwester heißt Drisie. Du könntest dich Drusie nennen."

Das Mädchen biss sich auf die Unterlippe. Sie schaute unentschlossen. „Könnte ich auch Dresie heißen?“, fragte sie.

„Selbstverständlich“, sagte Themas. „Ab heute bist du Dresie Honick, das Mädchen, das dem Lehm entkommen ist.“

„Dresie“, sagte sie leise. Ihre Tränen trockneten. Sie lächelte Themas an. „Dresie, die Schwester von Drisie Honick.“ Sie gähnte. „Ich bin müde.“

„Kein Wunder“, meinte Themas. „Du warst die halbe Nacht wach und bist kilometerweit gelaufen. Das sind deine Beine nicht gewohnt, wo du doch immer eingesperrt warst. Schlaf ein bisschen, Dresie. Wir wecken dich rechtzeitig.“

Das Mädchen lehnte sich an Truschka und schloss die Augen. Sie schlief sofort ein.

Themas schaute Dresie an. Selbst im Schlaf entspannte sich ihr Gesicht nicht. Man sah ihrem Gesicht die Furcht an, die ihr Leben neun Jahre lang beherrscht hatte. Er dachte daran, dass er das Mädchen um ein Haar in seinem Verlies zurückgelassen hätte. Ihm wurde ganz anders bei dem Gedanken. Und er dachte voller Grauen an die vielen Kinder, die unter den Treppen der Häuser im Lehm eingesperrt waren. Das Lehm würde Opfer verlangen. Mindestens eins. Wahrscheinlich mehrere. Themas wurde übel, wenn er daran dachte.

Der Zug fuhr durch dichten Wald. Nachdem der Schaffner ihre Fahrkarten kontrolliert hatte, schliefen sie alle eine Weile. Die Fahrt nach Rodental würde bis zum Mittag dauern. Nach einer Stunde wurden sie wach; nur Dresie schlief weiter, an Truschka angelehnt.

Ab und zu öffnete sich der dichte Wald und ein kleines Dorf lag inmitten von Obstwiesen und Feldern. Der Zug hielt an jeder noch so kleinen Ortschaft.

„Die Dörfer sind genauso groß wie im Lehm“, sagte Trischa. Sie konnte sich nicht sattsehen an den kleinen Ortschaften. „Aber alles ist viel bunter. Sogar die Kleider der Menschen. Solche Kleider will ich auch.“ Sie schaute Themas an. „Bei uns ist alles wie Lehm gefärbt; auch die Häuser und die Dächer. Unsere Kleidung hat diese rötliche Farbe und das irdene Geschirr. Sogar das Haar und die Augen der Lehma sind lehmfarben."

„Grutie", sagte Themas. „Ich frage mich, was sie gerade macht."

„Arme Kinder aussuchen, um sie ins Lehm zu schicken", sagte Trischa.

„Ich weiß nicht", meinte Themas. „Sie hat sich verändert. Vielleicht findet sie einen Weg, das Lehm dazu zu bewegen, weniger Gaben zu verlangen. Wenigstens das. Ob sie das fertigbringt, kann ich nicht sagen, aber sie will es versuchen, hat sie mir gesagt."

Trischa schaute misstrauisch drein: „Im Ernst?"

Er nickte.

„Das sieht ihr gar nicht ähnlich."

„Ich sag ja, sie hat sich verändert." Themas erzählte von Grutie Umpfbeetls Besuch, als er auf dem Dorfplatz Mundharmonika gespielt hatte, und später draußen vorm Dorf, als sie zu ihm gekommen war, und was sie nachts zu ihm gesagt hatte, als sie Lehmborn verließen.

Trischa lauschte mit vor Staunen offenem Mund. „Jetzt wird mir einiges klar", sagte sie, als Themas seinen Bericht beendet hatte. „Sie ist in dich verschossen! Sie hat sich in dich verguckt … irgendwann vorm Sommer muss das gewesen sein. Deswegen war sie so zickig, als du und ich … sie war sauer." Trischa schüttelte den Kopf und sah ihm in die Augen. „Sie wurde sauer, als wir uns näherkamen. Vor allem, nachdem der Horro mich angegriffen hat und du mir das Leben gerettet hast. Von da an haben wir beide uns noch enger zusammengeschlossen. Da fing sie erst recht an zu zicken. Doch dann muss ihr klar geworden sein, dass sie auf die Art nicht weiterkam. Ihr Verhalten hat dich abgeschreckt. Du warst angeekelt und wütend.

Da hat sie ihr Verhalten geändert. Das war, als wir draußen beim Knorrengebüsch das Heft kopiert haben und sie mit ihrer Eskorte aufgetaucht ist. Ihr muss klar geworden sein, dass ihre Liebe keine Chance haben würde, dass es für sie nie eine Erfüllung dieser Liebe geben würde. Sie ist die Lehma. Die Lehma ist allein. Die Lehma hat keine Familie. Sie ist quasi mit dem Lehm vermählt. Sie muss verzweifelt gewesen sein, als sie das verstand. Von da an wollte sie dir wenigstens ab und zu für eine Stunde nahe sein, einfach bei dir sein. Diese Übungsstunden auf der Mundharmonika müssen ihr sehr viel bedeutet haben. Sie ist erst elf, aber sie hat kapiert, dass ihr ein Leben in totaler Einsamkeit bevorsteht. Sie wird immer allein sein. Sie ist isoliert. Die Menschen schrecken vor ihr zurück. Sie gehört nicht mehr dazu. Man fürchtet sie. Sie ist ein junges Mädchen, das schrecklich allein ist auf der Welt. Als du ihr dieses Lied vorgespielt hast, hat sie das mitten ins Herz getroffen. Sie ist ein zutiefst einsames Mädchen, das weiß, dass es niemals Liebe erfahren wird. Arme Grutie."

„So habe ich das noch nie gesehen", sagte Themas. Ihm war eigenartig zumute. Er spürte, dass Trischa recht hatte.

Sie blickte ihn mit ihren honigfarbenen Augen an. „Ich bin froh, dass das Lehm hinter uns liegt und sie nicht mehr an dich herankommt. Du magst sie. Ich weiß es."

Er war überrascht. „Bist du etwa eifersüchtig?"

„Ja", sagte sie frei heraus. Röte stieg ihr in die Wangen. „Bin ich!"

„Trischa." Ihm wurde ganz anders. „Trischa!" Er fasste ihre Hand. „Trischa, nein. Grutie ist ein kleines Mädchen. Sie tut mir leid. Und ja, ich mag sie. Ein bisschen. Aber nicht so wie dich, Trischa."

Sie schaute ihn an, die Augen weit offen, fragend und ein wenig ängstlich.

Er zog sie an sich und drückte sie. „Ich habe dich lieb", flüsterte er in ihr Ohr. „Ich liebe dich, Trischa Banbirk." Und dann küsste er sie.

Als sie voneinander ließen, sahen sie, dass Dresie aufgewacht war. Das Mädchen schaute sie aus großen Augen an. Sie gaffte hingerissen. Thimas und Truschka feixten.

Der Zug fuhr weiter durch dichte Wälder und an kleinen, schmucken Dörfern vorbei. Den Zug interessierte nicht, was die Menschen, die er beförderte, fühlten und dachten. Der Zug schnaufte und pfiff. Er ratterte über seinen eisernen Weg und irgendwann hielt er zum letzten Mal an diesem Tag an. Es war zwei Uhr nachmittags.

„Endstation!“, rief der Schaffner draußen auf dem Bahnsteig durch eine Flüstertüte. „Rodental! Endstation! Alles aussteigen, bitte! Der Zug endet hier. Werte Fahrgäste, Sie haben Anschluss auf der anderen Seite des Bahnhofs. Dort geht der Nachmittags-D-Zug in einer halben Stunde ab. Es ist ein Zug der Normalspur mit breiten Waggons. Ich wünsche Ihnen allen einen schönen Tag und bitte beehren Sie uns bald wieder.“

Sie stiegen aus. Zwei Leute erwarteten sie. Themas schlug das Herz: „Tante Brilla! Onkel Jidler!“ Er warf sich seiner Tante in die Arme und wollte sie schier erdrücken. Dann war der Onkel an der Reihe.

Jidler liefen Tränen über die Wangen: „Themas! Junge!“ Er küsste Themas ein ums andere Mal auf die Wangen. „Ach, Junge! Endlich habe ich dich wieder!“

Brilla wandte sich Thimas zu: „Da bist du also!“ Tränen traten ihr in die Augen. „Du bist hier! Du wirst nicht einen unsinnigen Tod sterben!“ Sie schloss Thimas in die Arme. Themas und Thimas wechselten zwischen Onkel und Tante hin und her. Sie wurden abwechselnd gedrückt und geküsst.

„Ihr habt es geschafft!“, sagte Tante Brilla. „Ihr müsst uns erzählen, wie es war.“

Themas stellte die drei anderen Flüchtlinge vor: „Das sind Trischa Banbirk und ihre Schwester Truschka und das ist Dresie Honick.“

„Trischa“, sagte die Tante und nahm das Mädchen in die Arme. „Die Tochter des Windmüllers. Du bist groß geworden. Nicht so groß wie Themas, aber du bist gewachsen.“ Nun wurden die drei Mädchen umarmt und geküsst.

„Was hast du denn da an, kleine Tochter der Honicks?“ fragte die Tante und musterte die Weste Trischas misstrauisch, die wie ein zu großes Kleid um Dresies Körper schlotterte.

„Etwas Besseres hatten wir nicht“, erklärte Themas. „Ihre Lumpen mussten wir ja dem Lehm zuwerfen. Das hat vielleicht getobt! Dresie war nicht geplant. Wir haben sie einfach mitgenommen.“ Er begann zu erzählen. Onkel und Tante hörten mit großen Augen zu.

„Das hast du gut gemacht, Junge“, sagte Jidler, als Themas fertig war. „Es war recht, dieses arme Kind zu befreien.“

„Ich wünschte, ich hätte noch mehr freilassen können“, sagte Themas. „Aber die Zeit drängte. Wir mussten uns sputen, sonst wäre der neue Tag angebrochen, bevor wir aus dem Lehm heraus waren.“

„Lasst uns nach Hause gehen“, sagte die Tante. Sie nahm Dresie an die Hand. „Unterwegs gehen wir in den Kleiderladen von Drehmels. Dort besorgen wir was zum Anziehen für dich und Schuhe.“

Sie zogen los. „Erzähl uns alles“, bat Jidler. „Von Anfang an, Themas.“

Themas fing an zu berichten, während sie durch die Straßen Rodentals liefen und die vielen Häuser bestaunten, die Straßen mit Kopfsteinpflaster und die Straßenlaternen. Erst in den Außenbezirken hörte das Pflaster auf und die Häuser lagen an Naturstraßen. Jedes Haus stand frei in einem großen Garten. Es war überall grün und viele der Häuser waren farbig verputzt.

Jidler und Brilla erzählten, dass die Leute Gartenbau betrieben, um eigene Lebensmittel zu gewinnen. Viele hielten Hühner und Kaninchen, manche auch Ziegen.

„Weiter draußen liegen Bauernhöfe im gerodeten Land“, sagte Jidler. Die Rodung erstreckt sich viele Kilometer weit in die umgebenden Wälder. Hinter der Stadt liegt der Rodensee. Das ist der Grund, warum die Stadt gegründet wurde. Die ersten Siedler waren Fischer. Der See ist zwei Kilometer lang und fast fünfhundert Meter breit. Er liegt wie ein großes Oval in den Wäldern.“

Sie machten einen Halt beim Kleiderladen und besorgten für Dresie etwas zum Anziehen und Schuhe. In den folgenden Tagen sollten weitere Garnituren für alle Kinder angeschafft werden. Für heute aber wollten Jidler und Brilla nach Hause zu ihren Kindern. Die warteten beim Gärtner-Ehepaar Toller auf sie.

„Ich kann immer noch kaum glauben, dass Grutie Umpfbeetl sich so sehr geändert hat“, sagte Tante Brilla, während sie eine breite Sandstraße entlangschritten. Der Sand hatte eine gelblich-beige Färbung. Er sah nicht aus wie im Lehm und man konnte sicher sein, dass er fest blieb. Man musste nicht fürchten, dass sich der Boden unter einem in einen Abgrund verwandelte. „Die Lehma war ein verzogenes, hochnäsiges Biest. Sie war herrschsüchtig und gehässig. Ob ihre Verwandlung von Dauer ist?“

„Ich denke schon, Frau Lerong", sagte Trischa. „Sie hat sich um hundertachtzig Grad gedreht. Aber sie muss natürlich sagen, was das Lehm ihr aufträgt. Sie wird vom Lehm beherrscht."

„Ihr Haar nahm schon ein halbes Jahr nach ihrer Erwählung die Farbe des Lehms an", meinte die Tante.

„Inzwischen sind auch ihre Augen von dieser Farbe", sagte Trischa. „Sie ist zur Sklavin des Lehms geworden. Sie gehört ihm ganz und gar. Sie ist ein armes Mädchen. Sie war doch noch so klein, als sie erwählt wurde. Sie konnte sich nicht dagegen wehren."

„Das Lehm sucht sich seine oberste Dienerin genau aus", sagte Brilla. „Es hat Grutie nicht ohne Grund erwählt."

Sie bogen in eine Seitenstraße ein und näherten sich dem Stadtrand. Auf der linken Seite erstreckte sich ein riesiges Gartenareal. Das war die Gärtnerei der Familie Toller, erfuhren die Flüchtlinge. „Sie passen auf Allie und Mellie auf", sagte Brilla. „Wir holen sie ab. Auf der anderen Straßenseite liegt unsere kleine Gießerei. Wir leben recht gut vom Bronzegießen. Es hat einen hervorragenden Klebsand in dieser Gegend. Wir wundern uns, dass sonst keine Gießereien entstanden sind."

Sie bogen von der Straße ab und durchquerten Beete, in denen rechts und links kleine Obstbäumchen in Tontöpfen wuchsen.

„Tollers züchten alle möglichen Apfelsorten", erklärte Onkel Jidler. „Honil und Lemka beschäftigen sich vor allem mit den neuen Sorten klein bleibender Säulenbäume. Die können Leute in der Stadt auf dem Balkon in großen Töpfen ziehen oder die Menschen, die draußen in den Wäldern auf kleinen Lichtungen leben; die Köhler und Holzfäller und Pelzjäger." Sie gingen um ein großes Haus aus Sandstein herum. Dahinter fanden sie die Tollers. Sie hatten es sich nach Feierabend hinterm Haus bequem gemacht, um Kaffee zu trinken und Brote mit Butter und Marmelade zu essen.

Zwei kleine Kinder spielten am Boden in einem Sandkasten. Sie backten Kuchen mit kleinen Förmchen aus Blech. Es waren die Kinder von Onkel und Tante, Allie und Mellie. Die zweijährigen Mädchen hatten dichtes kupferfarbenes Haar und hellgrüne Augen. Die Augen hatten sie von ihrer Mutter geerbt, die Haarfarbe stammte aus Jidlers Familie. Er selbst hatte dunkelblondes Haar, aber sein Vater war rothaarig gewesen.

Themas schaute die kleinen Mädchen an. Sie waren auf die Ankömmlinge aufmerksam geworden und kamen auf kleinen Pummelbeinchen angetapst. Eines dieser Kinder wäre vor mehr als einem Jahr als hilfloser Säugling in einem finsteren Verlies unter der Treppe eingesperrt worden, hätten die Lerongs das Lehm nicht verlassen.

Seine Tante nahm eins der Mädchen in die Arme und erdrückte es schier vor Liebe. Themas wusste sofort: Das war Mellie. Die Zweitgeborene. Das Kind, das dazu ausersehen gewesen war, einsam und ohne Kontakt zu seinen Eltern unter der Treppe zu vegetieren, um eines Tages einen grausigen Erstickungstod im Lehm zu sterben. Er musste mit Gewalt die Tränen zurückhalten. Als er seinen Zwillingsbruder anschaute, erkannte er, dass Thimas die gleichen Gefühle hegte.

Das andere kleine Mädchen kam zu ihm. Es schaute zu ihm hoch: „Biddu die Themak?"

Lächelnd ging er vor dem kleinen Rotschopf in die Knie: „Ja, Allie. Ich bin dein Cousin Themas und das ist mein Bruder Thimas."

„Thimak", sagte die Kleine lächelnd.

„Setzt euch", sagte Lemka Toller. Sie scheuchte ihren Mann auf: „Honil, mein Lieber, sei so gut und spring rasch ins Haus und hole fünf Stühle. Ich gehe in die Küche und bringe Teller und Besteck und noch mehr Brot und ich koche neuen Kaffee."

Kurz darauf saßen sie alle an einem langen Tisch beisammen und Themas musste die Geschichte ihrer Flucht ein zweites Mal erzählen. Allie saß auf seinem Schoß.

„Wo bringt ihr die fünf unter?", wollte Honil wissen, nachdem Themas seinen Bericht beendet hatte. „So viele Zimmer habt ihr nicht."

„Wir richten ihnen unterm Dach eine provisorische Unterkunft ein", antwortete Jidler. „Mit Strohmatratzen und Holzkisten. Ich stelle einen Ofen auf für den

Winter. Wir werden gleich nächste Woche anfangen, einen Anbau hochzuziehen, damit die Kinder eigene Zimmer bekommen." Er kniff Themas in die Backe: „Dann werden du und dein Bruder ganz nebenbei zu Maurern ausgebildet. Das Dach werden natürlich gelernte Zimmerleute errichten. Was wollt ihr eigentlich lernen? Habt ihr darüber nachgedacht, was ihr einmal werden möchtet?"

„Ich will zur Eisenbahn." Themas und Thimas sagten es synchron. Sie mussten alle lachen.

„Eisenbahner", meinte Jidler. „Das ist ein Beruf mit Zukunft. Von Rodental aus wird nächstes Jahr eine neue Linie nach Osten durch die Wälder gebaut. Sie soll zu einem anderen See führen, der dreißig Kilometer weit weg liegt. Dort gibt es fruchtbares Land. Es sollen Siedlungen an der neuen Bahnlinie entstehen." Er schaute Trischa und ihre Schwester an: „Und ihr beiden? Habt ihr schon Pläne?"

„Mich hat das Fischerhandwerk immer interessiert", sagte Trischa. „Im Lehm war ich oft bei Verwandten in Lehmingen am Mittensee."

Lemka Toller strich der kleinen Dresie übers Haar: „Du brauchst dir über solche Sachen noch keine Gedanken zu machen, Liebes. Du gehst in Rodental zur Schule. Du wirst viele neue Freundinnen kennenlernen. Sag, möchtest du vielleicht bei uns wohnen? Wir haben genug Platz und würden ein Mädchen wie dich gerne aufnehmen." Die Tollers hatten keine eigenen Kinder.

Dresie schaute Lemka schüchtern an. „Ich möchte lieber bei Themas bleiben", sagte sie leise. „Darf ich?"

Lemka umarmte sie und drückte ihr einen Kuss auf die Wange: „Natürlich darfst du, Schätzchen. Und dein Püppchen auch. Aber wann immer du möchtest, kannst du zu uns kommen. Wir freuen uns über deinen Besuch."

Sie blieben hinterm Haus der Tollers sitzen und ließen es sich gut gehen. Die Nachricht von der Ankunft der Flüchtlinge sprach sich im Viertel herum. Dauernd kamen Leute vorbei, die den Kindern Glückwünsche überbrachten und sie kennenlernen wollten. Sie stammten fast ausnahmslos aus dem Lehm. Sie trafen viele Bekannte wieder.

Als die Sonne tief überm Horizont stand, erhob sich Themas. Er wandte sich nach Westen, wo die Sonne unterging, dort, wo das Lehm lag, achtzig Kilometer weit weg. Er holte seine Mundharmonika hervor und begann zu spielen. Er spielte die bittersüße, traurige Melodie, die er für ein kleines Mädchen mit lehmfarbenen Augen erfunden hatte. Er spielte für ein einsames Mädchen, das niemanden auf der Welt hatte. Er dachte wie versprochen an Grutie Umpfbeetl, die allein im Lehm war, und spielte für sie auf der Mundharmonika.

*

Reba Irrlucht war in der Küche zugange. Sie putzte Gemüse. Zum Abendessen würde es Eintopf geben. Sie hatte bei ihrer Nachbarin zwei Portionen Kaninchenfleisch erbeten, als sie mitbekam, dass Badins ein Tier schlachteten. Es schien, als wollten alle den Tag feiern. Heimlich natürlich, die Priester sollten nichts merken.

Themas und sein Bruder waren in Sicherheit, ebenso wie Trischa Banbirk, das Windmüllermädchen mit seiner Schwester. Und noch jemand war verschwunden: das Treppenmädchen der Familie Honick, die Zwillingsschwester der kleinen Drisie. Man hatte die Tür zum Verlies der Honicks sperrangelweit geöffnet vorgefunden. Noch in der Nacht war eine Suchmannschaft zusammengestellt worden. Männer aus Lehmborn und Lehmkaul hatten sich auf den Weg gemacht, um die „Verirrten" zu suchen.

Von ihrem Mann Nelder wusste Reba, dass die Männer bis nach Landsweiler gehen würden, um der Geflüchteten habhaft zu werden.

Am Nachmittag kamen die Männer zurück. Sie hatten nur Kleider gefunden, die an die Dammstraße gespült worden waren. Die Bewohner Lehmborns schauten sich die Sachen an.

„Die fünf verlorenen Seelen sind des Lehms", rief der Dorfpriester aus, als er die Kleidungsstücke sah. „Es ist ein großes Unglück für die Menschen im Lehm. Ein großes Unglück!"

Jempie Banbirk hatte schrecklich geweint. Reba nicht. Sie hatte das Hemd ihres Sohnes erkannt und wusste: Themas hatte das Kleidungsstück von draußen ins Lehm geworfen, während er das rotwollene Hemd am Leib trug. Das war nämlich nicht in dem Kleiderhaufen. Er, sein Bruder, die Banbirkmädchen und die Kleine von Honicks waren sicher ins Draußen gelangt.

In einem unbeobachteten Moment nahm sie Jempie zur Seite und erzählte ihr alles. „Sie sind nicht tot", raunte sie der Windmüllerin ins Ohr. „Das Lehm hat sie nicht gekriegt. Das mit den Kleidern war nichts als eine geschickte Tarnung." Sie führte Jempie und ihren Mann zu ihrem Haus. In der Küche brühte sie Löwenzahnkaffee auf und erzählte den beiden, was sich in der Nacht zugetragen hatte.

Inzwischen war ein Tag vergangen. Die Menschen hatten auf das Unvermeidliche gewartet. Sie hatten sich innerlich geduckt und gewusst, dass das Schreckliche über sie kommen würde. Die Lehma würde verkünden, dass das Lehm eine Gabe forderte.

Tatsächlich war Grutie Umpfbeetl am Morgen allein vor das Dorf gegangen, um mit dem Lehm zu sprechen. Sie war zwei Stunden lang fortgeblieben. Dann war sie zurückgekehrt und hatte zu den Menschen gesprochen, die in banger Erwartung auf dem Platz vorm Bürgermeisterhaus warteten.

„Ich habe mit dem Lehm gesprochen", rief die Lehma mit ihrer hohen, weit tragenden Stimme. „Das Lehm ist zutiefst traurig über das, was passiert ist." Alle Anwesenden hatten sich für die schlechte Nachricht gewappnet, die nun kommen musste. Das Lehm würde eine Gabe fordern, vielleicht sogar mehr als nur eine. Fünf Kinder waren geflohen. Es würden mehrere Gaben nötig sein, um das Lehm zu besänftigen. Doch Grutie Umpfbeetl überraschte sie alle. Sie verkündete mit knappen Worten, das Lehm sei dermaßen traurig, dass nicht einmal eine Gabe es zu trösten vermochte. Das Lehm wollte schlafen und versuchen, den schrecklichen Verlust zu verschmerzen. Das Lehm bat alle Menschen, für es zu beten. Eine zusätzliche Messe sollte am folgenden Sonntag abgehalten werden, um dem Lehm Trost und Zuversicht zu spenden. Das war alles. Danach hatte sich Grutie umgedreht und war zum Bürgermeisterhaus gegangen. Reba stand zu weit hinten, um Einzelheiten zu erkennen, aber sie sah, dass die kleine Lehma humpelte.

Die Menschen waren fassungslos. Das Lehm verlangte keine Gabe, und das, wo doch fünf Seelen verloren gegangen waren. Das hatte es noch nicht gegeben. Wenn eine einzelne Person floh, verzichtete das Lehm manchmal auf

Besänftigung, aber bei fünfen? Es war unfassbar.

Vor allem für Reba Irrlucht und ihren Mann, wussten sie doch, dass die Kinder dem Lehm entkommen waren. Das Lehm hatte die Flüchtlinge nicht gekriegt. Eigentlich müsste es vor Wut schäumen, überlegte Reba.

Es klopfte an der Haustür. Sie ging hin und machte auf. Die kleine Lehma stand auf der Treppe und schaute aus lehmfarbenen Augen zu ihr auf. Grutie Umpfbeetl knickste artig: „Guten Tag, Frau Irrlucht. Darf ich bitte hereinkommen?"

„Bitte." Reba gab den Weg ins Haus frei. Sie schaute die Lehma an wie das achte Weltwunder. Was wollte Grutie von ihr? Und was war mit ihrem Gesicht? Sie hatte etwas gesehen.

Sie folgte dem Mädchen zur Küche. Grutie humpelte. Unten an ihren Füßen klirrte es leise. Reba sah genauer hin. Die kleine Lehma trug an jedem Fußgelenk mehrere Eisenketten, nicht nur eine einzelne. Sie erkannte einen großen blauen Fleck auf Gruties linker Wade und zwei weitere rechts unter der Kniekehle, vom Rand ihrer Tunika fast verdeckt. Auf Gruties nackten Armen waren weitere Blutergüsse zu sehen. Was ist diesem Kind geschehen?, fragte sich Reba. Wie sieht sie bloß aus?!

In der Küche drehte sich Grutie um. Reba erschrak. Auch im Gesicht hatte das Mädchen blaue Flecken. Sie sah aus, als hätte sie böse Prügel bezogen. So hatte Mirkus, der Freund von Themas, mit neun Jahren ausgesehen, als er auf der Treppe gestolpert und kopfüber hinuntergefallen war. „Setz dich, Grutie", sagte Reba.

Die Lehma blieb mitten in der Küche stehen. Sie sah sehr klein und verletzlich aus. Sie setzte sich nicht.

„Frau Irrlucht", begann Grutie. „Frau Irrlucht, bitte! Wissen Sie etwas? Wissen Sie, wie es Themas geht? Wenn Sie etwas wissen, sagen Sie es mir bitte! Ich flehe Sie an! Bitte sagen Sie es mir!"

Reba erkannte, dass das Mädchen kurz davorstand, zu weinen. Sie verstand überhaupt nichts mehr. Sie konnte der Lehma doch nicht erzählen, dass ihre Söhne im Draußen in Sicherheit waren, dem Lehm auf immer entkommen.

Oder?

Grutie schaute sie an, ihre Augen waren ein einziges Flehen. „Bitte, Frau Irrlucht! Bitte-Bitte! Bitte sagen Sie es mir, wenn Sie etwas wissen. Oh bitte, sagen Sie es mir!" Tränen schossen dem Mädchen in die Augen. „Bitte, Frau Irrlucht!", bettelte es.

Reba holte tief Luft. Was sollte sie tun? Konnte es Themas und seinem Bruder schaden, wenn Grutie Umpfbeetl wusste, dass ihre Flucht geglückt war? Bis Rodental konnte kein Lehmer gelangen. So weit durfte sich niemand vom Lehm entfernen. Das Mädchen war in Tränen aufgelöst. Es machte sich offensichtlich schreckliche Sorgen um Themas. Warum nur?

„Bitte, Frau Irrlucht!", flehte Grutie unter Tränen.

„Sie sind rausgekommen", sagte Reba. „Alle fünf. Sie sind fort. Weit weg. Mehr kann ich dir nicht sagen."

„Danke!", schluchzte die kleine Lehma. „D-Danke, Frau Irrlucht! Vielen Dank!" Sie rieb mit den Fäusten die Tränen aus ihrem Gesicht. „Ich hatte solche Angst, er hätte es nicht geschafft! Danke, Frau Irrlucht! Ich werde es niemandem sagen. Sie müssen sich nicht sorgen. Niemand wird etwas erfahren." Das Mädchen sah erleichtert aus.

„Frau Irrlucht?", sagte es. „Frau Irrlucht, falls Sie Themas irgendwann sehen, würden Sie ihm bitte etwas sagen? Sagen Sie ihm, ich habe ihn lieb und ich denke oft an ihn. Und ob er vielleicht manchmal an mich denken möchte, bitte." Sie schaute Reba flehentlich an.

Wieder musste Reba tief durchatmen, bevor sie eine Antwort geben konnte. „Wenn ich ihn sehen sollte, sage ich es ihm, Grutie."

„Diesmal hat es keine Gabe verlangt", sagte Grutie. „Das Lehm hat mir wehgetan, sehr wehgetan, aber es hat keine Gabe gefordert. Dieses Mal nicht!"

Reba sah die Kleine da stehen. Grutie sah einsam und verloren aus. Dieses Mädchen war vollkommen allein auf der Welt, wurde ihr bewusst. Sie hatte niemanden mehr. Man achtete und ehrte sie. Und man fürchtete sie. Kein Kind spielte mehr mit Grutie.

Reba konnte nicht anders. Sie machte zwei rasche Schritte auf Grutie zu und nahm das Mädchen in die Arme. Grutie zuckte zusammen und stieß einen leisen Wehlaut aus. Augenblicklich ließ Reba sie los. „Grutie?“, fragte sie. Sie fasste den Saum der rotwollenen Tunika der kleinen Lehma und zog das Kleidungsstück hoch. „Oh Himmel! Das darf doch nicht ...!“ Der Oberkörper des Kindes war mit Blutergüssen übersät. Grutie sah schrecklich aus.

Sie blickte Reba still an. „Mehr kann es mir nicht antun“, sagte sie. „Es kann mir nur wehtun, mehr nicht. Nur wehtun. Aber es kann mir nicht mehr allzeit seinen Willen aufzwingen. Als es mich angriff, habe ich es angeschrien und gesagt: Gut! Dann bring mich um! Töte mich und such dir eine neue Lehma! Ich habe mich flach auf den Boden geworfen und mit den Eisenketten auf es eingeschlagen.

Los, töte mich!, habe ich verlangt. Stopf mir einen Lehmstrang in den Mund und ersticke mich! Aber es wird diesmal keine Gabe für dich geben! Nur wenn du mich umbringst! Aber dann musst du dir erst umständlich eine neue Lehma suchen. Los! Mach doch! Es hat geknurrt und gebuckelt wie ein schlecht gelauntes Kamel. Es hat mich geschlagen. Es hat Lehm zu Knüppeln geformt und mich halb zu Tode geprügelt. Aber mehr konnte es mir nicht antun. Ich bin aufgestanden und ins Dorf zurück und habe den Menschen gesagt, das Lehm will diesmal keine Gabe.“

Grutie sah müde aus, als hätte die Erzählung sie erschöpft. „Ich weiß nicht, wie es beim nächsten Mal sein wird“, sagte sie. Ihre Stimme war ganz leise. Sie blickte zu Reba auf: „Ich weiß es nicht, Frau Irrlucht. Aber ich muss die Lehma bleiben, um zu versuchen, das Schicksal zu ändern. Ich weiß nicht, ob es mir gelingen wird, aber ich werde es versuchen. Danke, dass Sie mir gesagt haben, dass es Themas gut geht. Vielen Dank!“

Sie drehte sich um und ging zur Haustür. Reba folgte ihr. „Grutie ...“, begann sie.

Das Mädchen drehte sich auf der Treppe nach ihr um. Reba sah in traurige Augen. „Ich bin allein“, sagte Grutie. „Ich werde immer allein sein. Ganz allein!“ Damit drehte sie sich um und ging.

Reba sah sie die Straße hinunterhumpeln in Richtung Bürgermeisterhaus. Und sie sah, wie die Menschen vor ihr zurückwichen, besonders die Kinder.

*

Mirkus Karmeck kam die Treppe herunter. Fünf Tage waren vergangen, seit die fünf Kinder sich im Lehm „verirrt" hatten. Seine Eltern saßen am Küchentisch. Seine Schwester Hurckie half ihnen dabei, Bohnen zu schnippeln. Mirkus ging zu seinem Vater: „Ich habe etwas gefunden, Papa. Oben auf dem Dachboden." Er hielt seinem Vater ein Heft hin. „Es lag unter meinem Drachen. Ich habe keine Ahnung, wie es dorthin kam. Der Themas war bei mir droben, ein paar Tage, bevor ..." Er reichte seinem Vater das Heft. „Was ist das, Papa? Was hat das zu bedeuten?"

Sein Vater nahm das Heft und schlug es auf. Seine Augen wurden groß. Er blätterte die Seiten durch. „Beim Lehm! Das ist eine Ketzerschrift! Etwas ganz, ganz Böses!" Er starrte seinen Sohn an: „Mirkus! Hast du das gelesen?"

Mirkus schüttelte den Kopf. „Nein, Papa. Ich habe es gerade eben gefunden. Ich habe nur die erste Seite kurz angeschaut; mehr nicht."

Sein Vater stand auf: „Das ist grässlich! Bösartig! Die Schrift von Ungläubigen! Ketzerei! Das muss ich sofort zu den Priestern bringen! Auf der Stelle! Beim Lehm!" Er packte das Heft, als wolle er es erwürgen, und verließ den Raum. Mirkus hörte die Haustür zuschlagen.

Seine Mutter starrte ihn an. „Mirkus? Was war das für ein Heft?"

„Ich weiß es nicht, Mama", antwortete er. „Ich habe es nicht gelesen. Ich habe nur die erste Seite angeschaut. Da standen komische, unverständliche Sachen. Drum habe ich das Heft zu Papa gebracht."

Er setzte sich auf den Platz seines Vaters und half beim Bohnenschnippeln. Er war bitter enttäuscht. Er konnte nicht verstehen, wieso sein Vater so reagiert hatte. Hatte er dermaßen Angst vor den Lehmpriestern? Oder war er wirklich so gläubig, wie er tat? Mirkus konnte sich keinen Reim machen. Er war sauer. Er hatte gehofft, dass seine Eltern mit ihm und Hurckie fliehen würden. In dem Heft stand, wie es ging. Natürlich hatte er es gelesen und nicht nur einmal. Zudem hatte er eine Kopie angefertigt. Es war ihm schwergefallen, seinen Vater anzuschwindeln, aber er hatte nicht anders gekonnt.

Er sah zu seiner kleinen Schwester. Hurckie schaute ihn unter ihrem schwarzen

Haarschopf mit ihren hellgrauen Augen an. Ihr Blick war eine einzige Frage. Er tat, als sähe er es nicht.

*

Es gab ein Riesentrara wegen des Heftes und die Priester hielten Reden, in denen sie die Menschen aufforderten, auf keinen Fall in einem solchen Heft zu lesen, wenn sie eines in die Hände bekamen. „Es steht voller Ketzereien und Lügen", dröhnte Nelder Borkruther, der Priester von Lehmborn. „Ihr bringt eure unsterbliche Seele in Gefahr, wenn ihr es lest! Werft keinen einzigen Blick hinein! Es könnte euch schrecklichen Schaden zufügen! Tut es nicht! Bringt ein solches Ketzerwerk sofort zu den Priestern, damit sie es vernichten!"

Du Vollpfosten!, dachte Mirkus. Er saß draußen vorm Dorf auf einem Sandhügel und ließ die Beine baumeln. Mir erzählst du nichts! Ihr Lehmpriester habt doch nur Angst, eure Macht über die Menschen im Lehm zu verlieren.

Ein schmaler Schatten fiel auf den Sand vor seinen Füßen. Er blickte auf. Seine Schwester stand vor ihm. „Mirkus? Was steht in dem Heft?"

„Was soll schon drin stehen?", brummte er. „Ketzereien halt. Hast du doch gehört. Ich habe es nicht gelesen."

„Du lügst!" Ihr Blick bohrte sich in seinen. „Ich weiß genau, dass du es gelesen hast. Weil du sauer wurdest, als Papa mit dem Heft zum Priester rannte!" Sie kam zu ihm und schaute ihn aus ihren großen, hellgrauen Augen an: „Mirkus, was steht in dem Heft? Sag es mir!"

Er nahm sie in die Arme und drückte sie fest an sich. „Hurckie, wenn ich dir das sage, schwebst du in großer Gefahr! Wenn das rauskommt, dann ..." Er musste schlucken. „Dann wirst du schrecklich bestraft!"

Sie bog den Oberkörper zurück und schaute ihm in die Augen: „Sag es mir!"

Mirkus schaute sich um. Es war niemand zu sehen. „Also gut, du Quälgeist. Aber du darfst mit keiner Menschenseele darüber sprechen. Ich meins ernst, Hurckie! Wenn das rauskommt, dann schicken sie uns ins Lehm!"

Sie setzte sich neben ihn. „Sag es mir", bat sie.

Mirkus fing an zu berichten. Hurckie hörte aufmerksam zu.

„Hättest du es doch gefunden, bevor sie sterben musste!", sagte sie, als er alles erzählt hatte. Mirkus wusste, dass sie ihre Schwester meinte. Sie lehnte sich an ihn. „Warum hat Themas Irrlucht das Heft nicht früher auf unserem Speicher versteckt?"

„Ich schätze, da hatte er es noch nicht", antwortete er. Er drückte sie. „Tut mir leid, Hurckie."

„Nimm mich mit!", sagte sie.

„Was? Wie meinst du das?"

Sie schaute ihn an. „Nimm mich mit! Ich will weg von dem ekligen Lehm! Ich will es nie wieder sehen! Es ist gemein und mörderisch! Es ist nicht gut, wie die Priester sagen! Es ist schlecht! Ganz, ganz schlecht! Ich weiß, dass du weggehen wirst. Mirkus, nimm mich mit!"

„Du darfst mit keinem Menschen darüber sprechen!", sagte Mirkus. „Auch nicht mit deiner besten Freundin!" Hurckie schüttelte den Kopf. „Na gut. Nächsten Neumond." Er legte seine Stirn an die seiner Schwester und schaute ihr in die Augen: „Und bis dahin werden wir schreiben, was das Zeug hält! Wir werden Kopien von dem Heft machen und sie an allen möglichen Orten hinterlegen, bevor wir abhauen."

„Ja, Mirkus", sagte sie.

„Wir lassen auch ein Heft für Mama und Papa zurück", sagte er. „Vielleicht überlegen sie es sich anders, wenn ihre Kinder das Lehm verlassen haben."

*

Mitte September kam der Sommer noch einmal zurück. Mochte es nachts kühl werden, am Tag schien die Sonne von einem blauen Himmel und schenkte den Menschen angenehme Temperaturen. Im Vorgarten der Lerongs fand ein kleines Fest statt. Honil und Lemka Toller aus der Gärtnerei waren da und Professor Kundar Jeblick, ein Insektenforscher. Er war ein Freund von Jidler. Dresie saß bei den Tollers. Sie war oft zu Besuch in der Gärtnerei. Ihre kleine Puppe hatte sie immer dabei.

Themas, Thimas, Trischa und Truschka waren bester Laune. Die beiden Jungs hatten Lehrstellen bei der Eisenbahn gefunden und die Mädchen hatten von Jidler ein kleines Fischerboot bekommen. Damit fuhren sie fast täglich auf den Rodensee hinaus und warfen ihre Netze aus. Ihren Fang verkauften sie auf dem Markt in der Stadt. Dresie ging zur Schule. Sie hatte sich eingewöhnt und nette Freundinnen gefunden. Sie war oft bei den Tollers in der Gärtnerei. Lemka Toller war vernarrt in das Mädchen und hätte es gerne an Kindes statt angenommen, doch Dresie bestand darauf, bei Themas zu bleiben. Sie würde ein Zimmer im Hause Lerong bekommen. Onkel Jidler hatte angefangen, mit Themas und Thimas einen Anbau zu mauern. Von den Nachbarn kamen oft welche und halfen, wo sie konnten. Es waren alles Leute, die aus dem Lehm geflohen waren. Man hielt zusammen und unterstützte sich gegenseitig. Der Anbau sollte noch vor Anbruch des Winters fertig werden.

Nun saß man zusammen vorm Haus an einem langen Tisch. Auf einem großen Grill aus Bronzeguss, den Onkel Jidler persönlich hergestellt hatte, brutzelten Würstchen und daneben Fische, die die Banbirkmädchen gefangen hatten. Tante Brilla drehte das Grillgut mit einer Zange um und sie passte auf, dass Allie und Mellie dem Grill nicht zu nahe kamen, damit sie sich nicht die Finger verbrannten.

Die Flüchtlinge waren seit einem Monat in Rodental und hatten sich gut eingelebt. Im Viertel hatten sie viele alte Bekannte getroffen. Etliche dieser Leute waren Eltern von Zwillingen. Sie waren geflohen, um ihr zweitgeborenes Kind vor einem schrecklichen Schicksal zu bewahren.

Die kleine Stadt am Rodensee hatte sie mit offenen Armen empfangen. Die Industrieansiedlung am östlichen Stadtrand brauchte Arbeitskräfte. Jeder Zuwanderer war hochwillkommen.

Themas warf Trischa einen Blick zu. Das Mädchen trug ein Kleidchen aus waidblauem Stoff. Die Farbe passte gut zu ihren braunen Haaren und den honigfarbenen Augen, fand er. Er bekam immer noch Herzklopfen, wenn er Trischa in die Augen schaute.

Ihm war aufgefallen, dass sein Bruder und Trischas Schwester sich häufig zusammen herumtrieben. Da schien sich etwas anzubahnen.

Onkel Jidler kam aus dem Haus. Er trug einen Holzkasten mit sechs Flaschen Bier: „Hier kommt Nachschub. Für die jungen Leute habe ich zwei Flaschen Limonade dabei.“

„Limo!“ Dresie rutschte von Lemka Tollers Schoß. Sie hopste über den kurz geschnittenen Rasen zu Jidler und holte sich eine Flasche. Das Mädchen trug ein Kleid von hellroter Farbe mit weißem Ornamentmuster. Auch Dresie liebte es bunt. Keiner mochte mehr die grau-rötlichen Düsterfarben des Lehms tragen. Nur eins hatte Dresie beibehalten: Sie lief fast immer barfuß. Nur wenn sie zur Schule ging, zog sie Schuhe an.

„Hoo! Frischer Gerstensaft“, rief Professor Jeblick. Er nahm sich eine Flasche und ließ den Bügelverschluss aufschnappen. Er goss das goldgelbe Getränk in sein Glas und hob es: „Lasst uns Jünger des Gambrinus sein! Prosit, alle miteinander!“ Die Erwachsenen stießen an und tranken.

„Also, mein lieber Jidler“, hob der Professor an, „ich habe mich in den letzten Tagen eingehend mit deinen Aufzeichnungen über dieses unglaubliche Land beschäftigt und mir so meine Gedanken gemacht. Es ist bekannt, dass das Lehm lebt. Es ist ein riesiger Organismus. Ich kann nicht exakt sagen, ob jedes Sandkorn ein Lebewesen ist, doch fest steht: Das Lehm besteht aus Millionen von Einzelteilen, die Leben in sich haben. Man könnte es mit einem gigantischen Ameisenstaat vergleichen. Es ist in einem gewissen Umfang intelligent. Es handelt sich um das, was die Forschung Schwarm-Intelligenz oder Quasi-Intelligenz nennt.

In den schlauen Büchern steht, dass der Same des Lehms außerirdisch war, dass er unendlich lange durchs Weltenall flog, bis er ins Schwerefeld unseres Planeten geriet und landete. Findet der Same passende Bedingungen vor, geht er auf und wächst zu einem lebenden Gebilde von vielen Kilometern Durchmesser heran.

Das Lehm ist aufgebaut wie ein Ameisenstaat. Es zählt das Ganze, nicht das Individuum. Die einzelne Ameise stirbt für die Allgemeinheit. Der Tod eines Individuums gilt dem Lehm nichts. Das würde erklären, warum es den Opfertod von Menschen in Kauf nimmt. Aber ich glaube nicht, dass es sich beim Lehm um eine riesige Falle handelt, die aufgestellt wurde, um Menschen einzufangen und dann zu terrorisieren."

„Wie erklärst du dir dann das abscheuliche Kinderopfer-Ritual?", fragte Jidler. „Und die Gabe, die das Lehm verlangt, wenn jemand geflohen ist? Flucht macht das Lehm wütend und es will Opfer zu seiner Besänftigung. Ich sage dir, Kundar, das Lehm hat unschuldige Menschen in eine gigantische Falle gelockt, um sie zu beherrschen und zu quälen. Denn genau das tut es seit Anbeginn der Besiedlung. Es tut ferner alles, um eine Flucht seiner Menschen zu verhindern. Wahrscheinlich sind die Opferkinder eine zusätzliche schmackhafte Nahrung für diese dämonische Lebensform."

Themas saß da und lauschte den beiden Männern. Die Diskussion war hochinteressant.

„So, so", sagte der Professor. „Also gut, Jidler. Ich bestreite nicht, dass es sich beim Lehm um eine dämonische Lebensform handeln könnte. Das Samenkorn könnte aus einer Art Zwischenwelt stammen und hier gekeimt sein, um Angst und Schrecken zu verbreiten und sich am Leid der eingeschlossenen Menschen zu weiden. Unmöglich ist das nicht. Aber nicht sehr wahrscheinlich.

Wenn das Lehm außerirdischen Ursprungs ist, funktioniert diese Erklärung nicht. Ich denke eher, dass jeder Same nach dem Aufgehen versucht, in Symbiose mit einer intelligenten Lebensform zu leben, so der Planet eine solche hervorgebracht hat.

Menschen als Nahrung für das Lehm? Es bekommt genug Hirsche, Rehe, Bären und kleine Säugetiere und auch Vögel zu fressen, um seinen Proteinhunger zu stillen. Auf Menschen ist es nicht angewiesen.

Das Lehm will nicht, dass Menschen fliehen? Nun ... vielleicht ist das so. Wenn es spürt, dass jemand flüchtet, tötet es diese Person." Der Professor nahm einen Schluck Bier. „Nicht vergessen, dem Lehm gilt das Leben eines einzelnen Individuums nichts. Wahrscheinlich kann es nicht einmal verstehen, was Individualismus ist. Es sieht immer nur das Ganze, die Masse, den Staat.

Aber nun frage ich dich, Jidler: Wenn das Lehm von vorneherein verhindern möchte, dass die Menschen ins Draußen entkommen, wie kann es dann sein, dass die meisten Ansiedlungen dort drinnen so nahe an der Außengrenze liegen? Wäre es nicht logisch, die Dörfer in einem Kreis um den inneren See zu konzentrieren, um die Fluchtwege so lange und beschwerlich wie nur möglich zu machen? Du hast mir erzählt, dass die meisten Flüchtlinge ums Leben kommen, wenn sie die Dammstraße benutzen, weil das Lehm dort selbst in Neumondnächten nie tief schläft. Ich denke, das ist so, weil es diese Straße stabilisieren muss. Es muss dafür sorgen, dass sie nicht einfach verschwindet, wenn es einen Atemzug tut. Sonstwo verändert sich ja alles ständig. Bachläufe verändern sich. Wo heute Gras wächst, ist morgen eine öde Sandfläche. Kleine Hügel drücken sich aus dem Boden hoch oder versinken im Sand.

Die Dammstraße aber ist seit der Erstbesiedlung immer gleich geblieben. Weil das Lehm sie überwacht und ständig repariert und restauriert. Es erhält die Dammstraße für die Menschen. Weil es diesem Damm dauernd Aufmerksamkeit schenken muss, spürt es Flüchtlinge sogar in Neumondnächten, wenn es eigentlich tief schlafen sollte. Ein sehr kleiner Teil des Lehms bleibt wach und kümmert sich darum, dass der Damm nicht verschwindet, wenn der Riesenorganismus sich im Schlaf bewegt."

„Schön und gut", meinte Jidler. „Es ist also wach, weil es die Dammstraße erhalten muss. Es lauert nicht, sagst du, es strengt sich lediglich im Schlaf an, etwas auf seiner Oberfläche zu erhalten. Aber es bringt die Leute um, die über diese Straße fliehen wollen. Wenn das kein Zeichen von Bösartigkeit ist!"

„Dass es ab und zu einen Hirsch zu Nahrungszwecken tötet oder auch mal einen Dachs, ist kein Zeichen von Bösartigkeit", hielt der Professor dagegen. „Doch wie ich bereits sagte, glaube ich nicht, dass das Lehm Menschen als Nahrung ansieht. Im Gegenteil, es scheint auf intelligente Lebensformen zu reagieren und eine Symbiose mit ihnen zu suchen. Es will mit Menschen in Symbiose leben."

„Und warum bringt es sie dann um?", fragte Jidler. „Warum verlangt es, dass zweitgeborene Zwillinge ein Leben lang in einem Kerker unter der Haustreppe leben, um irgendwann geopfert zu werden?"

„Als die Menschen ins Lehm einwanderten, bekam das Lehm zum ersten Mal Kontakt mit der intelligenten Lebensform der Erde", sagte Kundar. „Eure

Legenden berichten, dass die elfjährige Reba Derber Kontakt mit dem Lehm aufnahm. Das Mädchen schien die Fähigkeit zu haben, mit dem außerirdischen Organismus auf einer primitiven Ebene zu kommunizieren. Nur wenige Menschen haben dieses Talent. Du hast erzählt, dass das Lehm die neue Lehma aus einer großen Anzahl kleiner Mädchen auswählt. Es scheint so, dass weibliche Menschen einen besseren Draht zum Lehm haben und manche unter ihnen besonders gut mit dem Lehm 'reden' können, beziehungsweise das Lehm 'hören' können."

Der Professor seufzte abgrundtief. „Ja, und nun haben wir hier ein kleines Mädchen, Reba Derber, einen Zwilling, und dieses Mädchen ist böse. Rebas Schwester wird bevorzugt. Reba leidet darunter. Sie hasst ihre Schwester. Sie wünscht ihr die Pest an den Hals. Vielleicht hat sie sogar Mordfantasien oder stellt sich vor, wie die verhasste Schwester auf irgendeine Art zu Tode kommt, sei es durch einen Sturz von einem hohen Felsen oder dass sie in einem Sumpf versinkt.

Das Lehm konnte zwar spüren, dass viele Menschen auf seiner Oberfläche herumliefen und dass diese Menschen eine intelligente Lebensform waren, aber es konnte nur die Gedanken der ersten Lehma deutlich wahrnehmen. Das Lehm nahm diese Gedanken auf. Es wurde gewissermaßen ... wie soll ich sagen ... auf das Mädchen adaptiert? Die bösen Gedanken Rebas, ihre Wut, ihre Todesfantasien, ihre Zwillingsschwester betreffend, wurden gewissermaßen ins Schwarmgedächtnis des Lehms eingebrannt und dort verankert. Das Lehm lernte: Der zweitgeborene Zwilling ist des Todes.

Und ich sage noch etwas: Reba Derber erfreute sich ihrer Macht und sie wollte unter keinen Umständen, dass sie die Herrschaft über die kleine Gemeinschaft verlor. Wenn die Menschen geflohen wären, als die erste Lehma das grausame Zwillingsopferritual einführte, hätte Reba niemanden mehr gehabt, den sie beherrschen konnte. Flucht galt ihr als todeswürdiges Verbrechen."

Themas lauschte mit klopfendem Herzen den Ausführungen Professor Jeblicks. Er bekam eine Gänsehaut, als er Kundar zuhörte.

„Es war alles ein schrecklicher Irrtum", sagte der Professor. „Das Lehm lernte von Reba Derber. Anscheinend konnte keiner der anderen Menschen mit dem Lehm kommunizieren. So übernahm dieses riesige lebendige Land die total einseitige Ansicht eines bösen kleinen Mädchens, das voller Hass steckte und das herrschsüchtig war. Das Lehm verankerte dieses Wissen auf ewig in seinem Schwarmgedächtnis und zwang den nachfolgenden Lehmas und Menschen diese falsche Lebensform auf." Der Professor schüttelte den Kopf: „Ein schreckliches Missverständnis, und es war unmöglich, die Sache zu korrigieren."

„Beim Himmel!", sagte Jidler. „Ich glaube, du könntest recht haben."

„Wenn man mit ihm reden könnte", sagte der Professor. „Wenn es einen Weg gäbe, mit dem Lehm Kontakt aufzunehmen … wenn man ihm klarmachen könnte, dass es falschen Gedanken und Gefühlen aufgesessen ist ..." Wieder schüttelte er den Kopf. „Alles ein schrecklicher Irrtum!"

Themas saß da wie erschlagen. Was Kundar Jeblick gerade gesagt hatte, war ungeheuerlich. Wenn es die Wahrheit war, dann mordete das Lehm seit Jahrhunderten, weil es bei der ersten Begegnung mit Menschen ein völlig falsches Bild von ihnen übermittelt bekommen hatte und seine beschränkte Intelligenz nicht zuließ, den Irrtum nachträglich festzustellen und zu korrigieren.

Er sah im Geist ein Mädchen vor sich, so alt wie Grutie Umpfbeetl und genauso hochnäsig und zickig, wie die kleine Lehma früher gewesen war. Dieses Mädchen war zum Bersten angefüllt mit hilfloser Wut und Hass. Seine Zwillingsschwester wurde von den Eltern stets vorgezogen. Ihre Leistungen und ihr Wohlverhalten wurden der Erstgeborenen vorgehalten. Mit den Jahren wuchs der Zorn in diesem Mädchen, bis er sich in puren Hass verwandelte. Sie hasste ihre Schwester so sehr, dass sie ihr den Tod wünschte. Ihr Geist war mit glasklaren Bildern angefüllt, die das Sterben der Zweitgeborenen des Zwillingspaars zeigte.

Ausgerechnet dieses Mädchen hatte das Talent, mit dem Lehm in geistigen Kontakt zu treten, und es übermittelte der beschränkten Intelligenz des Lehms all die grausamen Bilder. An diesen Bildern und Gefühlen orientierte sich das Lehm. Es baute sie in seinen Geist ein und verfuhr fortan nach einem bestimmten Schema. Es erkannte nicht, dass Reba Derber ein Kind voller Hass und

Neidgefühl war, dass dieses Kind zutiefst verletzt war und Rebas Mordgedanken letzten Endes nichts weiter als das Ergebnis ihrer Hilflosigkeit waren.

All die Jahrhunderte hatte das Lehm sich kleine Mädchen ausgesucht, die ähnliche Gefühle hatten; kleine, herrschsüchtige Dinger, die gerne bestimmten und darauf brannten, ihrer Herrschsucht freien Lauf zu lassen. Es hatte missgünstige, gehässige Kinder erwählt, die sich schlecht behandelt und vom Schicksal benachteiligt fühlten.

Die meisten der Auserwählten hatten sich dann in der Macht, die das Lehm ihnen in die Hände legte, gesuhlt und sich wohlgefühlt. Sie hatten es genossen, über die Menschen im Lehm zu herrschen. Nur wenige hatten sich im Lauf der Jahre Gedanken gemacht. Wie sollte das Lehm wissen, dass es schlecht handelte? Die auserwählten Mädchen sandten Gefühle von Befriedigung in seinen Geist. Sie glaubten sich im Recht. Sie fühlten sich wohl, wenn sie ihre Herrschsucht auslebten.

„Beim Himmel!", sagte Themas.

„Ja, Junge", sagte sein Onkel. „Beim Himmel!"

„Beim Himmel!", sagte Trischa. Sie fuhr auf. „Das ist doch die Hurckie!"

„Bitte?" Themas verstand nichts. Was meinte Trischa?

„Hurckie!", wiederholte Trischa. „Und Mirkus. Und ..." Ihre Augen wurden groß. „Mama!", schrie sie. „Papa!"

Dresie sprang von Lemka Tollers Schoß: „Mama!" Sie rannte los, als sei das Lehm hinter ihr her.

Themas drehte sich um. Eine Gruppe Leute kam von rechts die Straße herauf. Er erkannte seinen Freund Mirkus mit seiner Schwester Hurckie. Hobert und Jempie Banbirk waren bei ihnen und die Honicks. Da waren mehrere Kinder aus Lehmborn. Und seine Eltern.

Sein Herz machte einen wilden Hopser. Neben ihm sprang Thimas hoch und lief los. Themas folgte seinem Bruder. Er hörte noch, wie Tante Brilla den Namen ihrer Schwester rief, da lag er schon seinem Vater in den Armen, Thimas neben ihm in den Armen der Mutter. Dann ging es abwechselnd hin und her, auch Brilla drängte sich dazwischen und zum guten Schluss auch noch Jidler, der Schwager und Schwägerin in die Arme nehmen wollte. Küsse wurden getauscht und Tränen flossen, bei Irrluchts und Lerongs wie bei den Banbirks und den Honicks.

Es dauerte seine Zeit, bis Lemka Toller die nicht enden wollende Begrüßungszeremonie resolut unterbrach: „Leute, die Würstchen brennen an! Die Fische ebenso! Esst sie lieber, solange sie noch gut schmecken!“ Wie ein General begann sie Befehle zu geben. Ihr Mann und Onkel Jidler wurden zusammen mit Themas und Thimas zum Haus der Tollers geschickt, um zwei weitere Tische und genügend Stühle zu organisieren.

„Es ist noch lange hell und warm genug, um im Freien zu picknicken“, sagte Lemka. Dann bildete sie eine rein weibliche Expedition und beschaffte im Tollerschen Haus zusätzliche Fourage in Form von Brot, Würsten, Bier und Limonade. Sie sandte Themas und seinen Bruder mit dem notwendigen Geld versehen zu einer nahen Metzgerei, um noch mehr Würstchen und Schnitzel zu besorgen.

Dann saßen alle an den drei Tischen und ließen sich eine erste Portion Gebratenes schmecken. Trischa saß neben Themas. Thimas saß auf seiner anderen Seite und Truschka neben ihm. Dresie saß selig zwischen ihren Eltern. Sie klammerte sich an den Arm ihrer Mutter, als wolle sie sie nie mehr loslassen.

Nachbarn waren auf den Trubel aufmerksam geworden und hatten Tische und Stühle herbeigebracht, nebst einem Vorrat an Getränken für Groß und Klein. Man aß und trank und war guter Dinge. Die Neuankömmlinge mussten die Geschichte ihrer Flucht erzählen. Das übernahmen die Eltern von Themas. Abwechselnd berichteten sie davon, wie sie das Heft vom Dachboden geholt und es gelesen hatten.

Sie beschlossen noch am gleichen Tage, zum nächsten Neumond das Lehm zu verlassen. Sie begannen, das Heft zu kopieren. Sie wollten so viele Hefte wie möglich hinterlassen, damit auch andere Menschen eine Chance bekommen sollten, ihr großes Gefängnis zu verlassen. Sie nahmen Kontakt zu den Banbirks auf und danach zu Honicks. Beide Familien entschlossen sich, ihnen bei Neumond zu folgen.

„Weil die Schlüssel noch immer zu jedem Schloss passten, nahmen wir uns vor, einige der eingesperrten Kinder mitzunehmen", sagte der Vater von Themas. „Wenigstens sechs der armen Kinder wollten wir vor dem grausamen Schicksal bewahren, dem Lehm geopfert zu werden. Mehr konnten wir nicht mitnehmen. Wir rechneten damit, dass wir sie stützen oder sogar tragen müssten, da sie nicht gut laufen konnten. Sie waren ein Leben lang unter den Treppen eingeschlossen und langes Gehen nicht gewohnt. So nahmen wir pro Erwachsenem ein Kerkerkind mit."

Sie waren in der Nacht durchs Dorf geschlichen und hatten sechs Kinder befreit: die Schwester der siebenjährigen Jieny Ärlemon, dem Schäfermädchen. Die Schwester der achtjährigen Tithra Borkruther aus der Ziegelei. Die Schwester der neunjährigen Andra Preeglitz, die aus einer Ackermannfamilie stammte. Den zehnjährigen Bruder von Teber Higel, dem Sohn des Kamelkarawaners Jindrich. Dazu noch den zehn Jahre alten Zwilling von Homil Lhoder, dem Sohn des Papiermachers, und zum guten Schluss noch das kleine sechsjährige Schwesterchen von Elkie, der Tochter der neuen Bronzegießer Relf und Alse Kulling, die die Gießerei von Jidler und Brilla übernommen hatten.

„Wir werden den Bruder von Homil Lhoder als Sohn annehmen", sagte die Mutter. „Er hat den Namen Homas angenommen." Sie schaute Themas an: „Du wirst dich an den Gedanken gewöhnen müssen, einen kleinen Bruder zu haben."

Themas lächelte Thimas an, dann seine Mutter: „Brüder kann man nie genug haben, Mama!"

„Es ist nur vorläufig", sagte sein Vater. „Wenn seine Eltern das Lehm verlassen und nach Rodental kommen, wird Homas zu seinen Eltern zurückwollen. Wir haben im Voraus geplant, welche Kinder wir mitnehmen würden, und dafür gesorgt, dass jede Familie eins der geheimen Hefte bekam. Sie sind gut versteckt, aber man wird sie irgendwann finden." Die Eltern berichteten, wie die drei Familien eifrig Hefte kopierten. Sie beschafften sich Hefte und Papier, das sie zu Heften zusammennähten, und schrieben, wann immer sie Zeit hatten.

„Es war die Idee von Duncka Honick, auch die anderen Dörfer im Lehm mit Heften zu beglücken", berichtete Themas´ Vater vergnügt. „Wer konnte, der zog unter irgendeinem Vorwand hinaus und hinterließ Hefte in Südlehmingen, Lehmweiler und Lehmtal. Ich bin sogar bis hinauf nach Rötelheim gewandert. Lehmingen und Lehmberg im Zentrum konnten wir leicht am Sonntag versorgen, als die Messe abgehalten wurde. Es war ein Risiko, so viele Hefte zu verteilen, doch wir wollten den Menschen eine Chance geben."

„Wir haben das auch in unsere Kopien geschrieben", sagte die Mutter. „Wir schrieben, dass man kopierte Hefte auch in andere Dörfer bringen soll."

„Diese Hefte werden sich im Sturmschritt im gesamten Lehm verteilen", sagte der Vater. „Viele werden sich entschließen, dem Lehm zu entfliehen und das Heft vorher kopieren und verteilen." Er grinste. „Wenn es so weitergeht, werden dem Lehm allmählich die Menschen ausgehen. Nur wirklich tiefgläubige Leute werden bleiben, und das sind sehr wenige."

„Ihr habt Mirkus und Hurckie mitgenommen", sagte Trischa. „Wie habt ihr herausgefunden, dass die beiden fliehen wollten?"

„Überhaupt nicht", antwortete der Vater von Themas. „Wir hatten keine Ahnung, dass die beiden Racker auf und davon gehen wollten. Sie sind allein aufgebrochen und haben sich durchgeschlagen bis zur Bahnlinie, die draußen rund ums Lehm führt."

„Wir dachten, die wären die Suchmannschaft, die man uns hinterhergehetzt hat", sagte Hurckie. „Der Mirkus und ich, wir sind erschrocken und haben uns versteckt."

„Wir hockten in einem Gebüsch und wollten sie vorbeilassen", sagte Mirkus. „Als wir ihnen zuhörten, verstanden wir, dass sie ebenfalls stiften gegangen waren, und haben uns ihnen angeschlossen. Wir haben übrigens unsere Klamotten nicht ins Lehm geschmissen. Wir wollten, dass unsere Eltern glauben, dass wir entkommen sind. Wir hoffen, dass sie auch das Lehm verlassen."

Mirkus wandte sich an Themas: „Ich habe eins von den Heften ins Haus des obersten Lehmpriesters geschmuggelt. Du erinnerst dich bestimmt an jenen Sonntag, als er mit uns sprach. Er klang, als würde er das, was das Lehm tut, nicht besonders mögen. Ich dachte, es könne nicht schaden, ihm ein Heft zukommen zu lassen.

Weißt du, was komisch ist? Die Lehma! Grutie Umpfbeetl hat sich total geändert. Sie ist nicht mehr so hochnäsig und zickig und sie scheucht die Leute nicht mehr herum. Sie ist total nett und soll ich dir was sagen, Mann? Sie hat nach eurer Flucht dafür gesorgt, dass das Lehm keine Gaben zur Besänftigung verlangte. Ist das nicht unglaublich?! Es scheint keine leichte Arbeit gewesen zu sein. Sie sah aus, als hätte sie vom Lehm Prügel bezogen."

„Grutie hat eine Mundharmonika", berichtete Hurckie. „Sie spielt oft darauf. Sie hat auch ein Lehrheft. Wenn sie spielt, hören die Menschen zu, aber sie stehen weit weg von der Grutie, nicht wie bei Philka Kahleg aus Lehmtal. Wenn die an den Sonntagen, wo Messe ist, in Lehmberg spielt, sitzen die Kinder ganz dicht um sie herum. Bei der Grutie traut sich keiner so nahe. Sie haben Angst vor ihr, weil sie die Lehma ist.

Letztens hat Grutie, als sie auf der Mundharmonika spielte, plötzlich angefangen zu weinen. Sie hat so ein trauriges Lied gespielt und dann fing sie an, ganz schrecklich zu weinen. Sie konnte gar nicht mehr aufhören. Die Arlie hat mir erzählt, das war das Lied, das wo der Themas auf dem Platz vorm Bürgermeisterhaus gespielt hat. Ganz furchtbar geweint hat sie, die Grutie. Die hat ja so geschluchzt! Sie hat mir leidgetan. Ich hätte sie beinahe umarmt, um sie zu trösten, aber ich habe mich nicht getraut, wo sie doch die Lehma ist."

Themas warf Professor Jeblick einen Blick zu. Sein Onkel sah es. Jidler schüttelte unmerklich den Kopf. Themas verstand. „Nicht heute, Junge", meinte sein Onkel. „Lass die Leute erst mal in Rodental ankommen und Fuß fassen. Dann können wir ihnen noch immer von Kundars Theorie erzählen. Heute wäre es zu viel für sie. Es würde sie geradezu erschlagen." Themas nickte. Jidler schenkte ihm ein Lächeln.

Bei gutem Essen und Trinken fand man alte Bekannte, die allesamt im gleichen Viertel wohnten. Die Neuankömmlinge wurden auf verschiedene Familien verteilt, damit sie ein Dach überm Kopf hatten. Man begann mit Planungen, wo neue Häuser errichtet werden sollten. Alle wollten mithelfen, sie zu bauen. Man würde den Neubürgern auch finanziell unter die Arme greifen, bis sie eigenes Geld verdienten. Das würde schon bald sein. Arbeit gab es in der wachsenden Stadt am Rodensee mehr als genug. Alle waren guter Dinge.

Trischa lehnte sich an Themas: „Mama und Papa sind gekommen. Ach, ich bin ja so froh, Themas! Es hat furchtbar wehgetan, sie zurückzulassen. Jetzt erst geht es mir wirklich gut."

Themas wusste, was seine Freundin meinte. Auch er hatte seine Eltern vermisst und kaum gewagt, zu hoffen, dass sie eines Tages den Mut aufbringen würden, das Lehm zu verlassen. Dass sie gleich beim nächsten Neumond ausreißen würden, war ihm nie in den Sinn gekommen. Eher hätte er damit gerechnet, dass sie nach Monaten des Nachdenkens aufgebrochen wären. Er war überglücklich, dass sie da waren.

Onkel Jidler hatte mit seinem Vater verabredet, anstelle des geplanten Anbaus lieber ein freistehendes Haus zu errichten, auf dem Grundstück direkt neben dem der Lerongs. Dort konnten die Irrluchts Gartenbau betreiben und nebenbei in der Gießerei aushelfen. Auch die Banbirks wollten in direkter Nachbarschaft bauen. Themas und Trischa würden nahe beieinander wohnen. Der begonnene Anbau am Hause Lerong sollte trotzdem fertiggestellt werden. „Wir können den Platz gebrauchen", meinte Onkel Jidler. „Außerdem können wir Flüchtlinge aufnehmen. Es scheinen ja demnächst mehr zu kommen."

Irgendwann am späten Nachmittag nahm seine Mutter Themas zur Seite: „Junge, ich will dir etwas erzählen." Sie nahm ihn beim Arm und führte ihn von den Feiernden weg auf die andere Straßenseite. „Es braucht nicht jeder zu hören." Sie standen am Zaun der Tollerschen Gärtnerei und seine Mutter erzählte Themas vom Besuch der kleinen Lehma. Themas lauschte mit angehaltenem Atem.

„Sie hat es also tatsächlich geschafft, sich gegen das Lehm aufzulehnen", sagte er. Er berichtete seiner Mutter von Professor Jeblicks Ausführungen über das Lehmland.

Als er fertig erzählt hatte, starrte seine Mutter ihn mit geöffnetem Mund an: „Themas! Ist das wahr?"

Er zuckte die Achseln. „Der Professor glaubt es, aber der Beweis dafür steht aus. Ich denke, seine Theorie hat Hand und Fuß. Onkel Jidler denkt ebenso. Vielleicht schafft Grutie es, das Lehm ... wie soll ich sagen ... irgendwie ... umzupolen. Wenn es gelänge, dem Lehm klarzumachen, dass die grausamen Kinderopfer falsch sind, wenn es mit seiner begrenzten Intelligenz verstehen lernen könnte, dass es besser wäre, ohne diese unnötige Grausamkeit mit den Menschen in Symbiose zu leben, wer weiß, dann könnte es ein gutes Leben im Lehm geben."

Er redete sich in Fahrt: „Weil, Mama, ohne die Opfer wäre es im Lehm nicht so schlecht, oder? Sieh mal, das Lehm reguliert das Klima. Im Lehm wird es niemals brüllend heiß im Sommer. Onkel Jidler hat mir erzählt, hier im Draußen gibt es manchmal Jahre, in denen eine ungeheure Hitze über dem Land liegt und Dürre herrscht, die die Ernten bedroht. Ebenso gibt es kalte, verregnete Jahre, in denen die Obstbäume kaum Früchte tragen und das Korn auf dem Acker verdirbt. Es regnet manchmal wochenlang wie aus Kübeln. Das gibt es im Lehm nicht. Es schirmt sich ab. Und die Winter im Draußen können grausig kalt sein mit Temperaturen weit unter dem Punkt, an dem Wasser gefriert. Haben wir jemals den Mittensee mit Eis drauf erlebt?" Er schüttelte den Kopf: „Nie! Das Klima im Lehm ist mild und für Mensch und Tier und Pflanze angenehm. Das Lehm versorgt das Land mit Wasser und den Boden mit Nährstoffen für Acker- und Gartenbau. Dafür erhält es von seinen Menschen Abfälle aller Art, die es zum Leben benötigt wie unsereins Vitamine und Mineralien. Auch die Toten verwertet es.

Wenn es nur lernen könnte, auf die Kinderopferungen zu verzichten! Viele Leute würden dann gerne im Lehm leben. Sie müssten nur auf Dinge aus Eisen verzichten, weil das Lehm kein Eisen verträgt. Bis auf die Nähnadeln müsste man halt alles wie zuvor aus Bronze oder ähnlichen Legierungen fertigen."

Seine Mutter strich ihm lächelnd über die Wange: „Du würdest glatt wieder ins Lehm ziehen, nicht wahr?"

Themas schüttelte den Kopf: „Nein. Ich bin zu gerne bei Onkel und Tante und ich will Eisenbahner werden. Aber ich würde gerne ab und zu einen Besuch dort machen. Ohne die böse und harte Herrschaft, die bisher dort üblich ist, wäre es im Lehm ganz schön, fände ich."

„Dann könntest du auch Grutie besuchen", sagte seine Mutter. „Sie würde sich sehr freuen." Sie erzählte ihm von der Bitte der kleinen Lehma. „Sie lässt dir ausrichten, dass sie dich lieb hat und oft an dich denkt, und sie bittet dich, auch manchmal an sie zu denken."

„Das tue ich jeden Tag", sagte Themas. „Jeden Abend bei Sonnenuntergang spiele ich auf der Mundharmonika das Lied, das ich für sie erfunden habe, und denke an sie. Grutie war eine miese Zicke, aber sie hat sich geändert."

„Total geändert, Themas!", sagte seine Mutter. „Sie ist ein anderer Mensch geworden. Sie ist freundlich und hilfsbereit und will das grausame Kinderopfer abschaffen. Und sie ist einsam. Sie ist ein kleines Mädchen, das ganz allein ist."

„Ja", sagte Themas. „Das ist sie."

Sie gingen zurück zu den Feiernden.

Im Westen machte sich die Sonne daran, unterzugehen. Themas holte seine Mundharmonika hervor und begann zu spielen. Während er nach Westen schaute, dorthin, wo das Lehm lag, gut achtzig Kilometer entfernt, spielte er das traurige Lied mit der bittersüßen Melodie, das er einem traurigen Mädchen auf dem Sandplatz vorm Bürgermeisterhaus vorgespielt hatte, das Lied für die kleine Lehma. Er spielte es wie jeden Abend für das Mädchen, das sein Herz berührt hatte; für Grutie Umpfbeetl, das Mädchen mit den traurigen lehmfarbenen Augen.

ENDE

Lieber Leser, liebe Leserin

Sie haben gerade einen Roman gelesen, der in der Alternativwelt Königreich Bayern spielt.

Diese Alternativwelt entstand aus einem äußerst realistischen Traum, den ich kurz vor meinem dreizehnten Geburtstag hatte. In diesem Traum erlebte ich in den Grundzügen die Handlung des Romans „Der Durchgang ins Königreich Bayern". Das war eine Welt wie zu Kaisers Zeiten, etwa wie 1910.

Dort gab es keine Umweltverschmutzung. Meine Heimat, das Saarland, war in meiner Kindheit und Jugend ein ungeheuerliches Dreckloch. Bäche und Flüsse stanken schon aus hundert Metern Entfernung zum Himmel und das „Wasser", das darin floss, sah aus wie die dreckige, graue Brühe, die nach dem Wäschewaschen aus Waschmaschinen kommt. Die Eisenhütte und die Kokerei sorgten dafür, dass in der nahen Kreisstadt Neunkirchen die Häuser schmutziggrau waren.

Im Königreich Bayern war alles ganz anders. Dort gab es keine Übervölkerung, keinen irrsinnigen Autoverkehr, keine Umweltverschmutzung. Dort gab es Pferdekutschen, Fahrräder, Fußgänger und die Eisenbahn. Hier und da mal ein Dampfschnauferl. Traction Engines, große Straßenlokomotiven, rumpelten gemächlich über die Straßen. Und natürlich gab es Luftschiffe, denn ich bin seit frühester Kindheit ein Fan von Luftschiffen. Und auf den Schienen fuhren Dampflokomotiven. Die Bevölkerung im Saarland war nur ein Zehntel so groß wie in Wirklichkeit.

Dass ich mir da eine Steampunkwelt zusammengeträumt hatte, wusste ich nicht. Der Begriff Steampunk wurde erst in den Neunzigerjahren von K. W. Jeter geprägt und meinen Traum hatte ich in den Siebzigern. Als ich mit Ende Zwanzig anfing zu schreiben und auch erste Geschichten über das Königreich Bayern verfasste, nannte ich das „Alternativweltgeschichten" oder

„Parallelweltgeschichten".

Inzwischen habe ich mehrere Romane geschrieben, die in dieser schönen altmodischen Parallelwelt spielen. In den nächsten Jahren werden wahrscheinlich noch weitere dazukommen.

Hier eine Beschreibung aller bisher erschienenen Romane:

Der Durchgang ins Königreich Bayern:

Mitte der Siebzigerjahre: Der dreizehnjährige Martin ist am Ende. In der Schule und zu Hause wird er gemobbt und misshandelt. Er beschließt, Selbstmord zu begehen. Da entdeckt er per Zufall beim Bahnhof von Homburg einen Durchgang in ein anderes Land, ein Land, in dem es ähnlich ist wie zu Kaisers Zeiten und doch anders, denn es ist eine Parallelwelt.

Im Königreich Bayern gibt es keine Übervölkerung, keine Umweltverschmutzung und keinen drohenden Atomkrieg. Dampfmaschinen und Uhrwerke treiben alles an und die Menschen leben in einer ländlichen Umgebung. In dieser faszinierenden Parallelwelt lernt Martin ein gleichaltriges Mädchen kennen.

Jede Woche verbringt er einige Stunden in dieser beschaulichen Welt und kann so dem grausamen Hier und Jetzt für kurze Zeit entkommen. Nur eins stört ihn: Dass er immer wieder zurück muss in die Welt, die für ihn eine Hölle ist. Gibt es ein Entkommen?

Aufziehmädchen Emma:

Der Steampunk-Roman spielt in einem fiktiven Königreich Bayern, in dem es nur

Dampfkraft und die Energie aus komplizierten Federwerken gibt.

Im Jahr 1910 mietet der berühmte Professor Heisenberg das Dampfluftschiff Abendstern, um damit über den Atlantik zum legendären Land America zu fahren, einem Land von dem die alten Ägypter berichteten, das jedoch von keiner Schiffsexpedition je entdeckt wurde. Schiffe, die über den Atlantik nach Westen fuhren, kehrten nie wieder.

Mit von der Partie ist Heisenbergs neunzehnjährige Tochter Emma, die nach einem Unfall etliche mechanische Teile trägt, wie eine mechanische Lunge und ein Aufziehwerk anstelle eines Herzens. Auch eins ihrer Augen ist künstlich. Auf dem Weg zu dem unbekannten Kontinent kommen sich Emma und Christian von Reichshofen, der Kapitän des Luftschiffs näher.

In America entdecken sie riesige Laufvögel, Schildkröten größer als Elefanten und Dinosaurier. Sie finden auch eine alte Indiokultur und suchen nach dem fernen Pyramidenland der Ägypter, wo es Silber in Massen geben soll. Da Silber im Königreich Bayern wesentlich wertvoller ist als Gold, könnte sich die alte Legende als riesiger Schatz entpuppen.

Doch Professor Heisenbergs Benehmen wird immer verdächtiger. Ist er am Ende gar nicht der freundliche Forscher, für den er sich ausgibt? Und wieso scheint Emma furchtbare Angst vor ihrem Vater und dessen undurchsichtigem Diener Albert zu haben?

Melissas Sehnsucht:

Die sechzehnjährige Melissa hat es schwer. In der Schule ist sie eine schüchterne, graue Maus, die keine Freundinnen hat, und zu Hause wird sie von ihrem bösartigen Stiefvater gemobbt. Doch Melissa kann ihrem unschönen Leben zweimal pro Woche entfliehen. Mit elf Jahren entdeckte sie nahe der Bahnlinie, die an ihrem Heimatdorf entlangführt, einen Durchgang in ein geheimnisvolles Bergland in einer Parallelwelt namens Königreich Bayern.

In Blauberg, einer kleinen Stadt in den Bergen, hat sie Freunde und eine Familie, die sie liebt wie eine eigene Tochter.

Doch ein düsteres Geheimnis liegt über dem Bergland. Einmal pro Woche muss ein Dutzend junger Mädchen auf den Gipfel steigen und eine Nacht lang Wache über die Menschen unten in den Dörfern und Städten halten. Auf dem Gipfel scheint den Mädchen etwas Entsetzliches zu widerfahren. Wieso sonst würden manche von ihnen zusammenbrechen und die Wache verweigern, auch wenn das bedeutet, dass sie aus der Gemeinschaft ausgestoßen und verbannt werden?

Das Lehm:

Der 14-jährige Themas lebt im Lehm, einem kreisförmigen Land von 50 km Durchmesser. Die Menschen im Lehmleben ein einfaches Ackerbauernleben und könnten zufrieden sein, gäbe es da nicht ein schreckliches Ritual. Das Leben ist ein riesiger halbintelligenter Organismus und es verlangt nach regelmäßigen Opfern. Der zweitgeborenen eines Zwillingspärchens wird irgendwann dem Leben geopfert. Themas ist nicht länger gewillt, dies hinzunehmen. Er sind auf einen Weg, wie er dem Leben zusammen mit seinem Bruder entkommen kann. Das ist jedoch fast unmöglich, denn das Lehm lässt niemanden frei.

Printed in Poland
by Amazon Fulfillment
Poland Sp. z o.o., Wrocław

44468723R00140